八閩文庫

八閩文庫
要籍選刊
60

文選旁證

中

［清］梁章鉅 撰
穆克宏 點校

海峽出版發行集團
THE STRAITS PUBLISHING & DISTRIBUTING GROUP
福建人民出版社

文選旁證卷第十六

文選卷十五

張平子 **思玄賦**

思玄賦 《後漢書·張衡傳》曰：衡常思圖身之事，以爲吉凶倚伏，幽微難明，乃作《思玄賦》以宣寄情志。

注 **平子名衡** 至 **系曰** 六臣本作「玄，道也，德也，其作此賦以修道德，志意不可遂〔一〕，願輕舉歷遠，遊六合之外，勢既不能，義又不可，故退而思自反。其系曰」四十五字。

注 **夫何思，玄而已** 六臣本重「思」字。

注 **衆妙之門** 六臣本此下有「平子時爲侍中，諸常侍惡直醜正危衡，故作思玄非時俗」二十二字。

匪仁里其焉宅兮 注 **里仁爲美** 《後漢書》注引《論語》「宅不處仁」以釋正文「宅」字，蓋《論語》古文以擇爲宅也。

潛服膺以永靖兮 注 **靖與靚同** 《後漢書》「靖」作「靚」，章懷注引《前書音義》曰「靚」與「静」同。

注**《禮記》曰服膺拳拳**　此剪裁《中庸》而更顛倒之。章懷注亦引《禮記》曰「服膺拳拳而不息」，「息」字且誤，古人引書不拘如此。然劉琨《勸進表》注引同此，豈別本有異同耶？

志搏搏以應懸兮　《後漢書》「搏搏」作「團團」，注「團團，垂貌」。姜氏皋曰：《毛詩》「有敦瓜苦」，傳曰「敦音團，猶搏搏也」，疏曰「蔓生專專然也」。「專」即爲「團」，故曰垂貌。

注**《毛詩》曰：勞心團團**　朱氏珔曰：今《詩》「團」作「慱」字，蓋通。

纗幽蘭之秋華兮　注**纗，音攜**　何曰：《後漢書》「纗」作「縳」，注：「縳，組緩反，亦『纂』字也。纂，繫也。諸家音並户珪反，誤。」錢氏大昕曰：纗，據《說文》讀若畫，又讀若維，章懷注讀爲纂，誤。

注**《說文》曰：繫幃曰纗**　今《說文》無此訓。朱氏珔曰：語出《通俗文》；又「《爾雅》曰婦人之幃謂之縭」，今《爾雅》「幃」作「褘」，郭注以爲香纓，即此注之「香囊」也，與《詩·東山》毛傳異解。

注**《說文》曰：纗，網中繩**　今《說文》「網」作「綱」，上有「維」字。

美襞積以酷烈兮　注**襞積，衣縫也**　段校「積」改「襀」。

注**《尚書》：帝曰：明明揚仄陋**　今《書》「仄」作「側」，同聲通用。

嘉傅說之生殷　注**《尚書》曰**　六臣本及《後漢書》「嘉」並作「喜」，注引「尚書」下當有「序」字。

注**蛇山有鳥，五色，飛蔽日，名鷖鳥**　姜氏皋曰：今本《山海經》作「飛蔽一鄉，名曰翳鳥」也。

彼無合而何傷兮 六臣本及《後漢書》「而」並作「其」。

旦獲讟于群弟兮，啟金縢而後信 《後漢書》「後」作「乃」。按《金縢》篇今古文皆有。鄭康成以爲周公生前事，見《豳》詩譜及箋；伏生以爲卒後事，見《漢書·梅福傳》及《儒林·張山拊傳》注所引《尚書大傳》。今孔傳、蔡傳皆從鄭説。考《大傳》周公欲葬成周、成王葬之于畢云云説本《逸書·亳姑》篇，事誠有之，然是周公致政退老歸豐以後事，與雷風示變開書無涉。《史記·魯世家》衍其事，《漢書·梅福傳》、《後漢書·周舉傳》《張奂傳》、《白虎通·喪服》篇、《論衡·感類》篇皆引之。《史記·蒙恬傳》又謂成王有病，周公揃爪沈河，書而藏之記府，及賊臣言周公欲爲亂，周公奔楚，王觀記府得書云云，是又以代武王爲代成王、以居東爲奔楚。而《論衡》述古文家亦有奔楚之説。蓋《尚書》之説歧出者莫多于《金縢》一篇。 一穆卜也：《史記》作「繆」，《孔傳》訓穆爲敬，鄭康成以卜於文王廟爲穆卜《史記正義》，陳櫟《纂疏》謂穆卜爲證昭穆，王樵《日記》又謂穆卜爲僉卜之名。一册祝也：《孔傳》謂史所爲，鄭康成謂周公所作《史記集解》。 一玄孫某也：《孔傳》以爲臣諱君，鄭康成以爲由成王讀之。 一丕子也：《史記》作「負子」，《孔傳》以爲大子，鄭康成以爲不子《史記索隱》。 一管叔也：《孔傳》以爲周公弟《白虎通·姓名》篇同，鄭康成以爲周公兄。 一弗辟也：《孔傳》以辟爲法，馬融、鄭康成、陸德明以辟爲避。 一居東也：《孔傳》以爲東征，鄭康成以爲出處東國《墨子》《越絶書》同。 一罪人也：《孔傳》以爲管、蔡，鄭康成以爲周公之屬黨《毛詩·豳風譜》疏。 一新迎也：孔、鄭並訓爲自新以迎，馬融作親迎《釋文》。 一出郊也：《孔傳》以郊爲祭天，林之奇《全解》以郊爲郊勞。一築也：《孔傳》以爲築其根，則指木言；馬、鄭、王並訓爲拾，謂拾其禾無所亡失。程氏敏政《明文衡》有王廉《金縢非古書辨》，近袁氏枚亦有《金縢辨》二篇。信乎譙周所云：秦既燔書，時人欲言金縢之事，失其本末者矣。朱氏琦曰：《金縢》自「秋大熟」以下，蓋本《亳姑》篇之逸文，後人因中有「以啟金縢之書」語，誤併合爲一篇，而中有脱簡。此說似確。觀《史記》於「泣迎周公」後更叙「作《多士》《無逸》等篇」，然後及雷風之變，顯係二事也。

增煩毒以迷惑兮，羌孰可爲言已〔二〕　六臣本「增」作「曾」，「可」下有「以」字。《後漢書》「增」作「曾」，「惑」作「或」，「可爲言」作「可與言」。一本下句作「嗟孰可與己言」。

跕焦原而跟趾　《後漢書》「趾」作「止」。

注**《尸子》：中黄伯曰**　又**《尸子》又曰**　此引《尸子》兩條，與章懷注所引文字異同。本書《西京賦》《蜀都賦》《魏都賦》《七命》《袁紹檄豫州文》注並引此，亦互有詳略。今全録章懷注所引以備參校云，章懷注引《尸子》曰：中黄伯曰：「我左執太行之獶，右執雕虎，唯象之未試，吾或焉。有力者則又願爲牛與象，自謂天下之義人也。惡乎試之？曰：夫貧窮，太行之獶也；跡賤者，義之雕虎也。吾日試之矣。」又曰：「莒國有名焦原者，廣尋，長五十步，臨百仞之谿，莒國莫敢近也。有以勇見莒子者，獨却行劑踵焉，此所以服莒國也。夫義之爲焦原也高矣，此義所以服一世也。」

庶斯奉以周旋兮，惡既死而後已　六臣本「奉」下有「信」字，「惡」作「要」。《後漢書》亦作「要」。何、陳據改，是也。

注《論語》：子曰：死而後已，不亦遠乎　此曾子語。然《後漢書》注及《祭遵傳》注亦並引作「孔子曰」。

寶蕭艾于重笥兮　注《後漢》作「珍」，蓋珤字相似誤耳　《後漢書》「寶」作「珍」，珤即古寶字。按此注六臣本無之，是也。摯虞既題爲衡自注，其不得見《後漢書》益明矣。

縶騕褭以服箱　注𩍐，中立切。今賦作「縶」字　《後漢書》「縶」作「羈」，「騕」作「要」，「褭」作「裊」。《莊子·秋水》篇釋文引《倉頡篇》曰「縶，絆也」《説文·馬部》「𩍐」字注云「𩍐或從系，執聲」，是𩍐與縶本一字。《莊子·馬蹄》篇云「連之以羈𩍐」，是𩍐與羈音異義同。故《後漢書》亦作羈字。

行頗僻而獲志兮　《後漢書》「頗」作「陂」。

被禮義之繡裳　《後漢書》「被」作「披」。

注蕭該音本作陂　至《廣雅》曰：陂，邪也　按此注六臣本無之，是也，既題衡注，自不得見蕭該等書。姜氏皋曰：何校云「蕭該音」上當有「善曰」二字；毛本注末有「頗僻，邪佞也。離，罹也」八字是翰注，不當存。

辮貞亮以爲鞶兮　注《説文》曰：辮，交也。又曰：鞶，覆衣大巾也，从巾，般聲，或以爲首飾　「鞶」當作「幋」。今《説文·巾部》：幋，覆衣大巾，从巾，般聲，或以爲首飾。〔三〕

注**《說文》曰：珩，聽行也，从行，上聲**　尤本「聽」作「所」。今《說文》作「珩，珮上玉也，所以節行止也，从玉，行聲」，此所引有脱誤。

昭綵藻與琱琭兮　六臣本及《後漢書》「琭」並作「瑑」。張氏雲璈曰：「琭」字恐「瑑」字之譌，《說文》：圭璧上起兆，瑑也。

恃己知而華予兮　章懷注：己知猶知己也。華，榮也。言恃知己以相榮，反遇讒而見害也。

注**順陰陽氣而生**　「陽」字不當有，各本皆衍。

咨姤嫮之難並兮　六臣本、《後漢書》「姤」並作「妒」。按注「惡也」之訓，是李本亦當作「妬」，何、陳據改是也。

注**羡韓衆之流得一**　「流」字不當有，各本皆衍。《後漢書》注云：韓謂仙人韓終也，爲王採藥，王不肯服，終自服之，遂得仙。

心猶豫而狐疑兮，即岐趾而臚情　《後漢書》「豫」作「與」，「趾」作「阯」，「臚」作「攄」。按舊注云「陳也」，則作「臚」爲是。

文君爲我端著兮　許氏慶宗曰：《易林》：文君之德，養人致福。孫氏志祖曰：《楚辭》有「文君寤而追求」語，謂晉文公也。今按：文君，文王也，舊注明甚，孫氏以爲晉文公失之。

利肥遯以保名　注**《九師道訓》曰：遯而能飛**　六臣本「利」作「欲」，「肥」作「飛」。尤本及《後漢書》「肥遯」並作「飛遁」。按注「遯而能飛」毛本引亦誤作「肥」，尤本不誤。《西溪叢語》云：「肥遯」肥字古作巷，與古「蜚」相似，後世遂改爲「飛」字。何曰：飛字乃合象辭，無所疑也之意。又曰以《七啟》「飛遁離俗」證之自明。何氏楷《古周易訂詁》云：《金陵攝山碑》亦云「緬懷飛遯」。

注《說卦》曰：乾爲冰而變爲兑，故曰冰折物也　《後漢書》注云：《易·說卦》曰「乾爲冰，兑爲毀折」，陽不求陰，故曰冰折而不營也。按賦注「乾爲冰」下宜有「兑爲毀折」四字，乾變爲兑，故曰冰折。

注天爲澤　六臣本「天」上有「故曰」二字，章懷注可證。

注《周禮》曰：東龜長。又曰：東龜曰甲屬　六臣本無「長又曰東龜曰」六字，「甲」當作「果」，此衍誤不可通。

注《爾雅》曰：龜左睨不煩。郭璞曰：行顯左睨也　按今《爾雅》「睨」作「倪」，「煩」作「類」。注中「顯」當作「頭」，「左睨」當作「左庳」。

遇九皋之介鳥兮　章懷注云：《詩·小雅》注「皋，澤中溢水出所爲也。自外數至九，喻深遠也」，《龜經》有棲鶴兆，言卜得鶴兆也。

注《說文》曰：遠也　五字於正文不知所屬，六臣本無之。

我脩絜以逸榮　六臣本、尤本及《後漢書》「逸」並作「益」。

子有故于玄鳥兮，歸母氏而後寧　章懷注：「子謂衡也，『有故於玄鳥』謂卜得鶴兆也。《易》曰『鶴鳴在陰，其子和之，我有好爵，吾與汝縻之』，言子歸母氏然後得寧，猶臣遇賢君方享爵禄，勸衡求聖君以仕之也。」按此與李注引《古文周書》意大别，而義似勝。然穆王姜后逸事賴李注得存，亦不可廢矣。顧氏千里曰：此注「《古文周書》曰」至「及王子於治」一百七十六字皆尤本添，觀善曰「此假卜者之辭也，玄鳥謂鶴也，母氏喻道也，言子有故于玄鳥，惟歸于道而後獲寧也」「老子曰：天下有始以爲天下母，既得其母又知其子。河上公曰道爲天下物母也，韓子《解老》曰母者道也」，李意一氣承接，以母氏喻道，不得中間又以母氏爲姜后，其出尤本之誤取增多無疑。

簡元辰而俶裝　本書謝靈運《初去郡》詩注引此「俶裝」作「促裝」。案舊注「俶，始也」，章懷注「俶，整也」，非「促」字明矣。

旦余沐于清源兮　《後漢書》「源」作「原」。

注**《説文》曰：漱，蕩口也**　今《説文》「蕩」作「盪」。

問三丘于句芒　六臣本及《後漢書》「于」並作「乎」。

何道真之淳粹兮　毛本「真」誤作「貞」，李注引《幽通賦》「道真」可證。

去穢累而飄輕　六臣本「飄」作「彯」。《後漢書》「飄」作「票」。

飲青岑之玉醴兮，餐沆瀣以爲粻　《後漢書》「飲」作「噏」，「粻」作「糧」，注：糧或作粻。

注 揚雄《太玄經》曰 「經」當作「賦」，《太玄賦》載《古文苑》中。

發昔夢於木禾兮，穀崑崙之高岡 章懷注云：「昔，夜也。穀，生也。衡此夜夢禾生于崑崙山上，即下文云『抨巫咸以占夢，含嘉秀以爲敷』是也。《衡集》注及近代注解皆云『昔日夢至木禾，今親往見焉，是爲發昔夢也』。臣賢按：衡之此賦將往走乎八荒以後，即先往東方，次往南方，乃適西方，此時正在暘谷扶桑之地，崑崙乃西方之山，安得已往崑崙見木禾乎？良由尋究不精，致斯謬耳。」

注《說文》曰：嘉穀也 段校「曰」字下添「禾」字。

嘉群神之執玉兮 《後漢書》「嘉」作「集」。

注 昔禹致群臣 又韋昭曰：群臣 陳校「臣」改「神」，注同，是也。

指長沙之邪徑兮，存重華乎南隣 六臣本及《後漢書》「之」並作「以」，章懷注：「從稽山西南向長沙，故云邪徑。存猶問也。舜葬于蒼梧，在長沙南，故云南隣。」

注《說文》曰：存，恤也 今《說文》：存，恤問也。本書《長門賦》注引亦有「問」字。

翩繽處彼湘濱 毛本「翩」誤作「顧」。翰注：翩繽，美貌。《後漢書》「翩繽」作「翩儐」，注：「翩，連翩也。儐，棄也。」胡公《考異》曰：作「繽」者恐涉下文「繽連翩兮紛暗曖」而誤。

注 洞庭風兮木葉下 各本皆同。今《楚辭》「風」作「波」。

注**天帝之女**　至**爲湘夫人也**　二妃非堯女，《山海經》郭注辨之最詳。此引郭注非全文，今具録于左云：天帝之二女而處江爲神，即《列仙傳》江妃二女也，《離騷·九歌》所謂湘夫人稱帝子者是也。而《河圖玉版》曰：「湘夫人者，帝堯女也。秦始皇浮江至湘山，逢大風而問博士湘君何神，博士曰：聞之堯二女，舜妃也，死而葬此山。」《列女傳》曰：「二女死于湘江之間，俗謂爲湘君。」鄭司農亦以舜妃爲湘君。説者皆以舜陟方而死，二女從之，俱溺死于湘江，遂號爲湘夫人。按《九歌》湘君、湘夫人自是二神，江湘之有夫人，猶河洛之有虙妃也，此之爲靈與天地並〔四〕矣，安得謂之堯女？且既謂之堯女，安得復總云湘君哉！何以考之？《禮記》曰「舜葬蒼梧，二妃不從」，明二妃生不從征，死不從葬，義可知矣；即令從之，二女靈達，鑒通無方，尚能以鳥工龍裳救井廩之難，豈當不能自免〔五〕于風波而有雙淪之患乎？假復如此，《傳》曰「生爲上公，死爲貴神」，《禮》「五嶽比三公，四瀆比諸侯」；今湘川不及四瀆，無秩于命祀；而二女帝者之后，配靈神祇無緣，當復下降小水〔六〕而爲夫人也。參互其義，義既混錯，錯綜其理，理無可據，斯不然矣。原其致謬之由，由乎俱以帝女爲名，名實相亂，莫矯其失，習非勝是，終古不悟，可悲矣。

痛火正之無懷兮　注**杜預曰：黎爲火正**　本書《幽通賦》「黎淳耀于高辛兮」注引《國語》史伯語「黎爲高辛氏火正」云云與此合。《史記·太史公自叙傳》「北正黎以司地」，《漢書·司馬遷傳》作「火正」，臣瓚曰：司地者宜爲北正，古文作北正。按鄭氏《詩·檜風譜》疏〔七〕、韋昭《楚語注》及《隋書·天文志》並以重黎爲「北正」，皆因《史記》之文，其實《史記·曆書》序仍作「火正」，顔師古、司馬貞亦據鄭語與班賦以作「火正」爲是。應劭曰：黎，陰官也，火數二，故火正司地以屬民。張晏曰：水，火配也，爲陰〔八〕，故命火正黎兼地職。

託山阪以孤魂　《後漢書》注「阪」作「陂」。

愁轇轕以慕遠兮，越卬州而遊遨　《後漢書》「轇轕」作「蔚蔚」，「遊遨」作「愉敖」。余曰：《後漢書》注引《河圖》地有九州、八柱，東南神州曰晨土，正南邛州曰深土。

注 **卬，五郎切**　《後漢書》正文及注「卬」皆作「邛」，章懷無音，未知孰是。《淮南子·墬形訓》云「正南次州曰沃土」，與所引《河圖》亦異。

躋日中于昆吾兮，憩炎火之所陶　倪氏思寬曰：此數句形容赤道下之光景，即今西法所稱熱帶地也。

注 **昆吾，南方**　《後漢書》注作「昆吾，丘名，在南方」，是也。

水泫沄而涌濤　《說文》：沄，轉流也。《繫傳》引此語。

顗羈旅而無友兮　錢氏大昕曰：「顗」與「塊」同，《說文》讀若魁。

摭若華而躊躇　《後漢書》「摭」作「拓」，注：拓猶折也。

跨汪氏之龍魚　注《**海外西山經**》**曰：龍魚陵居在北**〔九〕，**狀如狸，在汪野北**　今《海外西經》「如狸」作「如貍」，「汪野」作「夭野」。郝氏懿行曰：「夭」乃「沃」字省文，《大荒西經》作「沃野」，《藝文類聚》九十九作「清沃」，《博物志》作「渚沃」，《淮南·墬形訓》有「沃民」又云「西方曰金丘，曰沃野」，疑《思玄賦》「汪氏」當爲「沃民」，注「汪野」當爲「沃野」也。

注**不壽者八百歲**　何校「不」改「下」，陳同，各本皆誤。

注**《山海經》曰：濛山神**　今《西山經》「濛山」作「泑山」，「神」下有「蓐收居之」四字，應據添。

注**郭璞注曰：直橫渡也**　按題下舊注引「摯虞《流別》題云衡注」，是舊注在摯虞之前，不應及見郭璞注，此條恐是李注。

注**《青令傳》曰：河伯，華陰潼鄉人，姓馮氏，名夷**　「青令」各本作「書令」，何校「書」改「青」、「令」作「林」。余校引《龍魚河圖》〔十〕：河伯姓呂名公子，夫人姓馮名夷。

注**予，合韻，音夷渚切**　六臣本作「音與，協韻」。許氏慶宗曰：《曲禮》「予一人」釋文「依字音羊汝反」，則「予」自合韻，不必協音也。姜氏皋曰：《匡謬正俗》云：「予，當讀如與，不當讀如余，《詩》『予』悉音『與』也。」按《詩》「顛倒思予」同「顧」爲韻，「或敢侮予」同雨、土、户爲韻，「將伯助予」同雨、輔爲韻，「女轉棄予」同雨、女爲韻；「胡寧忍予」《四月》同夏後五反、暑爲韻，《雲漢》同沮、所、顧、助爲韻。皆「予」之本音也。

愐河林之蓁蓁兮　《後漢書》「愐」作「呬」，注引師古亦作「呬」。

偉關雎之戒女　倪氏思寬曰：《關雎》猶言《周南》，舉其首篇而言也。戒女之女當如字讀，「因蓁

蓁而思戒女」之文，所謂「之子于歸，宜其家人」也，與上文「歸母氏而後寧」之意亦有關會。〔十一〕

曰近信而遠疑兮　《後漢書》注：黄帝答言也。

疇克謀而從諸　六臣本及《後漢書》「謀」並作「謨」。

注**《淮南子》曰：牛哀**　段校「曰」字下添「公」字，是也。

死生錯其不齊兮　六臣本「其」作「而」。

穆屈天以悦牛兮　《後漢書》「屈」作「負」。

注**旦而瞻其侍**　又**婦人獻雉**　今《左氏傳》「瞻其侍」作「皆召其徒」。毛本「雉」誤作「熊」。

通人闇于好惡兮，豈昏惑而能剖　《後漢書》「昏」作「愛」，注：「通人謂穆子文公等。言通人尚闇于好惡，况愛寵昏惑者豈能分之？」

注**《説文》曰：讖，驗也。《秦語》曰**　毛本「説」誤作「讖」，「秦語」當作「史記」。按此恐非舊注，若係舊注，則下「善曰」不煩複出《史記》云云矣。

孕行產而爲對　六臣本「行」作「在」。

慎竈顯以言天兮，占水火而妄訊　《後漢書》「以」作「於」，「訊」作「誶」。

梁叟患夫黎丘兮，丁厥子而剚刃　六臣本「梁」作「良」，「剚」作「傳」。《後漢書》「剚」作「事」。

注**善效人之子姪昆弟之狀**　至**丈人望見之**　胡公《考異》曰：袁本、茶陵本于「之狀」二字作

「好扶邑丈人而道苦之」；于「邑丈人有之市而醉歸者」句「邑」作「黎丘」，無「有」字，「而醉」作「醉而」；又無「曰吾爲汝父」至「何故」十九字；于「孽矣，無此事也」句無「矣」字，「此事」二字作「若」字；又無「昔也」至「可問也」十一字；于「是必奇鬼，固嘗聞之矣」句「必」下有「夫」字，「鬼」下有「也我」二字，無「嘗」字、「矣」字；于「復于市欲遇而刺殺之」句「復」下有「飲」字，無「殺」字；于「明旦之市」句無「之市」二字；于「遂往迎之」句無「往」字；于「丈人望見之」句「見之」二字作「其真子」三字。姜氏皋曰：此節見今本《吕氏春秋·疑似》篇，惟于「善效」之「善」作「喜」，而「謂其子」之「謂」作「誚」，「遂往迎之」云「往」作「逝」，「丈人望見之」作「望其真子」，餘皆同于李注所引；即《太平御覽》八百八十三所引亦同，僅于「豈謂不慈哉」句「謂」作「爲」耳。袁及茶陵不知何所本而任意删節也。

親所睼而弗識兮　六臣本「睼」作「視」，《後漢書》作「睇」。

毋緜攣以倖己兮　何校「倖」改「涬」，六臣本及《後漢書》亦並作「涬」。《後漢書》注引《衡集》注云：涬，引也，言勿牽制于俗，引憂于己。

注**周公若天威棐忱**　此引《尚書·君奭》篇「若天棐忱」而多一「威」字，蓋以《康誥》「天威棐忱」語誤合爲一。

注**祈，或爲祊，非**　《後漢書》注、《衡集》「祈」字並作「祊」。

注**司星子韋**　「司星」各本皆誤作「司馬」，惟此尤本不誤，《漢書·藝文志》「宋司星子韋三篇」注「景公之史」，本書《辨命論》注引此文亦作「司馬」而文法少異。

魏顒亮以從治兮，鬼亢回以斃秦 《後漢書》「治」作「理」，「斃」作「敝」。六臣本「斃」作「弊」。林先生曰：此善注複沓，不若章懷注之簡明，應據彼删正，六臣本亦削去「傳宣公十五年」以下一百八十四字。謹案此亦尤本增多，何、陳皆削去是也。

樹德懋于英、六 《後漢書》作「德樹茂乎英、六」。

注 **英、六，國也，楚末乃滅** 《史記·陳杞世家》云：皋陶之後或封英、六，楚穆王滅之。案《春秋·僖十七年經》齊人、徐人同伐英氏，又《春秋·文五年經》楚人滅六，皆不得爲楚末。

桑末寄夫根生兮 注 **桑末，木名也** 《爾雅》「寓木，宛童」郭注「寄生樹，一名蔦」，《廣雅》亦云「宛童，寄生樢也」，邵氏晉涵曰：今寄生多于桑上，《本草》云「桑上寄生，一名寄屑，一名寓木，一名宛童」，《後漢書》注云「百草至寒皆雕落，惟寄生獨榮于桑上」。然則注所云「桑末，木名也」恐非。

卉既凋而已育 注 **衆國已滅，而英、六獨存** 《後漢書》「凋」作「彫」，「育」作「毓」。何曰：謂英、六盛而秦、趙興也，注非。

有無言而不酬兮 《後漢書》「酬」作「讎」，注引《詩》亦作「讎」。

魂懺惘而無儔 六臣本「懺惘」作「惘懺」。《後漢書》「儔」作「疇」。

行積冰之磑磑兮　六臣本「磑磑」作「皚皚」。《後漢書》注：「古字磑與皚通。《説文》：皚皚，霜雪之貌也。」

注**《説文》曰：拂，擊也**　今《説文》：拂，過擊也。

騰蛇蜿而自糾　六臣本「蜿」作「寃」。姜氏皋曰：《説文》云「它，虫也，从虫而長，象寃曲垂尾形」，六臣本作「寃」亦是。

坐太陰之屏室兮　注**《説文》曰：屏，蔽也。屏與庰古字通**　六臣本及《後漢書》「庰」皆作「屏」〔十二〕。按正文當作「屏」，注引《説文》當作「庰」。《説文·尸部》屏，庰也〔十三〕；《广部》庰，蔽也。李注謂賦之「屏」與《説文》之「庰」通也，此正文與注互誤。尤本皆作「庰」亦誤。

慨含唏而增愁　注**《説文》曰：不泣曰唏**　六臣本及《後漢書》「唏」並作「欷」。今《説文》：「唏，笑也，一曰哀痛不泣曰唏。」李注删去「哀痛」二字，于義未足。《方言》：唏，痛也，哀而不泣曰唏。

廝織路于四裔兮　《後漢書》「路」作「絡」，注「織或作識」。五臣「裔」作「垠」，向注可證。然下隔一句即有「絶垠」字，此似應仍作「裔」。

注**《爾雅》曰：風飆謂之猋**　朱氏珔曰：今《爾雅》作「扶摇謂之猋」，「風」爲誤字；「飆」與「摇」通；「猋」从三犬，與从三火之「焱」異。

越谽嘲之洞穴兮，漂通川之硿硿　《後漢書》「越」作「趨」，「嘲」作「嗰」，「漂」作「標」，「川」作「淵」。六臣本亦作「淵」。

經重㿉乎寂寞兮，慜墳羊之深潛　注㿉，古陰字　六臣本及《後漢書》「㿉」並作「陰」，「深潛」並作「潛深」。

出石密之闇野兮　《後漢書》「石」作「右」，注「右謂西方也」。《山海經》曰西北曰密山」。按今《西山經》「密」作「峚」。

載太華之玉女兮　注《山海經》曰：鍾山之神　今《大荒北經》「鍾山」作「章尾山」，本書《雪賦》注引亦作「章尾」，惟《海外北經》作「鍾山」，李蓋兼引之。

舒訬婧之纖腰兮，揚雜錯之袿徽　注嫮目冥笑眉曼　何校「冥」改「宜」、「眉」上添「蛾」字，陳同，是也。《後漢書》注引《詩含神霧》曰：太華之山，上有明星玉女，主持玉漿，服之成仙。

六臣本「訬」作「妙」，「揚」作「裼」。《後漢書》「訬」亦作「妙」。

注《爾雅》曰：婦人之徽謂之縭　此「徽」字前文引作「幃」，皆與「褘」異。徽，蓋「褘」之假音字也。

注《說文》：婧，妍婧也　今《說文》：婧，竦立也。

顔的礫以遺光　六臣本「礫」作「鑠」，《後漢書》作「皪」。

獻環琨與琛縭兮　《後漢書》「琛」作「璵」。

雖色艷而賂美兮　《後漢書》注「賂或作貽」。

屑瑶蘂以爲糇兮　注**精瓊靡以爲粻**　六臣本「瑶」作「瓊」，「糇」作「糧」。《後漢書》注引《楚辭》作「屑瓊蘂以爲粻」〔十四〕，今本《離騷》同。

斢白水以爲漿　《後漢書》注：「《河圖》曰：崑山出五色流水，其白水東南流入中國，名爲河。」李巡《爾雅注》云：河水始出，其色白。

注**瑶蘂也。《説文》曰：糇，乾食糧也**　「瑶蘂也」三字恐有誤，各本皆同，無以訂之。「糇」當作「餱」，今《説文·食部》：餱，乾食也。

抨巫咸作占夢兮　六臣本「作」作「使」，《後漢書》作「以」。

含嘉秀以爲敷　《後漢書》「含」作「合」，「秀」作「禾」。

亦要思乎故居　《後漢書》「亦」作「爾」。按「亦」疑「尒」之誤。

僉供職而並迓　《後漢書》「供」作「恭」。六臣本「並」作「來」。尤本「迓」作「訝」。朱氏珔曰：《説文》「訝，相迎也」，重文爲迓，「訝」非誤字。

冠咢咢其映蓋　《後漢書》「咢咢」作「咢咢」，注「咢音五各反。一作岌岌，並冠高貌也」。

八乘騰而超驤　《後漢書》「騰」作「攄」，注：攄猶騰也。

注　僕夫懷余心悲　各本皆同。今《楚辭》作「僕夫悲余焉懷兮」。

注《說文》曰：無輻曰軨　今《說文》「軨」字云「車轖間橫木」，並無此訓，惟「輪」字云「有輻曰輪，無輻曰輇」，「輇」字云「一曰無輻也」，此殆誤以「輇」爲「軨」。《後漢書》注引《說文》同，惟「轖」作「輜」。

心勺藻其若湯　六臣本「勺藻」作「灼爍」。《後漢書》作「灼藥」。

左青琱之揵芝兮　六臣本「之」作「以」。

注《說文》曰：揵，豎也　今《說文》：楗，限門也〔十五〕。按相如《上林賦》「揵鰭擢尾」〔十六〕，《史記正義》曰：揵，音乾，舉也。《鬼谷子·内揵》注：揵者持之令固也。似與「豎」字義又稍別。

後委衡乎玄冥　六臣本及《後漢書》「後委衡」並作「委水衡」。

懲淟涊而爲清　六臣本「懲」作「澄」，《後漢書》作「澂」。良注「涵懷其風以澄混濁之氣」。此作「懲」恐誤，舊注「懲，騰也」亦未詳其義。

拽雲旗之離離兮　六臣本及《後漢書》「拽」並作「曳」。

浮蠛蠓而上征　《後漢書》「蠛蠓」作「蔑蒙」，注「蔑蒙，氣也」，引《甘泉賦》亦作「蔑蒙」。惟《前書·揚雄傳》注晉灼曰「蔑蠓，疾也」〔十七〕，義異。

注　**其樂也彤彤**　胡公《考異》曰：「彤彤」當作「融融」，各本皆誤。朱氏珔曰：彤祭之彤，《詩·絲衣》箋作「融」；《後漢書·馬融傳》「豐彤對蔚」，彤即融也。注明云「彤與融古字通」，則作「彤」不得云誤。

意建始而思終　六臣本「建」作「逮」。

注　**孔安國《尚書傳注》曰**　「注」字衍。

素女撫絃而餘音兮　注　**素，素女也**　《後漢書》無「女」字。按無者是也，方與注相應，下李注明云「舊注本無女字，今本有之」。

注　**閶閶其寥廓**　「閶」上當有「閃」字，各本皆脱。

踰高閣之將將　注　**離宮、閣道**　「將將」《後漢書》作「鏘鏘」，「高閣」注云：「閣道星也，《史記》曰『絶漢抵營室曰閣道』。鏘鏘，高貌。」

彎威弧之拔剌兮　注　**拔剌，彎弓貌**　《後漢書》「拔」作「撥」。翟氏灝曰：拔剌乃發矢之際弓翕之聲，非貌也。

觀壁壘于比落兮　按《石氏星經》壁壘十二星爲營壅，巫咸曰天壘主丁零、匈奴，審是則壁壘亦星之名也。〔十八〕

乘天潢之汎汎兮　《後漢書》注：《史記》曰「王良旁有八星絶漢，曰天潢」。

倚招搖、攝提以低回劉流兮　顧氏千里曰：「案各本劉字皆誤也。劉从刀者《玉篇》；《廣韻》與戳同，非。此之用當作劉，劉字从丩。六臣本正文下有渠幽二字，五臣音也；善必別有音在注中，今已失之，故讀者不察耳。《集韻·二十幽》『居虯切』載丩、劉二字，云丩或作劉、渠幽切，又載劉字云『劉流，環繞也』，即本五臣濟注。可見字之不从刀，據以訂正。劉流，疊韻字也。《後漢書》亦作劉〔十九〕，當是後人以誤本《文選》改之。又金氏甡曰『劉流猶樛流，《甘泉賦》「覽樛流于高光兮」晉灼注「樛流猶繚繞」』，其說是也，但未辨此賦之『劉』是今本字誤耳。」案《玉篇》有丩部，不載劉字；阮氏《經籍籑詁》引《集韻》仍作劉不作劉，即用此賦爲注，是阮氏所見《集韻》本劉、劉亦未分也。

偃蹇夭矯娩以連卷兮　注**《說文》曰：生子二人俱出爲娩**　《後漢書》「娩」作「婏」，注音孚萬反。按《說文》作「嬔，生子齊均也，从女从生，免聲」，《繫傳》作「从女，㝃聲，讀若幡，符販反」。按此注尤本增多，已見胡公《考異》，今證以《後漢書》，注本非《說文》，亦非舊注也。

戫汨飂淚沛以罔象兮　毛本此下脫「爛漫麗靡，藐以迭逷」八字，又脫注「自偃蹇以至迭逷，皆指二紀、五緯之乍離乍合、或急或遲而光采相射也，善曰皆疾貌。罔象即仿像也，《楚辭》曰沛罔象而自浮。戫，一六切。飂，力凋切。淚，音戾」五十九字。

踰庬鴻于宕冥兮　六臣本「庬」作「濛」。《後漢書》「鴻」作「澒」。

乃今窺乎天外　《後漢書》「今窺」作「令窮」。

據開陽而頫眡兮　《後漢書》「眡」作「盻」。

雖遊娛以媮樂兮　六臣本「遊娛」作「遊遨」。《後漢書》作「遨遊」。

乘焱忽兮馳虛無　六臣本「焱」作「猋」，《後漢書》作「飈」，按猋、飈字同。此正文及注皆作「焱」，傳寫誤也。桂氏馥曰：《説文》「飈，扶搖風也；颮，疾風也」，「猋忽」即「飈颮」之省文。

注　**倚閶闔而望兮**　「兮」當作「予」，各本皆誤。

雲菲菲兮繞余輪　六臣本及《後漢書》「菲菲」並作「霏霏」。

儵眩眃兮反常閭　注　**《倉頡篇》曰：眩眃，目視不明貌**　毛本注「眩眃」誤作「眩眩」，《説文繫傳》亦引作「眩眩」。近孫氏星衍所輯《倉頡篇》作「眴眴，目視不明貌」，蓋亦誤以「眩眃」爲「眩眩」又轉爲「眴眴」也，「眴」與「眩」古字通。

文章奐以粲爛兮　六臣本及《後漢書》「奐」作「煥」。

慕歷阪之嶔崟　《後漢書》「阪」作「陵」。

恭夙夜而不貳兮　《後漢書》「恭」作「共」，「夜」作「昔」。六臣本亦作「昔」。

固終始之所服　又　**懼余身之未勑**　《後漢書》二句末有「也」字。

夕惕若厲以省諐兮　六臣本「諐」誤作「僁」。翟氏均廉《周易章句證異》謂：孟喜《周易章句》作「夕惕若夤」句、「厲無咎」句，荀爽本、虞翻本、王弼本作「夕惕若厲」句，邵氏《易學辨》、朱震《漢上易集傳》、朱子《本義》則皆「夕惕若」句也。案干寶《周易注》亦云「外爲丈夫之從王事，則夕惕若厲」，《古周易訂詁》云「《淮南子》：終日乾乾以陽動也，夕惕若厲以陰息也。班固云：尸禄負乘，夕惕若厲」亦是，然則漢人讀《易》皆「厲」字斷句，此賦亦依古讀也。

默無爲以凝志兮，與仁義乎逍遥 《後漢書》「默」作「墨」，「逍遥」作「消摇」。

何必歷遠以劬勞 六臣本校云善無「必」字，蓋所見誤脱也，《後漢書》亦有「必」字。

天長地久歲不留 六臣本「久」作「遠」。

願得遠渡以自娱 六臣本及《後漢書》〔二十〕「渡」作「度」。

注**《説文》曰：逞，極也** 今《説文》：逞，通也。

迴志朅來從玄謀 《後漢書》「謀」作「諆」，注云諆或作謀。

校記

〔一〕志意不可遂 「意」原作「竟」，據《文選注》改。

〔二〕羌孰可爲言己 贛州、建州本「羌」作「嗟」。

〔三〕或以爲首飾 今《説文》「飾」作「幣」，段注：「首幣」未聞，當依李善《思玄賦注》作「首飾」。

〔四〕此之爲靈與天地並 「爲」原作「謂」，據《山海經·中山經》郭注改。

〔五〕豈當不能自免　「當」原作「尚」，據《山海經·中山經》郭注改。
〔六〕當復下降小水　「當」原作「尚」，據《山海經·中山經》郭注改。
〔七〕按鄭氏詩檜風譜疏云云　此下摘自梁玉繩《史記志疑·太史公自序傳》，唯改「自史公有北正之文」「皆從之」作「皆因史記之文」。
〔八〕水火配也爲陰　「也」稿本添改作「地」，兹據《史記索隱·太史公自序》《漢書注·司馬遷傳》「火，水配也，水爲陰」改回，梁玉繩不誤。
〔九〕龍魚陵居在北　「在北」據《文選注》補，係稿本誤删，今《山海經·海外西經》作「在其北」。
〔十〕余校引龍魚河圖　「龍魚」原倒，據《文選音義》卷十、《後漢書·張衡傳》注改，本書《西京賦》引不誤。
〔十一〕倪氏思寬云云　「思」原作「承」，據倪思寬《二初齋讀書記》卷三改。
〔十二〕六臣本庰作屏　「六臣本」下當補「正文」二字，六臣本注同此。
〔十三〕説文尸部屏庰也　《説文》二徐本、段注本皆同《文選注》作「屏，蔽也」。
〔十四〕屑瓊爢以爲粻　《後漢書》汲本、殿本「爢」字，百衲宋本作「爢」。
〔十五〕説文楗限門也　「楗」原作「揵」，據稿本及《説文》改。
〔十六〕上林賦揵鰭擢尾　「鰭」原作「鬐」，據《史記》《漢書·司馬相如傳》《文選·上林賦》改；

《史記》「擢」，《漢書》《文選》作「掉」。

〔十七〕晉灼曰蔑蠓疾也　「蠓」原作「蒙」，據《注漢書·揚雄傳》改，詳本書《甘泉賦》注三。

〔十八〕按石氏星經云云　本段摘自徐文靖《管城碩記》卷二七。「二」襲徐文靖作「三」，據《史記·天官書》正義、《隋書》《晉書·天文志》改；「壅」稿本曾塗改作「壘」，兹據徐文靖及隋、晉《天文志》等改回。

〔十九〕後漢書亦作劉　「劉」原作「劉」，據《後漢書·張衡傳》改。

〔二十〕六臣本及後漢書　「後」據稿本及《後漢書·張衡傳》補。

歸田賦

注　**躍疾驅**　按《史記·蔡澤傳》「躍」下有「馬」字，各本皆脱。

注　**司馬遷《悲士不遇賦》曰：天道悠昧**　今《藝文類聚·怨部》引司馬遷賦首尾完具而無此語。本書司馬紹統《贈山濤》詩注引作「天道幽昧人理促」，又《塘上行》注引作「天道悠昧人理促兮」。今考賦中有「天道微哉，吁嗟濶兮，人理顯然，相傾奪兮」四句，豈即因此而轉誤乎？

注　**嚶嚶，兩鳥鳴也**　葉氏大慶《考古質疑》云：《詩》「伐木丁丁，鳥鳴嚶嚶」，又曰「嚶其鳴矣，求其友聲」，鄭箋云「嚶嚶，兩鳥聲」，正文與注皆未嘗及黄鳥，自白樂天作《六帖》始類入鶯門。大慶按：《詩》嚶嚶雖非指鶯，然張衡《歸田賦》「王雎鼓翼，倉庚哀鳴，交頸頡頏，關關嚶嚶」，又《東都賦》「睢鳩鸝黄，關關嚶嚶」，蓋倉庚、鸝黄即所謂鶯也，張衡皆以嚶嚶言之，則唐人以嚶嚶爲鶯又未必不本于此；若以爲樂天始誤，竊謂不然。　蓋李嶠《鶯詩》「乍離幽谷日」，李白《荆門望蜀江》詩「花飛出谷鶯」，二李蓋先于樂天矣；況梁元帝《言志賦》「聞鶯鳴而懷友」，陳楊謹《從駕祀麓山廟》〔一〕詩「軒樹已遷鶯」，自梁、陳已用遷鶯事；又《尚書故實》《劉賓客嘉話》均謂：「今以進士登第爲遷鶯者亦久矣，蓋本《伐木》詩，然並無鶯字。頃歲省試《早鶯求友詩》又《鶯出谷詩》，别書固無證據，豈亦誤與？」益可證不自《六帖》始矣。

注**關關嚶嚶**　尤本「嚶嚶」改「喈喈」，據今《爾雅》也。按六臣本亦作「嚶嚶」，疑李注所據《爾雅》本不同耳。

注**《爾雅》曰：鶬鶊，黄鵹也。鵹音利**　今《爾雅》「倉庚，黧黄也」，注「其色黧黑而黄〔二〕，因以名云」。鵹，《廣韻》同「鸝」。

觸矢而斃　六臣本「觸」作「解」。

懸淵沈之魦鰡　注**毛萇《詩傳》曰：魦，鮀也**　姜氏臯曰：「魦」字引毛傳當是「魚麗于罶，鱨魦」傳，《詩》「魦」不作「魦」。《爾雅·釋魚》亦作鯊，惟《後漢書·馬融傳》注有「魦或作鯊」之文，是「魦」乃省文也。

係以望舒　六臣本「係」作「繼」。

苟縱心于物外，安知榮辱之所如　六臣本「物」作「域」，「安」作「焉」。

校記

〔一〕楊謹從駕祀麓山廟　楊謹，《藝文類聚》卷三八作陽慎，《文苑英華》三二〇作楊慎。「祀」原作「祝」，據二書及《考古質疑》卷四改。

〔二〕其色黧黑而黄　「黧」原作「鵹」，據《爾雅·釋鳥》注、《文選·高唐賦》注改。

文選旁證卷第十七

文選卷十六

潘安仁　閒居賦

而良吏書之以巧宦之目　六臣本「書」作「題」。尤本及《晉書·潘岳傳》「書之」下並有「題」字，則分爲兩句矣。

未嘗不慨然　六臣本「嘗」作「曾」。

注**文深善巧宦**　六臣本作「巧善宦」三字。

即太宰　五臣「宰」作「尉」，良注可證。

府主誅　《晉書》無「主」字。何曰無者非也。

自弱冠涉乎知命之年　六臣本「乎」作「于」。

一不拜職，遷者三而已矣　《晉書》職、遷二字上下互易。

抑亦拙者之効也　楊氏慎曰：岳望塵拜賈謐，固甘宦如飴者，卒不能速遇，則付之奈何以拙自文

耳！〔一〕

昔通人和長輿之論余也 六臣本「也」作「曰」。

稱多則吾豈敢，言拙信而有徵 《晉書》「則」作「者」，「拙」下有「則」字。

注 **百工是言皆於是** 尤本作「百工皆是言政無非」八字。

而屑屑從斗筲之役乎 《晉書》無「乎」字。

以供朝夕之膳 《晉書》無「以」字，下「以俟伏臘之費」句同。

孝乎惟孝，友于兄弟 注 **包氏曰：孝乎惟孝** 此與今讀不同。《漢石經》亦作「孝于惟孝」。武氏億云：古乎、于字同用，正與下「友于兄弟」屬詞相比也。

傲墳素之場圃 注 **八索九丘** 又 **八索，素王之法** 《晉書》「傲」作「遨」，「場」作「長」。五臣亦作「長」，銑注可證。按「八索」當作「八素」，陸氏音義「索本或作素」，《周禮·桌氏》正義、《詩·定之方中》正義俱引作「八素」。朱氏珔曰：按「索」「素」字古通用，故「墳索」亦可作「墳素」，但注所引賈逵説「素王之法」《左傳》疏亦引之，彼處作「八王之法」不作「素王」；此注又以孔子作《春秋》當之，計《春秋》之作在此後數十年，倚相安得預讀之耶？

身齊逸民 五臣「民」作「人」，良注可證。

陪京泝伊 《晉書》「陪」作「背」。

浮梁黝以徑度　注《河南郡縣境界簿》曰：城南五里，洛水浮橋　《初學記·橋部》：洛陽魏晉以前跨洛有浮橋。

注**《爾雅》曰：地謂之黝。《説文》曰：黝，微青黑色，於糾切**　六臣本無此十八字，有「黝，長貌」三字，是也。胡公《考異》曰：黝者𨲠之同字，《玉篇·長部》「𨲠肆，長不勁」，《廣韻·二十九篠》同，故善云「長貌」。潘賦與下文「傑」字偶句，𨲠言梁之長，猶傑言臺之高，與所引《爾雅》《説文》敻乎無涉，乃校書者誤記於旁，尤本不察，誤取而改之，讀者遂莫辨耳。向注「黝，橋貌」〔二〕，蓋五臣不取長爲訓，而如字讀之也。

靈臺傑其高峙　五臣「峙」作「跱」，向注可證。

究人事之終始　《晉書》「究」作「覩」。

谿子巨黍　《淮南子·俶真訓》「谿子之弩」，高誘曰「谿，蠻夷也，以柘桑爲弩」。按注引許慎云云見《史記索隱》卷十八，當亦《淮南子》注也。

其東則有明堂辟雍　六臣本無「有」字。

注**仲長《昌言》曰**　何校「長」下添「統」字。

宗文考以配天　《晉書·武帝紀》：太始二年二月丁丑宗祀。

備千乘之萬騎　何曰「之」字疑，案《晉書》亦作「之」。

注**袀服振振** 又**杜預曰：振振，威貌也** 今《左傳》「袀」作「均」，說詳《吳都賦》。今《左傳注》「威貌」作「盛貌」。

注**安革猛詩曰** 陳氏鱣曰：「安」字衍，「革猛」當作「韋孟」，見《漢書·韋賢傳》。是也，各本皆誤。

注**《論語》：叔孫武叔曰：吾亦何常師之有** 此子貢答衛公孫朝語，乃因下文叔孫武叔而誤。

故髦士投紱 《初學記·師部》引「髦士」作「賢士」。

應如草靡 《晉書》「如」作「猶」。

張公大谷之梨 注**大谷梨，未詳也** 尤本注刪「梨」字、「也」字，非。桂氏馥曰：王廙《洛都賦》〔三〕「梨則大谷冬熟，張公秋黃」、華延儁《洛陽記》〔四〕「城南五十里有大谷，舊名通谷」、陳思王《贈白馬王》詩「大谷何寥廓」即此。

梁侯烏椑之柹 《漢書·地理志》梁侯園有八稜烏椑。

周文弱枝之棗，房陵朱仲之李 王氏得臣《麈史》云：善注《選》「未詳」，余讀《拾遺記》「北極岐峰之陰，多棗木百尋，其枝莖皆空，其實長尺，核細而柔，百歲一實」，夫岐乃周文所居，知岳蓋出此，又《述異記》房陵定山〔五〕有朱仲李園三十六所。

注**《荊州記》** 至 **朱仲來竊** 胡公《考異》曰：袁本、茶陵本無此十七字，有「周文、朱仲未詳」六字。謹按《麈史》論《閒居賦》以李注云周文、朱仲未詳，因引王嘉《拾遺記》《述異記》補之；而《四庫全書總目》論《塵史》則云：「善注於此二條引《廣志》注『周文弱枝』，引《荆州記》注『房陵朱仲』，疏解分明，王氏蓋偶見不全之本耳。」六臣本亦未是也。

注**大山肅**　至**爲確磨之磨**　按此三十二字各本均無，獨見於尤本。胡公《考異》曰：無者是也，此見《顔氏家訓·勉學》篇，必或記於旁，而尤誤取以增多耳；彼「肅」上有「羊」字，此則誤去之，遂成誤中之誤。姜氏皋曰：李匡乂《資暇録》云「李注《文選》凡六七易稿，世所行者不止一本」，匡乂唐人而其時所見已不止一本，稿凡六七易則其書自有異同，且《顔氏家訓》亦恒爲善注所引，亦安决其爲尤所添多耶？

注**《爾雅》曰：荆桃**　至**不解核**　六臣本無此二十八字，是也。胡公《考異》曰：「安仁自以桃、櫻桃、胡桃爲三桃。善注但有櫻桃、胡桃者，桃不須注耳。不知者乃記《爾雅》於旁而尤取之，最誤。若善果引此，則荆、冬、山、胡而四，並桃成五，與正文乖戾甚矣。」姜氏皋曰：桃類甚廣，冬桃、山桃皆桃類而統於桃者也，櫻桃、胡桃並非桃故不統於桃，以有桃名故合稱三桃，非桃居其三而與櫻、胡爲五也，注不應删。

注**《博物志》曰：張騫使大夏得石榴。李廣利爲貳師將軍，伐大宛得蒲陶**　張氏雲璈曰：今本《博物志》無此文，按《太平御覽》九百七十引《博物志》「張騫使西域還得安石榴」，又九百七十二引《博物志》「張騫使西域還得蒲桃」〔六〕，案二則與《選注》稍異，然可補《博物志》之缺矣。

梅杏郁棣之屬　五臣「杏」作「李」，濟注可證。

繁榮麗藻之飾 五臣「麗藻」作「藻麗」，濟注可證。

蓼荾芬芳 六臣本「荾」作「荽」，《玉篇》荾、荽並同，《晉書》作「荽」。

注 **曹子建《求親表》曰** 何校「求」下添「通親」二字，陳同。

太夫人乃御板輿 林先生曰：岳諂事賈謐，謐二十四友岳爲其首，其母數誚之曰：「爾當知足，而乾没不已乎？」後被誅，曰：「負阿母！」是知失其身而能事其親者未之有也。輿軒奉母，世引爲美談，豈知正不足爲孝。

升輕軒 又 **或禊於汜** 《金樓子·立言》篇引「升」作「乘」，「或禊於汜」作「或宴於沚」。

藥以勞宣 鮑明遠有《行藥至城東橋》詩。五臣注「服藥行而宣導之」，是也。

席長筵 《晉書》句首有「於是」二字。

幾陋身之不保 良注：「陋身，岳自謂也，言遭楊駿之事，殆不全也。」何曰：按岳本傳，譙人公孫宏，岳待之厚。後岳爲楊駿太傅主簿，駿殺，岳被收。時宏爲楚王瑋長史，專權，爲岳言於瑋，謂之假吏，故得免，所謂「幾陋身之不保」也。

尚奚擬于明哲 六臣本及《晉書》「尚」並作「而」。《晉書》「于」作「乎」。

校記

〔一〕楊氏慎云云 今《丹鉛總録》《升菴集》均無此語。

〔二〕向注黝橋貌　贛州、建州本向注無「浮梁，橋也；黝，橋貌」七字。

〔三〕王廙洛都賦　「都」原作「神」，據《札樸》卷四及《北堂書鈔》卷五八、一一〇、一四六、一五五、《初學記》卷七等改。

〔四〕華延儁洛陽記　原作「華延洛記」，「陽」據《札樸》卷四及《文選·洛神賦》「通谷」注補；「儁」據《編珠》卷二、《藝文類聚》卷六三、《後漢書·何皇后紀》注、《初學記》卷七卷八、《元和郡縣圖志·洛陽》等補，《文選注》各本皆脱。

〔五〕房陵定山　「定」原作「空」，據《太平御覽》九六八、明刻《述異記》卷下等改。

〔六〕張騫使西域還得蒲桃　「還」據《太平御覽》九七二補。

司馬長卿　**長門賦**

司馬長卿《長門賦》　何曰：此後人所擬，非相如作，其辭細麗，蓋張平子之流也，《南齊書·陸厥傳》：《長門》《上林》殆非一家之賦。

孝武皇帝　顧氏炎武曰：相如以元狩五年卒，安得言孝武皇帝？余曰：此序不必相如自作。

別在長門宮　余曰：《雍録》：「長水，《水經》載三派〔一〕，其末皆自白鹿原北入霸，後因姚萇諱改爲荆溪水，失其本名。《郊祀志》『文帝出長門』〔二〕，如淳曰長門『亭名也』。亭以門爲名，非城門之門；門以長爲名，其必取之長水，以地近故也。竇太主獻長門園，武帝以爲長門宮，如淳曰園在長安城東南〔三〕陳皇后廢處，此宮是竇主園内之宮，又皆以長門亭立名。」

奉黄金百斤　六臣本無「黄」字。

皇后復得親幸　尤本句首有「陳」字，六臣本無「親」字。濟注：「陳皇后復得親幸，按諸史傳並無此文。」《史記索隱》十四云：相如作頌以奏，皇后復親幸，作頌有之，復親幸恐非實。顧氏炎武曰：陳后復幸云云，正如馬融《長笛賦》所云「屈平適樂國，介推還受禄」也。余曰：《藝文類聚》引《漢書》曰「武帝陳皇后爲妒，别在長門宮，司馬相如作賦，皇后復親幸」，此不知所據何本，《黄滔集》有《陳皇后因賦復寵賦》云「已無行雨之期，空懸夢寐。終自凌雲之製，能致烟霄」，蓋唐人皆以爲實有此事矣。

注**《字林》曰：幸吉而免凶也**　六臣本無此九字。

魂踰佚而不反兮　六臣本無「兮」字。

心熑移而不省故兮　尤本「熑」作「慊」，誤也，說見下。

注**移字或從火，非也**　尤本「移」作「慊」，誤也。胡公《考異》曰：《玉篇·火部》云：熑熪，火不絶。《廣韻·五支》同。是當時賦本有作「熪」者，善作「移」，從如字解之，故辨「熪」爲非耳。尤所見此注誤「移」爲「慊」，乃改正文之不誤以就其誤矣。燫、熑同字。

君曾不肯乎幸臨　六臣本無「曾」字，「乎」作「兮」。

注　**薄具，肴饌也**　六臣本無「薄」字，是也。

注　**悲愁窮慼兮獨處**　胡公《考異》曰：「處」下當有「廓」字，各本皆脱，此所引《九辨》文。

飄風迴而起閏兮　五臣「起」作「赴」，銑注可證。

鸞鳳翔而北南　六臣本、毛本「翔」作「飛」。

注**《説文》曰：撼，摇也**　今《説文》「撼」作「摵」。鉉曰：别作「撼」，非是。

離樓梧而相撐　注**邪柱爲梧**　姜氏皋曰：《説文》：廔，屋麗廔也。《玉篇》《廣韻》均作「麗廔綺窻也」。又「囧」字注「窗牖麗廔闓明」。疑「離樓」即「麗廔」，亦言窗櫺疏朗也；「梧」當作「牾」。楊氏錫觀云：枝梧、抵梧本當作「棤牾」「抵牾」，今「牾」轉平聲可也，借吾、梧及枝、抵，字義無取，至以梧爲「邪柱」尤曲説也，是賦「梧」字亦交午相撐之意。

委參差以槺梁　《説文》：康，屋康㝗也。《繫傳》引此作「康㝗」，高空之義。賦借用「槺梁」字耳，注中「以承虛梁」云云恐非。

爛耀耀而成光　六臣本作「焕爛爗而成光」。

緻錯石之瓴甓兮　六臣本「緻」作「致」。

注**《説文》：蹝，躡也。一曰：蹝，鞮屬。鞮，革履也……蹝與躧音義同**　尤本「躡」作「履」。今《説文·足部》：躧，舞履也，重文「韆」或从革。又《革部》：鞮，革履也；䩥，鞮屬也。均無「躡也」之訓。銑注「躡也」恐與此同誤。

揄長袂以自翳兮 六臣本「揄」作「投」。

魄若君之在旁，惕寤覺而無見兮 六臣本「魄」作「魂」，「寤」作「寐」。

夜曼曼其若歲兮 六臣本「曼曼」作「漫漫」，無「兮」字。

妾人竊自悲兮 六臣本「悲」下有「傷」字。

校記

〔一〕長水水經載三派 「長水」原作「長門」，據《文選紀聞》卷九、《雍録》卷六改。

〔二〕文帝出長門 「門」下原衍「亭」，余蕭客誤，據《雍録》卷六、《漢書·郊祀志》改。

〔三〕園在長安城東南 「南」據《漢書注·東方朔傳》補。

思舊賦

向子期

注 **與嵇康、吕安友** 六臣本無此六字。

余與嵇康、吕安 六臣本「余」字下有「少」字。

嵇志遠而疎 五臣「志」作「意」，翰注可證。

注 **及兄巽友善** 段校「及」下添「安」字，是也。

余逝將西邁　六臣無「余」字。

注**將命者出**　今《論語》「出」下有「户」字。本書《三國名臣序贊》注引亦有「户」字。

經山陽之舊居　張氏雲璈曰：《水經注》九《清水》下云「向子期所云山陽舊居，後人立廟於其處」，注又引郭緣生《述征記》：白鹿山東南二十五里有嵇公故居，有遺竹焉。

歎黍離之愍周兮　何曰「愍」當作「慜」。按下篇《歎逝賦》「愍城闕之丘荒」亦當作「慜」字。《廣韻》愍訓聰，則作「慜」是。

注**《尚書大傳》曰：微子將朝周，過殷之故墟，見麥秀之蔪蔪，此父母之國，志動心悲也**［一］**，作雅聲曰：麥秀漸兮，黍米䵷䵷，彼狡童兮不我好**　今本《尚書大傳》云：「微子將往朝周，過殷之故墟，見麥秀之蔪蔪，曰：『此父母之國，宗廟社稷之所立也。』志動心悲，欲哭則爲朝周，俯泣則爲婦人，推而廣之，作雅聲，以上《魏都賦》李注引同，惟「墟」上無「故」字。乃爲《麥秀》之歌曰：麥秀蘄蘄兮，黍苗油油。彼狡童兮，不我好仇。」按《魏都賦》張注亦引作「黍苗油油」，可證此作「油油」爲是。「䵷䵷」義既難通，韻亦不協，別本《尚書大傳》或作「蠅」亦誤。《漢書·伍被傳》注：箕子歌曰：「麥秀漸漸兮，黍苗之繩繩兮，彼狡童兮，不與我好兮。」此亦是引《大傳》而誤微子爲箕子也。《禮記·樂記》正義亦引作「箕子」，而「油油」足正「繩繩」之誤。

惟古昔以懷今兮　六臣本「今」作「人」。

形神逝其焉如　六臣本「逝」作「遊」。

昔李斯之受罪兮　六臣本「罪」作「戮」。《文心雕龍·指瑕》篇云：「君子儗人，必於其倫。向秀之賦，嵇生方罪於李斯，不類甚矣。」

託運遇於領會兮　六臣本「遇」作「命」。

停駕言其將邁兮　《晉書·向秀傳》「停」作「佇」。

校記

〔一〕志動心悲也　贛州、建州、毛本同，尤本、元槧本、胡本無「也」字，秀州、袁本無此下十九字；明州本此條省作「善同翰注」，然二注大不同。

歎逝賦

陸士衡

注參大將軍軍事　毛本「參大」二字誤倒。六臣本無此六字。按此賦注有爲尤本增多者，已詳胡公《考異》，茲不悉出。

注孫林曰　陳曰「林」疑當作「炎」，是也，各本皆誤。

十年之外　又乃作賦曰　六臣本「外」作「内」，無「作」字。

望湯谷以企予　注湯谷上於扶桑　又郭璞曰：上於扶桑，在上也　案《山海經·大荒東經》

「於」作「有」，郭注亦無「上於」二字，其《海外東經》亦云湯谷上有扶桑也。此注當是傳寫之譌。

川閲水以成川　張氏雲璈曰：此語全用《子華子》語，而李注不引，則《子華子》爲後人僞託也。

恒雖盡而弗寤　六臣本「弗」作「不」，下「苟性命之弗殊」句同。

注**似李樹棗**　「棗」當作「華」。

交何戚而不忘，咨余今之方殆，何視天之芒芒　六臣本「忘」作「亡」，「今」作「命」。五臣「芒芒」作「茫茫」，向注可證。

注**《倉頡篇》曰：瘁，憂也**　胡公《考異》曰：「瘁」當作「悴」，觀下注可見。

注**半，平聲，協韻**　邵氏長蘅曰：半，卑眠切，引《道藏》歌也。

注**《説文》曰：冥，窈也**　今《説文》：冥，幽也。按「冥，窈也」爲《爾雅·釋言》文。姜氏皋曰：《説文·日部》「昏，日冥」，段氏以爲冥者窈也，《詩傳》「窈窕，幽閒也」以幽釋窈，是冥固幽窈之義，李氏誤舉《説文》耳。

毒娱情而寡方　六臣本「而」作「之」。

諒多顔之感目　五臣「諒」作「亮」，翰注可證。按上云「亮造化之若兹」不作「諒」，疑此亦當作「亮」也。

樂隤心其如忘　五臣「隤」作「隕」，向注可證。

注《説文》曰：契，約也　今《説文》：契，大約也。

懷舊賦

潘安仁

注《爾雅》曰：壻之父母相謂爲婚姻　余曰：「壻」上應補「婦之父母」四字。按六臣本無此十二字。此賦注有，爲尤本增多者。已詳胡公《考異》，茲不悉出。

注楊暨，字肇　「字」當作「子」。

注《論語》：哀公問孔子弟子孰爲好學，孔子曰：有顔回者，不幸短命死矣　《論衡·問孔》篇亦作「哀公問孔子」。本書《楊仲武誄》注引此文「曰」上有「對哀公」三字，「顔回者」下亦無「好學」二字。

水漸軔以凝沍　段曰：《説文》「軔」字注云：今本作車軔也。《玉篇》《廣韻》皆作「車輞」，「輞」譌爲「軔」，見《爾雅》釋文。

注《小説》曰：昔傅亮　孫氏志祖曰：當是《殷芸小説》。

墳壘壘而接壟　六臣本作「墳纍纍以接隴」。

注《説文》曰：壟，丘也　今《説文》：壟，丘壟也。

今九載而一來　六臣本「一來」作「來歸」。

注《説文》曰：除，殿階也　今《説文》「階」作「陛」。

聊綴思於斯文　五臣「綴」作「掇」，濟注可證。

寡婦賦

樂安任子咸　六臣本「咸」下有「者」字。

注《廣雅》曰：韜，藏也　本書《五君詠》注、《齊敬皇后哀策文》注引並同，而今《廣雅·釋詁》「藏也」節無「韜」字。

孤女藐焉始孩　注《廣雅》曰：藐，小也。《字林》曰：小兒笑也　惠氏棟《左傳補注》引作「藐，小兒笑也」。按《説文》引《字林》曰「孩，小兒笑也」，此李注引釋賦中「孩」字，而各本傳寫皆脱「孩」字，惠亦誤引。

注《禮記·内則》曰：子生三月孩而名　今《禮記》作「咳而名之」，此引有誤。

注《毛詩》曰　至不如友生　六臣本無此十九字。

余遂擬之以叙其孤寡之心焉　六臣本「以」下有「作」字。

痛切怛以摧心　五臣「摧」作「切」，銑注可證。

注長慼慼不能閒居兮　胡公《考異》曰：下「慼」當作「之」，「兮」當作「焉」。

承慶雲之光覆兮　六臣本無「兮」字。按下「天凝露以降霜兮」「仰神宇之寥寥兮」「雖冥冥而罔覿兮」「輪按軌以徐進兮」「願假夢以通靈兮」五句，六臣本均無「兮」字，恐皆偶脱，無以考之。

注 **丁儀妻《寡婦賦》**　《藝文類聚·哀傷部》載丁廙妻《寡婦賦》與此注所引語多出入，而此注俱作丁儀，未知孰是。此注「塊孤惸以窮居」，《類聚》「塊」作「魂」，「惸」作「煢」；「刷朱闕以白堊」，《類聚》「闕」作「扉」；「易玄帳以素幬」，《類聚》「幬」作「幃」；「雀分散以赴群」，《類聚》「赴群」作「群逝」；「痛存亡之異路」，《類聚》「亡」作「没」；此下尚有二句，始接「將遷靈」句；「駕龍輀於門側」，《類聚》對句爲「設祖祭於前廊」；「風蕭蕭而自勁」，《類聚》對句爲「寒凜凜而彌切」，「自勁」作「增勁」。此外「恐施厚而德薄，若履冰而臨淵」「涕流迸以淋浪」「旐繽紛以飛揚」「雪翩翩以交零」「氣憤薄而交縈，撫素枕而歔欷」「神爽緬其日永，歲功忽其已成」「顧顔貌之艴艴〔一〕，對左右而掩涕」「鳥凌虚以徘徊」「賤妾煢煢，顧影爲儔」等句則皆《類聚》所不載也。

徒願言而心痗　六臣本「徒」作「從」。

注 **在旁曰帷**　又《韓詩外傳》曰嗚　尤本「帷」誤作「帳」。「外」字衍。

撫衾裯以歎息　林先生曰：何義門謂寡婦不夜哭，此賦有語病。余謂歎息非哭，有聲有淚爲哭，歎息正合不夜哭之義。

曜靈曄而遄邁兮　五臣「曄」作「驛」，翰注可證。

注**顔延年曰**　此當是顔延年所著《纂要》文。

天凝露以降霜兮，木落葉而隕枝　六臣本「以」作「而」，「落葉」作「葉落」，「其」作「以」。　又**龍轜儼其星駕兮**

注**公西赤爲志焉**　尤本無「赤」字。

霤泠泠以夜下兮，水溓溓以微凝　六臣本「以」作「而」，「水」作「冰」。《説文繫傳》「溓」字注引此「泠泠」作「淋淋」。

注**《説文》又曰：溓溓，薄冰也**　今《説文》：溓，薄冰也，或曰中絶小水。

神一夕而九升　余曰：魏文帝《寡婦詩》：守長夜兮思君魂，一夕而九乖。

注**《説文》曰：凜凜，寒也**　今《説文》：凜，寒也。本書《文賦》注又引作「懔懔，寒也」，蓋誤。

氣憤薄而乘胸兮　五臣「薄」作「懣」，濟注可證。

注**喪容傴傴**　姜氏皋曰：今《禮·玉藻》「傴傴」作「纍纍」，注「羸憊失意之貌」，不作「傴傴」，然《説文》「傴，相敗也」，音義當同。

注**《鸚鵡賦》曰：容貌慘以顦顇**　尤本「曰」上脱「賦」字。

重曰　何曰：「重曰」猶「亂曰」，本《楚辭·遠遊》篇、班婕妤《自悼賦》。

注**《説文》曰：穨，墜也**　「穨」當作「隤」。今《説文》「隤，下墜也」，無「穨」字。按穨者積之俗字，

《説文》「穨，秃皃，从秃，貴聲」，若作「頹」則無聲矣。

孤鳥嚶兮悲鳴，長松萋兮振柯　六臣本嚶、萋二字並重。

校記

〔一〕頳貌之艴艴　尤本、胡本作「顔貌之艴艴」，元槧本作「顔貌之瓶瓶」，他本作「頳貌之瓶瓶」，此引不倫。

江文通　恨　賦

方架黿鼉以爲梁　五臣「架」作「駕」，翰注可證。

注《紀年》曰：周穆王三十七年伐紂　「紂」當作「楚」。六臣本「穆王」誤作「武王」，因並誤「伐楚」爲「伐紂」耳。今本《竹書紀年》可證。本書《江賦》注引「伐紂」作「征伐」。

注《淮南子》曰：趙王遷流房陵，思故鄉則爲山木之謳，聞者莫不隕涕。高誘曰：秦滅趙，虜王，遷徙漢中房陵〔一〕。山木之謳，歌曲也　此李引今《泰族訓》文，六臣本同，是也。尤本於「高誘曰」下有「趙王張敖」四字，乃誤取增多，致爲舛錯。非特高注並無此語，抑且漢時趙王張敖不容與戰國時趙王遷並爲一人。《史記·趙世家》正義亦引《淮南子》云趙王遷，明甚。毛本亦誤。

喪金輿及玉乘　「乘」字作平聲。姜氏皋曰：《詩·閟宫》「公車千乘」，「乘」叶神陵反，《古韻標準·

平聲十》亦云車乘之乘可讀平聲。

情往上郡，心留鴈門　顧氏炎武曰：按《史記》言匈奴左方王將直上谷郡以東〔二〕，右方王將直上郡以西，而單于之庭直代、雲中；《漢書》言天子遣使送單于出朔方鷄鹿塞〔三〕。乃知漢與匈奴往來之道大抵從雲中、五原、朔方，故江淹賦李陵但云「情往上郡，心留鴈門」也。

注**詔掖庭王廧爲閼氏**　尤本作「嗇」，他本皆作「嫱」，「嫱」字固非，然《漢書·元帝紀》本作「檣」，亦不作「廧」也。

代雲寡色　陳曰：「代」當作「岱」，注中引《漢書》同。今《天文志》是「岱」字也，五臣尚不誤。

望君王兮何期　注《鬻子》曰：君王　六臣本「王」作「子」，誤也。彼注引《鬻子》尚不誤。毛本則正文不誤而注中亦誤作「子」。

至乃敬通見抵　六臣本「乃」作「如」。《後漢書·馮衍傳》〔四〕：衍取北地女任氏爲妻，悍忌，不得畜媵妾，兒女常自操井臼，老竟逐之，遂坎壈於時。

注**趙壹閉關**　林先生曰「壹」當作「典」。

顧弄稚子　六臣本「顧弄」作「右顧」。林先生曰：馮衍子名姜、豹，衍與婦弟書曰姜豹常爲奴婢〔五〕，此顧弄稚子所爲可恨也。

注**亹閲之始**　陳校「閲」改「閱」，是也，各本皆誤。

注《孟子》曰：孤臣孽子　今《孟子》「孤」字上有「獨」字〔六〕，而《晉書·閻纘傳》引亦無。

校記

〔一〕遷徙漢中房陵　尤本、元槧本、毛本、胡本作「遷徙房陵，房陵在漢中」。

〔二〕直上谷郡以東　《漢書·匈奴傳》「東」字，《史記》作「往」。

〔三〕出朔方雞鹿塞　「鹿」原作「禄」，據《日知録》卷二一、《漢書·匈奴傳》改，蓋涉《日知録》上句引《漢書》上文「光禄塞」而誤。

〔四〕後漢書馮衍傳　「後」據《漢書》《後漢書》補。

〔五〕姜豹常爲奴婢　《後漢書·馮衍傳》汲本、殿本「常」，百衲宋本作「當」。

〔六〕今孟子孤字上有獨字　「孤字上」原作「曰字下」，據《孟子·盡心上》改。

別賦

注《説文》曰：黯，深黑也　六臣本無此七字。

注體漫漫兮　今本《尚書大傳》「禮縵縵兮」，盧氏文弨《考異》云「禮，别本作紀」。按或本作禮，省作礼，因誤作紀耳。此獨作「體」，殆唐時舊本如是耶？姜氏臯曰：《大傳》鄭注「禮縵縵」者「教化廣遠」也，則作「體」者疑非。

櫂容與而詎前　五臣「櫂」作「棹」，翰注可證。六臣本「詎」作「未」。

注**周道逶遲**　案《詩·四牡》「逶」作「倭」。本書《西征賦》注作「威夷」，薛君曰「威夷，險也」，又作「威遲」〔一〕，《漢地理志》注云「周道倭遲，《韓詩》作郁夷」，王伯厚《詩考》引《韓詩外傳》「褘隋」即「委蛇」〔二〕，皆通。

注**袁叔《正情賦》曰**　六臣本「叔」作「淑」，是也。

事乃萬族　又**龍馬銀鞍**　六臣本「乃」作「有」，「銀」作「金」。

注**在河内縣**　陳曰「内」當作「南」。胡公《考異》曰：此據《金谷集詩》注引校也。

感寂寞而傷神　六臣本「感」作「咸」。

抆血相視　五臣「抆」作「刎」，良注可證。

注**伏虔《通俗文》曰**　毛本「伏」作「服」。何曰：此可爲杜詩「諸生老伏虔」之證。案此注爲尤所添，六臣本無之，何就誤字爲説耳。

注**燕丹太子曰**　陳校去「太」字，是也，各本皆衍。

注**《孟子》曰：太山之高**　六臣本「曰」上有「注」字，是也。本書曹子建《送應氏詩》注、謝靈運《登臨海嶠》詩注引此並脱「注」字，而今趙注及章指俱無之，或劉熙、綦毋邃、陸善經三家之語也。

注**劉詡曰：程夫人**　胡公《考異》曰：「夫」當作「大」，各本皆誤，范書《蔡邕傳》「程大人」即此也。

一赴絶國　六臣本「赴」作「去」。

注**孟子見齊宣王曰**〔三〕**：所謂故國，世臣之謂。注：非但見其木，當有累世脩德之臣也**　尤本有此三十字，字句譌脱，當是傳寫之譌，袁本删之〔四〕。元槧本作「孟子見齊宣王，所謂故國者，非謂有喬木之謂也，有世臣之謂也；臣非但見其高大樹木也，爲有累世脩德之臣也」，是全引《論衡》語；毛本同而脱「有世臣之謂也」一句。

注**班荆而坐，相與食**　案《左氏·襄二十六年傳》「班荆相與食」，注「布荆藉地而坐」，正文無「而坐」二字，此牽引之。

蹔幽閨之琴瑟　又**春宫閟此青苔色**　五臣「閨」作「宫」，翰注可證。六臣本「宫」作「閨」。

注**《織錦迴文詩序》曰**　至**苻國時人也**　案《晉書·列女傳》載苻堅秦州刺史竇滔有罪徙流沙，其妻蘇蕙織錦爲迴文旋圖詩；又稱其圖凡八百四十字，縱横宛轉以讀之，文多不録云云。與此注同，並無滔鎮襄陽及趙陽臺讒間之事，而唐則天皇后序有之，莫知所從來也。

儻有華陰上士，服食還山　六臣本「山」作「仙」，校云善無此二句，蓋所見傳寫偶脱耳。

暫遊萬里，少别千年　鮑照《升天行》「暫遊越萬里，近别數千齡」，語意相類。

桑中衛女　六臣本「女」作「艷」。案良注「美貌曰娥，美色曰艷」，此因注「陳娥」而連及之，不得即據以改「衛女」爲「衛艷」也。

上宫陳娥　注**陳女戴嬀**　姜氏皋曰：按戴嬀大歸，雖與賦别闗合，未免不倫。陳娥或指株林之夏姬，《左氏·成二年傳》云「巫臣盡室以行，申叔跪遇之，曰有桑中之喜」又云「及鄭，使介反幣，而以夏姬行」云云，文通或以桑中事牽率用之也。

注**又《竹竿》章**　又**《燕燕》章**　陳曰：此引二詩與本事無涉，蓋誤解也。胡公《考異》曰：陳亦未知此非善注耳。

雖淵雲之墨妙　姜氏皋曰〔五〕：《物原》云邢夷作墨、史籀始墨書於帛〔六〕，《廣博物志》云墨始造於黄帝之時，《洞天清録》云上古以竹挺點漆而書、中古有墨石可磨汁以書、至魏晉間始有墨丸〔七〕，《晁氏墨經》謂石墨自魏晉以後無聞，然則淵雲時所用者當是石墨，或《西京雜記》所云隃麋墨也。

金閨之諸彦　注**金閨，金馬門也**　六臣本校云「閨」善作「門」。按此注亦尤添以就正文作「閨」之誤耳。

賦有凌雲之稱　六臣本注有「《漢書》曰：司馬相如既奏《大人賦》，天子大悦，飄飄有凌雲之氣」云云，他本皆無之。〔八〕

注**奭也文難施**　此《史記·荀卿傳》文，「難」上有「具」字。

注**故曰談天。雕龍赫赫，修鄒衍之術**〔九〕。**文飾之若雕鏤龍文，故曰雕龍赫**　按《史記集解》引劉向《别録》〔十〕「雕龍赫赫」四字作「鄒奭」二字，「文」字上無「術」字，「若」字上無「之」字，末句無「赫」字。六臣本注有「《七略》曰：鄒赫子，齊人也」九字。

誰能摹暫離之狀　六臣本「誰」作「詎」。

校記

〔一〕案詩四牡西征賦云云　「西征」原作「西京」，據《文選注》改。此改纂王應麟《詩考·韓詩·四牡》致誤。《文選·西征賦》《琴賦》《金谷集作詩》《秋胡詩》《石闕銘》注引《韓詩》「周道威夷」，《北使洛》注引作「周道威遲」，王氏曰「《文選注》『周道威夷』，薛君曰『威夷，險也』，又作『威遲』」，皆未言篇目。此既誤補《西京賦》又漏補《北使洛》，復誤以王語「又作威遲」爲薛注。

〔二〕褘隋即委蛇　「蛇」原作「迤」，據王應麟《詩考·韓詩·羔羊》、洪适《隸釋·衡方碑》改。

〔三〕孟子見齊宣王曰　此上原衍「《孟子》曰：故國者，非爲喬木，有世臣也」，《文選注》各本皆有該句，不屬本條所論「尤本有此三十字袁本删」「元槧本毛本作某」。

〔四〕尤本有此三十字袁本删之　「三十」下原衍「二」，涉胡克家《文選考異》上行「此二十二字」而誤；「袁本」當作「六臣本」，茶陵本同之。

〔五〕姜氏皋云云　姜皋引自《格致鏡原》卷三七。

〔六〕物原云云　「物原」原作「事物記原」，據《格致鏡原》卷三七、《廣博物志》卷三十改，語見《物原·文原》，《事物紀原》無。

〔七〕洞天清録云云　《洞天清録》無此語，陶宗儀《南村輟耕録》卷二九有。

〔八〕漢書曰司馬相如既奏大人賦云云　「曰」原作「云」，據《文選注》改；「賦」據《文選注》《漢書·司馬相如傳》補。按六臣本此注「《漢書》曰：司馬相如既奏《大人賦》，天子大悦，飄飄有凌雲之氣。《七略》曰：鄒赫子，齊人也，齊人爲諺曰」三十七字，尤本、元槧本、毛本、胡本作「《史記》：荀卿趙人，年五十始來游學於齊。鄒衍之術迂大而閎辯，奭也文難施，齊人爲諺曰談天衍。劉向《别録》曰：鄒衍之所言五德終始、天地廣大，書言天事，故曰談天」六十三字，此條及下二條乃割裂論之。

〔九〕雕龍赫赫修鄒衍之術　六臣本下「赫」作「言操」，讀作「雕龍赫，言操修鄒衍之術」。

〔十〕史記集解引劉向別録云云　「集解」原作「正義」，據《史記·荀卿傳》改。

文選卷十七上

文　賦

陸士衡

注**俱入洛**　又**舊相識以文華呈**　毛本「入洛」誤作「洛洛」。何校「舊」上添「如」字，「華呈」改「呈華」。按此標名下注自「機字士衡」至「係蹤張蔡」一百字，六臣本無之。

余每觀才士之所作，竊有以得其用心　六臣本無「所」字、「用」字。

夫放言遺辭良多變矣 六臣本「夫」下有「其」字。

注《説文》曰：**妍，慧也** 今《説文》「慧」作「惠」，《繫傳》本作「慧」。

良難以辭逮 五臣「逮」作「逐」，翰注可證。

喜柔條於芳春 六臣本「喜」作「嘉」。按下有「嘉麗藻之彬彬」句，此作「喜」字爲優。

心懔懔以懷霜 注《説文》曰：**凛凛，寒也** 六臣本「懔懔」作「凛凛」。按《説文》「懔」從仌旁，則作「凛」爲是。

詠世德之駿烈 五臣「駿」作「俊」，銑注可證。

誦先人之清芬 注**在昔先民有作** 據注「人」字當作「民」。何校「在昔」上添「自古」二字，是也，各本皆脱。

嘉麗藻之彬彬 六臣本「麗藻」作「藻麗」。

注**孔安國《論語注》曰：彬彬，文質見半之貌** 六臣本以此爲包咸注，「見」作「相」。

注**《周禮》曰：六藝，禮、樂、射、御、書、數也** 何曰：六藝，《易》《詩》《書》《禮》《樂》《春秋》也。太史公曰「學者載籍極博，猶必考信於六藝」，又孔子弟子「身通六藝者七十二人」，以上下文求之，似不當引《周禮》。姜氏臯曰：《史記·儒林傳》「六藝從此缺焉」，《自序》云「儒者以六藝爲法」又云「六藝經傳以千萬數」，是太史公本以六藝爲六經。

採千載之遺韻　閻氏若璩曰：《音學五書》以文人言韻莫先於《文賦》，予謂《文心雕龍》云「昔魏武論賦，嫌於積韻而善於資代」、《晉書·律曆志》「魏武時河南杜夔精識音韻，爲雅樂郎中」，二書雖一撰於梁一撰於唐，要及魏武、杜夔之事俱有韻字，知此學之興蓋在漢建安中〔一〕矣。張氏雲璈曰：《嘯賦》李氏注「均，古韻字也」，《鶡冠子》曰五聲不同均」，則韻字之義亦久矣。

觀古今於須臾　六臣本「於」作「之」。

撫四海於一瞬　注**《說文》曰：開闔，目數搖也**　案「瞬」《說文》作「瞚」，無重文。《玉篇》「瞬」與「瞚」同。

抱景者咸叩，懷響者畢彈　六臣本校云「景」善作「暑」，按「暑」字必傳寫之誤，尤本亦作「暑」，不可通。六臣本「畢」作「必」。

或本隱以之顯　注**之或爲未**　五臣「之」作「末」，翰注可證。

眇衆慮而爲言　注**妙萬物而爲言者也**　注中「妙」字亦應作「眇」。《周易》釋文：「妙」王肅本作「眇」，董遇曰「眇，成也」。

注**《說文》曰：挫，折也**　今《說文》「挫，摧也」，「摧」下「一曰折也」。《周禮·考工記》「揉牙內不挫」，鄭注：挫，折也。

注**《廣雅》曰：躑躅**　又**與踟跦同**　何校「躑」改「蹢」，陳校「跦」改「蹰」，是也，各本皆誤。按今

《廣雅》「躑」本作「蹢」，「躅」作「躅」。

注 子路帥爾而對曰　今《論語》「帥」作「率」，帥、率古字通，《詩·采菽》「亦是率從」《左氏傳》引作「帥」，《噫嘻》「率時農夫」《韓詩》作「帥時」是也。翟氏灝曰：「率」字訓義頗多，獨未有以輕遽爲訓者，皇氏《義疏》作「卒」，所載何氏注亦作「卒」，與《孟子》梁襄王「卒然」義合，作「率」似因形近致誤。按《廣韻》「率」有急遽之訓，本書《非有先生論》注亦云「率然，輕舉之貌」，是唐時已有此解也。

注 何有何無，僶俛求之　《詩·谷風》「無」作「亡」，「僶俛」作「黽勉」。錢氏大昕以爲「勉即俛字」。

言窮者無隘，論達者唯曠　孫氏鑛曰：「言窮無隘」者，言雖盡而意有餘也；「論達惟曠」者，論之達由於識之曠也。善注未明。

固崎錡而難便　六臣本「而」作「之」。

苟達變而識次　五臣「識」作「相」，銑注可證。

注 《賓戲》曰　「賓」字上當有「答」字。

注 《聲類》《蒼頡篇》曰：銓，稱也。曰　下「曰」字當接上「聲類」二字，其中間七字尤本所誤添，六臣本無之，是也。

立片言而居要　六臣本「而」作「以」。

注《左氏傳》：**繞朝贈士會以馬策**　《左傳》但云「贈之以策」，杜預以爲馬檛、服虔以爲策書，此用杜注耳，與正文不甚比附，六臣本無之，是也。

注《説文》曰：**謂文藻思如綺會。千眠，光色盛貌**　陳曰「説文曰」三字當在「千眠」上。按六臣本無「説文曰」以下十字，是也。

炳若縟繡　注《説文》曰：**縟，繁，彩色也**　又**繡，五色彩備也**　朱氏珔曰：案本書《西京賦》《月賦》《景福殿賦》、劉越石《答盧諶》詩注引《説文》「彩色」皆作「彩飾」，《長笛賦》注引無「繁」字、「色」亦作「飾」，又「繡，五色彩備」句今《説文》無「色」字。

意徘徊而不能揥　五臣「揥」作「褫」，是也，向注可證。陳曰：注「揥或爲褅，褅猶去也」，兩「褅」字皆當作「褫」，各本皆誤。

注《説文》曰：**揥，取也，佗狄切，協韻，佗帝切**　今《説文》「摕，撮取也」，按《説文》無「揥」字，段氏以爲「揥」字是「摕」之譌。然《詩·君子偕老》「象之揥也」釋文云「摘也」，「摘」與「撮取」義同，不必作「摕」也；釋文又云「揥，勑帝反」，是又不必云協韻也。

注《廣雅》曰：**韞，襄也**　毛本「襄」作「藏」，恐誤。今《廣雅·釋詁》亦作「襄」，而「藏也」節却無「韞」字。

吾亦濟夫所偉　六臣本「亦」下有「以」字。

注《説文》曰：偉，猶奇也　今《説文》無「猶」字。

言徒靡而弗華　尤本「言徒靡」作「徒靡言」，蓋誤倒也。

注下管象武　六臣本無「武」字，是也，此引《禮·明堂位》文。

徒尋虚以逐微　又辭浮漂而不歸　六臣本「以」作「而」，「歸」作「頤」。

注《埤蒼》曰：嘈啈，聲貌。啈與嘖及嘙同　楊氏慎曰：「啈」字當作「唪」，余得古本如此。

固高聲而曲下　六臣本「高聲」作「聲高」。

寤防露與桑間　注防露，未詳　何曰：「防露」注引楚客若云屈原，何得云不雅？「防露」與「桑間」對，則爲淫曲可知，或指「豈不夙夜，謂行多露」也。孫氏志祖曰：《月賦》「徘徊房露」，注「房露，蓋古曲也」，「房」與「防」古字通。

注靈運有《七諫》　又地有桑間先　又於此水上　何校「有」改「以」、「先」改「者」、「上」改「出」，是也，各本皆誤。

每除煩而去濫　六臣本「而」作「以」。

注甚甚之辭也　六臣本無下「甚」字。胡公《考異》曰：各本皆非，此當重之字耳。

注《説文》曰：微，妙也　今《説文》「敚，妙也」在《人部》，不从彳旁。

譬猶舞者赴節以投袂　五臣「赴」作「趍」，銑注可證。

故亦非華説之所能精　六臣本無「故」字，「亦」字下校云五臣作「故」。胡公《考異》曰：蓋五臣作「故非」，善作「亦非」。

注**《禮記》：子曰：回得一善則拳拳服膺不失之矣**　今《禮記》及四子書皆作「回之爲人也，擇乎中庸，得一善則拳拳服膺而弗失之矣」。本書《答客難》及《辨命論》二注引「弗」亦均作「不」。

注**《纏子》：董無心曰**　何曰：《漢書·藝文志》有「《董子》一篇」，注「名無心，難墨子」，或此「纏子」乃「董子」之誤。按董無心難墨子，纏子學於墨者也又難無心，《纏子》書見《通志·藝文略》，本書陶淵明《雜詩》注、《答賓戲》注並引之，何氏遽疑爲「董子」之誤，疏矣。

或受欰於拙目　注**欰，笑也，欰與蚩同**　五臣「欰」作「嗤」，向注可證。胡公《考異》曰：正文當作「蚩」字，善以「蚩」字本不訓笑，故取「欰」字爲注。本書《詠懷詩》「噭噭今自蚩」之注引《説文》云「嗤，笑也，嗤與蚩同」，考《説文》無嗤字，有欰字，云「欰欰，戲笑貌，从欠，㞢聲」。此注中「欰，笑也」上亦當有「説文曰」三字，兩「欰」字皆當作「欰」。《詠懷詩》誤「欰」爲「嗤」，當互相訂正。

嗟不盈於予掬　六臣本「予」作「手」。

故踸踔於短韻　注**《國語》曰：有短垣**　尤本「韻」作「垣」，蓋據注改。然六臣本並作「韻」，而注中無《國語》云云。濟注釋短韻爲小篇，則決非「短垣」之誤。

注**齎紬素四尺**　段校「紬」改「油」。

文徽徽以溢目　六臣本「以」作「而」。

注　**雖掞然**　又**故形若曳枯木**　何校「掞」改「淡」、「形」改「行」。

攬營魂以探賾，頓精爽於自求　六臣本「攬」作「覽」、「於」作「而」。

注**《孟子》曰：使自求之**　孫氏志祖曰疑是「使自得之」之異文，周氏廣業引作《孟子》逸句。按《大戴禮·子張問入官》篇有「枉而直之，使自得之；優而柔之，使自求之」之語，當是因此而誤。

思乙乙其若抽　注**《說文》曰：陰氣尚強，其出乙乙然**　五臣「乙乙」作「軋軋」，濟注可證。今《說文》「然」作「也」。方氏以智曰：「乙乙，思欲出而屈鬱也，通作軋軋，元結《補樂章》敘曰『乙乙冥冥有純古之聲』。乙，億姞切，《律書》『乙者，軋軋也』蓋古音轉借，即『札札弄機杼』聲義亦從『軋軋』來。」

注　**彌日瘳**　又**祠甘泉**　何校「日」改「月」。按六臣本尚不誤。毛本「祠」誤作「詞」。

是以或竭情而多悔　六臣本「以」作「故」。

注　**而雨天下**　六臣本、尤本「而」作「辨」，是也。

注**《毛詩》曰：《漢廣》**　六臣本「詩」下有「序」字，是也。

校記

〔一〕漢建安中　「安」原作「武」，據《尚書古文疏證》卷五下改。

文選旁證卷第十八

文選卷十七下

王子淵　**洞簫賦**

注**長三尺四寸**　案句本《爾雅注》，「三」字衍。

注**詔使褒等皆之太子宫娱侍**　《貞觀政要》四「異洞簫之娱侍」注云：漢元帝爲太子時，好吹洞簫，自度聲被歌調，王褒上《洞簫賦》，乃令後宫貴人皆誦讀之。

原夫簫幹之所生兮　《初學記》十六引「簫」作「柔」。

託身軀於后土兮　六臣本「后」作「厚」。

注**震爲蒼莨竹**　今《易·説卦》「莨」作「筤」，孔疏曰：初生之時色蒼琅，取其春生美之也。

注**《説文》曰：溉，猶灌也**　今《説文》作「一曰灌注也」。

揚素波而揮連珠兮　本書潘安仁《金谷集詩》「激波連珠揮」語似用此。毛本「揮」作「撣」，誤。

聲磕磕而澍淵　五臣「澍」作「注」，向注可證。

玉液浸潤 五臣「潤」作「潭」，濟注可證。

注 **《説文》曰：液，津也** 今《説文》「津」作「𦘔」，惟《繫傳》本作「津」。

孤雌寡鶴 六臣本「鶴」作「鵠」。

抱樸而長吟兮 胡公《考異》曰：「樸」當作「朴」，注引《蒼頡篇》「朴，木皮也」可證，否則尚應有「樸、朴異同」之注。

處幽隱而奥庰兮 六臣本「庰」作「屏」。胡公《考異》曰：「庰」當作「屏」。善以「屏」字本不訓蔽，故取《説文》「庰，蔽也」爲注，《思玄賦》「坐太陰之屏室」〔一〕注可證。今於正文既改「屏」爲「庰」，復改注中《説文》「庰」爲「屏」以就之，大非。

密漠泊以獭猭 六臣本「漠泊」作「嵈岶」。吴氏任臣《字彙補》「獭」作「獭」，澄人切，引《文苑彙雋》曰：獭，猭密而相連貌。

幸得諡爲洞簫 注 **諡，號也** 秦漢人語多以諡爲號，皆不作諡法解。《史記》謂田嬰諡靖郭君，田文諡孟嘗君，其人皆見存也。《老子傳》云諡聃，《吕不韋傳》云諡爲帝太后，《司馬相如傳·喻巴蜀》云諡爲至愚，可互證。

注 **子曰：因人所利而利之** 《周禮·旅師》疏引「民」下亦無「之」字。

夔妃准法 注 **妃，未詳也，一云襄**〔二〕 五臣「妃」作「襄」，銑注「師襄也」。按本書《長笛賦》「夔襄比律」注云《尚書》及《家語》，《琴賦》「夔襄薦法」注「夔襄已見上文」謂已見《長笛賦》注也，則李本此賦不作夔襄可知。顧氏炎武曰：「准」即「準」字省筆，《管子》書中「準」皆作「准」，《莊子》「平中准」、《文子》「放准循繩」、《淮南子》「眇者使之准」皆同，郭忠恕《佩觿集》云《字林》用「准」爲「平準」之準。

羅鱗捷獵　五臣「羅鱗」作「鱗羅」，良注可證。

憤伊鬱而酷⿰酉忽　五臣「⿰酉忽」作「⿰酉怱」，銑注可證。案字當作「⿰酉丑」，即「恧」之別體，五臣作⿰酉忽更非。

形旖旎以順吹兮　五臣「旖旎」作「猗狔」，銑注可證。

注 **哂與頤劉**　六臣本「劉」作「同」，是也。陳曰「劉」字衍，非。

趣從容其勿述兮　五臣「趣從」作「趨縱」，翰注可證。

獵若枚折　五臣「獵」作「擸」，良注可證。陳曰「獵」當作「擸」。胡公《考異》曰：善注「獵，聲也」，未見必用「擸」字。

沛焉競溢　又 **嘈嚂嘩踕**　又 **風鴻洞而不絕兮**　五臣「溢」作「軼」，良注可證。「踕」作「捷」，「鴻」作「洪」，翰注可證。

則清靜厭瘱　注 **厭，安靜貌**　《方言》：厭，安也。《詩》「厭厭夜飲」，毛傳：厭厭，安靜也。

注 **曹大家《列女傳注》曰：瘱，深邃也**　今《列女傳·孝平王后》篇「婉淑有節行」，《說文繫傳·心部》引作「婉廢」，《漢書·孝平王皇后傳》作「婉嫕有節操」。本書《女史箴》「婉嫕淑慎」注亦引曹大家注「嫕，深邃也」，蓋「廢」與「嫕」同，音翳。知舊本《列女傳》當與《漢書》同耳。

澎濞慷慨 五臣「慷慨」作「沆瀣」，銑注可證。

佚豫以沸愲 五臣「愲」作「渭」，良注可證。

時恬淡以綏肆 注《說文》曰：淡，安也 按「淡」當作「憺」，今《說文》「憺，安也」，注當據此。若「淡」字《說文》訓薄味也。姜氏皋曰：《說文·人部》「倓，安也，讀若談」，《一切經音義》九引《蒼頡篇》云「倓，恬也」，《荀子·仲尼》篇「倓然」注亦曰安也，此「淡」字疑「倓」字傳寫之譌。

悵然而愕兮 注《說文》曰：憂，煩悁悒憂貌 今《說文》無此訓，惟「悁」字訓「忿也，一曰憂也」。六臣本及毛本「愕」下並有「立」字。

注毛萇《詩傳》曰：昔顏叔子 余曰：陳景雲謂《毛詩》無顏叔子事，按顏叔子事見《巷伯》二章毛萇傳。

桀跖鬻博偏以頓顇 六臣本校云善無「以」字。按本書《寡婦賦》注引此句無「以」字，惟《初學記》十六引有「以」字。

注**鬻夏育也** 又**博，申博也** 翰注：「鬻，鬻拳，楚之強勇人也。博，朱博，漢之俠士也。」案五臣此注恐不足據，李云「鬻，夏育也，古字同。博，申博也，未詳其始」最爲是矣。

故聞其悲聲　六臣本作「故其爲悲聲」，是也。

注**《説文》曰：擎，拭也**　今《説文》：「擎，別也，一曰擊也。」無「拭」字訓。六臣本無「説文曰」三字。

則莫不憚漫衍凱，阿那腲腇者也　五臣「衍」作「衎」、「腲腇」作「㾯痿」，翰注可證。

是以蟋蟀蚸蠖　五臣「蚸」作「尺」，翰注可證。

注**《説文》曰：蚑，徐行，凡生類之行皆曰蚑**　今《説文》「徐行」下有「也」字，「類之」作「之類」。

蝘蜒　五臣「蜒」作「蜓」，翰注可證。

垂喙蜿轉　五臣「蜿」作「宛」，翰注可證。

超騰踰曳　注**或爲跇**　五臣「曳」作「跇」。向注：踰跇，高擲貌。

漏殄沌兮　又**攬搜𢿢捎**　又**頹唐遂往**　五臣「沌」作「坉」，銑注可證。「搜」作「挍」，濟注可證。「頹」作「隤」，向注可證。

吟氣遺響　六臣本「響」作「往」。

聯緜漂撇　五臣「漂」作「飄」，銑注可證。

校記

〔一〕坐太陰之屏室　「陰」原作「陽」，據《文選·思玄賦》《後漢書·張衡傳》改。

〔二〕妃一云褒　尤本、胡本「褒」誤作「褒」。

舞賦

傅武仲

舞賦　《藝苑卮言》云：武仲《舞賦》託之宋玉，及閲《古文苑》宋玉《舞賦》所少十分之七，而中間精語如「華袿」二句，「羅衣從風」八句，「紆形赴遠」四句亦不多得，豈武仲衍玉賦爲己作耶？抑後人約節武仲賦序語而誤爲宋玉耶？按《文選·舞賦》傅武仲全文也，《藝文類聚》卷四十三《舞門》所載删節之文也，《古文苑》録自《類聚》而改易後漢傅毅爲宋玉，非也。章氏樵云：「後人好事者以前有楚襄、宋玉相唯諾之詞，遂指爲玉所作，其實非也。」假説古人，賦家常例，不可據之標目，章説爲是。

注**爲蘭臺令史，少逸氣，亦與班固爲竇憲府司馬**　何曰今本《漢書》無「少逸氣」三字。按六臣本注無「少逸氣，亦與班固爲」八字，「竇」字上有「遷」字。

既游雲夢　六臣本「游」下有「於」字。

寡人欲觴群臣　胡公《考異》曰：茶陵本「觴」作「醻」。張氏雲璈曰：《禮記·投壺》「行觴」釋文云

「觴或作鷊」〔一〕。

可以進乎　六臣本無「以」字。《初學記》十五引亦無「以」字。

王曰：其如鄭何　六臣本校云五臣無此一句，當是偶脱耳。尤本「其如」作「如其」，亦誤。

小大殊用　翰注：小謂《小雅》，大謂《大雅》。

夫何皎皎之閑夜兮　五臣「皎皎」作「皦皦」，向注可證。

明月爛以施光　六臣本「爛」作「列」。

注**《説文》曰：鋪，著門𢫬首**　「𢫬」字恐誤。今《説文》作「鋪首」。

貌嫽妙以妖蠱兮　五臣「蠱」作「冶」，良注可證。説詳《西京賦》。六臣本無「兮」字，下「眉連娟」句、「嘉關雎」句並同。

眉連娟以增繞兮　五臣「連」作「嬗」，翰注可證。

紆清陽　孫氏志祖曰：「揚」誤「陽」，注皆同。

亢音高歌爲樂方　五臣「亢」作「抗」，「樂」下有「之」字，向注可證。

慢末事之骫曲　五臣「骫」作「委」。《玉篇》云：骫，骨曲也。

注**刺晉懷公也**　何校「懷」改「昭」。六臣本、尤本作「僖」，亦誤。

注**而奏操也**　又**亦律調五聲之均也**　何校「而」上添「舞」字，「亦」改「六」，是也，各本皆誤。

若翺若行 又 **兀動赴度** 五臣「翺」作「翔」，「兀」作「杌」，向注可證。按《洞簫賦》「翱翔乎其顛」，六臣本「翱」作「翺」。胡公《考異》曰：乃「翱」之誤，「皋」別體作「睪」，故「翱」之別體作「翺」耳，此翺字當亦不作「翔」。

颯擖合并 五臣「颯擖」作「颯沓」，銑注可證。

綽約閑靡 五臣「綽」作「婥」，良注可證。

注 **閑美，閑緩而柔美** 陳校兩「美」並改「靡」，是也，各本皆誤。

懷愨素之潔清 五臣「清」作「情」，翰注可證。

注 **《說文》曰：愨，貞也** 今《說文》：愨，謹也。

嘳息激昂 注 **嘳與喟同** 六臣本「嘳」作「喟」。

志若秋霜 又 **諸工莫當** 又 **彷彿神動** 五臣「若」作「如」，濟注可證。「佛」作「徨」，向注可證。

六臣本「莫」作「共」。

擊不致筴 六臣本「筴」作「爽」，與注不合，恐誤，當依濟注作「策」。

注 **字書曰：跌，失蹠也** 六臣本、毛本「失」並誤作「足」。

漼似摧折 六臣本「似」作「以」。

紛猋若絶 《初學記》十五引「紛猋」作「繽委」。

螻蛇㜕嫋　注《説文》曰：委蛇，邪行去也　「螻蛇」當作「逶迤」，今《説文》無「螻蛇」字。《辵部》「逶」字訓去，逶迤，衺去貌；又「迆」字訓去，衺行也。

雲轉飄曶　注曶與忽同　五臣「曶」作「忽」，良注可證。

黎收而拜　五臣「黎收」作「瞜瞅」，翰注可證。按《玉篇·目部》無瞜、瞅字，翰注訓瞜瞅爲「歛容」亦無所據。《説文》「邌，徐也」，徐鍇曰傅毅《舞賦》「邌收而拜」謂徐收其舞勢也，與注引《倉頡篇》義同。《史記·高祖紀》「黎明」作「遲明」，知「黎」與「遲」同義。《廣雅》亦云：邌、徐，遲也。

蹌捍凌越　五臣「捍」作「汗」，翰注可證。

馬材不同　林先生曰：「舞馬」見《竹書紀年》，又《山海經》「大樂之野，夏后啟於此舞九代馬」〔二〕，此賦本詠舞，餘波及馬也。

闇跳獨絶　五臣「跳」作「條」，濟注可證。

注**鄭玄《尚書·五行傳》曰**　「傳」下當有「注」字。

或有宛足鬱怒　五臣「宛」作「踠」，翰注可證。

洋洋習習　注**鄭玄《毛詩注》云：洋洋，莊敬貌。又《詩箋》曰：習習，和調貌**　按鄭君注《毛詩》即箋也，此引注又引箋則分爲二書矣。洋洋，古亦無莊敬之訓，不知何據。

駱漠而歸　又**天王燕胥**　又**樂而不泆**　又**優哉游哉**　五臣「漠」作「驛」，銑注可證。「胥」作

「湑」，「泆」作「溢」，「游」作「柔」，向注可證。何云：以善注引《孝經》「滿而不溢」觀之，當作「溢」字。

校記

〔一〕觴或作觴　「或」據《經典釋文·禮記·投壺》補。

〔二〕大樂之野舞九代馬　「樂」原作「乘」，據《山海經·海外西經》、《藝文類聚》卷六卷九三卷九六、《文選·王元長曲水詩序》注等改。又《山海經》無「馬」字，郭璞注「九代，馬名」，郝懿行疑爲「九成」之訛。

文選卷十八

長笛賦

馬季長

又性好音，能鼓琴吹笛　六臣本「音」下有「律」字。《初學記》十六所引與此同。毛本亦有「律」字。

注《說文》曰：笛七孔，長一尺四寸　今《說文》：笛，七孔箭也。

注韋昭《釋名》曰：督郵，主諸縣罰負殿，糾攝之也。《辨位》曰　何校「昭」下增「辨」字，「位」下增「言」字。姜氏皋曰：《太平御覽》三百五十三引此「罰」字下有「以」字，「負」字下有「督郵」二字，「殿」字作「殷」字。畢氏沅采入《釋名補遺》，以爲「此條譌舛特甚，文義殊不可解，他書又皆未引及，無從校正」，是未有以《選注》證之者。《廣韻·十八尤》亦引，「負」字下有「郵」字，餘同。而段氏玉裁《廣韻》校本以爲「今《釋名》無此語，或古本有之」，是未知韋昭有補《職官》之缺也。

獨卧郿　五臣郿下有「縣」字，銑注可證。《初學記》十六引有「縣」字。

有雒客舍逆旅　五臣「雒」作「洛」，濟注可證。

作《長笛賦》　五臣「賦」作「頌」。翰注：頌亦賦之通稱也。

託九成之孤岑兮　六臣本無「兮」字，下「特箭槀」句、「巔根跱」句並同。姜氏臯曰：《呂氏春秋·音初》「有娀氏有二佚女，爲之九成之臺」，本書《魯靈光殿賦》《齊故安陸昭王碑文》注兩引之，而此注又引「桓山四成」，未知何意。

注**《山海經》曰：桓山四成**　今《西山經》作「東望恒山四成」。郝氏懿行曰：恒山非北嶽，計其道里非瞻望之所及，似當從《文選注》作「桓」，《藝文類聚·鳥部》引《家語》「桓山之鳥」云云疑即此桓山也。

注**箭槀，二竹名也，言似二竹**　又**鄭玄曰：箘簬，聆風也**　六臣本無「箭槀」以下六字，「似」作「此」。胡公《考異》曰：六臣本是也，善以箭槀爲一竹，下注二竹，并聆風數之也；韋昭注《地理志》〔一〕「笛籥，一名聆風」見《尚書》釋文，與此注所引鄭注正合，尤本增改皆誤。

注《説文》曰：潦，雨水也　今《説文》：潦，雨水大貌。而本書《贈顧彦先》詩注引同此。

巔根跱之槷刖兮　許氏慶宗曰：槷刖即劓刖，不安貌。《易·困·九五》「劓刖」鄭云當爲「倪仉」〔二〕，《考工記》「大而短則摯」先鄭云「摯讀爲槷，謂輻危槷也」。

重巘增石　注《爾雅》曰：重巘，隒　又巘曰甗，山狀似之　朱氏珔曰：案郭本《爾雅》作「甗」，故有甗、甑之説。《玉篇》引作「巘」，此注及本書《晚出射堂》詩注引俱作「巘」，當是古本《爾雅》作「巘」也。但引郭注字作「巘」，則「巘曰甑」之語不可通。

簡積頵砡　注《説文》曰：頵，頭頵也　余曰：何曰「頵」宋本作「落」，按尤本即宋本仍作「頵」，此當謂注中之「頭頵」尤本作「頭落」也。今《説文》「頵，頭頵；頵，大也」，惟《繫傳》「頵」字不重同此。

嶰壑澮𡸅　五臣「澮」作「嶒」，良注可證。

注《爾雅》：小山别大山曰嶰　朱氏珔曰：案今《爾雅》「嶰」作「鮮」，《詩·皇矣》毛傳同，而《公劉》傳又云「巘，小山别于大山也」，是毛意以鮮、巘爲一字。此注及本書《吴都賦》注引俱作「嶰」，《玉篇》云「嶰，山不相連也」。張氏聰咸曰：古本「鮮」當作「解」，後人加「山」，《皇矣》正義引孫炎曰「别不相連也」正釋「解」字之義。

渟涔障潰　五臣「障」作「漳」，濟注可證。

波瀾鱗淪　五臣「淪」作「侖」，銑注可證。

注《**説文**》**曰：窊，邪下也**　今《説文》：窊，污邪下也。本書《吴都賦》注引與今《説文》合。

犇遯碭突　吴曾《漫録》云：「碭」字注徒郎切，以碭爲唐也，《孔融傳》「唐突宫掖」、曹植《牛鬥詩》〔三〕「欻起相搪突」，碭、唐、搪並字異義同。

是以間介無蹊　翟氏灝曰：《增韻》引《孟子》「山徑之蹊間介然」，此注又引杜預曰「介猶間也，間、介一也」，間介連文，似《孟子》亦當以「山徑之蹊間介然」爲句。武氏億曰：趙氏注以「介然」屬上爲句，疏言「其間微小介然而已」；朱氏《集注》「介然，倏然之頃也」，又以「間」字絶句、「介然」連下讀；《長笛賦》注引《孟子》此二句又引《左氏傳》杜注「介猶間也，間、介一也」，據此則以「山徑之蹊間介」爲句、「然」字屬下讀亦通。

注《**説文**》**曰：雄雉之鳴爲雊**　今《説文》：「雊，雄雉鳴也。雷始動，雉鳴而句其頸。」

若絙瑟促柱　六臣本「瑟」作「琴」。

注《**帝王世紀**》**曰：高宗有賢子孝己**　《荀子·性惡》篇注、《家語·弟子解》並以孝己爲殷高宗太子，翰注以爲殷中宗子恐誤。

搯膺擗摽　尤本「搯」作「掐」。胡公《考異》曰：六臣本俱作「搯」，此尤誤改，恐善自作「搯」、五臣作「掐」耳，注中「苦洽切」亦恐是五臣音。朱氏珔曰：作「搯」是也，《國語》本作「搯」，《説文》「搯，捾也，从手，舀聲，土刀切」，而注云「苦洽切」誤矣。下文引《魏志·程昱傳》「邊人掐之乃止」，此則从臽之「掐」〔四〕，與「搯」爲二字，而注混而一之。

魯般宋翟　五臣「般」作「班」，銑注可證。《琴賦》「班倕騁神」句同。

注　**制十二籥**　今《吕氏春秋·古樂》篇及注「籥」並作「筩」〔五〕，本書丘希範《侍讌樂遊苑》詩注引亦作「筩」，《説苑·修文》篇、《風俗通·聲音》篇、《太平御覽·樂部三》引並作「管」〔六〕。按筩、管義均可通，惟「籥」恐誤。

剸掞度擬　五臣「掞」作「剡」，銑注可證。

注　**《説文》曰：斤，斫木。又曰：械，治也**　今《説文》「斤，斫木斧也」，「械」字無此訓。

程表朱裹　張氏雲璈曰：程乃程度，蓋其製有一定之尺寸，故曰程表；朱裹則漆其口耳。

注　**《説文》曰：隤，墜也**　又**《説文》曰：程，示也**　今《説文》「隤，下墜也」，又「程，品也」。

重丘宋灌，名師郭張　濟注：宋、灌、郭、張四姓漢朝善樂人，重丘縣之出也。

注　**韋昭曰：閒，暇也。服虔曰**　至　**閒音閑**　六臣本「閒暇」作「暇閒」，無「也服」至「音閑」五十一字。胡公《考異》曰：六臣本是，「暇閒」連下注「豫樂也」五字皆韋昭語，不得增多於其中也。

詳觀夫曲允之繁會叢雜，何其富也　方氏以智曰：「曲允」即「曲引」，「引」與「允」通，後轉爲

「艶」、爲「鹽」。六臣本「其」作「以」。

注《説文》曰：樘，柱也　今《説文·止部》「堂，歫也」當即此字。《木部》「樘，衺柱也」〔七〕，此注恐因此文而誤。

靁叩鍛之岌峇兮　六臣本無「兮」字。

正瀏溧以風冽　注《説文》曰：冽，清也　毛本「溧」作「漂」，「冽」作「洌」。段校：「『溧』改『溧』。今《説文》『冽』上有『水』字。案『洌』亦當作『冽』，《説文》『溧冽，寒皃』。《詩》曰：二之日溧冽』〔八〕，今《詩》雖作『栗烈』，然『冽彼下泉』疏引作『溧冽』。此賦注末有云『冽，寒皃』，則知引《説文》『冽，清也』爲誤矣。」

薄湊會而凌節兮，馳趣期而赴躓　六臣本「薄」上有「寒」字，無「兮」字。按「寒」字不當有。二句之文相對，會也、節也、期也、躓也四字一意，湊會也、陵節也、趣期也、赴躓也四事亦一意。躓讀爲質，謂所期處，非謂顛仆，注不合賦意。句首薄字、馳字亦相對，薄音迫，若加「寒」字不但句法參差，義亦難通矣。

注《廣雅》曰：引，伸也　今《廣雅·釋詁》「伸也」節無「引」字。

注李尤《七疑》曰　「疑」當作「款」，見《後漢書·文苑傳》。本書《七命》注、《答東阿王牋》注又皆誤作「歎」。

或乃植持緃纆 六臣本校云「纆」善作「纏」，良注：緃纏，繩也。

哀聲五降 林先生曰：五降謂宫、商、角、徵、羽五音各有全律半律，唯變宫、變徵不可爲調，無半律，故音至五降而止。

注**煩手雜也** 「也」字上當是脱「聲」字。

窳圔寶摋 又**蚡緼緢紆** 又**絞槩汩湟** 五臣「窳」作「窊」，濟注可證。「緢」作「蟠」，向注可證。「湟」作「隍」，翰注可證。

注**《説文》曰：挼，摧也** 今《説文》無「挼」字，惟「捼」字訓推也〔九〕。

察度於句投 尤本「度」作「變」，胡公《考異》曰「度」是「變」非。

以知長戚之不能閒居焉 本書《寡婦賦》注引作「長戚戚不能閒居兮」，恐誤。

注**《説文》曰：篞，倅字如此** 本書江文通詩注引「倅」作「雜」，而今《説文》無此語。

曠瀁敞罔 尤本「瀁」作「瀵」，誤，六臣本有「余兩」音可證。

温直擾毅，孔孟之方也 五臣「擾」作「優」，濟注可證。胡公《考異》曰：「方」字與上下文獨不韻，濟注「方，比也」，是五臣作「方」以之亂善耳，以意揣之，疑或當作「大」字歟？

諸、賁之氣也 漢《曹全碑》「威牟諸、賁」。

條決繽紛 五臣「紛」作「理」，翰注可證。胡公《考異》曰：善以「科條能分決」注「條決」，以「繽紛能整理」注「繽理」，是善本亦應作「理」也。

⿱敖方櫟銚⿰忄畫　五臣「⿱敖方」作「⿱敖牛」〔十〕，良注可證。

晳、龍之惠也　五臣「晳」作「析」，良注可證。「惠」與「慧」通。案《左氏傳》「晳」作「析」，《漢藝文志》「《鄧析》二篇」則不作「晳」。

拊操踊躍　六臣本「拊」作「附」。

注**而晚仕無成**　毛本「仕」誤作「事」。

渠彌不復惡　注《**桓十二年傳**》云　又**因諫不聽**　又**復，重也**　何校「二」改「七」，「因」改「固」。惠氏棟曰：《韓非子》「復惡」作「報惡」，鄭注《周禮·大司寇》云復猶報也，杜訓爲「重」失之。

注《**左傳**》曰：**定十四年**　至**爲讎敵也**　六臣本無此六十六字，有「蒯聵，衛太子也。《左氏傳》曰：衛太子登鐵丘望，見鄭師衆，懼，自投於車下」二十七字，此注當據改。

注《**韓詩外傳**》云：**不占，陳不占也**　何校「不占」以下六字移在「《韓詩外傳》云」之上。

注《**字林**》曰：**鄂，直言也**　六臣本「字林」作「字書」。段校云：於此見《字林》有「鄂」字，在《阝部》，後人失之。

王公保其位　六臣本「公」作「孫」。

注 **露新夷** 胡公《考異》曰「露」下當有「申」字，各本皆脱。

于時也 六臣本「于」下有「斯」字。胡公《考異》曰：《琴賦》亦有「于時也」句，或叔夜本此，則無「斯」字者是。

注 **而齊右善歌** 六臣本「右」作「后」，是也。

瓠巴聑柱 《初學記》十五引「聑」作「輒」。案「聑」是「輒」非也。李注「《説文》曰：聑，安也」，今本《耳部》同，必不誤。倪氏思寬曰：「聑柱」對「弛懸」言，則所謂安者當是放下之義。

注 **《説文》曰：抃，撫手也** 今《説文》：拚，拊手也。朱氏珔曰：抃引作撫手者，「撫循」字亦作「拊循」，本通用也；「抃」乃「拚」之俗字。

注 **《禮記》曰：食於質者** 此恐有誤。

注 **《説文》曰：濊，水多也；澡，洗手也** 今《説文》：濊，水多貌；澡，洒手也。

暴辛爲塤 余曰：《吕氏春秋》「倕作塤篪」，譙周《古史考》云：古有塤篪尚矣，周幽王時暴辛公善塤，蘇成公善篪，記者便以爲「作」，謬矣。

注 **《世本》曰：叔，舜時人** 六臣本此七字作「叔未聞」三字。胡公《考異》曰：「六臣本是也，此鄭《明堂位》注，《世本》决無其語，若有之，鄭何得云未聞？孔疏何不申説？」謹按《禮·明堂位》鄭注「叔，未聞也」，下又引《世本》曰「無句作磬」，正義引皇侃疏曰「無句，叔之别名」，是未嘗不申説也。又《通典·樂四》曰「磬，叔所造，《禮》十七曰毋句作磬」〔十一〕，《通志·樂略》同。惟「叔，舜時人」四字僅見於此。《初學記》十六引宋衷曰毋句堯臣也，則以爲舜時人亦不相遠矣。

注**《說文》曰：金有五色，黃爲長**　今《說文》：金，五色金也，黃爲之長。

丸挺彫琢　注**然則丸，取也**　楊氏慎曰：「薛君解丸爲取，蓋取而伐斲之使其圓且澤，故謂之丸。《山海經》『鳳卵』作『鳳丸』〔十二〕，又建木『其實如欒』，欒即卵也，古字丸、卵、欒皆通。」按「丸」與「垸」古字亦通，《考工記》冶氏「重三垸」、《淮南子·時則訓》「圓而不垸」、《列子·黃帝》篇「累五垸而不墜」〔十三〕皆通丸，《淮南》注「垸，轉也」、《通俗文》「燒骨以漆和曰垸」〔十四〕義可附參。

唯笛因其天姿　六臣本校云善無「其」字。

聖哲黈益　注**黈，猶演也**　姜氏皋曰：黈之猶演，古無所證。元人李治撰《敬齋古今黈》作「書目」者，疑爲塞聰專思之義，殆即本此賦之「黈益」乎？

况笛生乎大漢　何曰：史繩祖云：「《史記》『黃帝使伶倫伐竹於昆溪而作笛，吹之作鳳鳴』〔十五〕，是起於帝世矣。藉曰史未足據，《周禮·笙師》有簫篪篴管，杜子春注謂『讀篴〔十六〕如蕩滌之滌』，即笛之古字。經言如此，融以爲生於大漢，其妄可嗤矣。」按《初學記》十五引《風俗通》「笛，漢武帝時丘仲所作」，謂「宋玉有《笛賦》，玉在漢前，恐此說非是」，則唐人已辨之矣。《釋文》「馬融注《周官》十二卷」，是笙師所掌融豈不悉？竊謂此賦長笛必與《周禮》之篴制度不同。賦云「况笛生於大漢」，其辭曰「易京君明識音律，故本四孔加以一」，京房所加，烏得不謂生於大漢？然則季長能吹笛，「有雒客舍逆旅吹笛爲《氣出》《精列》相和」者皆此器也。周禮制度在當時已不傳，其非此所賦明甚。至應劭以爲丘仲作，仲與房雖異，然亦漢人，不以爲古器可知也。

注《說文》曰：裨，益也　今《說文》：裨，接益也。孫氏義鈞曰：《玉篇》作「接也，益也」，疑今本《說文》脱上「也」字。

其辭曰　翰注：此丘仲所言。

裁以當篴便易持　五臣「便」作「使」，良注可證。《西溪叢語》云「當篴」句善解非也〔十七〕：「笛安可爲馬策？古人謂樂之管爲篴，故潘岳《笙賦》『修篴内辟，餘簫外逶』〔十八〕，蓋餘器多裁衆篴以成音，此笛但裁一篴五音皆具，所以便而易持也。」按潘賦實作「楇」不作「篴」。《丹鉛録》用是説，胡應麟《丹鉛新録》已譏其失。《演繁露》云：「《急就篇》：吹鞭箛篍課後先〔十九〕。《唐韻》：箛，竹也。《說文》：篍，吹筩也。以竹爲筩，中空可吹，故曰吹鞭。篴即馬策，可以策馬，又可以爲笛，一物兩用，軍旅之便，故曰易持。今行陣間皆有篍，殆即古吹鞭之意也。」則與李注、良注並同。

校記

〔一〕韋昭注地理志　「注」據胡克家《文選考異》卷三補。

〔二〕鄭云當爲倪仉　「仉」原作「杋」，據稿本及《經典釋文·周易·困》改。

〔三〕曹植牛門詩　「牛門」原倒，據吴曾《能改齋漫録》卷一、王楙《野客叢書》卷二九等改。

〔四〕掐之乃止此則从臽之掐　「掐」原作「搯」，據稿本及《文選注》改。

〔五〕古樂篇及注簫並作筩　《吕氏春秋·古樂》正文及注均作「筒」字。

〔六〕風俗通聲音篇作管　「聲音」原倒，據《風俗通義》改，彼作「筩」不作「管」。

〔七〕樘衺柱也　「衺」原作「衺」，據《説文》改。

〔八〕説文溧洌云云　此乃段注本所補，二徐本作「寒皃也」三字。

〔九〕説文捼字訓推也　《一切經音義》慧琳五引、玄應四引《説文》均作「捼，摧也」，《玉篇·手部》、《古今韻會舉要》卷七引同，段注本《説文》據改。

〔十〕五臣𠢐作犛　「犛」原作「𣚍」，據《文選注》改。

〔十一〕禮十七曰毋句作罄　「禮十七」衍，當作「又」字，《通典》《通志》均作「磬」，《世本》云叔所造，不知何代人，又曰無句作磬」。

〔十二〕山海經鳳卵作鳳丸　「作」上當補「吕覽」。見《海外西經》夭之野「鳳皇卵，民食之」、《大荒西經》「沃之野，鳳鳥之卵是食」，《吕氏春秋·本味》「有鳳之丸，沃民所食」高誘注「丸，古卵字也，食鳳卵也」。

〔十三〕累五垸而不墜　《列子·黄帝》作「累垸二而不墜……累五而不墜」。

〔十四〕通俗文燒骨以漆和曰垸　此引自《説文·垸》段注，「和」字衍。玄應《一切經音義》卷十八：「《通俗文》：燒骨以漆曰垸。《蒼頡訓詁》：垸，以桼和之。」段引混一之。

〔十五〕史記黄帝使伶倫作笛吹之作鳳鳴　事見《吕氏春秋·古樂》《漢書·律曆志》《風俗通·聲音》等，《史記》無，乃《太平御覽》五八〇引稱《史記》，《册府元龜》八五六不稱，疑《御覽》誤。又前書作鳳鳴者「箫」也，《御覽》訛「笛」，此皆襲其誤。

〔十六〕篴管杜子春注謂讀篴　「篴」原作「篴」，據史繩祖《學齋占畢》卷一、《周禮·春官·笙師》注改，下同。

〔十七〕西溪叢語云云　「語」原作「話」，光緒版改，然此乃《西溪叢語》引《夢溪筆談》語，且引之是爲駁之，下文楊慎所襲、胡應麟程大昌所駁均是沈括，此則誤作姚寬。「西溪叢語」當作「夢溪筆談」。

〔十八〕修篙内辟餘簫外逶　内、外原倒，「逶」原作「透」，據《文選·笙賦》、《夢溪筆談》卷五、《西溪叢語》卷下改。

〔十九〕吹鞭箛篍課後先　今《急就篇》「吹鞭箛篍」作「箛篍起居」，《集韻》「箛」字、陳暘《樂書》「篍」條等引同，疑程大昌誤。

琴　賦

嵇叔夜

注《説文》曰：䣛，從甘田犬〔一〕，會意字也　六臣本無此十二字。今《説文》：䣛，从甘、从肰。

然八音之器　又歷世才士　六臣本「器」作「氣」，「世」作「代」。

似元不解音聲　「聲」下當有「者」字，六臣本校語可證。

含天地之醇和兮　六臣本「含」作「合」，下「含顯媚」句同。

注《說文》曰：**蕤，草木花貌**　今《說文》：蕤，草木華垂貌。

注《論語》：**子曰：我待價者也**　《後漢書·張衡傳》注、《逸民傳》注引《論語》並作「價」，今《論語》作「賈」，古字通。

互嶺巉巖　六臣本「互」作「元」。

注《說文》曰：**津，液也**　「津」當作「汁」，今《說文》「汁，液也」，「津」字無此訓。姜氏皐曰：《說文》「液，盡也」，《血部》「盡，氣液也」，此所引疑或倒或脱。

據神淵而吐溜　六臣本「淵」作「泉」。

注《說文》：**瑾，玉名**　今《說文》瑾、瑜二字並訓美玉也。

奐衍於其側　五臣「奐」作「渙」，良注可證。下「奐淫衍」句同。

涓子宅其陽　董氏斯張《廣博物志》云：魯謝涓子嘗遊江淮〔二〕，鼓琴於水側，遇一女抱小緑綺撫弄，涓子訝之，曰：妾北陵之女也，因授《清江引》。

清露潤其膚　六臣本「露」作「霧」。

於是遯世之士 五臣「世」作「俗」，翰注可證。

榮期 此即榮啟期也。《列子·天瑞》篇、《淮南子·主術訓》《齊俗訓》、《弘明集·正誣論》亦皆作「榮期」。

注**《列子》曰：孔子遊於泰山**至**能自寬也** 胡公《考異》曰：袁本、茶陵本「列子」二字作「新序」最是。謹按此一節今在《列子·天瑞》篇内，惟字句小有異同，非《新序》也。

注**奉君以周旋** 陳校去「君」字，是也，各本皆衍。

注**《韓詩》曰：周道威夷** 毛本「威」作「倭」。按本書《西征賦》注、《金谷集作詩》注、《秋胡詩》注、《石闕銘》注引《韓詩》並作「威夷」，此正文正是「威夷」，則不應改作「倭」也。

心慷慨以忘歸 注**《爾雅》曰：愷慷，樂也** 胡公《考異》曰：「慷慨」當作「愷康」，注引《爾雅》「慷」即「康」字，翰注「慷慨，歎聲」是五臣本誤也。

注**遺音謂琴也** 黄帝使伶倫截竹，樂律起於黄帝，故云「接軒轅之遺音」；若琴原始本神農所造，非黄帝也。

慕老童於騩隅 五臣「騩」作「隗」，良注可證。

注**騩山在三危西九十里** 今《山海經·西山經》：三危之山西一百九十里曰騩山。此「九十」上疑脱「百」字。

顧兹梧而興慮　五臣「梧」作「桐」，翰注可證。

乃斲孫枝　余曰：《風俗通》：梧桐生於嶧山之陽，嵒石之上，採東南孫枝爲琴，極清麗。

注**張衡《應問》曰**　又**孫竹，枝根之末生者也**　何校「問」改「間」、「末」改「末」。胡公《考異》曰：「枝」當作「竹」，各本皆誤。

制爲雅琴　《漢書·藝文志》：《雅琴》趙氏七篇，《雅琴》師氏八篇，《雅琴》龍氏九十九篇。

注**《孟子》曰：離婁，黄帝時人**　何校「曰」上添「注」字。

華繪彫琢　又**華容灼爚**　五臣「琢」作「瑑」，銑注可證。「爚」作「爍」，良注可證。

注**《説文》曰：灼，明也。又曰：爚，火光也**　今《説文》：灼，炙也；爚，火飛也。朱氏珔曰：《説文》「焯」字云「明也」，下引《周書》「焯見三有俊心」，今《書》作「灼見」，是「灼」與「焯」通，故可以「灼」爲「明」；爚字本書《景福殿賦》注引《説文》亦作「火光」，《一切經音義》同，疑《説文》原本作「光」。

注**翕呷翠粲。張揖曰：翠粲**　又**紛翠粲兮**　胡公《考異》曰：上兩「翠粲」皆當作「萃蔡」，下「翠粲」當作「綷縩」，皆順正文而誤改，下注云「字雖不同」正謂此所引「萃蔡」「綷縩」與正文「翠粲」及下引「璀粲」各不同也。

於是器冷絃調　六臣本「冷」作「泠」，是也。

初涉渌水　五臣「渌」作「緑」，向注可證。

拊絃安歌　六臣本「拊」作「持」。

要列子兮爲好仇　注　**君子好仇**　《詩·關雎》釋文：「好逑，音求，本亦作仇，音同。」按「逑」與「仇」二字古以同音通用，故《爾雅·釋詁》訓「合」訓「匹」皆作「仇」字，《禮記·緇衣》《漢書·匡衡傳》《後漢書·邊讓傳》引皆作「好仇」，本書《景福殿賦》「窈窕淑女」注、嵇叔夜《贈秀才入軍》詩「攜我好仇」注引《毛詩》並同此。

斐韡奂爛　五臣「韡」作「暐」、「奂」作「涣」，銑注可證。

直而不倨　六臣本句首有「或」字。

或怨嫭而躊躇　五臣「嫭」作「沮」。銑注：怨沮、躊躇，怨而不散聲也。

注　**《琴道》曰：操似鴻雁詠之聲**　何校「操」上添「伯夷」二字，删「詠」字，「聲」改「音」。

紛文斐尾　倪氏思寬曰：「尾」當作「娓」，《釋文》訓「美」〔三〕；若「尾」字古但通「微」，無「文彩」義也。

慊縿離纚　六臣本「慊」作「綝」。

注　**《説文》曰：㩧，反手擊也**　又　**繚，纏也**　毛本「纏」誤作「纚」。按本賦「觸㩧如志」句注引「《説文》曰：批，反手擊也，與㩧同」，此又作「㩧，反手擊」。考《説文》有「㩧」無「批」。《左傳》之

「批而殺之」，《玉篇》已引作「[扌毘]」也，知前注作「批」爲俗字矣。

明嫿瞭慧　六臣本「慧」作「惠」。

注**古本葩字爲此莞。郭璞《三蒼》爲古花字，今讀于彼切**　此尤本文義多不可通。毛本「此莞」作「花貌」，「三蒼」作「曰葩」。段校改云：古本「葩」字爲「蘤」，郭璞曰「蘤，古花字，今讀韋彼切」是也。

注**宋玉《對問》曰：既而曰陵陽白雪**　按注明言此集所載與《文選》不同，而本書《演連珠》注引《宋玉集》又作「陽春白雪」，何也？

曲引所宜　郭茂倩《樂府》五十七《琴論》云：引者，進德修業，申達之名。

《廣陵》《止息》　注**未詳所起**　《廣陵》《止息》皆古曲，非始於叔夜，王伯厚已辨之：「《文苑英華》顧況《廣陵散記》云曲有《日宮散》《月宮散》《歸雲引》《華嶽引》，然則散猶引也。」《唐書》韓皋謂王淩、毌丘儉兵敗廣陵，魏之散亡自此始，因作《廣陵》《止息》二曲〔四〕，恐未必然。

《東武》《太山》　僧居月《琴曲譜録》云《東武》《太山操》仲尼製。按郭茂倩《樂府》云：王僧虔《技録》楚調曲有《白頭吟行》《泰山吟行》《梁甫吟行》《東武琵琶吟行》《怨詩行》，其器有笙、笛、弄節、琴、箏、琵琶、瑟七種。是《東武》《太山》不僅琴曲有之也。

《鹿鳴》　注**《鹿鳴》，宴群臣也**　今本《琴操》有詩歌五曲：一《鹿鳴》，二《伐檀》，三《騶虞》，四

《鶡巢》，五《白駒》。熊氏朋來《瑟譜》載開元十二譜，即《鹿鳴》《四牡》《皇皇者華》《魚麗》《南有嘉魚》《南山有臺》《關雎》《葛覃》《卷耳》《鵲巢》《采蘩》《采蘋》十二篇。考漢宗廟樂用登歌而猶仿清廟遺音，晉正會樂奏於赫而不改《鹿鳴》聲節，則知古樂雖屢變而音節不能盡變也。

注 **蔡邕《琴操》曰：鹿鳴者，周大臣之所作也。王道衰，大臣知賢者幽隱，故彈絃風諫**

按《史記·十二諸侯年表》亦曰「仁義凌遲，《鹿鳴》刺焉」，蓋三家之遺訓歟？

注 **《遊絃》未詳** 姜氏皋曰：郭氏《樂府》引《古今樂録》云：但曲七曲《廣陵散》《黄老彈飛引》《大胡笳鳴》《小胡笳鳴》《鵾鷄》《遊弦》《流楚窈窕》並琴、筝、笙、筑之曲，王録所無也。是《遊絃》者但曲中之一曲。

注 **《歌録》曰：《空侯謠俗行》蓋亦古曲，未詳本末** 案《藝文類聚》引《琴操》曰：朝鮮津卒霍里子高，晨刺船而濯，有一狂夫被髮提壺而渡，其妻追止之不及，墮河而死，乃號天歔欷，鼓箜篌而歌曰：「公無渡河，公竟渡河，墮河而死，當奈公何！」曲終投河而死，子高援琴作其歌聲，故曰《箜篌引》。又《古今樂録》引張永《技録》相和有四引：一曰《箜篌》，二曰《商引》，三曰《徵引》，四曰《羽引》；《箜篌引》歌瑟調，東阿王辭《門有車馬客行》《置酒篇》并晉、宋、齊奏之；古有六引，其宮、角二引闕，宋唯《箜篌引》有辭，三引有歌聲而辭不傳也。

蔡氏五曲 《琴曲譜録》云：《遊春》《緑水》《幽居》《坐愁》《秋思》此五曲，蔡邕昔入青谿訪鬼谷先生：所居山東常有人遊，因成《遊春》；南有緑澗，因成《緑水》；中郎先生所居深邃，因成《幽居》；北即高岩峻極，猿鳥多哀，因成《坐愁》；西即秋風瀟騷而生顥思，因成《秋思》焉。

非夫放達者　六臣本無「夫」字，下「非夫至精者」句同，然以上「曠遠」「淵靜」二句例之，是六臣本偶脱耳。

注**《説文》曰：忝，亦貪惜也**　今《説文》「吝，恨惜也」在《口部》。

間遼故音痺〔五〕**，絃長故徽鳴**　《東坡志林》云：「痺者，猶今俗云敚聲也，兩手之間遠則有敚，故曰間遼則音痺；徽鳴者，今之所謂泛聲也，絃虚而不按乃可泛，故曰絃長則徽鳴。」王氏觀國曰：「琴之有敚聲，以琴面不平，或焦尾與嶽高低不應，則阻絃而其聲敚，此琴之病聲也。此賦當作美聲解。間音去聲，間遼謂徽之遠處，若十三徽外近焦尾處，以手取之，其聲自然痺。」五臣訓間爲閑固誤，東坡説亦非也。

注**《説文》曰：泄，除去也**　「泄」當作「藻」。毛本「泄」作「盪」，是誤以釋「洩」爲釋「盪」矣。六臣本作「洩」。洩、泄、渫音義同。《説文》「盪」自訓滌器也。

注**喜懼抃舞**　胡公《考異》曰：「懼」當作「躍」，各本皆誤。

注**《説文》曰：欨，笑貌也**　今《説文》：欨，吹也，一曰笑意。

注**服虔《通俗篇》曰**　六臣本無「服虔」二字。《通俗篇》即《通俗文》，本書注前後屢引之，有明著其爲服虔者，《赭白馬賦》注「天子出，虎賁伺非常，謂之遮迾」、《長笛賦》注「營居曰鄔」、《洛神賦》

注「耳珠曰璫」及此注「樂不勝謂之嘔噱」是也；有但引《通俗文》，不著其爲服虔者，如《上林賦》注「水鳥食謂之啑」、《長楊賦》注「骨中脂曰髓」、《登樓賦》注「暗色曰黲」、《江賦》注「髮亂曰鬖髿」是也。惟此變文爲《通俗篇》耳。

怡養悅悆 注**《廣雅》曰：養，樂也** 《韓詩外傳》云「聞其角聲，使人惻隱而愛仁；聞其徵聲，使人樂養而好施」，《白虎通義》「樂養」作「喜養」，皆可與《廣雅》訓「樂」相證。

尾生以之信 尾生高，亦見《戰國·燕策》「蘇代謂燕昭王」章，即《論語》微生高也。吴氏玉搢《別雅》云：《尚書》鳥獸「孶尾」，《史·五帝紀》作「字微」，二字一音相轉，故多通用。

其餘觸類而長 六臣本「長」下有「之」字。

注**《列女傳》曰：遊女，漢水神，鄭大夫交甫於漢皋見之，聘之橘柚** 今《列女傳》無此語。按本書注此事屢見，《南都賦》注引《韓詩外傳》、《江賦》注引《韓詩內傳》、《洛神賦》注引《神仙傳》文雖小異，實一事也。此引亦當是《列仙傳》之誤。

孰能珍兮 六臣本「孰」作「誰」。

校記

〔一〕從甘田犬 「田」原作「由」，據《文選注》改，毛本誤。

〔二〕嘗遊江淮 「嘗」原作「常」，據《廣博物志》卷三四改。

〔三〕娓釋文訓美　「釋文」原作「説文」，據《説文》「娓，順也」、《經典釋文·毛詩·陳風·防有鵲巢》「娓，美也」改。

〔四〕唐書韓皋謂王淩云云　見《舊唐書·韓滉傳》《太平廣記·樂一·琴》。「淩」原作「陵」，據《三國志·魏書·王淩傳》改。

〔五〕間遼故音痺　痺，尤本、元槧本、毛本、胡本作「庳」。

笙賦

潘安仁

注《周禮》：**笙師掌教笙。鄭衆曰：笙十三簧**　案《三禮圖》云：笙有雅簧十三，上六下七。然《爾雅》鄭注云：大者十九簧也。《風俗通義》又云：長四尺，十二簧。《宋書·樂志》：宫管在中央，三十六簧曰竽，宫管在左旁，十九簧至十三簧曰笙。是笙不定十三簧也。

有曲沃之懸匏焉　案《爾雅》「大笙謂之巢」郭注「列管瓠中，施簧管端」也，《詩》「吹笙鼓簧」孔疏云「瓠，匏也，以匏爲底，故八音謂笙爲匏」〔一〕，《通典》云「今之笙以木代匏而漆之〔二〕，殊愈於匏」，故王觀國《學林》云：後世不復用匏，以木爲之而匏音廢矣。

有汶陽之孤篠焉　顧氏炎武《山東考古録》云：《樂毅報燕惠書》「薊丘之植，植於汶篁」，《古詩》云「冉冉孤生竹，托根泰山阿」，此鄒魯之有竹也。桂氏馥曰：吾鄉小兒所吹短笙即篠所作也。

注《説文》曰：**篠，小竹**　今《説文》：筱，箭屬，小竹也。

注《説文》曰：隅，曲也　今《説文》：隅，陬也。

裁熟簧　銑注：簧以熟銅爲之，故云熟簧。

注統物也　六臣本「物」作「揔」，是也。

望鳳儀以擢形　五臣「鳳儀」作「儀鳳」，銑注可證。《初學記》十六引亦作「儀鳳」。

注《埤蒼》曰　六臣本「埤蒼」作「字林」。

終嵬峩以蹇愕　六臣本校云：善作「諤」，五臣作「愕」。

懰檄糴以奔邀　五臣「檄」作「憿」，銑注可證。

或竦踴剽急　六臣本校云善本作「影」，是也。濟注「剽，猛而急也」，是五臣作「剽」耳。

或既往不返，或已出復入　《初學記》十六引「往」下、「出」下有「而」字。

徘徊布濩　五臣「濩」作「頀」，良注可證。

節將撫而弗及　六臣本「弗」作「不」。

輟張女之哀彈　注古曲未詳所起　姜氏皋曰：《古樂府》引張永《元嘉技録》云「四絃曲，蜀國四絃是也，古有四曲，其張女四絃、李延年四絃、嚴卯四絃三曲闕」，元嘉宋文帝年號，張女曲其時已佚，注故云「未詳所起」也。

注古《咄唶歌》曰　何校「唶」改「喈」，陳同，各本皆誤。

宛其落矣　五臣「宛」作「菀」，翰注可證。六臣本「落」作「死」。

夫其悽戾辛酸　六臣本「戾」作「唳」。

哇咬嘲噈　五臣「噈」作「嘈」，向注可證。

注**瑟二十七絃也**　《三禮圖》：雅瑟二十三絃，其所常用者十九絃，其餘四絃謂之番；番，嬴也。頌瑟二十五絃，古用之。

注**竹爲也**　又**横次之，大者大一寸。《廣雅》曰：六七孔也**　何校「爲也」改「爲之」，「次」改「吹」，「大者大一寸」改「小者尺二寸」，「六」改「八」，删「七」字。姜氏皋曰：注中云上出三寸分，當是寸三分，何校未及。

傾縹瓷以酌酃　段曰：「瓷」當作「瓻」，注當作「《字林》曰：瓻，白瓶長頸，大果切」。

注**鄗鄉若下，齊公之情**　「情」當作「清」，各本皆誤。《西京雜記》載鄒陽《酒賦》「鄗鄉」作「程鄉」，「齊公」作「高公」。

光岐儼其偕列　注**或作伎**　五臣「岐」作「伎」，「偕」作「階」，良注可證。

注**蓬勃泰出貌**　六臣本、毛本「泰」作「氣」，是也。

故絲竹之器未改　五臣「器」作「氣」，翰注可證。

校記

〔一〕詩吹笙鼓簧孔疏云云　此乃上句《爾雅·釋樂》「大笙謂之巢」之邢昺疏，「詩吹笙鼓簧」衍、「孔」當改「邢」。此襲邵晉涵《爾雅正義》之誤。

〔二〕今之笙以木代匏而漆之　《通典·樂·八音》「笙」下有「竽」，無下「之」。《舊唐書·音樂志》「笙」上有「竽」，「以」上有「并」。

嘯賦

成公子安

注**鄭玄《毛詩箋》曰：嘯，蹙口而出聲也**　唐無名氏《嘯旨》云：氣激於喉中而濁謂之言，激於舌而清謂之嘯，有外激内激等十二法，《權輿》《流雲》等十五章。

成公子安　翰注：臧榮緒《晉書》曰：「成公綏，字子安，東都白馬人也。少有俊才而口吃，張華一見甚善之。時人以其貧賤，不重其文，仕爲中臺郎。」此與李注所引文字異同。《晉書·文苑傳》：成公綏，雅好音律，嘗當暑承風而嘯，泠然成曲，因爲《嘯賦》。

傲世忘榮　《晉書》「傲」作「敖」。

晞高慕古　五臣「晞」作「希」，向注可證。《晉書》亦作「希」。

精性命之至機　五臣「機」作「幾」，翰注可證。

邈姱俗而遺身　五臣「姱」作「跨」，濟注可證。

注**蒍敞強**　六臣本「蒍」作「薳」，「強」作「彊」。姜氏皋曰：案《姓纂》云「蒍，晉大夫士蒍之後」，「薳，楚大夫薳章之後」，是二者之系姓固別，然《左氏傳》有通用者，程氏廷祚《左傳人名考異》云「《襄十五年》之『蒍子馮』《二十四年》又稱『薳子』」，《左氏·襄十八年傳》『薳子馮』釋文云『薳本作蒍』」，又《左氏傳》之『蒍賈』《漢書·古今人表》作『薳賈』，故《五經文字》謂薳與蒍同」是也。

唱引萬變　《晉書》「唱引」作「引唱」。

固極樂而無荒　六臣本「固」作「故」。

注《**說文**》**曰：冉弱，長貌**　今《說文》「冉」作「姌」，在《女部》。

橫鬱鳴而滔涸　六臣本「鳴」作「嗚」，《晉書》亦作「嗚」。

洌飄眇而清昶　六臣本、《晉書》「飄眇」並作「繚眺」，《晉書》「洌」作「咧」。吴氏省欽曰：注引《字林》曰「洌，寒貌」與《詩·大東》正義引《說文》同，《高唐賦》注引《字林》作「洌，寒風也」當是傳寫者誤增「風」字。

列列飈揚　《晉書》「列列」作「烈烈」。

奏胡馬之長思，向寒風乎北朔　六臣本「奏」作「走」，「思」作「嘶」，「向」作「迴」。《晉書》亦作「迴」。

隨事造曲　《晉書》「事」作「時」，誤也。

猛虎應於中谷　《晉書》「虎」作「獸」，唐人所改也。

蕩埃藹之溷濁　六臣本「蕩」作「流」，「藹」作「靄」。《晉書》亦作「靄」。

注**樂用之則正人**　六臣本無「之」字，是也。《樂記》注亦無「之」字，人下有「理」字。毛本作「則正神人」亦誤。

坐盤石　又**乃吟詠而發散，聲駱驛而響連**　《晉書》「盤」作「磐」，「散」作「歎」，「駱驛」作「驛驛」。五臣亦作「驛驛」，向注可證。

訇磕嘲嘈　胡公《考異》曰：袁本、茶陵本「嘲」作「啷」，非也，《晉書》亦作「嘲」。孫氏梅《四六叢話》引《鼠璞》云成公綏《嘯賦》曰「訇磕勞曹」即今之「髎骲勞曹」字，古人用之不見爲俗云云，然今《文選》各本無作「勞曹」者，不知戴埴宋時所見何本。

音均不恒，曲無定制　六臣本校云善無「恒」字，有二「曲」字。按此校語恐有誤，《晉書》與此同，可據也。

注**晉灼《子虛賦》注曰：文章假借，可以協韻**　本書《子虛賦》注「晉灼曰：文章假借，協陀之韻也」與此異。

注**均與韻同**　《說文》「韻」字注：裴光遠曰古與「均」同。顧氏炎武《音論》云「古曰音，今曰韻」，引

《唐書·楊收傳》曰「夫旋宮以七聲爲均，均言韻也」。

羌殊尤而絕世　五臣「絕」作「純」，翰注可證。

寧子檢手而歎息　《晉書》「檢」作「斂」。五臣亦作「斂」，良注可證。

注**《晏子春秋》：虞公**至**何時旦**　六臣本無此二百四十一字。按此注複雜已甚，非李本之舊，無之是也。

注**韓必斂手**　六臣本「斂」作「檢」。胡公《考異》曰：今《春申君傳》作「斂」，蓋善所據作「檢」也，檢、斂古字通。

蓋亦音聲之至極　《晉書》「蓋亦」作「此」。

文選旁證卷第十九

文選卷十九

宋玉 高唐賦

注**於是最末** 何校「是」改「事」。尤本作「事於最末」，誤也。

《高唐賦》 本書《别賦》注引宋玉《高唐賦》曰：我帝之季女，名曰瑶姬，未行而亡，封於巫山之臺，精魂爲草，實爲靈芝。又《雜體詩·潘黄門》首注引《宋玉集》云：楚襄王與宋玉遊于雲夢之野，望朝雲之館有氣焉，須臾之間變化無窮，王問此是何氣也，玉對曰：昔先王遊於高唐，怠而晝寢，夢見一婦人，自云「我帝之季女，名曰瑶姬，未行而亡，封于巫山之臺，聞王來遊，願薦枕蓆」，王因幸之，去乃言「妾在巫山之陽，高丘之岨，旦爲行雲，暮爲行雨，朝朝暮暮，陽臺之下」，旦而視之，果如其言，爲之館名曰朝雲。皆與此賦少異。按《琴賦》注引宋玉《對問》，謂集所載與《文選》不同，即此類也。

注**欲親進於枕蓆** 六臣本無「進」字。按此當是「親」字衍。

注**如曋㟅也**　六臣本無此四字。陳曰「曋㟅」二字疑。胡公《考異》曰：今按無此四字者是，字書不見「曋㟅」，誤入也。

注**《韓詩》曰：偈**　何校「曰」上添「章句」二字，陳同。

玉曰：可　六臣本「可」下有「也」字。

注**《説文》曰：洶洶，涌也**　今《説文》：洶，涌也。

翕湛湛而弗止　六臣本「弗」作「不」。

若浮海而望碣石　胡公《考異》曰：「碣」當斷句，會、碣、礚、厲皆相協，無容失其一韻；石字當屬下句首，石礫礫礫言小石也，巨石溺溺言大石也。其善注則云碣石者，以碣石解正文之「碣」，非其讀正文於「石」爲句，必五臣不察，乃誤分節如此。又五臣誤改下文「礫礫」作「磈礫」，亦由不知「礫礫」與「溺溺」相對爲文。

礫礫礫而相摩兮　五臣「礫礫」作「磈礫」，説見前。

注**榛林，栗林也**　臧氏琳曰：《廣雅》「木叢生曰榛」，《詩·鳲鳩》釋文引《字林》「榛，木叢生也」，《一切經音義》引《説文》「榛，叢木也」〔一〕，當據以注此；若榛栗之榛，古作亲。

葩華覆蓋　六臣本、毛本「華」並作「葉」。

注**還會，交相也**　「交相」當作「相交」，各本皆倒。

丹莖白蒂　六臣本「丹」作「朱」。

長吏隳官，賢士失志　六臣本「隳」作「墮」，「士」作「人」。

注《説文》曰：墜，下也　今《説文》：隤，下墜也。此承上《廣雅》「隤」字訓，故省「隤」字。

肅何千千　注《説文》曰：俗，望山谷芊芊青也。千、芊古字通　五臣「千千」作「芊芊」，翰注可證。按「俗」當作「谸」。今《説文・谷部》「谸」字訓云「望山谷谸谸青也」，段曰「谸谸」乃「千千」之誤。

注《廣雅》曰：崝嶸，深直貌　「直」作「宴」。此引《釋訓》文。

立而熊經　《淮南子・精神訓》「熊經鳥伸」注「經，動摇也」，與上文「傾岸」意較合。

正冥　林先生曰：《大射禮》注「正，鳥名，齊魯之間謂題肩」，《玉篇》作「鴊」，未知即「正冥」否。桂氏馥曰：《方言》「齊魯間謂題肩爲鴊鳥」，按《月令》「季冬之月征鳥厲疾」注「征鳥，題肩也，齊人謂之擊征」，然則所云征者正也，俗加鳥旁，正、鵠皆鳥之捷黠難中者。

垂雞高巢　注垂雞，未詳　陳氏第《古音考》：巢音稠，是與鳩、遊、流爲韻，《易林・隨之無妄》「茆如木居，與類相投，願慕群旅，不離其巢」亦是也。

注《詩》云：鳥鶩而有别者　「詩」下當有「傳」字，此毛傳文。

注《漢書・郊祀志》至二人　六臣本無此三十二字。胡公《考異》曰：此或駮善注「羨門高誓」之解而記於旁，尤本乃誤取之。

公樂聚穀　注**未詳所見**　王氏念孫曰：「聚」與「最」古字通，穀有㲄音，㲄與後聲相近，疑《高唐賦》之「聚穀」即《史記》之「最後」也，詳見《封禪書》。

注**人在山上作巢**　六臣本「人」下有「共」字。胡公《考異》曰：此訓正文「公樂」，當云「人共在山上作樂」，各本「樂」誤爲「巢」。

注**洌，寒風也**　臧氏琳曰：《詩·大東》「有洌氿泉」傳「洌，寒意也」、《七月》正義引《說文》「洌，寒貌」是也，今《說文》有「瀨」無「洌」，然據孔氏所引知唐初《說文》本有「洌」字。古洌、瀨聲同，《說文》蓋以「洌」爲正、「瀨」爲重文也，「瀨」字云「寒也」，則「洌」同而不得云「寒風」也。

注**《說文》曰：苹苹，草貌**　今《說文》「苹，蓱也」，此所引有誤。王氏引之曰：「苹苹」與「平平」同，謂曠野之中彌望平平然，猶《堯典》「平秩」之「平」馬本作「苹」也；以「苹苹」爲草貌，失之，其「說文曰」三字疑衍。

九竅通鬱，精神察滯　六臣本校云五臣無「滯」字。胡公《考異》曰：詳注意善並無「滯」字，「察」字韻上「逮」下「歲」自協，以七字爲一句，或誤因注中「鬱滯」語妄添於下也。

校記

〔一〕引說文榛叢木也　「說」原作「詩」，據稿本及玄應《一切經音義》卷十、慧琳《一切經音義》

卷四九改。

神女賦

其夜王寢，果夢與神女遇，其狀甚麗。王異之，明日以白玉。玉曰：其夢若何？王曰 又**玉曰：狀如何也？王曰：茂矣美矣** 沈括《補筆談》云：人君與其臣語不當稱「白」，又賦既稱「王覽其狀」即是宋玉之言，不知「望予帷而延視」者稱予者爲誰？以此考之，則「其夜王寢，夢與神女遇者」宋玉也，「明日以白玉者」以白王也，「王」與「玉」互書之耳。又《西溪叢語》云：楚襄王與宋玉遊高唐之上，見雲氣之異，問宋玉，玉曰昔先王夢遊高唐與神女遇，玉爲《高唐》之賦，先王謂懷王也：宋玉是夜夢見神女，寤而白王，王令玉言其狀，使爲《神女賦》，後人遂謂襄王夢神女，非也，今《文選》本「王」「玉」互誤。按六臣本無「果」字：第一「王曰」作「王對曰」，此處存「對」字已可尋「王」與「玉」互誤之跡矣：第二「王曰」六臣本校云善作「玉」，然則李與五臣「王」「玉」互換此又其明驗也。今尤本「王曰：狀何如也？玉曰：茂矣美矣」二處尚不誤。

襛不短 注**《説文》曰：襛，衣厚貌** 孫氏志祖曰：《説文》「襛」字從衣，《詩》「何彼襛矣」是也，今刻本誤「穠」，《洛神賦》「襛纖得中」同。按《詩》「何彼襛矣」，朱子《集傳》作「穠」，今本從之，《唐石經》自作「襛」；張參《五經文字》云「襛，如恭反，從禾者訛」，是唐時已有作禾旁者，不自朱子始也；《毛傳》「襛猶戎戎也」，《廣韻》「襛，襛華」，是亦不必泥衣厚之説，但作豐滿解可耳。

注《説文》曰：倪，好也，與娧同　「倪」當作「娧」，今《説文·女部》「娧，好也」。下「娧」當作「倪」，謂《説文》之「娧」與賦之「倪」同也。各本皆誤。

注旁，宜侍王旁　第一「旁」字衍。胡公《考異》曰：此注當在「宜侍旁」句下，後並上爲一節，因誤標此字爲識耳。

王曰：若此盛矣，試爲寡人賦之　此處「寡人」云云其爲「王曰」無疑，則上「茂矣美矣」云云其爲「玉曰」亦無疑也。

夫何神女之姣麗兮　六臣本「姣」作「妖」。

近之既妖　「妖」當作「姣」，方與上文「姣麗」畫一。

眉聯娟似蛾揚兮　何曰「似一作以」。按本書《洛神賦》「修眉聯娟」注引作「以」，則作「似」者非也。尤本不誤。

注《説文》：姽，靖好貌　六臣本「好貌」作「閑體行也」四字，是也。今《説文·女部》：姽，閑體行姽姽也。

注《廣雅》曰：嫿，好也　六臣本作「嫿，静好也」四字。胡公《考異》曰：六臣本是也，此承上文，亦《説文·女部》文，非引《廣雅》。

注《聲類》曰　六臣本無此三字，何據之校删。

注 **謂復更遠也**　何曰：一無此五字。

登徒子好色賦

注 **並序**　余曰：此賦無序，「並序」二字誤加。按各本以「唯唯」以上爲序、「臣少」以下提行爲賦，並誤。

大夫登徒子侍於楚王　六臣本「楚」下有「襄」字。何曰：以《國策》參校，登徒蓋以官爲氏。余曰：《古文苑》注「登徒子假設爲名，猶言升諸其徒之人」。張氏雲璈曰：《姓氏急就篇》有「少施登徒」。姜氏皋曰：「《廣韻》最詳姓氏而不載登徒，林寶《姓纂》亦無。竊思司徒以官爲氏者，或又通作申徒、信都、申屠，《史記》以張良爲韓申徒即司徒也。登、申音近，或亦楚音之轉。且《儀禮·喪服》『冠六升』注『升字當爲登』，《左氏·僖二十二年傳》『登陘』釋文作『升陘』，則登、申音轉亦此例也，登徒其即申徒歟？」

東家之子　六臣本「東」上有「臣」字。

注 **《說文》曰：齞，張口見齒也**　今《說文》：齞，口張齒見[一]。

愚亂之邪臣　何曰：當以「邪」字絶句。按「愚亂之邪」文義亦晦。

校記

[一]說文齞口張齒見　「見」原作「貌」，據《說文》改。

洛神賦

曹子建

注《記》曰：魏東阿王漢末求甄逸女　何曰《魏志》無子建求甄逸女事。胡公《考異》曰：六臣本「曹子建」下並無李注，今本自「記曰」以下至「改爲洛神賦」二百七字乃小説《感甄記》，尤誤取之。

注遂作《感甄賦》，後明帝見之，改爲《洛神賦》　何曰：「文帝猜忌諸弟，留宴從容正不可得，『感甄』名賦，其爲不恭孰甚？小説因賦附會，全不足信。《離騷經》『吾令豐隆乘雲兮，求宓妃之所在』，植既不得於君，因濟洛川，作此賦以寄心文帝，其亦屈子之志也。」又曰：《韓詩》曰「漢有游女，不可求思」，薛君曰游女謂漢神，洛神之義本此。余曰：《南齊書》五十二沈約曰：以《洛神》比陳思他賦，有似異手之作。

黄初三年，余朝京師　何曰：《魏志》丕以延康元年十月禪代、十一月遽改元黄初，陳思實以四年朝洛陽，而賦云三年，不欲亟奪漢年，猶發喪悲哭之意耳。

注洛水出洛山　《淮南子·墬形訓》「洛出熊耳」，畢氏沅曰：《禹貢》言「導洛自熊耳」，非謂發源也。《水經》「洛水出京兆上洛縣讙舉山」，酈注：《地理志》「洛出冢領山」，《山海經》「出上洛西山」又曰「讙舉之山，洛水出焉」〔一〕。《書》蔡傳以讙舉即冢領。徐氏文靖《禹貢會箋》云《一統志》「洛水出陝西洛南縣」。此注洛山不知何指。

對楚王神女之事 六臣本「王」下有「說」字。

余從京域 五臣「域」作「師」，銑注可證。

容與乎陽林 六臣本「陽」作「楊」，是也。下注「陽林一作」四字衍。

肩若削成，腰如約素 案張衡《七辯》有「形似削成，腰如約素。淑性窈窕，秀色美艷。鬒髮玄髻，光可以鑒。靨輔巧笑，清眸流盼。皓齒朱脣，的皪粲練」等語，當是子建所本。姜氏皋曰：「約」當作「束」，向注乃作「約」耳。

注 **《說文》曰：項，頸也** 今《說文》：項，頭後也。

芳澤無加 楊氏慎曰：《史記·淳于髡傳》：羅襦襟解，微聞芳澤〔二〕。

靨輔承權 《淮南子·說林訓》：靨輔在頰則好，在顙則醜。《說文》：靨，姿也。《廣韻》：面上靨子。楊慎《謝華啟秀》云：女子面上媚文爲輔〔三〕。《玉篇》引《左氏傳》作「輔車相依」。《虞氏易》作「咸其輔」。《左氏傳》服氏注「輔，上頷車也，與牙相依」。權，《玉篇》作「顴」。

奇服曠世 六臣本「世」作「代」。

骨象應圖 張衡《七辯》云「假明蘭燈，指圖觀列」，賦言「圖」字似本於此。又張平子《同聲歌》「燈光稱列圖」亦是。

注 **報之以瓊瑤** 何校「瑤」改「琚」，是也。

注**有此言，未詳其本**　何曰：此同時人語，借以互證。按此亦李注之凡例，特標出之。

微幽蘭之芳藹兮　段校云：《説文》曰「微，隱行也」〔四〕，《春秋傳》曰「白公奔山而縊，其徒微之」是也。

執眷眷之款實兮　至**申禮防以自持**　何曰：子建作《箜篌引》云「久要不可忘，義薄終所尤，謙讓君子德，罄折欲何求」，「執眷眷」六句意與之同。景初中詔云「陳思王克己盡禮以補前缺」〔五〕，則子建之自持可知矣。

歎匏瓜之無匹兮　六臣本無「兮」字，下「恨人神之道殊兮」「無微情以效愛兮」句並同。

注**各處河鼓之旁**　六臣本無「鼓」字，是也。

注**無匹之義，未詳其始**　姜氏皋曰：按何校云王子敬書作「牠媧無匹」，因疑「匏瓜」爲「牠媧」之譌。《易·繫辭》疏、《初學記》並引《帝王世紀》云「包犧氏没，女媧氏立」，包犧即宓羲。「包」《列子》作「庖」，《漢律曆志》作「炮」，故《路史》注「女媧亦作炮媧」；「媧」字《山海經》郭注、《列子》張注、《古今人表》顔注皆音瓜。是「匏」者庖炮之音通，「媧」者因音瓜而譌也。《風俗通》以女媧爲伏羲之妹，是或爲無匹之説。且賦上文言南湘二妃、漢濱游女，下言牽牛織女，中間似不得雜一匏瓜星如注所言者。

羅襪生塵　余曰：張衡《南都賦》：羅襪躡蹀而容與。

注 **聖足行於水** 六臣本「足」作「人」，是也。

令我忘飡 六臣本「飡」作「餐」。按古字飡、餐同。

於是屏翳收風 何曰：《天問》「蓱號起雨」，「蓱翳」下接以「號」，故子建以爲風，韋昭以爲雷，不與王逸同也。

注 **曹植《誥洛文》曰** 「洛」當作「咎」。今《子建集》中有《誥咎文》，各本「誥」作「結」皆誤。胡公《考異》曰：陳校「誥當作禊」大非，王伯厚嘗言曹子建《誥咎文》假天帝之命以詰風伯雨師，名篇之意顯然。

注 **王母乘紫雲車來** 六臣本「來」上有「而」字，是也。

獻江南之明璫 何曰：獻於宓妃也。子建《贈白馬王》詩「蒼蠅間白黑，讒巧令親疎」，以耳飾爲獻，望其無信讒言也。

雖潛處於太陰，長寄心於君王 何曰：太陰言其所處之幽遠；君王謂宓妃，喻文帝也，不必以上文「君王」爲疑。

注 **《説文》曰：騑，驂駕也** 今《説文》「騑，驂旁馬也」，本書《贈弟士龍》詩注引與今《説文》合。

校記

〔一〕讙舉之山洛水出焉 「讙」原作「讓」，據稿本及《山海經·中山經》改。

〔二〕微聞芳澤　《史記·淳于髡傳》「芳」作「薌」。

〔三〕女子面上媚文爲酺　「酺」原作「輔」，據《謝華啟秀》卷一改；媚，《謝華啟秀》康熙抄本作「妬」，乃《奩史》卷二六引作「媚」。

〔四〕微隱行也　「行」原作「形」，據《說文》改。

〔五〕克己盡禮以補前缺　《三國志·魏書·曹植傳》「盡禮」作「慎行」。

補亡詩

束廣微

注**補著其文，以綴舊制**　《世說新語》三「夏侯湛作周詩以示潘安仁」，注：「《湛集》載其叙曰：周詩者《南陔》《白華》《華黍》《由庚》《崇丘》《由儀》六篇，有其義而亡其辭，故云周詩。」然則補亡詩者不止束晳也，晳與湛俱晉武帝時人。

《南陔》　《困學紀聞》三云：束晳《補亡詩》「循彼南陔」釋曰：陔，隴也。《群經音辨》云：序曰「孝子相戒以養」，陔當訓戒。《鄉飲酒》《燕禮》「賓醉而出，奏陔夏」，鄭氏注「陔之言戒也」「以陔爲節，明無失禮」，與《詩序》義協。全氏祖望曰：「相戒以養」之説精矣，然何以云「南戒」？其義難通，則恐束氏亦有所本。方氏以智曰：陔即祴，《笙師》「以教祴樂」注「祴，夏之樂」，杜子春謂祴讀如陔鼓之陔，《儀禮·鄉飲酒》《鄉射》正作「陔」是也。姜氏皋曰：《説文》「陔，階次也」，《南齊志》有《前舞階步歌辭》《後舞階步歌辭》。《隋志》：於文舞、武舞將作，先設階步辭；元會大饗，協律不得升陛。然則階步者奏于堂下之義，豈南陔者亦此意歟？

注 **居謂未仕者**　何曰：讀如誰居之居，猶言彼其之子。

彼居之子，色思其柔　陳曰：二句當在「心不遑留」下，如首章例。是也，各本皆誤倒。

注 **《毛詩》曰：相彼反哺，尚在翔禽**　按二語乃盧諶《贈劉越石》詩，「毛詩」二字各本皆誤。

養隆敬薄　注 **愛而不敬，獸畜之**　《初學記》十七引「隆」作「優」。張氏雲璈曰：詩意同《論語》「子游問孝」章，不當引《孟子》。

以介丕祉　《初學記》十七引「丕」作「壽」。

注 **此喻兄弟比於華萼，在林薄之中**　「兄弟比於」四字不當有，因上引《常棣》而誤添也，各本皆衍。

莫之點辱　注 **點與玷，古字通**　本書司馬遷《報任少卿書》「適足以見笑而自點耳」，袁宏《三國名臣贊》「質無塵點」，皆通作「玷」。

輯輯和風　六臣本「輯輯」作「習習」，校云善作「揖揖」。

注 **鄭玄曰：九穀：稷、黍、秫、稻、麻、大小豆、大小麥也**　《汜勝之書》作稻、米、黍、麻、秫、小麥、大麥、小豆、大豆，《酉陽雜俎》作黍、稷、稻、粱、三豆、二麥，而康成之注《周禮》又作黍、稷、稻、粱、麻、大豆、小豆、麥、苽。說詳程氏瑤田《通藝録·九穀考》。

亦挺其秀　六臣本「亦」作「禾」，校云善作「亦」。

蕩蕩夷庚　《困學紀聞》六云：《左傳·成十八年》「披其道以塞夷庚」，正義謂平道也，本書《辨亡論》「旋皇輿於夷庚」義同。

獸在于草　六臣本校云「于」善作「在」，何、陳皆據之校改。

星變其躔　六臣本校云五臣作「星躔其變」。

五是不逆　六臣本「是」作「緯」，「逆」作「愆」。按作「緯」者當系「韙」字誤。《困學紀聞》二云：《洪範》「五者來備」，《史記》云「五是來備」，荀爽謂之「五韙」，李雲謂之「五氏」，傳習之差如此。惠氏棟曰：經文「曰時」，五者來備時是也，言是五者皆備至也。孔氏以「曰時」二字屬上句，與漢儒所授《尚書》異讀，後人遂以「五是」爲傳習之誤，非也。

注**曰風，曰時**　何校「曰風」上添「曰寒」二字〔一〕，陳同。

注**王猷允塞**　《詩·常武》作「王猶」，故注云：猶、猷古字通。

何類不繁　又**人永其壽**　又**鳥萃平林**　六臣本「繁」作「煩」，「人」作「民」，「平」作「于」。

校記

〔一〕曰風上添曰寒二字　上「曰」據稿本及胡克家《文選考異》卷四、《尚書·洪範》補。

謝靈運　**述祖德詩**

段生蕃魏國　《幽通賦》「木偃息以蕃魏」。此以段干木爲段姓，誤也，説詳《魏都賦》。

注 **於邊候晤之道也　又高誘曰：晤，國名也，音晉，今爲晉字之誤**　今《吕氏春秋·悔過》篇作「於東邊候晉之道」，「晤」字作「晉」誤，注同，當依此改之。

勵志故絶人　與上「魯人」韻複。

委講綴道論，改服康世屯　《古詩類苑》云「綴」集作「輟」。案五臣注言「玄委棄講藝〔一〕，與王羲之隱於會稽之山以綴道論，後出爲將軍破苻堅，故曰安世難」，是「綴」不當作「輟」也。然《晉書》謝玄本傳疾篤上疏有「從臣亡叔安退身東山，以道養壽」之語，前後表十餘上，久之乃轉授散騎常侍、左將軍、會稽内史，輿疾之郡，十三年卒于官。無委棄講藝歸隱會稽之事，注所云者是牽合《謝安傳》以致舛誤也。

中原昔喪亂　此另起爲一首，毛本誤連上文。

河外無反正　六臣本注善曰：「河外謂之澠池。《史記》曰：秦王使使告趙王〔二〕爲好會於西河外澠池。」良曰：河外，洛陽也，言爲賊所破，不得反洛陽之正。

注 **今也蹙國百里**　今《詩》「也」下有「日」字。

龕暴資神理　注**孔安國《尚書傳》曰：龕，勝也**　朱氏珔曰：《書序》「西伯戡黎」，傳「戡亦勝也」，正義「戡，勝，《釋詁》文」。今《爾雅·釋詁》作「堪」，「堪」與「戡」通。《廣雅·釋詁》：龕，取也。《法言·重黎》篇「劉龕南陽」李軌注：龕，取也。此引《書傳》以龕爲勝，則龕乃戡之同音假借字耳。

注**天下溺則援之以道**　今《孟子》無「則」字，而《後漢書·崔駰傳》注及《意林》引均有「則」字。

遠圖因事止　何曰：獻武移鎮東陽，於道疾篤，上疏曰：去冬奉司徒道子告，括囊遠圖。〔三〕

注**曹大家上疏謂兄曰：上損國家累世劬勞遠圖之功**　六臣本、毛本「謂」作「諸」。陳曰「諸」當作「請」，是也。文在《後漢書·班超傳》，作「便爲上損國家累世之功」。

高揖七州外　方氏回《文選顔鮑謝詩評》云：此指謝玄所解徐、兖、青、司、冀、幽、并七州都督耳，謂晉有七州而高揖其外，則不復居晉地也。

校記

〔一〕玄委棄講藝　「藝」原作「論」，據《文選注》改，下同。蓋涉下句及正文「綴道論」而誤。

〔二〕使使告趙王　「王」據《文選注》補。

〔三〕何曰云云　此乃《晉書·謝玄傳》文。

諷諫詩

韋孟

諷諫詩 《漢書·韋賢傳》：孟作詩諷諫，後遂去位。余曰：或謂其子孫好事，述先人之志而作是詩。

孟爲元王傅，傅子夷王及孫王戊 六臣本不重「傅」字。濟注：戊與七國同反，故無謚號。

迭彼大彭 余曰：按《鄭語》及《左傳》杜注、孔正義，豕韋有二：一彭姓，祝融後，與大彭爲商伯，武丁滅之。一劉姓，堯後，彭姓豕韋滅之，承其國，殷末封於唐；周成王滅唐，遷之於杜；宣王殺杜伯，其子隰叔奔晉；四世及士會，食邑於范氏。孟詩云「迭彼大彭，勲績維光」，孟五世孫玄成詩云「赫矣我祖，侯於豕韋。賜命建伯，有殷以綏」，則孟之先爲武丁所滅彭姓之豕韋〔一〕矣。孟詩又曰「至于我周，歷世會同。王赧聽譖，實絶我邦」，玄成詩又曰「宗周至漢，群后歷世」，蓋西京時《春秋》内外傳未行，故孟與玄成詩得肆其鋪張，合二姓豕韋並爲其祖，益加妄誕以欺世也。

王赧聽譖，實絶我邦 洪氏邁《容齋四筆》云：周至赧王僅存七邑，救亡不暇，豈能滅侯邦乎？孟之自叙乃祖率疎如是，而應劭又從而實之，尤可笑也。梅氏鼎祚引〔二〕杜氏《左傳注》云：豕韋國於東郡白馬縣〔三〕，殷末國於唐，周成王滅之。

耒耜斯耕 又**矜矜元王** 《漢書》「斯」作「以」，「矜矜」作「兢兢」。

克奉厥緒 六臣本校云「緒」善作「次」，恐誤，《漢書》正作「緒」。

斯惟皇士　注**美士也**　《漢書》「斯」作「此」。何曰：謂天子之士也，善注非。

犬馬悠悠　《漢書》「悠悠」作「繇繇」，師古曰「繇」與「悠」同。

是放是驅　五臣「是放」作「田獵」，良注可證。

務此鳥獸　又**追欲縱逸**　《漢書》「此」作「彼」，「縱」作「從」，顏注「從讀曰縱」。六臣本「縱」作「樂」。

嗟嗟我王　尤本此下提行，誤。

照臨下土　《漢書》「照臨」作「臨爾」。

殆其茲怙　注**茲此，謂此親也**　五臣「茲怙」作「怙茲」。《漢書》亦曰「怙茲」。何曰作「怙茲」於韻乃協。按注「茲此」當作「茲怙」。

彌彌其逸　《漢書》「逸」作「失」。

注**《孟子》曰：天下殆哉岌乎**　六臣本無此注。翟氏灝曰：「殆哉岌乎」乃時人恒語，《莊子·天地》篇述許由之言亦曰「殆哉圾乎」。

時靡不練　《漢書》「時」作「昔」。師古曰：言往昔之事皆在王心，無所不閱也。

秦繆以霸　五臣「繆」作「穆」，銑注可證。

歲月其徂，年其逮耇，於赫君子，庶顯于後　《漢書》「赫」作「昔」。顧氏炎武曰：「歲月其徂」

四語蓋自言年老，言昔之君子垂令名于後，欲王信老之言而任之也。《在鄒詩》曰「既耇且陋」，則此爲孟之自述可知。胡公《考異》曰：善作「昔」，五臣作「赫」，所當訂正。

校記

〔一〕武丁所滅彭姓之豕韋　「武丁所滅」據余蕭客《文選音義》卷五補，上文彭姓豕韋有二，此節略致不可解。

〔二〕梅氏鼎祚引　此五字當去或移「洪氏邁」上，彼下均引自《容齋四筆》卷一「韋孟詩乖疏」節。

〔三〕東郡白馬縣　「馬」原作「鳥」，據稿本及《文選注》《左傳注·襄公二十四年》、《容齋四筆》卷一等改。

勵志詩

張茂先

注　**四氣之和**　「四」上當有「道」字。

注　**爲代去者爲謝**　六臣本「爲代」上有「來者」二字，是也。

注　**不捨晝夜**　今《論語》「捨」作「舍」，而本書《褚淵碑》注引亦作「捨」。

注　**玄，幽遠也**　六臣本「遠」作「漠」，沿下文而誤耳。

注　**漠，寂也**　又**漠無爲。此再引《說文》語**　今《說文·水部》漠，清也〔一〕。《口部》嗼，嘆也；

嘆，啾嘆也。《宀部》寂，無人聲。《心部》怕，無爲也。並與此異。

田般于遊　六臣本「田」作「出」，是也。五臣「般」作「盤」，良注可證。

養由矯矢　養水見《水經注·汝水》，下「養陰里」見《後漢書·郡國志》。由基蓋以邑爲氏，故《左·襄十三年傳》曰養叔，《淮南·説山訓》高注云「養，姓也」。《廣韻》「邑」字注謂養由氏，則直以爲複姓。《抱朴子·知止》篇、《北史·楊播傳》皆曰「養由」，而此詩爲最先耳。

蒲盧縈繳　五臣「蒲盧」作「蒲蘆」，向注可證。

注**《説文》曰：彪，亦文貌**　尤本「亦」作「虎」。今《説文》：彪，虎文也，從虎，彡象其文也。

載瀾載清　又**勉志含弘**　六臣本「瀾」作「潤」。尤本「志」誤作「爾」。

川廣自源　六臣本「自」作「其」。

注**成人在始興善，敬之哉**　六臣本「興」作「與」，無「敬之哉」三字。

注**《戰國策》：段干越**　今《韓策》「越」下有「人」字，是也，下同。

注**過京父之弟子**　又**京父之弟子曰**　今《韓策》「過」作「遇」，「京」作「造」，下同；此下有「馬不千里。王良弟子曰」二句。

注**不懌者**　今《韓策》「懌」作「釋」，下有「塞」字。六臣本亦誤脱。

暉光日新　注**《易》曰：君子之光暉吉。又曰：日新之謂盛德**　朱氏珔曰：此四字蓋用《大畜》象傳《虞氏易》「剛健篤實」句、「輝光日新」句，「其德」二字下屬；至王弼乃以「光」字句絶、「日新其德」自爲句，非也。姜氏臯曰：王輔嗣注「夫唯輝光日新其德者，唯剛健篤實也」，似亦以「輝光」連「日新」爲句。

校記

〔一〕今説文漠清也　《説文》：漠，北方流沙也，一曰清也。

文選卷二十上

上責躬應詔詩表

曹子建

臣自抱釁歸藩　何曰：時子建封雍丘王。

注《説文》曰：**赧，面慙也**　今《説文》：赧，面慙赤也。

忍垢苟全　《三國·魏志·陳思王傳》「垢」作「活」。

注《毛詩》**謂何顔而不速死也**　向注：《詩》無此句，今言《詩》者誤也。按今《毛詩》傳、箋皆無此語，「毛」字恐誤。

舍罪責功者　毛本「責」誤作「貴」。六臣本亦作「責」不誤。

永無執珪之望　《魏志》「永無」作「無復」。

僻處西館　《魏志》：文帝責之，置西館，未許朝。

瞻望反側　《魏志》此下只作「謹拜表獻詩二篇」七字，餘文皆無。

責躬詩

受禪于漢，君臨萬邦　《魏志》「于」作「炎」，「君臨」作「臨君」。朱氏珔曰：作「臨君」與今《書·顧命》合，是也；注倒其文者，當是李氏所據《文選》本作「君臨」，故引書亦就正文耳。

注**《尚書》：帝曰爾諧**　疑是《虞書》：「帝曰：俞，往哉！汝諧。」

注**《儀禮》曰**　「禮」下當有「注」字，各本皆脱。

時惟篤類　《魏志》作「時篤同類」。

注**《魏志》曰：詔云：植，朕之同母弟**至**其改封植**　陳曰：「志」當作「書」，此王沈《魏書》，見《魏志注》。是也，各本皆誤。

注**舛而不殊**　何校「舛」改「舍」，「殊」改「誅」。按《魏志》裴注作「舍而不誅」，此何所據。胡公《考異》曰：《漢書·宣紀》「骨肉之親，析而不殊」；子建《求通親親表》亦云「骨肉之恩，爽而不離」，李彼注引《漢書》「粲而不殊」如淳曰「粲或爲散」。此「舛」與爽、粲互異而義皆同，《魏志》作「舍」蓋誤，當各依其舊。

不忍我刑，暴之朝肆　余曰：《獨異志》言陳思王與文帝不叶，帝即位，召植遊華林園，酒酣，密遣左右縊殺，使者以弓弦三縊不死，絃皆頓絶，植即驚覺，左右走白帝，帝自是不敢害植。按此《魏志》紀傳俱無，可補裴注之缺。

哀予小臣　六臣本「臣」作「子」，校云善作「臣」。案《魏志》亦作「子」，是也。此恐誤，且與下「有君無臣」韻複。

光光大使，我榮我華　《魏志》作「朱紱光大，使我榮華」，梅氏鼎祚曰「大」一作「天」。

剖符受土　《魏志》「受土」作「授玉」。五臣同，翰注可證。

咨我小子　六臣本「咨」作「啓」，非也，《魏志》作「咨」。

生命不圖　注《**毛詩傳**》**曰：不慮不圖**　《魏志》「生」作「性」。陳曰「傳」當作「箋」，是也。胡公《考異》曰：按《雨無正》「弗慮弗圖」箋云「而不慮不圖」，此引之以注「不圖」也。

注**泉下有墟山**　今本《淮南子·覽冥訓》高誘注作「黄泉下壚土」也，不作「山」，各本皆譌。

應詔詩

祁祁士女　六臣本校云善作「女士」，非也，《魏志》亦作「士女」。

注**不可休息**　案惠氏棟曰：「《釋文》：『休息，並如字，古本皆爾〔一〕，或作休思，此以意改爾。』惟

《韓詩外傳》作『思』。《樂記》云『使其文足論而不息』，《荀卿子》『息』作『諰』。《説文》：『諰，思之意，从言从思。』《禮記》多古文，或『思』『息』通也。」此注是如字。

注　**餱糧食也**　陳曰「糧」字衍，此《詩·伐木》傳文，各本皆衍。

面邑不遊　《魏志》「不」作「匪」。

注　**《説文》曰：隈，曲也**　本書《西都賦》注、《海賦》注並引作「隈，水曲也」，《從斤竹澗越嶺溪行》詩注引作「隈，山曲也」。今《説文》：隈，水曲澳也。按作「山曲」者恐誤。

注　**《説文》曰：國，門楣也**　「楣」當作「梋」。今《説文·木部》：梋，限也。《𨸏部》：限，門梋也。梋與楣，文相似而致誤耳。

校記

〔一〕古本皆爾　「本」原作「文」，據《九經古義》卷五、《經典釋文·毛詩·周南·漢廣》改。

關中詩

潘安仁

於皇時晉　六臣本「時」作「乃」。

岳牧虞殊　五臣「岳」作「嶽」。向注：嶽牧謂梁王、解系也，虞殊謂梁王欲戰以威服、解系欲守以懷撫。

注 **都督雍、梁、晉諸軍事** 陳曰「晉」當作「秦」，各本皆誤。

身膏氏斧 《晉書·周處傳》作「身膏齊斧」。姜氏臯曰：《易》「得其資斧」，宋李心傳《丙子學易編》引《子夏易傳》作「得其齊斧」，虞喜《志林》云「當作齋，齋戒入廟而受斧也」；此一節是論敗中功罪，則作「齊斧」爲是。

肝腦塗地 金氏甡曰：《越絶書》：「越王謂子貢曰：士民流離，肝腦塗地。」《説苑》：「使肉食者失計于廟堂，藿食者寧得不肝腦塗地也！」又本書《檄豫州》文亦有「肝腦塗地」語。

親奉成規，稜威遐厲 五臣「親」作「新」，「稜」作「精」。

注 **成規之畫** 陳曰「之」字疑。胡公《考異》曰：《三國志注》引作「外規廟勝之畫」，或此傳寫譌脱。

以萬爲一 何曰：《三國志·國淵傳》「破賊文書以一爲十」，此因舊制而譎諫也。

注 **但交相避** 胡公《考異》曰「交」當作「文」。

注 **《説文》曰：滳水出西河美稷縣** 今《説文》：滳，西河美稷保東北水〔一〕。《水經·河水注》云：「河水又南，樹頽水注之」「河水又左，得滳水口，水出西河郡美稷縣東南流」，又「東南流入長城東，鹹水入之」，「又東南渾波水注之，又東逕西河富昌縣故城南，又東流入于河」。段校謂「滳水」句非引《説文》，是也。

危城載色 五臣「色」作「邑」。向注：邑，安也。

注《論語》子曰：加之以師旅　何校「子」下添「路」字，陳同。然《晉書·食貨志》引亦作孔子語。

注《爾雅》曰：熙，興也。《説文》曰：興，悦也　今《説文》「興，起也」，與「悦」義不近。惟「熙」與「喜」通，見本書《劇秦美新》注。《學記》「不興其藝」鄭注「興之言喜也」，喜可訓悦，然非《説文》語也。

校記

〔一〕西河美稷保東北水　「保」原作「縣」，據《説文》改。

公讌詩　曹子建

公讌　濟注：此在鄴宫與兄丕讌飲。

注贈答雜詩，子建在仲宣之後，而此在前，疑誤　案子建作此詩時，丕尚稱公子，是操尚在也。仲宣《公讌詩》有「願我賢主人」及「克符周公業」等語，則侍操讌詩亦宜在前。

公讌詩　王仲宣

注謂五官中郎也　「謂」當作「爲」，「也」當作「將」，各本皆誤。

公讌　濟注：此侍曹操讌詩，操未爲天子故稱公讌。

克符周公業　何曰：以同符周公爲頌，猶以北面規之也。

公讌詩

劉公幹

輦車飛素蓋　六臣本「車」作「居」。

注《古詩》曰：日出東南行　胡公《考異》曰：此當作「古《日出東南隅行》曰」，各本皆誤。

生平未始聞　六臣本「平」作「年」。

文選旁證卷第二十

文選卷二十下

侍五官中郎將建章臺集詩
應德璉

五官中郎將　余曰：《續漢志》：五官中郎將一人，比二千石，主五官郎。

言我寒門來　尤本、毛本同。六臣本「寒」作「塞」。

簡珠墮沙石　五臣「墮」作「隨」。濟注：言不見用，與群小相隨。

公子敬愛客　梅氏鼎祚云此下疑别爲一首。

皇太子讌玄圃宣猷堂有令賦詩
陸士衡

注**又程猗《説石圖》曰**　胡公《考異》曰：六臣本「又」下有「曰」字，是也。謹按：此「又曰」是承上《搜神記》説，然今本《搜神記》無此語。

注**惟此與宅**　陳曰「惟此」二字當乙，各本皆倒。

注**言日澄清也**　陳曰「言日」當據左太沖詩注作「方言曰」。

淳曜六合　銑注：晉之先有黎者，爲高辛氏火官，有淳美光曜之德于六合，故得皇慶所興。

讌歌以詠　五臣「讌」作「謳」，良注可證。

注**荒，大也**　姜氏皋曰：此《周頌》「大王荒之」毛傳也。古者荒、康同用，鄭康成《易注》「苞荒」荒讀爲康，《穀梁傳》「四谷不升謂之康」，《韓詩外傳》作「荒」，《太平御覽》引《淮南・天文訓》「十二歲一荒」，高誘本作「康」也。《禮・祭統》「康周公」傳「康，褒大也」，是荒、康爲大之訓也。後世侍太子宴者必不敢云「仰荒大造」矣。

大將軍讌會被命作詩

陸士龍

天禄保定〔一〕　五臣「保」作「安」。濟注：天之福禄長安定也。

陵風協極　六臣本、尤本「極」作「紀」。按注引《孝經緯》注「極，北辰也」，則李本當作「極」。何曰：此當指八極，非北極也。

在昔姦臣　六臣本「昔」作「晉」。

于河之沂　注**文穎《漢書注》曰：沂，水上橋也**　姜氏皋曰：案《説文》「東楚謂橋爲圯」，《漢書・張良傳》「游下邳圯上」，應劭注「從水，詳里切，汜水之上也，即《詩》之江有汜」〔二〕、《爾雅》之

「窮瀆汜」皆不作橋解。然《水經注》「沂水於下邳縣北西流，分爲二水，一水於城北西南入泗；一水逕城東屈從縣南，亦注泗，謂之小沂水，水上有橋，徐、泗以爲圯，子房遇黄石公即此處」，因疑文穎注謂圯爲「沂水上橋」非謂沂即水上橋。本書班固《答賓戲》「漢良受書於邳沂」當亦謂邳之沂水〔三〕。此詩「沂」字或與「圻」通。《廣韻》：圻，界也。《唐韻》同。《漢熹平四年堯廟碑》「億不殄兮祉無沂」，《博陵太守孔彪碑》「永永無沂」，皆以「沂」爲「圻」之證。

注 **毛萇曰：屈，極也**　何校「毛萇」改「鄭玄」。

神道見素　老子云：見素抱樸，少私寡欲。

冕弁振纓，服藻垂帶　六臣本「弁」作「卉」，「服藻」作「藻服」。

注 **合壽考也**　陳曰「合」當作「令」，是也，各本皆誤。

校記

〔一〕天禄保定　「保定」原倒，據《文選》尤本、元槧本、毛本、胡本改。

〔二〕應劭注云云　《漢書注》應劭曰「汜水之上也」、張佖曰「按從水乃《詩》云『江有汜』及今有『汜水縣』字，音詳里反」，此雜糅二注。

〔三〕本書答賓戲邳沂謂邳之沂水　「本書」當作「漢書」，見《漢書·敘傳》；《文選·答賓戲》「沂」作「垠」、《爲宋公修張良廟教》善注引作「圯」。

應吉甫

晉武帝華林園集詩

膺籙受符　《晉書·文苑·應貞傳》「膺籙」作「應録」。

注《**説文解字**》云　此處獨稱「説文解字」，他卷所無也。

於時上帝　又**光我晉祚**　又**文以虎變**　六臣本「時」作「是」，《晉書》同；「晉」作「先」。《晉書》「虎」作「豹」，此與下文「赫赫虎臣」《晉書》作「武臣」者，當皆是唐人所改。

注《**韓詩外傳**》：**天見其象，地見其形，聖人則之**　張氏雲璈曰：今本《韓詩外傳》無此文。

嘉禾重穎　何曰：此用《書》序唐叔歸禾事，司馬氏開國于晉即陶唐遺壤，此與下句用「堯堦蓂莢」意同耳。

言思其順　此下四句連用《論語》，獨改「忠」爲「順」。疑應氏或用諱避「忠」字，或所據《論語》本不同也。《晉書》又改爲「允」，均不可解。

無理不經，無義不踐　《晉書》「理義」二字上下互换。

九有斯靖　《晉書》「斯靖」作「來踐」，然上有「踐」字，韻複。

注**奄有九州**　陳校「州」改「有」，各本皆誤。

澤靡不被，化罔不加　《晉書》「靡」作「罔」，「罔」作「莫」。

注**朔南暨聲教**　桂氏馥曰：《晉書·地理志》「夏后氏東漸于海，西被于流沙，南浮于江，而朔南暨聲教」，《漢書》賈捐之曰「西被流沙，東漸于海，朔南暨聲教」，言「欲與聲教則治之，不欲與者不彊治也」，自漢至唐皆以「聲教」絶句，宋人始屬下讀。按《史記·夏本紀》集解引鄭注「朔，北方也。南北不言所至，容踰之」云云在「暨」下〔二〕，則裴駰已以「聲教」屬下讀矣。

幽人肆險　五臣「肆」作「肄」。銑注：肄，習也。

越裳重譯，充我皇家　《晉書》「裳」作「常」，「我」作「牧」。五臣亦作「常」，向注可證。

注**故重三譯而朝也**　今《尚書大傳·歸禾》篇「三」作「九」，其上文亦云：越裳以三象重九譯而獻白雉。

修時供職　《晉書》「修」作「順」。

貽宴好會　何曰「貽」當作「怡」。然向注「貽，遺也」似本作「貽」不誤。

神心所受　五臣「受」作「授」，向注可證。《晉書》亦作「授」。

注**仁、義、禮、智、信，根于心**　本書《頭陀寺碑》注引亦有「信」字。

於是肄射　五臣「肄」作「肆」。銑注：肆，放也。《晉書》亦作「肆」。

弓失斯御　又**射御茲器**　《晉書》「御」作「具」。六臣本「射」作「躬」。何曰：作「躬」是也，《晉書》作「射」疑亦誤。

過亦爲失　注《周易》曰：弓矢者器也，用之過亦爲失也　《晉書》「亦爲」作「則有」。今《周易繫辭》有「弓矢者器也」句，無下七字。

不懈于位　六臣本「不」作「匪」，毛本作「無」。

校記

〔一〕集解引鄭注在暨下云云　《史記集解》引鄭玄曰「朔，北方」在「暨」下，《尚書·禹貢》孔疏引鄭玄云「南北不言所至，容踰之」在「聲教」下，王鳴盛并輯入《尚書後案》，此則混一之。按裴駰當引《爾雅·釋訓》「朔，北方也」、《詩·小雅·出車》毛傳「朔方，北方也」。

九日從宋公戲馬臺集送孔令詩

謝宣遠

注在彭城，九日出項羽戲馬臺　《元和郡縣志》：戲馬臺在彭城縣東南三里，項羽所造，宋公九日登臺即此。

注《宋書七志》曰　六臣本「宋」作「今」。陳曰：注引《今書七志》處甚多，《王文憲集序》注可證。是也。又見後東道彥詩注下。

注陳郡人也　尤本「陳」作「東」，誤。

遵渚有來鴻　六臣本「來」作「歸」。

注《禮記》曰：九月之節　「九月之節」當作「季秋之月」。

聖心眷嘉節　何曰：此宋公也，何以聖之？按與下謝靈運此題詩「良辰感聖心」同一可嗤也。

四筵霑芳醴　注引《儀禮》「旨酒令芳」釋芳字，按《儀禮·士冠禮》醴辭別有「甘醴惟厚，嘉薦令芳」也。

樂遊應詔詩　范蔚宗

注樂遊苑，宮城北三里，晉時藥園也　姜氏皋曰：《宋書·禮志》云「北郊，晉成帝世始立，本在覆舟山南，宋太祖以其地爲樂遊苑」，是晉時北郊之阯而非藥園。

注以黄繒爲裹　何校「裹」上添「蓋」字。

軒駕時未肅，文囿降照臨　五臣「未」作「來」，「照」作「昭」，濟注可證。

注草木交曰薄處　陳曰「處」字當在「交」字下。胡公《考異》曰：「處」爲衍字，各本皆譌；今《楚辭注》「交」下有「錯」字，善引不備，《登廬山香爐峰》詩注亦如此。

睇目有極覽　六臣本「睇」作「瞻」。

探己謝丹黻　五臣「黻」作「艧」。向注：丹艧喻榮禄也。

謝靈運　**九日從宋公戲馬臺集送孔令詩**

注 **毛萇曰：痱，病也。今本作腓字，非**　胡公《考異》曰：痱、腓二字當互易。詳文義，謝詩作痱，善引《韓》及《毛》皆作腓，而訂之曰「今本作痱字非」也，鮑明遠《苦熱行》注引「毛萇曰：腓，病也」可證。朱氏綬曰：今《說文·肉部》「腓」注脛腨也，《疒部》「痱」注風病也，義甚明了，注不誤也。《爾雅·釋詁》「痱，病也」，郭注「見《詩》」，則《詩》本痱字也。

鳴葭戾朱宮　《文選顏鮑謝詩評》云「鳴葭」當作「鳴笳」。按《晉書·夏統傳》云「須臾，鼓吹亂作，胡葭長鳴」，是「葭」不必作「笳」。

和樂隆所缺　五臣「隆」作「信」。銑注：「和樂之義，信有所終。缺，終也。」

顏延年　**應詔讌曲水作詩**

注 **武帝引流**　何校「武」改「文」，陳同，各本皆誤。

注 **故象者形者**　上「者」字當作「而」，今本王弼注尚不誤。

天臨海鏡　向注：言臨人如天鏡之照海。《夢溪筆談》載謝朓《齊海陵王墓銘》云：於穆二祖，天臨海鏡。

注《周易》曰：豚魚吉　此不誤。何云「豚魚」當作「中孚」，非也。

輂賮踰嶂　注《爾雅》曰：上正，嶂也　朱氏珔曰：注中「嶂」字當依正文作「障」。今《爾雅·釋丘》云「上正，章丘」又《釋山》云「上正，章」，障乃章之假借字也。

注文王之子發、旦是也　《太平御覽》一百四十六「之」作「太」，無「旦」字。孫氏堂曰此條亦見《初學記·儲宫部》。

君彼東朝　何曰《藝文類聚》「君」作「居」。案「居」字誤。

注曾子曰：富潤屋　姜氏皋曰：鄭注漢本自上「曾子曰」起至下「必誠其意」爲一節，故此注亦題爲「曾子曰」。

注字書曰：秘者　「秘」下當增「密也藺秘」四字。

昔在文昭　六臣本「昭」作「韶」。按注明云改爲「韶」，則李亦作「韶」。

注言其成也　何校「成」改「盛」，陳同，各本皆誤。

注謂諸王者蕃也　何校「者」改「睿」，陳同，各本皆誤。

注故以前之文　何校「文」改「交」，陳同，各本皆誤。

注東陽無疑《齊諧記》　林氏寶《元和姓纂》云宋員外郎東陽元疑撰《齊諧記》十卷〔一〕，以此注證之「元」當是「无」字之誤，「无」即「無」字。

郊餞有壇 五臣「壇」作「疆」，銑注可證。

注《毛詩》曰：出宿於濟 今《詩·泉水》「濟」作「泲」，毛傳曰地名也。

注毛萇《詩傳》曰：拂，去也 陳云：「拂」當作「弗」，此《生民》首章傳文，下云「拂亦作弗」者言顔詩亦有別本作「弗」耳。

校記

〔一〕齊諧記十卷 「記」據《元和姓纂》卷一補。

皇太子釋奠會作詩

注元嘉二十年三月，皇太子劭釋奠於國學 按宋以後各書載太子釋奠始於晉武帝泰始三年，此注元嘉二十年各書皆作二十二年。

達義茲昏 何曰據注「茲」當作「滋」，陳同，是也。

萬流仰鏡 宋孝武大明六年有司議令《沙門致拜奏》曰「今鴻源遥洗，群流仰鏡」〔一〕，見《續古文苑》。

注睿圖，孔子之圖畫也 鄭氏環《歷代典禮考》載：漢光和元年立鴻都門學，畫孔子及七十二弟子像。蓋本於《後漢書·蔡邕傳》，當是此注所用故事。

懷仁憬集　六臣本「懷」作「深」。

注**王逸《妍蚩》曰**　胡公《考異》曰：尤本「妍」下有「敖」字，非也，後《五君詠》注所引亦無「敖」字可證。

降從經志　六臣本「經」作「繼」。

尚席函杖，丞疑奉帙　五臣「杖」作「丈」、「丞」作「承」，翰注可證。

肆議芳訊　五臣「肆」作「肄」。濟注：肄，習也。

注**凡人之始立學**　此引《禮記》，「凡人之」三字疑衍。

庭宿金縣　葛氏立方《韻語陽秋》云：縣字有平去二音，如宮縣之縣者樂架也，若州縣之縣則别無他音。嘗觀顔延年《侍皇太子釋奠會》詩「庭宿金縣」、沈休文《侍宴》詩「肆士辨儀，胥人掌縣」，二人押韻皆作州縣之縣，音用何耶？

巾卷充街　何曰：《宋書·禮志》「國子太學生冠葛巾、服單衣以爲朝服，執一卷經以代手板」〔二〕，所謂巾卷也，注未審。按《南齊書·王儉傳》「監試諸生，巾卷在庭」，本書顔延年《秋胡詩》「脱巾千里外」李注：巾，處士所服。

都莊雲動　六臣本「都莊」作「莊都」。

物性其情　六臣本校云五臣「性」作「任」，蓋據良注「各任其情」語。然善本作「性」字義勝。

安先國胄　翰注：延年時爲國子博士，故謙云忝居國胄之先。按《宋書》顔延之本傳，元嘉中曾遷國子祭酒，正居國胄之先，翰注以爲博士，恐失考。

校記

〔一〕群流仰鏡　「群」原作「萬」，據《續古文苑》卷六改，蓋涉原文下句「萬山賷寶，百神聳職」而誤。

〔二〕宋書禮志云云　「禮」下原衍「樂」，所引《宋書·禮志五》文。

侍讌樂遊苑送張徐州應詔詩

丘希範

送張徐州　六臣本無「張」字。

馳道聞鳳吹　濟注：鳳吹，笙也。《兼明書》云：《月令》「命樂工習吹」〔一〕是謂衆樂爲吹也，稱鳳者美言之，天子行幸，豈獨吹笙已哉！

匪親孰爲寄　按向注「希範時爲中郎，武帝弟宏爲徐州刺史，應詔送王」、銑注「言非親王誰者可寄」，據此知題中無「張」字爲是。陳云：李注引《梁典》以爲張謖，史作張稷，在齊爲北徐州刺史，而希範在梁始爲中書侍郎，則呂向以爲武帝弟當有所據也。何曰：此「徐」字與「郤」同，乃魯國薛縣，與南北徐州無涉。

校記

〔一〕月令命樂工習吹　《禮記·月令》「工」作「正」。

沈休文　應詔樂遊苑餞呂僧珍詩

注**周之德可謂至德矣**　《論衡·佚文》篇引與此同。今《論語》「矣」上有「也」字。

推轂二崤阻　六臣本「阻」作「道」。

注**《孟子》曰：湯始征自葛**　本書任彦升《勸進牋》注引同。周氏廣業云：《孟子》「自葛載」趙注「載，始也」，此作「始征」正用趙注説。

注**《通俗文》曰：幘道曰簪**　胡公《考異》曰：「道」當作「連」，謂連幘於髮也，《釋名》有其證，各本皆誤。姜氏皋曰：《釋名》以梳連冠於髮，故《考異》據以改「道」爲「連」。然《釋名》釋首飾中有所謂「導」者，曰「導所以導櫟鬢髮，使入巾幘之裏也」，疑注云「幘道」是「導」字。《晉書》桓玄以「頭上玉導與之」、《南齊》高祖碎玉導〔一〕，似從「導」字爲是。

校記

〔一〕南齊高祖碎玉導　《南齊書·高帝紀》：即位後身不御精細之物，敕中書舍人桓景真曰「主衣中似有玉介導……可即時打碎」。

送應氏詩

曹子建

洛陽何寂寞，宮室盡燒焚 良注：「送璩、瑒兄弟。時董卓遷獻帝于西京，洛陽被燒，故多言荒蕪之事。」

念我平常居 五臣「常」作「生」，濟注可證。

親昵並集送 五臣「昵」作「暱」，向注可證。

注**謂罪苦也** 胡公《考異》曰：「苦也」當作「咎之」，此引《表記》注。

征西官屬送於陟陽候作詩

孫子荆

三命皆有極 余曰：何引王厚齋云《孝經援神契》命有三科，有受命以保慶、有曹命以謫暴、有隨命以督行，按此與《白虎通·壽命》篇略同。

莫大於殤子，彭、聃猶爲夭 余曰：《淮南》許注：生寄死歸，殤子去所寄、歸所卜，故爲壽；彭祖蓋楚先，壽四百歲，不早歸，故爲夭。

憂喜相紛繞 六臣本校云「繞」五臣作「擾」。按李注引《神女賦》「紛紛擾擾」，則正文亦當作「擾」；濟注「吉凶相繞」，是五臣作「繞」也。

潘安仁　金谷集作詩

注**蔡邕《陳琳碑》曰**　何校「琳」改「球」，陳同，各本皆誤。

注**沙棠櫟儲**　六臣本「儲」作「櫧」，是也，各本皆誤。

靈囿繁若榴　六臣本「若」作「石」。

春榮誰不慕　五臣「慕」作「耀」，濟注可證。

謝宣遠　王撫軍庾西陽集别時爲豫章太守庾被徵還東〔一〕

守官反南服　又**方舟析舊知**　又**舉觴矜飲餞**　六臣本「反」作「及」，「矜」作「務」。尤本「析」作「新」，恐誤。

注**張揖《子虛賦注》曰：《月令》曰：命榜人**　此見《月令》鄭注，李何不直引鄭注？殆偶未考也。説已詳《子虛賦》。

發棹西江隩　六臣本「隩」作「澳」。

注**《説文》曰：闉，城曲重門也**　今《説文》「曲」作「内」。按《詩·鄭風》「出其闉闍」，傳「闉，曲城也」，正義引同。疑今本《説文》誤。

離會雖相親　五臣「親」作「雜」。翰注：庾與王離，宣遠與王會，故云相雜也。

校記

〔一〕時爲豫章太守庾被徵還東　尤本、元槧本、毛本、胡本同，目録及六臣本作「作」字。胡克家《文選考異》卷四曰：此必或記於旁，而尤延之誤取之。

鄰里相送方山詩

謝靈運

方山　余曰：山謙之《丹陽記》：山形方如印，故曰方山，亦名天印山。秦始皇鑿陵，此方是其斷者。

相期憩甌越　六臣本「相」作「指」。

注**少思寡欲**　「思」當作「私」，各本皆誤。

注**郭璞《山海經》曰**　「經」下當有「注」字，各本皆脱。

新亭渚別范零陵詩

謝玄暉

新亭　余曰：《丹陽記》：新亭，吴舊亭也，隆安中丹陽尹司馬恢移創今地。

注**《十洲記》曰**　陳曰：東方朔《十洲記》皆記仙山異境，非其他地志之比，安得載丹陽古蹟？況「新亭吴舊亭」云云乃三國以後人所記書名之誤，更易辨也。胡公《考異》曰：「洲」當作「州」，善屢引之，必當日別有其書，不知者改之耳。

注**江祐等謀立**　又**祐白遥光**　《南齊書》「祐」皆作「祏」。

廣平聽方籍　良注：「周處爲廣平太守，三十年滯訟一朝斷決。籍，籍甚也。」案《晉書·周處傳》入洛稍遷新平太守、轉廣漢太守，無爲廣平太守事。良注未見所出，恐不足據。李注引王隱《晉書》以爲鄭袤，當得其審。

注**垂稱于平陽，魏郡蒙惠化**　何校「平陽」改「陽平」，陳同，六臣本「蒙」上有「百姓」二字，皆是也，各本並誤。

心事俱已矣　翰注：上未能及周處之籍甚，下未果同相如之謝病，故事俱已矣。

别范安成詩

沈休文

生平少年日　六臣本「生平」作「平日」。

夢中不識路　何曰：《楚辭》：魂識路之營營。

注《蜀志》曰：**宋預聘吴**　「宋」當作「宗」，此《蜀志·宗預傳》文。

注**心灼爍其如陽**　「陽」當作「湯」，各本皆誤。

注《韓非子》曰：**六國時**　至**如此者三**　今《韓非子》無此文，當有誤。

文選卷二十一

詠史詩　王仲宣

達人共所知　六臣本「共所知」作「所共知」。

臨殁要之死　《史記·秦本紀》：收其良臣而從死。又《韻語陽秋》云：仲宣之「臨殁要之死，焉得不相隨」，與陶元亮之「厚恩固難忘，君命安可違」，皆不以三良之死爲非也；至李德裕論則欲與齊梁丘據、魏安陵君同譏，是則謂三良之死非其所；柳子厚詩「疾病命故亂，魏氏言有章，從邪陷厥父，吾欲討彼狂」則謂秦康公不能如魏顆之不用亂命，至陷父於不義也。

注《說文》曰：**劇，甚也**　本書《苦寒行》注引同。今《說文》「劇」字係新附字，注：劇尤甚也。

三良詩　曹子建

三臣皆自殘　此與王仲宣詩言「要死」異，而與潘安仁《寡婦賦》「甘捐生而自引」意同。《毛詩》箋「三良自殺以從死」，又《漢書·匡衡傳》「秦穆貴信而士多從死」，曹詩、潘賦皆據此，後來東坡《鳳翔詩》及《和陶》《詠三良》等作言之益暢。

注《說文》曰：**歎，息也**　今《說文》：嘆，太息也；歎，吟也。兩字兩釋之。按下盧子諒《覽古詩》

注引「歎，吟也」，則此「仰天歎」之「歎」當從口。

注**嚴父潛長夜**　六臣本「潛」作「僭」，是也。

詠史詩

左太沖

注**《韓君章句》曰**　陳校「韓」下添「詩薛」二字，是也，各本皆脱。

左眄澄江湘，右盼定羌胡　劉氏履曰：時蜀已亡而東吴猶未滅，故云。何曰：時涼州屢捷，故云定羌胡。

金張籍舊業，七葉珥漢貂　《古今黈》云「七葉珥貂乃金氏，非張氏也，舉其貴寵，因連言之」。按《廣弘明集》晉戴逵《釋疑論》云「張湯酷吏，七世珥貂」又專屬張氏，必有所本。今考《漢書》張湯本傳：湯子安世，安世子延壽，延壽子勃，勃子臨，臨子放，放子純。自湯至純凡七世，自安世之後不失侯爵，故傳云：功臣之世唯有金氏、張氏親近寵貴比於外戚也。

注**干木偃息以藩魏**　「干」字不當有，各本皆衍。

功成不受賞　六臣本「不」作「恥」。

注**陳威發憤**　何校「威」改「咸」，陳同，各本皆誤。

注**長衢夾巷**　陳校「衢」下添「羅」字，各本皆脱。

寂寂揚子宅 余曰：《成都記》：成都縣百步有嚴君平、司馬相如、揚雄宅，今草玄亭餘跡尚存。《寰宇記》七十二：華陽縣少城在縣南，張孟陽詩：「鬱鬱少城内，峩峩百族居，即聞揚子宅，相見長卿廬。」子雲宅在少城西南角，一名草玄堂。

注**《説文》曰：寂寂，無人聲也** 今《説文》作「宗，無人聲也」，寂字不當重。段曰：《口部》作「啾」，「宗」今字作「寂」；《方言》作「家」，云「静也」。此與上《送應氏詩》注引《説文》「寂無人聲也」，皆與今《説文》不合。

寥寥空宇中 六臣本「中」作「内」。

注**《廣雅》曰：峩峩，容也。峩與娥同，古字通** 「峩峩」當作「娥娥」。朱氏珔曰：《廣雅·釋訓》前有「峩峩，高也」，後有「娥娥，容也」。此言高門似峩峩當从高義，注从容義似以門内之人言之，則引《廣雅》宜作「娥娥」。「峩與娥通」者，《神女賦》「其狀峩峩」謂美容也；德容亦謂之峩峩，《詩》「奉璋峩峩」是也。「峩」皆「娥」之借字。

高步追許由 林先生曰：太冲不肯事齊王冏，此詩思追步許由，足見其概。

注**許由，武陽城槐里人也。隨冲虚** 「武」當依今本《高士傳》作「字武仲」也，「隨」當依六臣本作「修道」。余曰《南華經》疏作「字仲武」。

酒酣氣益震 尤本「震」作「振」，震、振本通，作「振」以平音協韻耳。

注**荆軻之燕，與屠狗**　今《史記》作「狗屠」。

買臣困采樵　六臣本「采樵」作「樵采」。

注**《説文》曰：習習，數飛也**　「習」字不當重。

注**《風賦》曰：廓抱影而獨倚**　「曰」下當有「起于窮巷之間。《楚辭》曰」九字，此所引《楚辭·哀時命》文也，各本皆脱。

注**盎中無斗米儲，還視架上無懸衣。《説文》曰**　六臣本「米」下無「儲還視」三字，「曰」下有「顧還視也」四字。案所引《説文》在《頁部》。

詠史詩

張景陽

注**驩虞如也**　又**娱與虞古字通用**　《孟子音義》云丁云「義當作歡娱，古字通用耳」。本書蘇子卿詩注直引作「懽娱如也」。

覽古詩

盧子諒

趙氏有和璧　余曰：《録異記》：歲星之精，墜于荆山，化而爲玉，側而視之色碧，正而視之色白。卞和得之獻楚王，後入趙、獻秦，始皇一統天下，琢爲受命璽。

注瑀，古和字　《淮南子·説山訓》「咼氏之璧」，注：咼，古「和」字。

繆子稱其賢　何曰：稱繆子，本《詩》「寺人孟子」。

二主克交歡　六臣本「克」作「尅」。

東瑟不隻彈　六臣本「瑟」誤作「琴」，濟注「實鼓瑟而言琴者，文之失矣」可證。毛本亦誤。

注不如將軍寬之至也　六臣本「如」作「知」，是也。

智勇冠當代　尤本「冠」作「蓋」，六臣本「代」作「世」。按濟注「相如智勇蓋於當時」，則六臣本亦當作「蓋」。

謝宣遠　張子房詩

注高祖游張良廟，並命僚佐賦詩　良注：「晉末，宋高祖北伐，見張良廟毁，乃修之，並命諸人爲詩。瞻時爲豫章太守，遥以和此。雖是和詩，而實詠史。」

興亂罔不亡　何曰：《尚書·説命》「與亂同道罔不亡」，「興」字恐誤。

力政吞九鼎　孫氏義鈞曰：力政，疑斥指始皇之名。林先生曰：「政」疑當作「征」，謂以力征經營天下也。

苛慝暴三殤　《西溪叢語》云「三殤恐爲穆公殺三良殉葬，始於秦，其苛慝可知，此《黄鳥》所以哀也」，按此意亦迂曲。《東坡志林》謂「三殤謂上中下殤，言秦無道，戮及孥稚」〔一〕，此爲近也。《直齋書録解題》云：三殤引「苛政猛於虎」，以父與夫爲殤，非是。〔二〕

靈鑒集朱光　漢火德，故云朱光。本書《東京賦》：尊赤氏之朱光〔三〕。

垓下殞攙搶　六臣本「殞」作「隕」。

注**竟不易。不易太子者**　何校去「不易」二字。

肇允契幽叟　余曰：《録異記》「堯時五星自天而賈，一是土之精，墜於穀城山下，其精化爲圯橋老人，以兵書授張子房」，所云「幽叟」是也。

注**燭，幽明也。薄，猶輕易也**　六臣本「幽」作「猶」，是也。何曰：韋昭云：氣往迫之爲薄。

注**王逸《楚辭注》曰**　又**見四字**　又**喪其天下也**　何校：「曰」字下脱「慶雲喻尊顯也。《莊子》：堯治天下之民平」共十五字，「見」上脱「往」字，「也」字當改「焉」。陳同，是也。

鑾旍歷頹寢　五臣「旍」作「旌」，翰注可證。後同。

注**屬車八十乘**　「十」下當添「一」字，各本皆脱。

竦踴企一方　向注：瞻時在豫章，故云一方。

注**不良能行**　何校「能」改「於」，陳同，各本皆誤。

延首詠太康　注**庶此太康**　按此當引《詩·唐風》「無已太康」。

校記

〔一〕東坡志林云云　此轉引自《西溪叢語》卷下，出自《東坡全集·書謝瞻詩》，《東坡志林》不載。

〔二〕直齋書録解題云云　陳振孫此語乃引「東坡謂」，出自《東坡全集·書謝瞻詩》。

〔三〕東京賦尊赤氏之朱光　「尊」原作「遵」，據稿本及《文選》改。

秋胡詩

顔延年

注五年乃得還，當見親戚　又而下子之裝　今本《列女傳》作「五年乃還，當欣悦馳驟，揚塵疾至」，「裝」作「糧」。

注《詩》曰：東方之日　胡公《考異》曰：《詩》上當有「韓」字，各本皆脱。

欣願自此畢　《後漢書·曹世叔妻傳》引《女憲》曰：得意一人，是謂永畢。

燕居未及好　六臣本「好」作「歡」。

三陟窮晨暮　孫氏志祖曰：三陟謂陟岵、陟屺、陟岡也，注引《卷耳》詩恐誤。

超遥行人遠，宛轉年運徂　《玉臺新詠》「超」作「迢」，「宛」作「婉」。

良時爲此别，日月方向除　六臣本「時」作「人」。《墨池編·夢英十八體書》云：雕蟲篆者，魯秋胡妻所作，秋胡隨牒遠仕，荏苒三年，鳴㙨有懷，春居多思，乘時閑翫，集爲此書。

注《爾雅》曰：蕪，草也　「爾」當作「小」，此所引《小爾雅·廣言》文。

昔辭秋未素　尤本「辭」誤作「醉」。六臣本校云善作「醉」，非也。聞人氏倓引孫楚賦曰：迎素秋而南遊。

佳人從此務　又事遠濶音形　又密比金石聲　六臣本「此」作「所」，「事」作「路」，「比」作「此」。

物色桑榆時　劉氏履曰：《列仙傳》：關令尹知老子將至，物色而遮之。

注日出之東隅　「日出」二字當作「失」，各本皆誤。

聊用申苦難　段校「難」改「艱」。

離居殊年載　又秋至恒早寒　《玉臺新詠》「載」作「歲」，「恒」作「應」。

注歲既晏兮孰華　「華」下當有「予」字，各本皆脱。

君子失明義　《玉臺新詠》「明」作「詩」。

注謂道中之露太多　何校「謂」改「畏」。

五君詠

注顔延年領步兵，好酒　段校「兵」改「軍」、「好」改「嗜」。姜氏皋曰：《宋書》本傳作「步兵校尉」，又曰「好酒疎誕」也，是不必改。且《宋百官志》步兵校尉與屯騎、越騎、長水、射聲爲五校，秩二千石，「兵」似不必改「校尉」二字，亦似不宜删。

注　**袁宏《竹林名士傳》**　《舊唐書·志》「《名士傳》三卷，袁宏撰」，不名竹林也。《隋志》：《海内名士傳》一卷、《正始名士傳》三卷，袁敬仲撰。

注　**詠劉伶曰**　「伶」當作「靈」，各本皆誤。説詳下。

阮步兵　《野客叢書》云：延年以領步兵好酒，見黜於時，與阮同。

物故不可論　《古今黈》云：「物故，世故也。一世之事舉不可論，情激之極，理勢窘蹙，不能無慟。」

立俗迕流議　孫氏志祖曰應作「立議迕流俗」。今按各本俱作「立俗迕流議」，善「流議」有注，五臣「流議」亦有注，孫氏無所本而改之非也。

注　**《爾雅》曰：迕，逆犯也**　毛本「爾」作「廣」，亦非。按「迕，逆也」見《漢書注》，「迕，犯也」見《小爾雅·廣言》。此「爾」字或當作「小」。又《一切經音義》卷四云古文有牾、逜、迕三形，卷八云「迕逆，不遇也」。

注　**天神人五**　陳校「神」上添「下」字，是也，各本皆脱。

劉靈善閉關　《文苑英華辨證》云：臧榮緒《晉書》「劉靈字伯倫」，《文中子》「劉靈，古之閉關人也」，《語林》「天生劉靈，以酒爲名」，顔延之詩「劉靈善閉關」，並作「靈」；而唐太宗《晉書》本傳作

「伶」，故他書通用「伶」字。按六臣本作「伶」，然詳注中所載五臣注皆作「伶」，而李注三見皆作「靈」，是李自作「靈」之證。胡公《考異》曰：六臣本《酒德頌》注亦善作「靈」、五臣作「伶」。

注《説文》曰：懷，藏也　今《説文·衣部》：褱，袖也，一曰藏也；褢，俠也。《亦部》：夾，盗竊褱物。是「褢」有「藏」義，「懷」則入《心部》。

注汝神將守形　尤本「將」作「遊」，誤。

韜精日沈飲　《南史·顏延之傳》：「好騎馬遨遊里巷，遇知舊輒據鞍索酒，得必傾盡，欣然自得。」韜精沈飲，亦自況也。

識微在金奏　注鐘師掌金奏，凡樂以鐘鼓奏九夏　《左氏·襄四年傳》「金奏《肆夏》之三」，孔疏謂：作樂先擊鐘，故稱金奏；晉人作樂先歌《肆夏》，故於《肆夏》言金奏也。

注聲高則悲　六臣本「高」字下重「聲高」二字。

注時人明咸爲解　「明」當作「名」，「解」上當有「神」字。

注阮咸哀樂至到　尤本脱「到」字。

屢薦不入官，一麾乃出守　《夢溪筆談》云：山濤薦咸爲吏部郎官也。又云：自杜牧爲《樂遊原》詩「擬把一麾江海去」始謬用「一麾」二字，遂爲守郡故事。《野客叢書》云：徐羡之不悦延年，出爲始安太守，謝晦謂延年曰：「昔荀勗忌阮咸，出爲始平郡守，今卿爲始安，可謂二始。」怨憤之甚，故有是作。《珊瑚鈎詩話》云：「一麾乃出守」，麾之去耳，非旌麾也。《二老堂詩話》亦云：牧之自用旌麾字，未必本之顔詩也。按任彦昇《宣德皇后令》曰「白羽一麾」，則原不必爲守郡故事。

觀書鄙章句 余曰：《向秀别傳》：秀與嵇康、吕安爲友，趣舍不同。康傲世不羈，安放逸邁俗，向秀雅好讀書。

注 **與吕子灌園於山陽** 段校「子」改「安」。

詠史詩

鮑明遠

明星晨未稀 注 《説文》曰：希，疏也。希與稀通 六臣本「晨」作「辰」，誤也。今《説文·禾部》「稀，疏也」，别無「希」字。此必是正文作「希」，注引《説文》「稀」以爲與「希」通也。

詠霍將軍北伐詩

虞子陽

涼秋八九月 又 **瀚海愁陰生** 六臣本「涼」作「窮」，「陰」作「雲」。

注 **《説文》曰：陰，雲覆日** 今《説文》：黔，雲覆日也，重文作「侌」。「陰」字在《阜部》，訓與此别。下當有「侌與陰通」一句而脱耳。

注 **楚王使風湖子** 胡公《考異》曰：陳云别本「湖」作「胡」，案今未見，《七命》注引作「胡」，考《越絶書》今本作「胡」，《吴越春秋》作「湖」，他書所引亦互有出入耳。

應休璉　百一詩

百一詩　《隋書·經籍志》「應璩《百一詩》八卷」，此特其一篇耳。《文心雕龍》謂應璩《百一》「辭譎義貞」，《談藝録》謂休璉《百一》「微能自振，但傷媚焉」，其辭異同。鍾嶸《詩品》云應璩詩祖魏文，善指事，得激刺之旨；又謂陶淵明詩出於應璩。想皆評全詩，今僅存此首，無從證其是非也。又按《野客叢書》言應璩《百一詩》凡有五首，亦未載其辭，知南宋已少傳矣。

所占於此土　六臣本校云五臣作「所以占此土」。

注《説文》曰：筐筬，筩也　胡公《考異》曰：「筐」字不當有，後任彦昇《哭范僕射》詩注、謝惠連《擣衣》詩注引皆無可證，各本皆衍。謹按今《説文》：篋，藏也；匡，飯器，筥也，重文作「筐」。

注革匱十重，巾十襲　何校「巾」上增「緹」字。毛本「巾」作「貴」。

慙愧靡所如　六臣本校云「如」五臣作「知」。案「知」字失韻。

何敬宗　遊仙詩

何敬宗　六臣本「宗」作「祖」，注同。胡公《考異》曰：此似所見不同，然「祖」字是也，《贈張華》詩、

《雜詩》皆作「祖」，傅長虞《贈詩》序亦作「祖」，皆可證。余曰：《晉書》何曾子劭「驕奢簡貴亦有父風，一日之供以錢二萬爲限」。

眩然心緜邈　六臣本「眩」作「眇」，是也；校云善作「眩」，於義無取，當是傳寫之誤，李注非有明文。

遊仙詩

郭景純

遊仙　何曰：景純《遊仙》當與屈子《遠遊》同旨，蓋自傷坎壈，不成匡濟，寓旨懷生，用以寫鬱。鍾嶸《詩品》譏其無列仙之趣，此以辭害意也；至所摘「奈何虎豹姿」及「戢翼棲榛梗」等句，今此七篇並無之，當係初稿删去，抑出昭明别擇之餘耳。

注**而辭無俗累**　「無」當作「兼」，各本皆誤。

京華遊俠窟　六臣本「窟」作「客」。

注**郭璞《山海經注》曰：山居爲棲。又曰：遯者，退也。《周易》曰：龍德而隱，遯世無悶**　陳校：「又曰遯者退也」六字當在「無悶」下，「郭璞」至「爲棲」十一字又當在「退也」句下。

注**妾聞居亂世**　尤本「聞」誤作「之」。

長揖謝夷齊　五臣「揖」作「挹」，濟注可證。余曰：《南華經》疏七「伯夷、叔齊，神農之裔，姓姜氏」，又疏十「伯夷長而庶，叔齊幼而嫡」，按非玄英博物殆不復聞此語，然不能詳其所本矣。

中有一道士　余曰：「《樓觀本紀》：周穆王尚神仙，因尹真人草制樓觀，遂召幽逸之士置爲道士。」案李注「郭景純嘗作《臨沮縣故遊仙詩》嗟青溪之美」，是青溪道士在臨沮縣實有明文。余仲林乃以《樓觀本紀》之道士當之，《太平寰宇記》云樓觀「在盩厔縣東三十二里，其地舊有尹先生樓，因名樓觀」云云，盩厔與臨沮遠不相涉，恐失之。

云是鬼谷子　余曰：「《通鑑注》：『樂壹注《鬼谷子》云：蘇秦欲神秘其道，故假名鬼谷。』又《真仙通鑑》：鬼谷先生，晉平公時人，姓王名詡，受道于老君，居青溪之鬼谷，因爲號。」

注**而媒理也**　何校「而」改「爲」，陳同，各本皆誤。

迴日向三舍　六臣本「向」作「令」。

注**逝者如斯**　本書司馬彪《贈山濤》詩注、張協《雜詩》注引《論語》同。此《孟子章句·徐子》章「章指」亦引「逝者如斯」，均無「夫」字。

注**言世俗不娱求仙**　段校「娱」改「欲」。

注**《與李平教》曰**　陳曰據《蜀志注》及《通鑑》「平」下當有「子豐」二字，是也，各本皆脱。

呑舟湧海底　六臣本「湧」作「浮」。

姮娥揚妙音　陳曰「姮」當作「恒」。胡公《考異》曰：善注引《淮南子》「常娥」爲注，其下不云「常娥」之即「恒娥」，似善自爲「常」字。惟良注作「姮娥」，是五臣乃爲「姮」字，而各本亂之也。陳改「恒」未是。

洪崖頷其頤 注《列子》曰：**頷其頤** 段校「頷」改「頜」。

月盈已見魄 注《説文》曰：**朔，月一日始也** 六臣本「見」作「復」。今《説文》「始」下有「蘇」字。

注**守文法** 陳曰「文」下脱「之君，當塗之士，欲則先王之」十一字，是也，各本皆脱。

文選卷二十二上

左太沖 招隱詩

注**弟子受書於夫子者，不敢忘** 今《尚書大傳·略説》云「商所受於夫子，志之于心，弗敢忘也」，意李注删節引之。

白雪停陰岡 六臣本「雪」作「雲」。《世説·任誕》篇注引作「雪」。

纖鱗亦浮沈 六臣本「亦」作「或」。

注《毛詩》曰：**乃裹糇糧** 干令升《晉紀總論》注引亦作「糇」，説詳彼。

注《周易》曰：**井冽寒泉** 何校「泉」下添「食」字，陳同，各本皆脱。

峭蒨青葱間　六臣本「峭」作「悄」。何曰「峭蒨」朱子集中皆作「悄蒨」。

結綬生纏牽　張氏雲璈曰：「纏」應作「纆」，張茂先詩「纆牽之長」、顔延之詩「取累非纆牽」。

彈冠去埃塵　何曰：此本《楚辭》「新沐者必彈冠」，非王貢事。按注引「蕭朱結綬，王貢彈冠」乃因注「結綬」連及之，當再引《楚辭》以注「彈冠」，其義乃足耳。

惠連非吾屈，首陽非吾仁　何曰：言魏、晉禪代已在易姓之後，如我者不當復以夷、齊自處也。

逍遥撰良辰　六臣本「撰」作「極」。本書《東征賦》「撰良辰而將行」，注「撰猶擇」。《周禮·夏官》「群吏撰車徒」，釋文「撰，息轉反」，「撰」即「選」字。《禮·内則》「栗曰撰之」，疏「數數布揀撰省視之」，是本作「選」義也。

招隱詩

陸士衡

注《説文》曰：**躊躅，住足也。躊與躑同**　段校「躊」均改「蹢」。

激楚佇蘭林　五臣「激楚」作「結風」，向注：「結，積也。蘭氣迴轉，薄迫於秀茂之木。」案詩上下文義無曲名，疑向説是也。李注引《上林賦》爲證，或正文亦作「結風」，沿注譌爲「激楚」耳。

注**脱與税，古字通**　胡公《考異》曰：脱、税二字當互乙，各本皆倒，六臣本改引《史記》「税駕」字作「脱」以就之，大誤。

王康琚　反招隱詩

注 **晉王康琚，然爵里未詳也**　案《南史》載王瑒字子瑛、王瑜字子珪、王球字蒨玉，又有王琨、王琮，在晉代已有王珣，康琚疑爲一族也。《藝文類聚》三十六載康琚《招隱詩》一首云「登山招隱士，褰裳躡遺蹤，華條當圜室，翠葉代綺窗」，亦不詳爵里。

哀風迎夜起　六臣本「迎」作「中」。

與物齊終始　注 **莊子有《齊物論》**　《魏都賦》「萬物可齊於一朝」張注「莊子有《齊物》之論」，按王伯厚謂「莊子《齊物論》非欲齊物也，蓋謂物論之難齊也，是非毀譽一付於物，而我無與焉，則物論齊矣」云云，此以「齊物」二字連讀似誤。然劉琨《答盧諶書》已云「遠慕老莊之齊物」，《文心雕龍·論説》篇云「莊周齊物，以論爲名」，是六朝以前均作此解。

文選旁證卷第二十一

文選卷二十二下

魏文帝　**芙蓉池作**

芙蓉池　曹子建《公讌詩》：朱華冒緑池。案《玉海》載「魏明帝鑿濛汜池，植芙蓉於中」者或即此池。

遨遊快心意　何曰：《魏志》丕立爲太子，抱議郎辛毗頸而言曰「辛君知我喜否」，即此意也。

殷仲文　**南州桓公九井作**

注**檀道鸞《晉陽秋》曰**　陳校「晉」上添「續」字，餘倣此。

風物自淒緊　注**緊，猶實也，言欲成也**　《説文》「緊」訓纏絲急也，淒緊猶淒急。按此起下六句意，注作「欲成」解恐非。

爽籟警幽律　六臣本「警」作「驚」。

注 軫，輿横木也　六臣本、尤本「輿」下有「後」字。

逸爵紆勝引　《詩》「舉疇逸逸」正義云：舉相疇之爵，逸逸然往來而有次序也。

注《左氏傳》曰　胡公《考異》曰：「曰」字當作「公」，各本皆誤。

遊西池

謝叔源

西池　余曰：《六朝事迹》「晉元帝以酒廢政，王導諫，帝因覆杯於池爲戒，今城北三里西池是」，又《金陵新志》「太子湖一名西池，在城北六里」，按二書各有西池，俱在城北，恐誤一爲兩也。

注 混思與友朋相與爲樂也〔一〕　胡公《考異》曰：此十字五臣語。六臣本合并往往有之，今李注既單行不應竄入。

有來豈不疾，良游常蹉跎　六臣本校云五臣無此二句。

注 潘岳《河陽》詩曰：歸雁映蘭持。沚與持同　案本書潘安仁《河陽縣作》「持」本作「時」。《左氏·隱三年傳》「澗谿沼沚之毛」，杜注「沚，小渚也」，釋文作「時音止，本又作沚，亦音市」，正義曰時與沚音義同。《玉篇·水部》：沚，之以切，小渚也，亦作持。《穆天子傳》「以飲於枝持之中」，郭注「持，小渚也，音止」。蓋持、時皆沚字異文也。

校記

〔一〕混思與友朋相與爲樂也　「友朋」原倒，據《文選注》改。

謝惠連　**泛湖歸出樓中翫月**

注**阿谷之豫**　「豫」當作「隊」，各本皆誤。

注**李弘軌《法言注》曰**　「弘」字衍。李軌字弘範，沿此而誤。

注**《廣雅》曰：土高四隫曰椒丘**　今《廣雅·釋丘》無此語。朱氏珔曰：王氏《廣雅疏證》即援此注以補，又引《楚辭》「馳椒丘且焉止息」王逸注云「土高四隫曰椒丘」〔一〕。

瀏瀏出谷飈　五臣「瀏瀏」作「飂飂」，向注可證。

校記

〔一〕土高四隫曰椒丘　「四」原作「下」，據朱珔《文選集釋》卷十六、王念孫《廣雅疏證》卷九下、王逸《楚辭章句·離騷經》改。

謝靈運　**從遊京口北固應詔**

北固　《元和郡縣志》：北固山在丹徒縣北一里，下臨長江，其勢險固，因名。案《南史·梁武紀》「幸京口城北固樓，因改名北顧」，嗣後山亦名北顧也。

注**名教束物**　毛本「束」譌作「事」。

注 **朝騁騖兮** 何校去此四字。蓋因下引《楚辭》而誤也。

晚出西射堂

西射堂 《太平寰宇記》九十九：西射堂在温州西南二里，基址不存〔一〕，今西山寺是。

步出西掖門 六臣本「掖」作「城」，校云五臣作「掖」。

注**《爾雅》曰：山正，鄣** 今《爾雅》作「上正，章」，鄣與章通，山字誤也。又丘希範《旦發魚浦潭》詩注引，説見彼。

校記

〔一〕南二里基址不存 「不」原作「猶」，據金陵書局本、金谿趙氏本《太平寰宇記》卷九九改，四庫本無此七字。

登池上樓

池上樓 《太平寰宇記》九十九：謝公池在温州西北三里積穀山東，「池塘生春草」夢惠連即此處。

飛鴻響遠音 劉氏履曰：此句善與延濟皆以爲高飛遠害，獨曾原取鴻飛奮漸之義，謂與「進德」句相應。

注《説文》曰：虯，龍有角者　今《説文》「龍」下有「子」字。

進德智所拙　何校「智字一作習」。

卧痾對空林　六臣本此下有「衾枕昧節候，褰開暫窺臨」二句，何、陳皆據之校添，是也。

池塘生春草　林先生曰：《謝氏家録》：康樂每對惠連輒得佳語，後在永嘉西堂思詩，竟日不就，寤寐間忽見惠連，即得「池塘生春草」，故常云「此詩有神助，非吾語也」。沈氏德潛曰：池塘春草，偶然佳句，何必深求？權德輿解爲「王澤竭，候將變」，則何句不可穿鑿耶！

注何其無持操與　今《莊子·齊物論》篇「持操」作「特操」，釋文曰「特，本或作持」。

遊南亭

南亭　《太平寰宇記》九十九：南亭去温州一里。

注旅，客會也　何校「會」改「舍」，陳同，各本皆誤。

已覩朱明移　六臣本「覩」作「覩」。

賞心惟良知　向注：「良，美。知，友也。」李注引《尚書》「時惟良顯哉」，不知所謂。

遊赤石進帆海

首夏猶清和　漢馬第伯《封禪儀記》云「二月二十一日，時天清和無雲」，張平子《歸田賦》「仲春令月，時和氣清」語當本此。此時言四月猶餘二月景象，故下云「芳草猶未歇」也。《古文苑》載劉中書《別王丞僧孺》詩云「首夏實清和，餘春滿郊甸」意亦同此。唐人「四月清和」語自是誤解。

況乃凌窮髪　余曰：《南華經音義》一：崔云「北方無毛地」，山以草木爲髪。

揚帆采石華，挂席拾海月　《江賦》：「玉珧海月，土肉石華。」方氏以智曰：海月即江瑶柱，然「挂席拾海月」決非挂席拾江瑶柱。汪氏師韓曰：石華猶云嵐翠，上文言「水宿」則夜中咏月可知，采、拾字何妨活用？然《本草》「海月，南海水沫所化，煮時猶化爲水，似半月，因名，海蛤類也」，《汲冢周書》有「東越海蛤」，疑一物。景純與「玉珧」兩稱，則《通雅》説非矣。

注**維長絹**　陳校「絹」改「綃」，是也，各本皆誤。

石壁精舍還湖中作

石壁精舍　注**讀書齋是也**　劉氏履曰：蓋太傅之故宅，今爲國慶院，湖爲太康湖也。案《韻語陽秋》云：晉孝武初奉佛法，立精舍於殿内，引沙門居之，故今人皆以佛寺爲精舍，殊不知精舍者乃儒者教授生徒之處，《後漢》包咸、檀敷、劉淑等傳皆有「立精舍」之文，故「石壁精舍」注云「讀書齋」。

注**謝靈運《游名山志》曰**　胡公《考異》曰：「謝」字應去，前後所引可證，各本皆衍，後《登臨海嶠》詩兩引亦衍。

游子憺忘歸　六臣本「憺」作「澹」。

注**所爲命**　陳校「爲」改「謂」，是也，各本皆誤。

登石門最高頂

石門　劉氏履曰：靈運於南北兩居往來棲息，此詩因還北居既久，復尋石門而作。林先生曰：石門有二，李太白詩「康樂上官去，永嘉游石門」即此；青田亦有石門，道家稱爲玄鶴洞天，舊志云舊在叢穢中，至靈運始尋出此洞，其中飛瀑最勝。此詩未叙飛瀑，故知爲永嘉也。

晨策尋絕壁　《南史·謝靈運傳》云：尋山陟嶺，必造幽峻，巖嶂數十重莫不備盡登躡。

疏峰抗高館　又**長林羅户穴**　六臣本「抗」作「枕」，「穴」作「庭」。

注**古樂府有《歷九秋妾薄相行》**　案郭茂倩《樂府》三十四云：傅玄《苦相篇》「苦相身爲女」，言盡力於人，終以華落見棄，亦題曰《豫章行》也。又云：傅玄有《歷九秋篇》十二章，具叙夫婦離别之思，又題云《董逃行》，未詳。

於南山往北山經湖中瞻眺

南山北山湖中　劉氏履曰：南山，嵊山也；北山，石壁精舍所在，亦曰阮山，即今所稱東山者也；

湖，巫湖也，在南山之北，《山居賦》云：近北則二巫結湖。

注 **永歸其路** 何校「永」改「末」。

注 **和氏玲瓏** 段校「玲瓏」互乙，蓋《甘泉賦》亦宜作「瓏玲」。

仰聆大壑灇 五臣「灇」作「淙」，良注可證。《集韻》灇、潨、潀皆同。潨，其同「淙」者仕巷切，是作「淙」之去聲，與此詩韻不協。

注 《江賦》曰：**擢紫茸茸** 六臣本此下有「而容切」三字，此删去下三字而又誤存「茸」字耳。

天雞弄和風 《爾雅·釋鳥》注：鶾雞，赤羽。《逸周書》曰：文鶾若采雞，成王時蜀人獻之。按《説文》：「鶾，雉肥，鶾音者也，魯郊以丹雞祝曰：以斯鶾音赤羽，去魯侯之咎。」丹雞即天雞，魯郊用之，則非希有之物矣。楊公《談苑》載：淮南李伀知舉進士，試「天雞弄和風」詩，有進士白云「《爾雅》天雞有二，未知孰是」，蓋《釋鳥》有鶾天雞、《釋蟲》又有螒天雞，江東士人深於學問有如此者。按謝詩與「海鷗」類舉，自是鳥屬，李注所引本明，不須疑也。

從斤竹澗越嶺溪行

斤竹澗 《一統志》云：澗在温州樂清縣東七十五里。

注 《説文》曰：**曙，旦明也** 今《説文》無「曙」字，惟「睹」字訓旦明也，即今「曙」字。《玉篇》有

「曙」字，署亦从者聲也。

注《説文》曰：隈，山曲也　「山」字當作「水」，説詳前曹子建《應詔詩》。

苕遞陟陘峴　注《聲類》曰：峴，山嶺小高也。峴與現同　據注則正文「峴」亦應作「現」。《集韻·二十七銑》有「現」「峴」二文，注云胡典切，或作峴，當即本此。

想見山阿人　劉氏履曰：《楚辭》本作《山鬼》，是時廬陵王已死，故託言之。按遍考沈約《宋書》及《謝靈運集》，此詩未見與廬陵王相涉也，劉説未知所本。

應詔觀北湖田收

顔延年

北湖　劉氏履曰：即玄武湖，《寰宇記》曰：「在昇州上元縣西北七里〔一〕，春夏深七尺，秋冬四尺，灌田百頃。徐爰《釋問》曰：湖本桑泊，晉元帝大興中創爲北湖，宋築堤，南抵西塘以肄舟師也。」

注**太祖改景平十二年**　「十」字應去，各本皆衍。

注**劉安奏曰**　「安」當作「光」，此引《順帝紀》文。

注**緹騎一百人**　六臣本「一」作「二」，是也，劉昭《續漢志注》亦作二百人。

争光溢中天　六臣本「争光」作「交映」。

注《説文》曰：**温，仁也**　按今《説文·水部》「温，水，出犍爲云云，從水，昷聲」，《皿部》「昷，仁也，從皿，以食囚也。官溥説」，此注所引即《皿部》文，而字從水，疑下有「昷與温通」而脱去耳，但《説文》如《日部》《火部》《金部》之注皆用「温」，或善亦以「温水」字與「昷仁」字不别也。

注《戰國策》：段干越　「越」下當補「人」字，見《勵志詩》。

校記

〔一〕縣西北七里　「北」據《太平寰宇記》卷九十補。

車駕幸京口侍遊蒜山作

侍遊蒜山　銑注：觀詩意乃不得從駕，恐題之誤。《元和郡縣志》：蒜山，在丹徒縣西九里，臨江壁絶多澤蒜，因名。

注劉楨《京口記》曰　胡公《考異》曰：「楨」當作「損」，《隋書·經籍志》曰「《京口記》二卷，宋太常卿劉損撰」即此，各本皆誤。

注《漢書儀》曰　胡公《考異》曰：「書」當作「舊」，各本皆誤。謹案：自「泰山東南日觀」至「望見長安」二十八字見《續漢書·祭祀志》注引馬第伯《封禪儀記》也，今本衛宏《漢官舊儀》亦不載此文。

園縣極方望　何曰：《宋書·文帝紀》：元嘉二十六年二月己亥，車駕陸道幸丹徒，謁京陵。

注《尚書》曰《洪範五行傳》曰　陳校去上「曰」字，各本皆衍。

睿思纏故里　濟注：晉之東遷，劉氏來居晉陵丹徒之京口，故曰故里。何曰：晉義熙三年，文帝生于京口。

春江壯風濤　何曰：其還車駕，水路發丹徒，故云。

蘭野茂稊英　「稊」或作「荑」。案《易·大過》「枯楊生稊」王輔嗣注「楊之秀也」，鄭注作「荑木更生」也。

留滯感遺氓　氓，六臣本校云善作「萌」，注同。說詳《長楊賦》。

車駕幸京口三月三日侍遊曲阿後湖作

曲阿　余曰：《大業拾遺記》云：曲阿，秦時名雲陽，太史言東南有天子氣，故鑿此岡令曲，因名曲阿。

春方動辰駕　五臣「辰」作「宸」，濟注可證。

注**長五丈六尺**　「五」當作「九」，《七命》注所引可證。

彫雲麗璇蓋　「彫」當作「彤」，注「彫雲斐亹而翼櫺」亦當作「彤」，《游天台山賦》可證。濟注云「彤鏤雲氣」，是五臣作「彤」耳。

注 升彼河兮而觀清 今本《列女傳》「河」作「阿」，「而」作「面」。

藐盼觀青崖 「盼」當作「眄」，注同。六臣本作「目丂」即「眄」字。

行藥至城東橋

鮑明遠

行藥 良注：照因疾服藥，行而宣導之。林先生曰：潘安仁「藥以勞宣」蓋即此意，杜詩「行藥頭涔涔」當亦本此。

注《莊子》：仲尼曰：商賈旦於市井以求其贏 今《莊子》無此語，惟《徐無鬼》篇有「商賈無市井之事」語。

遊東田

謝玄暉

東田 《太平寰宇記》九十：「齊文惠太子立樓館於鍾山下，號曰東田，與府屬遊幸。『東田』反語爲『顛童』。」案東田見《南史·齊武帝諸子·文惠太子傳》，顛童見《南史·鬱林王紀》。

生煙紛漠漠 楊氏慎曰：謝靈運賦：覩生煙而知墟。

注 陸機《悲行》曰 「悲」下當有「哉」字，各本皆脱。

從冠軍建平王登廬山香爐峰　江文通

往來盡仙靈　六臣本「來」作「古」。

注**張僧鑒《豫州記》曰**　陳校「州」改「章」，是也，各本皆誤。

幸承光誦末　六臣本「幸」作「奉」。

鍾山詩應西陽王教　沈休文

鍾山　《元和郡縣志》：鍾山在上元縣西北十八里，吴改蔣山。

地險資嶽靈　六臣本「地險」作「險峭」。

注**戴延之《西征賦》**　陳校「賦」改「記」，是也，各本皆誤。

參差互相望　六臣本「互」作「分」。

崚嶒起青嶂　胡公《考異》曰：注引《魯靈光殿賦》「崱繒綾而龍鱗」，疑善作「繒綾」，五臣作「崚嶒」也。

西望昆明池　《太平御覽·地部三十一》引《京都記》云：從北湖望鍾山，似宫亭湖望廬岳〔一〕，齊武帝理水軍於此中，號曰昆明池，故沈約《登覆舟山》詩曰「南瞻儲胥館，北望昆明池」〔二〕即此。

注《維摩經》曰　按此下至「四禪」二十六字六臣本無，而載於翰注中。胡公《考異》曰：疑並善於五臣而删也。

注初禪、二禪、三禪、四禪　姜氏皐曰：《楞嚴經》第九：「清净心中，諸漏不動，名爲初禪；清净心中，麤漏已伏，名爲二禪；安隱心中，歡喜畢具，名爲三禪；雖非無爲，真不動地，有所得心，功用純熟，名爲四禪。」注作《大品經》，未詳。

注《山海經》曰：和山五曲。郭璞曰：曲，迴也　今《中山經》注作「曲迴五重」。

蕭條無可欲　六臣本校云：五臣「無可」作「何所」，善作「無所」。

注曹毗《臨園賦》　毛本「臨」誤作「陵」。

歲暮以爲期　五臣「爲」作「終」，翰注可證。

校記

〔一〕從北湖望鍾山似宫亭湖望廬岳　「北湖」原作「彼」，據《太平寰宇記》卷九十改；《太平御覽》卷六六作「北」、「似」作「從」；又《寰宇記》此下有「《輿地志》云」四字，疑《御覽》脱。

〔二〕南瞻儲胥館北望昆明池　「館」原作「觀」，據《太平御覽》卷六六、《太平寰宇記》卷九十改；「望」《太平寰宇記》作「眺」。

宿東園

注**荆門盡掩**　陳校「盡」改「晝」，是也，各本皆誤。

注《**毛詩**》**曰：野有死麏**　朱氏珔曰：麏，今《詩》作麕。《説文》麇，麞也，从囷省聲，籀文作麕不省，别無麏字。《廣韻》麏音頵，鹿屬。囷、君音同，故或如此作也。

注**任預**《**雪詩**》**曰**　毛本「任」誤作「杜」。

注《**古董桃行**》**曰**　「桃」當作「逃」，各本皆誤。

遊沈道士館

沈道士　翰注：道士沈恭。按李注無名，翰注亦未詳出。

復立望仙宮　《西嶽華山碑》云：孝武皇帝立宮其下，宮曰集靈宮，殿曰存仙殿，門曰望仙門。《三輔黄圖》集靈宮、集仙宮、存仙殿、存神殿、望仙臺、望仙觀俱在華陰縣界，皆武帝宮觀名。

遇可淹留處，便欲息微躬　六臣本無此二句。

注**遥興輕舉**　毛本「遥興」作「遇風」，恐誤。

古意酬到長史溉登瑯琊城詩

徐敬業

到長史 何曰：《南史·到溉傳》：湘東王繹爲會稽太守，以溉爲輕車長史，行府郡事。

瑯琊城 林先生曰：《太平寰宇記》引王隱《晉書》云：江乘南岸溝州津有城即瑯琊城也，在上元縣東北六十里。洪氏亮吉曰：今句容縣北有瑯琊鄉，即其地。

注**鎮江乘，縣境立郡鎮** 胡公《考異》曰：「縣」上脱「即」字，「郡」下衍「鎮」字，「鎮江乘」一句，「即縣境立郡」一句。顧氏炎武曰：「自古南北之津，上則由采石，下則由江乘。《史記》秦始皇登會稽從江乘渡，正義云江乘故縣在今潤州句容縣北六十里。吴徐盛作疑城自石頭至江乘，晉蔡謨自土山至江乘鎮守八所、城壘十一處，皆以沿江爲防守之要。今其地在上元縣東北五十里。」洪氏亮吉曰：江乘，漢舊縣，晉咸康元年改屬南瑯琊郡。

上谷拒樓蘭 五臣「拒」作「抵」。翰注：抵猶拒也。顧氏炎武曰：「上谷，北邊郡；樓蘭在西域。齊梁時詩筆，地理多不審〔二〕。」按翰注又云「上谷，郡名，近樓蘭之國」，益誤矣。

修篁壯下屬 何校「篁」疑作「隍」，是也。觀注引「下屬江河」，則隍之爲城池可知。城下有隍，城上有樓，與下「危樓峻上干」句亦相比。惟五臣作「篁」，故銑注以「竹叢」解之耳。

數奇良可歎 《敬齋古今黈》云：「『數』字若作去聲，則是運數不耦，豈天子于將帥以命運敕之耶！

當從如淳音爲所角反。」然唐《王右丞集》詩「李廣無功緣數奇」，似已作去聲字用也。

校記

〔一〕顧氏炎武曰云云　「顧氏炎武曰」當作「何曰」。「詩筆」原脱，「不審」作「不可考」，據《義門讀書記》卷四六改。何焯謂齊梁人作文不審地理，此訛作今人難考齊梁地理。

文選卷二十三上

阮嗣宗　**詠懷詩**

《詠懷詩》十七首　《晉書·阮籍傳》云：作《詠懷詩》八十餘篇，爲世所重。按今馮惟訥《詩紀》〔一〕所録八十二篇，此昭明選取十七首耳。

注**遷步兵校尉，卒**　六臣本無「卒」字，此下有「籍屬文，初不苦思，率爾便作，成《詠懷》八十餘篇近刻本「詠懷」誤作「陳留」，此獨取十七首。詠懷者，謂人情懷。籍於魏末晉文之代，常慮禍患及己，故有此詩，多刺時人無故舊之情，逐世利而已。觀其體趣實謂幽深，非夫作者不能探測之」八十字，蓋並五臣於李而衍也。

朔鳥鳴北林　五臣「朔」作「翔」。向注：「翔鳥，鷙鳥，好迴飛，孤鴻喻賢臣在外，翔鳥比權臣在近。」然以翔鳥爲鷙鳥，殊無所據。

逍遥順風翔　《玉臺新詠》「順」作「從」。

交甫懷環珮　《玉臺新詠》作「交甫解珮環」。

注　交甫遇之　段校「交」上添「鄭」字。

容好結中腸　《漢書·外戚傳》李夫人曰：我以容貌之好，得從微賤愛幸於上。

注　焉得諼草　《學林》云：萱草之萱亦作蕿，又作藼，而《詩》不用上三字者。字書諼音暄，詐也〔二〕、忘也。古人假借字恒取其意。萱，忘憂草也，用「諼」取其「忘」也，字雖假借而意仍不失。

注　伯且，君子字　何校去「且」字，陳同，各本皆衍。

如何金石交　《玉臺新詠》「石」作「磬」，恐誤。

注　《説文》曰：藿，豆之葉也　今《説文》作「藿，尗之少也」。按李所引與《公食大夫禮》《士喪禮》鄭注合。《廣雅·釋草》豆角謂之莢，其葉謂之藿〔三〕。

注　《山海經》曰：雩夕之山，下爲荆杞。郭璞曰：杞，枸杞　今《南山經》：虖勺之山，其下多荆杞。按《南山經》上文「南流注于虖勺」注：虖音呼，勺或作多。此誤「虖」爲「雩」，又因「多」而誤「勺」爲「夕」耳。郭注「枸」今本作「苟」。蔣氏師爚曰：《困學紀聞》辨杞有三：有杞柳之杞，有枸杞之杞，此則梓杞之杞〔四〕，郭注不足據也。

去上西山趾　阮嗣宗《首陽山賦序》云「正元元年秋，余尚爲中郎，在大將軍府，獨往南牆下，北眺首陽山」，賦又云「信可實而弗離兮，寧高舉而自儐。聊仰首以廣頫兮，瞻首陽之岡岑」，皆可與此詩相證。

注**龍陽君釣十餘魚而棄**　此上當標「戰國策」三字。今本《魏策四》有此，文多不同。

悅懌若九春　林先生曰：《藝文類聚》引「懌」作「澤」。

磬折似秋霜　五臣注：磬，樂器，其形曲折。秋霜能摧折萬物，言此二人自屈折曲事君，有如此者。

注**《春秋元命苞》曰：陽氣數成於三，故時別三月。陽數極於九，故三月一時九十日**　六臣本「故時」下無「別」字。《五行大義·釋名第一》引作「數成於三故合於三月。陽極於九，故一時九十日」也，與此所引小異。蔣氏師爚曰：此亦約略言之，《管子·輕重己》篇「冬至日始數九十二日謂之春至，以春至日始數九十二日謂之夏至」，時未有二十四氣，自至至分，自分至至。迄漢定節氣，推算猶未密，故宋衷有「不唯春也」之注。其實一歲節氣春所經者九十一二日不等，夏則九十三四五日獨多，秋則亦九十一二日，冬則止八十八日差少，今憲書可考也。

流盼發姿媚　《玉臺新詠》作「流眄發媚姿」。

宿昔同衣裳　《玉臺新詠》「衣」作「衾」。

永世不相忘　五臣「永世」作「千載」，濟注可證。

注**安陵君所以悲魚也**　兩事撮爲一句，恐有脱誤。

注善曰：《東觀漢記》　六臣本無「善曰」二字，陳曰二字衍。何校於此節注首添「沈約曰」三字，亦以意爲之耳。

春秋非有託　注鄭玄《禮記注》曰：託，止也　六臣本「託」作「託」，校云善作「託」。按注引「託，止也」各本皆同，今《禮記》注無之。胡公《考異》曰：此所引即《禮記·祭統》「訖其嗜欲」注之「訖猶止也」，「沈約曰：春秋相代，若環之無端」所謂「非有訖」矣，作「託」但傳寫譌。

注迅疾也　案此注在「清露被蘭皋」二句下，然正文無「迅」字，恐有誤也。

朝爲媚少年　六臣本「媚」作「美」。

自非王子晉，誰能常美好　蔣氏師爚曰：此言萬事不定，勢力無常，置君如弈，朝美而夕醜之矣。必三少帝如王子晉之無戀於人間，司馬乃安之也。

注云二子豈不知至所謂求仁得仁也　何曰：「此言人皆有死，若苟求富貴者，其卒亦貽五刑車裂之悔，何如求仁得仁若夷齊者爲得其所乎！」似較沈注爲優。

注至於顛沛道夭　尤本「道夭」作「逆天」，恐誤。

開秋兆涼氣　毛本連上注。尤本此下別爲一首。

微風吹羅袂，明月曜清暉。晨雞鳴高樹，命駕起旋歸　濟注：「微風喻魏將滅，教令微。明月喻晉王爲專權臣也。雞知時者，言我亦知時，如此將命駕歸於山林，隱居而避此亂代。」

注《樂録》曰：《雞鳴高樹顛》，古辭　《宋書·樂志三》相和歌〔五〕有《雞鳴高樹顛》一章，又云《雞鳴古辭》。

趙李相經過　趙李之説不一。顔延年注以趙李爲趙飛燕、李夫人，果爾「相經過」三字如何接上？顧氏炎武據《漢書·谷永傳》成帝「數爲微行，多近幸小臣，趙、李從微賤專寵」云云，則趙當指新成侯趙欽、成陽侯趙訢等，李當指衛婕妤李平親屬也。近人汪氏師韓亦據《敘傳》班婕妤「進侍者李平爲倢伃，而趙飛燕爲皇后」，「自大將軍薨後，富平、定陵侯張放、淳于長等始愛幸，出爲微行，行則同輿執轡；入侍禁中，設宴飲之會，及趙、李諸侍中皆引滿舉白，談笑大噱」。顧起元《説略》〔六〕又據《何並傳》「輕俠趙季、李款多畜賓客，以氣力漁食閭里」，並曰「趙、李桀惡〔七〕，當得其頭以謝百姓」云云，此與「輕薄」意尤近。然《佞幸傳》又云「佞幸寵臣，孝文時，士人則鄧通，宦者則趙談、北宫伯子；孝武時，士人則韓嫣，宦者則李延年」，延年即李夫人兄，善歌，爲新變聲，以李夫人貴，爲協律都尉，佩二千石印綬，與上卧起。此亦可當「趙李」之目也。

黄金百溢盡　六臣本「溢」作「鎰」。案《禮·喪大記》「朝一溢米，暮一溢米」，注「一溢爲米一升二十四分升之一」〔八〕也，是「溢」與「鎰」同。

近在青門外　《水經·渭水注》云：長安東出北頭第三門本名霸城門，民見門色青又名青城門，亦曰青門，舊出好瓜。

子母相拘帶　六臣本「拘」作「鉤」。《水經·渭水注》引亦作「鉤」。

五色曜朝日　余曰：《述異記》：吴桓王時會稽生五色瓜，吴中有五色瓜充歲貢。

注**子母、五色，俱謂瓜也**　丘氏光庭《兼明書》云：「此遭亂代，思深居遠害，故以瓜喻之。言邵平種瓜不能深遠，近在青門之外，又色妍味美，遂爲人所食也。」

步出上東門，北望首陽岑。下有采薇士　注**《河南郡圖經》曰：東有三門，最北頭曰上東門。《河南郡境界簿》曰：城東北十里首陽山，上有首陽祠一所**　《水經·穀水注》云：「穀水逕建春門石橋下，即上東門也，阮嗣宗《詠懷詩》曰『步出上東門』者也，一曰上升門，晉曰建陽門。」阮嗣宗《首陽山賦》云「二老窮而來歸」又云「故甘死而采薇」，皆誤以此首陽山爲夷、齊所居，其實夷、齊所餓之首陽在遼西，詳見《水經注·濡水》條，與此無涉。

注**顏延之曰：《史記·龜策傳》曰：無蟲曰嘉林**　何校「延之」改「延年」，是也。今《史記·龜策傳》曰：嘉林者，獸無虎狼，鳥無鴟梟，草無毒螫，野火不及，斧斤不至，是爲嘉林。

注**王仲宣詩曰：白露沾衣**　「衣」下當有「衿」字，此引《七哀詩》也，各本皆脱。

注**秋氣和則音聲調**　「音」當作「商」，各本皆誤。

志尚好書詩　六臣本「書詩」作「詩書」。

開軒臨四野，登高望所思　五臣「軒」作「都」，「望」作「有」，良注可證。孫氏志祖曰：「開都」誤，劉良謂出于都外，乃强解耳。

千秋萬歲後　六臣本「萬」作「百」。

乃悮羡門子，噭噭今自蚩　六臣本「悮」作「悟」。按沈注亦作「悮」，故何、陳校本皆作「悮」。别本「噭噭」作「皦皦」，恐誤。

徘徊蓬池上　《太平寰宇記》一：蓬池在尉氏縣北五里，《述征記》「大梁西南九十里尉氏有蓬池」、阮籍詩「徘徊蓬池上，回首望大梁」即此。

還顧望大梁　何曰：大梁，戰國時魏地，借以指王室。

注**東北有蓬池，或曰即宋蓬澤**　姜氏皋曰：《漢地理志》「蓬」作「逢」，臣瓚注引《汲郡古文》：「梁惠王發逢忌之藪以賜民」，今浚儀有逢陂、忌澤是也。《左氏·哀十四年傳》亦作「逢」。《水經·渠水注》：又東南流逕開封縣，睢、涣二水出焉，右則新溝注之，其水出逢池，池上承役水於苑陵縣，别爲魯溝，南際富城，東南入百尺陂，即古之逢澤也。

飛鳥相隨翔　六臣本「相」作「自」。

是時鶉火中　何曰：嘉平六年二月司馬師殺李豐、夏侯太初等，三月廢皇后張氏，九月遂廢帝爲齊王，十月立高貴鄉公。「鶉火中」蓋指此。

詠言著斯章　何曰：詩以言志，後之誦者，考是歲月，論我之世，則所以詠懷〔九〕者見矣。

炎暑惟兹夏，三旬將欲移　何曰：甘露五年六月甲寅，常道鄉公立，改元景元，月之二日也，故曰三句。

願覩卒歡好 蔣氏師爚曰：此以魏之待山陽公者望晉以之待常道鄉公，無如成濟之輩又爲高貴覆轍也。

注**與邛邛岠虛比** 《爾雅》釋文「邛邛」作「蛩蛩」，「岠虛」作「駏驉」又作「狟獹」。

豈爲誇譽名 五臣「譽」作「與」，良注可證。按此詩第三十首有「背棄夸與名」句，則作「與」字亦得也。

注**蛩蛩負蹷以美草** 陳校「以」下添「求」字，各本皆脱。

中路將安歸 與上「磬折忘所歸」韻複。

注**玄雲泱鬱將安歸** 胡公《考異》曰：「泱」當作「泱」，顔注《漢書》音烏朗反，各本皆譌。

出門臨永路 六臣本「出」作「山」。

輕薄閑遊子，俯仰乍浮沈 六臣本「閑遊」作「遊閑」，「乍」作「作」。

可以慰我心 六臣本「以」作「用」。

注**上有楓樹** 陳校去「樹」字，是也，各本皆衍。

注**駕彼駟牡** 陳校「牡」改「駱」。

注**舊名江陵爲南楚，吴爲東楚，彭城爲西楚** 翰注：三楚謂楚文王都郢、昭王都鄂、考烈王都壽春。《通雅》云：淮北沛、陳汝南二郡〔十〕，此西楚也；彭城以東東海、吴、廣陵，此東楚也；衡山、九江、江南、豫章、長沙，此南楚也。

朱華振芬芳，高蔡相追尋　何曰：此追歎明帝末路淫奢，馴致奸雄睥睨也。「朱華」句謂私取先帝才人爲伎樂也，「高蔡」句謂兄弟數出遊也。此篇以襄王比明帝、以蔡靈侯比曹爽，嗣宗爽之故吏，痛府主見滅〔十一〕、王室將移也。

注**涕泣不禁。禁，止也**　今本《孔叢子》作「涕泣不可禁」也。

校記

〔一〕馮惟訥詩紀　原脱「惟」字。

〔二〕諼音暄詐也　「詐」原作「作」，據《學林》卷九及《説文》改。

〔三〕其葉謂之藿　「藿」原作「靃」，據《廣雅·釋草》改。

〔四〕有枸杞之杞此則梓杞之杞　「枸」原作「狗」，「梓杞」原作「杞棘」，據《困學紀聞》卷三改。原文「『在彼杞棘』，梓杞也」，蔣師爚混之。

〔五〕相和歌　「和」原作「如」，據《宋書·樂志三》改。

〔六〕顧起元説略云云　《説略》無此語，焦周《説楛》卷五有。

〔七〕趙李桀惡　「桀」原作「傑」，據《漢書·何並傳》改。

〔八〕一溢爲米一升二十四分升之一　「爲米一升」據《禮記·喪大記》鄭注補。

〔九〕考是歲月論我之世則所以詠懷　「是」原脱，「論」作「於」，「詠」作「有」，據《義門讀書記》卷四六改補。

〔十〕淮北沛陳汝南二郡　《通雅》乃引《史記·貨殖列傳》，「二」《史記》各本作「南」，正義讀作「淮北，沛、陳、汝南、南郡」。

〔十一〕痛府主見滅　「主」原作「朝」，據《義門讀書記》卷四六改。

秋懷

謝惠連

雖好相如達，不同長卿慢　相如、長卿一人兩用，古人詩文多有之。《易林·隨之履》云「申公顛倒，巫臣亂國」、《臨之晉》云「平國不君，靈公殞命」，《後漢書·馮衍傳·顯志賦》「欵子高於中野兮，遇伯成而定慮」、《范丹傳》「甑中生塵范史雲，釜中生魚范萊蕪」，《宋書·恩倖傳序》「胡廣累世農夫，伯始致位公相，黄憲牛醫之子，叔度名重京師」，及本書劉琨《贈盧諶》詩「宣尼悲獲麟，西狩涕孔丘」，皆同此體也。

注**蔑比卿相**　胡公《考異》曰：「比」作「此」，《世説新語·品藻》注引可證，各本皆譌，何、陳校改爲「彼」亦誤。

注**乃至仕人**　陳校：「至仕」當作「賦大」，見《世説注》，各本皆誤。

清淺時陵亂　六臣本「淺」作「波」。

臨終詩

歐陽堅石

注**建每匡正，不從私欲，由是有隙**　銑注作「建每匡正不從，欲迎楚王偉立之」十三字，六臣本「欲」上仍有「私」字。今按李注引王隱《晉書》乃以四字爲句，銑注乃以「不從」屬上六字爲句、「欲」屬下七字爲句，六臣本仍有「私」字屬下八字爲句，兩家迥異。「偉」今《晉書》作「瑋」，在《八王列傳》，楚王瑋於晉惠帝元康元年已誅，而趙王倫之擾亂關中乃六年事，「迎楚王偉」以及「私欲」皆前後不相及。此必五臣不考，竄入此説耳。今《晉書·石崇傳》亦衹載崇甥歐陽建與倫有隙而已，不涉楚王偉，可知李所見《晉書》、即王隱而外各家亦無楚王偉事，故不載於唐所修書，正當據李注以證五臣之誤耳。

子欲居九蠻　六臣本作「孔子欲居蠻」。按此詩人趁韻也。

注**四時隱南山**　何校「時」改「皓」，陳同，各本皆誤。

注**《説文》曰：負，受貸不償**　「貨」當作「貸」，今《説文》作「負，恃也，从人守貝，有所恃也。一曰受貸不償」。

下顧所憐女　六臣本「所」作「嬌」。

二子棄若遺，念皆遘凶殘　六臣本作「二子棄遺念，皆遘其凶殘」，校云善有「若」字、無「其」字。

注色有五色文章　胡公《考異》曰：「色文」二字不當有，各本皆衍。

幽憤詩

嵇叔夜

注康及呂安事　《晉書·嵇康傳》云：呂安爲兄所枉訴，以事繫獄，辭相證引，遂收康，康性慎言行，一旦縲絏，乃作《幽憤詩》。《野客叢書》云：鍾會所以害康者，因呂安兄訟弟之故，觀其集有《與呂良悌絶交書》甚詳。蓋康常爲安致解於其兄，兄紿其和而密致其罪，康悔，因爲是書與其兄絶交，遂牽連入獄，《幽憤》之詩正志其事。

嗟余薄祜　六臣本「祜」作「祐」，注同，《晉書》亦作「祐」，皆誤。

越在繈緥　五臣「繈緥」作「襁褓」，銑注可證。《晉書》作「襁緥」。

注后成叔曰　陳校「后」改「郈」。胡公《考異》曰：「后」即「郈」也。《檀弓》「后木」鄭注「魯孝公子惠伯鞏之後」，正義云：《世本》「孝公生惠伯革，其後爲厚氏」，《世本》云「革」此云「鞏」，《世本》云「厚」此云「后」，其字異耳。《春秋名號歸一圖》曰「厚成叔」後改爲「郈」。皆可證。本書《册魏公九錫文》注引作「厚」。

恃愛肆姐　《晉書》「姐」作「好」，恐誤。

注《説文》曰：姐，嬌也　「姐」當作「嫭」。本書《琴賦》「或怨嫭而躊躇」注引同此。徐鍇曰嵇詩借「姐」字也。嬌，《玉篇》作「驕」。

爰及冠帶，馮寵自放　六臣本校云善本無此二句。案此與下二句爲韻，當是傳寫偶脱，《晉書》有。

任其所尚　五臣「尚」作「上」，濟注可證。校云善作「上」。《晉書》亦作「尚」。李注既引《孟子章句》「各崇所上」，又引《説文》「尚，庶幾也」，疑當有上尚相通之注也。

注趙岐《孟子章句》　段校「句」改「指」。

注《莊子》曰：真者，精誠之志　陳校去此九字，各本皆衍。

注真者精誠之志也　六臣本「志」作「至」，是也。

曰余不敏　《晉書》「余」作「予」，下「祇攪予情」同。

注《説文》曰：懷，藏也。杜預曰：忍垢恥也　陳校：下七字當在「説文曰」之上，各本皆倒。

注惟，發論辭也　何校「論」改「語」，是也，各本皆誤。

注是以爲刺　毛本「爲」誤作「惟」。

怛若瘡痏　《晉書》「怛」作「恒」。

注《倉頡篇》曰：痏，毆傷也　又《説文》曰：痏，瘢也　今《説文》：疻，毆傷也；痏，疻痏也；又瘢，痍也。並無「痏，瘢也」之訓。朱氏珔曰：注引《漢書音義》曰「以杖毆擊人，剥其皮膚，起青黑無創者謂疻痏」本應劭語，段氏玉裁謂有譌脱，據《急就篇》顔注云「毆人皮膚腫起曰疻，毆傷曰痏」，蓋應注當作「無創瘢者謂疻今《漢書注》有「瘢」字，其有創瘢者謂痏」。此注引《説文》「痏，瘢也」正與應語合，故段注「痏」字即援此注以補，至下文「瘢，痍也。痍，傷也」義亦並通。

昔慙柳惠　《晉書·孫登傳》引「柳惠」作「柳下」。《三國志·嵇康傳》注載《魏氏春秋》亦作「柳下」，而本傳仍作「柳惠」。葉氏夢得《石林詩語》引作「下惠」。

外恧良朋　《三國·魏志·嵇康傳》注載《魏氏春秋》「恧」作「赧」。

注 **惟君明叡**　毛本「明」誤作「朋」。

樂道閑居　注 **《論語》：子曰：貧而樂**　此證「樂道」二字當引作「貧而樂道」。今《論語義疏》本有「道」字，《集解》亦有「道」字，《唐石經》「樂」下旁注「道」字，《史記·弟子傳》亦載「不如貧而樂道」。

注 **下民爲孽**　又 **噂喈背增**　「爲」當作「之」，「增」當作「憎」。

理弊患結　又 **卒致囹圄**　五臣「弊」作「蔽」，「圄」作「圉」，濟注可證。

實恥訟免　注 **免或爲寃，非也**　五臣「免」作「寃」，銑注「恥謗訟之寃濫」。《晉書》亦作「寃」。

豈云能補　《晉書》「豈」作「曷」。

嗈嗈鳴鴈　五臣作「雝雝」，濟注可證。《晉書》作「雍雍」。

奮翼北遊　六臣本及《晉書》「奮」並作「勵」。

曾莫能儔　五臣「儔」作「疇」，濟注可證。《晉書》亦作「疇」。

注**爲惡莫近刑**　胡公《考異》曰：「刑」當作「形」，詳下注。司馬彪本作「形」字也。六臣本「莫」作「無」，上句同各本俱作「莫」。

注**云有志而無謗**　段校「志」下添「極」字，「謗」改「旁」字。

注**《毛詩》曰：既往既來，我心永疚**　今《詩》作「使我心疚」。

頤性養壽　《晉書》「性」作「神」。

七哀詩

曹子建

七哀　向注：七哀，謂痛而哀，義而哀，感而哀，怨而哀，耳目聞見而哀，口歎而哀，鼻酸而哀也。按《宋書·樂志》載此詞共七解，解四句。《韻語陽秋》於「痛而哀」作「病而哀」，「怨而哀」作「悲而哀」。

言是客子妻　六臣本「客」作「宕」，《玉臺新詠》亦作「宕」〔一〕。《古樂府》作「自云宕子妻」〔二〕，《宋志》作「自云客子妻」。

君行逾十年　《古樂府》「君」作「夫」，「年」作「載」。

孤妾當獨棲《宋志》「孤」作「賤」，下有「念君過於渴，思君劇於饑」二句。

君若清露塵，妾若濁水泥，浮沈各異勢《宋志》上句作「君爲高山柏」，「若」作「爲」，「勢」作「路」，「濁水泥」句下有「北風行蕭蕭，烈烈入吾耳，心中念故人，淚墮不能止」四句。

願爲西南風，長逝入君懷　翰注：西南坤地，坤妻道，故願飛入夫懷。劉氏履曰：「此亦在雍丘所作，故有『願爲西南風』之語，雍即陳留，當魏都西南。」《宋志》作「願作東北風，吹我入君懷」。

君懷良不開《玉臺新詠》「良」作「時」，《宋志》作「常」。

賤妾當何依《古樂府》「賤妾」作「妾心」。《宋志》此下有「恩情中道絶，流止任東西」二句，合爲六解；又有「我欲竟此曲，此曲悲且長，今日樂相樂，別後莫相忘」四句，爲七解。

校記

〔一〕玉臺新詠亦作宕　《玉臺新詠》各本同《文選》作「客」，吴兆宜箋注「本集作宕」，乃紀容舒《考異》本作「宕」。

〔二〕古樂府作自云宕子妻　此乃《古樂苑》文，《古樂府》「宕」作「蕩」。

七哀詩

王仲宣

南登霸陵岸《太平寰宇記》二十五：白鹿原，在萬年縣東二十里，亦謂之霸上，即漢文帝陵，王仲宣詩「南登霸陵岸，迴首望長安」即此。

悟彼下泉人　李氏光地曰：此蓋依劉表時作，寓「念彼周京」之意，翰注以「下泉人謂戰死人」恐失其旨。

注**日陰日映**　毛本「映」誤作「昳」。

七哀詩

張孟陽

注**藏榮《晉書》**　「榮」下脱「緒」字，惟尤本不脱。

注**葬文帝於文陵**　六臣本、尤本「文帝」並作「靈帝」，是也。段校云：東漢無文帝亦無文陵，《和紀》「葬孝章皇帝於敬陵」，「文」是「敬」之誤。案：詩但云「恭文遥相望，原陵鬱膴膴」，故注亦專舉恭陵、文陵、原陵，不得别及敬陵；《靈帝紀》末明言葬孝靈皇帝于文陵，注「在洛陽西北二十里，陵高十二丈，周回三百步」，亦不得云無文陵。

注**《説文》曰：剽，刧人也**　又**虜，獲也。《漢書注》曰：虜與鹵同**　今《説文·毌部》：虜，獲也，从毌从力，虍聲。《九經字樣》「虜，隸省」。六臣本、尤本皆用隸省字。

感彼雍門言，悽愴哀往古　六臣本校云「往」五臣作「今」。《淮南子·覽冥訓》云「昔雍門子以哭見於孟嘗君」，注：「雍門子名固宋本、《道藏》本作「周」，是也，善彈琴，又善哭。雍門，齊西門也，居近之，因以爲氏。」

陽鳥收和響　六臣本「鳥」作「烏」。

注《禮記》曰：**孟秋，寒蟬應陰而鳴**　「蟬」下當有「鳴，蔡邕《月令章句》曰寒蟬」十字。《月令章句》見子建《贈白馬王》詩注。

白露中夜結　六臣本「中」作「朝」。

注《說文》曰：**景，日光也**　今《說文》無「日」字，本書《於安城答靈運》詩注引亦無「日」字。

注**立秋，蜻蛚鳴**　《古微書》引《通卦驗》曰：閶闔風至而蜻蛚鳴。案《通卦驗》又云秋分閶闔風至，則非立秋矣。

纏綿彌思深　六臣本作「纏綿思彌深」。

悼亡詩

潘安仁

荏苒冬春謝　何曰：安仁悼亡，蓋在終制之後。荏苒冬春，寒暑忽易，是一期已周也。古人未有喪而賦詩者。

注《說文》曰：**懷，念思也**　本書《贈王太常》詩注引同此，與今《說文》合，益知他處所引「懷，藏也」當作「褱」字。

帷屏無髣髴　注《廣雅》曰：帷，帳也　六臣本「帷」作「幃」，注同。按李注下有「聲類作幃」四字，所以證正文「帷」字也，知正文及注引《廣雅》並當作「帷」。惟《玉臺新詠》作「幃」。

悵恍如或存　注《廣雅》曰：挂，懸也　今本《廣雅·釋詁》「挂」作「絓」。《玉臺新詠》「悵恍」作「帳幔」，恐誤。

周遑忡驚惕　五臣「遑」作「惶」，良注可證。《玉臺新詠》「周」作「回」。

雙棲一朝隻　六臣本「棲」作「飛」。

晨霤承檐滴　《玉臺新詠》「承」作「依」。

注《説文》曰：霤，屋承水也　今《説文》作「霤，屋水流也」。

察其始而本無生　段校「察」字上添「然」字。

皎皎窗中月　《玉臺新詠》「皎皎」作「皦皦」。

注《説文》曰：溽暑，濕暑也　今《説文》：溽，濕暑也。此衍上「暑」字。

注《古詩》曰：涼歲云暮　「涼」下當有「風」字，各本皆脱。

獨無李氏靈，髣髴覩爾容　注桓子《新論》曰：武帝所幸李夫人死，方士李少君言能致其神。乃夜設燭張幄，令帝居他帳，遥見好女似夫人之狀，還帳坐也　《史記·封禪書》云「上有所幸王夫人，夫人卒，少翁以方蓋夜致王夫人」，《武帝紀》《外戚世家》並同，《集解》《索隱》亦俱引《新論》作王夫人，與此異；惟《漢書·外戚傳》作李夫人，與此同。考李夫人卒時，少翁之死已久，恐誤在《漢書》。而《北堂書鈔·服飾部》引《新論》云「武帝思念李夫人不已，有方士齊人李少翁，言能致夫人之神，乃夜設燭燈於幄帷，令帝居別帳中，遥望見李夫人之貌」云云，又《太平御覽·服用部》引《新論》云「李少君置武帝李夫人神影於帳中，令帝望見之」，亦與此引《新論》合，殆皆沿《漢書》之誤者也。

注 **魏文帝《歌行》曰** 「歌」上當有「燕」字，各本皆脱。

寢興目存形 五臣「目」作「自」。良注：卧起之間，自想亡者如存也。《玉臺新詠》亦作「自」。

此志難具紀 《玉臺新詠》「此志」作「零落」。

命也可奈何 《玉臺新詠》「可」作「詩」，恐誤。張氏雲璈曰：注引「魚豢《典略》：趙岐卒，歌曰：有志無時，命也奈何」，按《後漢書·趙岐傳》：岐年三十餘，有重疾，卧蓐七年，爲遺令敕兄子「漢有逸人，姓趙名嘉，有志無時，命也奈何」云云，後疾瘳，至九十餘乃終。是既非卒，並非歌也。

注 **長戚之士能閒居** 「士」當作「不」，各本皆誤。

烈烈夕風厲 五臣「烈烈」作「列列」，良注可證。

改服從朝政，哀心寄私制 何曰：晉時禮教已壞，然期喪猶解官行服。

注 **駕言出遊，又《楚辭》曰** 六臣本無「又」字，「曰」上有「注」字。

盧陵王墓下作

謝靈運

注 **宋武帝子義真** 至 **作一篇** 六臣本此爲翰注，下别有善曰「沈約《宋書》曰：武帝男盧陵獻王義真，初封盧陵王，之任而高祖崩。義真聰明愛文義，與陳郡謝靈運周旋異常，而少帝失德，徐羡之等密謀廢立，則次第應在義真。義真輕訬，不任主社稷，因與少帝不協。乃奏廢義真爲庶人，徙新安近郡，羨之等遣使殺義真於徙所，時年十八。元嘉三年誅徐羡之、傅亮，是日詔曰：故盧陵王可追崇侍中，王如故」共一百三十一字。〔一〕

注 **朱方，吴也** 「也」當作「邑」，各本皆誤。

沈痛結中腸 五臣「結」作「切」。良注：切，割也。

注 **海内悲涼。宋均曰：涼，愁也** 案《説文·水部》「涼，薄也」當取味薄之義。如《周禮》「六飲」之「涼」，鄭司農曰「涼，以水和酒也」。《説文·旡部》「㓼，事有不善言㓼也」，臧氏琳以爲《左傳》之「涼德」及「作法於涼」當從之。均無「愁」義。惟《玉篇》「㓼」字云「悲㓼，酸楚也」，作力尚、力章二切。蓋《説文》「旡，气屰不得息也」〔二〕，人有悲楚則息逆不利，可爲以「愁」釋「㓼」之的解。「㓼」之作「涼」殆皆俗寫，或以聲同通借耳。

神期恒若在 六臣本「在」作「存」。

注　曹植《寡婦詩》曰　陳校「詩」改「賦」。案張溥所編《陳思王集》無此賦亦無此詩，《魏文帝集》有《寡婦賦》別有《寡婦詩》，亦見《藝文類聚》。此注所引當是陳思王同作，然難定其是賦是詩矣。

注　疑彼三人　陳校「三」改「二」，是也，各本皆誤。

舉聲泣已灑　六臣本「灑」作「灑」。

校記

〔一〕六臣本翰注下善曰共一百三十一字　「六臣本」指袁本，秀州本同，明州、贛州、建州、茶陵本省作「善同翰注」，尤本復采此翰注作善注，元槧本、毛本、胡本因之。

〔二〕說文无气屰不得息也　《說文》「气屰」上有「飲食」二字。

拜陵廟作

顔延年

注　《周書》曰：各助王恭明祀　朱氏珔曰：此爲《逸周書·皇門解》之文，「各」字今本作「人斯是」三字。

注　王逸《晉書》　六臣本「逸」作「隱」，是也。

注　《周易》曰：悔吝者　案《易》「吝」無作「悋」者。且《廣雅·釋詁四》「悋，恨也」，本書《思玄賦》舊注同，《方言》「悋」亦曰「恨也」，皆不可以詮《易》。惟《論語》「使驕且吝」釋文云：吝本又作愋。

伏軫出東坰　六臣本「軫」作「軾」。按李注明引《莊子》以注「伏軾」，其作「軫」者但傳寫誤。況此詩末句有「歸軫」，必不應複用矣。

注**《莊子》曰：宣尼伏軾而歎**　尤本「軾」作「軫」，誤也。胡公《考異》曰：此所引《漁父》篇，「宣尼」當作「孔子」。

注**作陽陵**　陳校「陵」下添「邑」字，各本皆脱。

注**《説文》曰：冃，覆也**　今《説文》作「冂，覆也」，又「冃，重覆也」。按：《詩·邶風》「下土是冒」，傳「冒，覆也」，與此同假「冒」爲「冃」也。

注**被歌聲**　此三字不當有，各本皆衍。

千載託旒旌　六臣本「載」作「歲」。

已同淪化萌　五臣「淪」作「倫」，向注「大也」，與李迥異，恐非。

注**言帝威靈若存**　尤本「帝」下有「澤被天下」四字，當據補。

幼壯困孤介　六臣本校云「壯」善作「牡」，誤也，尤本亦誤。胡公《考異》曰：「幼壯」與「末暮」偶句，不待解而自曉，故善無注。

謝玄暉　同謝諮議銅雀臺詩

繐幃飄井榦　翰注：銅雀臺一名井榦樓。《學林新編》云：謝玄暉詩蓋言繐幃飄于銅爵臺上，若井榦之高也，銅爵臺未嘗有井榦之名，而五臣謂一名井榦樓者誤矣。

注 **凡布細而疎者謂之繐**　姜氏皋曰：《禮經》有「繐衰」，注云「治其縷如小功而成布四升半，細其縷者以恩輕也」，然布自有一種爲繐。《釋名·釋采帛》云「繐，惠也。齊人謂涼爲惠，言服之輕細涼惠也」，《釋喪制》云「繐，細如繐也；疏，疏如繐也」〔一〕，是繐衰者因繐以名之也。亦猶緆本細布，而錫衰之名因之。此幃之用繐者，其亦喪中之制與？

注 **王逸曰：嬋媛，牽引也**　本書《南都賦》「垂條嬋媛」，注作「嬋媛，枝相連引也」。按《說文》「嬗，緩也，一曰傳也」，段氏謂今人用嬋字亦作此，嬋者蟬聯之意。又「媛」《說文》「美女也，人所欲援也」，段引《詩》：「邦之媛也」，傳曰「美女爲媛」，援者引也，鄭箋「邦人所依倚以爲援助也」。故嬋媛有牽引解。

校記

〔一〕疏疏如繐也　上「疏」據《釋名·釋喪制》補。

出郡傳舍哭范僕射

任彥昇

注**傳舍言也**　「言也」二字誤倒。尤本無「言」字，六臣本作「傳，傳舍也」。案今《釋名》作「傳，傳也」。

注**誦古詩數十篇**　毛本脱「古」字。

注**《女史》曰**　何校「史」下添「箴」字，陳同，各本皆脱。

生死一交情　嚴氏羽《滄浪詩話》云：此詩三用「情」韻，兩用「生」韻。

注**攜手遯于秦**　陳校去「于」字，各本皆衍。

運阻衡言革，時泰玉階平　六臣本校云五臣無此二句。

注**昉爲吏部侍郎**　毛本「吏部」作「東廡」，誤。

注**臺無所鑒**　陳曰「臺」當作「臺」，下同，是也，各本皆誤。

注**曹子建《贈丁儀》詩曰**　「丁儀」下當有「王粲」二字。

已矣平生事　六臣本此與下「與子别幾辰」句皆另起爲一首。

注**安息歌今**　尤本「息」作「意」。陳校「今」改「吟」，各本皆誤。

文選旁證卷第二十二

文選卷二十三下

王仲宣　**贈蔡子篤詩**

《贈蔡子篤詩》一首　曹氏學佺《歷代詩選》删此詩十二句，存三十句，分爲三首，不知所據何本也。

注**《晉官名》曰**　何校「官」上添「百」字。胡公《考異》曰：「晉」上當有「魏」字，《隋書·經籍志》「《魏晉百官名》五卷」「《晉百官名》三十卷」並載，《晉書·蔡謨傳》曰「曾祖睦，魏尚書」，可見所引乃《魏晉百官名》也。

王仲宣　向注：子篤、仲宣同避難荆州，子篤還會稽，仲宣故贈之。何曰：詩有「濟岱」語，向所云還會稽乃臆撰耳。

注**將舫舟而下流**　段校「舫」改「方」。

濟岱江行　胡公《考異》曰：「行」當作「衡」，注同，六臣本作「衡」不誤，校云善作「行」，非也，何校云《藝文類聚》作「衡」可證。

注《鸚鵡賦》曰：何今日以雨絶　本書《鸚鵡賦》「以」作「之」。

雖則追慕　六臣本「追」作「進」，是也，李注引《法言》以注「進慕」可證。

注先蔑之使也　《春秋・文七年經》「晉先蔑奔秦」，不作「蔑」。

注湛之麋醢　毛本「麋」作「鹿」，誤。

涕淚漣洏　「洏」當作「而」，李注引《左傳注》作「而」可證。濟注云「洏亦淚流也」，是五臣作「洏」耳。

贈士孫文始

注《三輔决録》趙岐注曰　陳曰「趙岐」二字衍，是也。岐著《三輔决録》，摯虞作注，下云「於今時猶存」即虞自謂作注之時也。

亦克宴處　六臣本「處」作「起」。尤本「克」誤作「尅」。

既度禮義　毛本「義」作「儀」，與注合。

靡日不思　六臣本「日」作「喆」，校云五臣作「哲」。胡公《考異》曰：此及上句皆取《詩》成文，善注因「人亦有言」連引「靡哲不愚」者，猶之因「靡日不思」連引「有懷於衛」耳，與正文無涉也，惟銑注云「哲，智也」是五臣作「哲」之證。

注《毛詩》曰：**人無兄弟，胡不比焉**　今《詩》「比」作「佽」，此蓋誤。

愼爾所主　五臣「主」作「之」。濟注：謂之於澮津也。

悠悠澮澧　《水經·澧水注》云：澧水又東逕南安縣南，澮水注之，水上承澧水於作唐縣，東逕其縣北，又東注於澧，謂之澮口，王仲宣《贈士孫文始》詩「悠悠澮澧」者也。

贈文叔良

爾行孔邈　尤本「行」作「往」。

注《孟子》曰：**吾聞之，觀近臣**　今《孟子》無「之」字。《説苑》引亦有。

謀言必賢　五臣「賢」作「貞」。向注：所謀出之言必正。

探情以華，覩著如微　楊氏愼《升菴詩話》云：此本《史記·律書》「情核其華，道者明矣」之語，華者貌也。按《史記·律書》「雖妙必効情，核其華道者明矣」，「者」不作「著」，「華」亦不作「貌」解，正義曰「華道，神妙之道也」，則並非「情核其華」爲句也。

注**敢請辭故**　又**而不可以之告**　又**孤用視聽命**　又**君若卑天子**　陳曰「辭」當作「亂」。何曰「之」字當删，又曰「視」當作「親」，陳同。陳曰「卑」上脱「無」字。皆是也。

注**有短垣而自踰之**　段校：「有」字上當有「君」字。

梧宫致辨　《水經·淄水注》云：系水又北逕臨淄城西門北，而西流逕梧宫南。昔楚使聘齊，齊王饗之梧宫。其地猶名梧臺里，臺甚層秀，東西百餘步，南北如減，即古梧宫之臺。臺東即闞子所謂宋愚人〔一〕得燕石處。

注**言江漢之君**　至**非汝之功也**　陳曰：此良注，削去爲是。

于異他仇　六臣本「于異」作「異于」。

校記

〔一〕水經注闞子所謂宋愚人　闞子，《水經注》各本作闕子，乃《藝文類聚》卷六、《文選·百一詩》注引作闞子。

劉公幹

贈五官中郎將

劉公幹　濟注：魏文帝來視楨疾，楨賦詩以贈之。

昔我從元后　又**過彼豐沛都**　嚴氏羽《滄浪詩話》云：元后蓋指曹操也，豐沛喻操譙郡也。是時漢帝尚存，而言之如此，正與荀彧比曹操爲高、光同科。

注**公子自是**　胡公《考異》曰：「是」當作「起」，各本皆誤。

歎悦誠未央　六臣本「歎」作「歡」，此但傳寫誤，校云善作「歎」，非。

注《説文》曰：痼，久也　今《説文》作「痁，久病也」。痁即「痼」字。

自夏涉玄冬，彌曠十餘旬　五臣「曠」作「廣」。翰注：廣，踈也。徐鍇《説文繫傳》「痁」字注引此作「自夏及徂秋，曠爾十餘旬」。按此詩三章明言「秋日多悲懷」，是秋非冬也，楚金所據本當不誤。

常恐遊岱宗　《後漢書·烏桓傳》曰「死者神靈歸赤山，如中國人死者魂神歸岱山也」，章懷注：《博物志》：泰山，天帝孫也，主召人魂，東方萬物始，故知人生命。

注蔦敂强曰　陳校「强」改「彊」，各本皆誤。

注幹自謂也　何校「幹」改「楨」，非也，幹即公幹。

霜氣何皚皚　六臣本「霜氣」作「氛霜」。

注《説文》曰：皚皚，霜雪貌　今《説文》作「皚，霜雪之白也」。

華燈散炎輝　「燈」當作「鐙」，第一首、第三首可證。

注《漢儀注》曰　毛本「注」誤作「制」。

贈徐幹

隔此西掖垣　濟注：徐在西掖，劉在禁省，故有此詩。

思子沈心曲，長歎不能言　都氏穆《詩話》云：《楚辭》「思公子兮未敢言」，惟其不言，所以爲思之至，公幹此詩正本《楚辭》也。

注《尚書》曰：無偏無陂，遵王之誼　《唐書》：開元十四年，玄宗以《洪範》「無偏無頗」聲不協，詔改爲「無偏無陂」〔一〕。《册府元龜》中載天寶三載之敕曰「每讀《尚書·洪範》至『無偏無頗，遵王之義』，三復兹句，常有所疑。據其下文，並皆協韻，惟『頗』一字實則不倫。《周易·泰卦》『無平不頗』，釋文云陂字亦有頗音，陂之與頗訓詁無别，爲陂則亦會意，爲頗則聲不成文，原始要終，須有刊革。朕雖先覺，兼訪諸儒，僉以爲然，終非獨斷。其『無偏無頗』字宜改爲陂」云云。但陸氏《釋文》成於貞觀，而已云「陂音秘，舊本作頗，音普多反」，王氏鳴盛、盧氏文弨皆以爲後人加改。按吴才老《韻補》「儀，牛何反，《周禮注》儀作義，古皆音俄」，正與「頗」韻協。惟段氏玉裁據此注謂詔改以前已有古本作「陂」者。朱氏珔曰：李注例凡異字必釋明，此詩「物類無頗偏」正文作「頗」，若注作「陂」亦當有「頗與陂通」之語，而今無之，知李引書本作「頗」，殆後人依今書改爲「陂」耳；至「誼」之作「義」，則唐詔及《匡謬正俗》俱與此注合，今作「義」者當又衛、包以後所改也。

校記

〔一〕唐書云云　見《新唐書·藝文志》「今文尚書十三卷」注。

贈從弟

華紛何擾弱　五臣作「華葉紛擾溺」，向注可證。

冰霜正慘愴　六臣本「愴」作「悽」，是也，注引《楚辭》可證。

豈不羅凝寒　何曰「羅」疑作「罹」〔一〕，陳同，是也，作「羅」但傳寫誤。

校記

〔一〕羅疑作罹　「疑」原作「凝」，據稿本改。

文選卷二十四

曹子建

贈徐幹

衆星粲以繁　本書謝靈運《南樓望所遲客》詩注引「以」作「已」。

注　無求生以害人　《唐石經·論語》及《太平御覽·人事部六十》述此語亦作「害人」，然本書《非有先生論》注引仍作「害仁」。

注　《說文》曰：櫺，窗間也　今《說文》：櫺，楯間子也。尤本同。按王逸《楚辭注》亦曰楯間子曰櫺。《說文》：楯，闌檻也。

注　而能相萬乎　何校「萬」改「薦」，陳同，各本皆誤。

贈丁儀

丁儀　向注云：《魏志》：儀有文才，子建贈以此詩，有怨刺之意。

注**《説文》曰：除，殿階也**　今《説文》：除，殿陛也。

注**《西都賦》曰：玉除彤庭**　胡公《考異》曰：「除」當作「階」，此但引以注「玉」字，其「除」即是階，上文已注訖，不知者用正文「玉除」改之，非也，後《贈何劭王濟》詩注引不誤亦可證。

注**《毛詩》曰：帥時農夫**　今《詩》「帥」作「率」，説見前。

贈王粲

攬衣起西游　六臣本「攬」作「攬」，誤。

中有孤鴛鴦　本書陸韓卿《奉答内兄》詩注引「中有」作「有彼」。〔一〕

校記

〔一〕中有孤鴛鴦云云　稿本此下尚有一條：自使懷百憂○六臣本「自」作「遂」，誤。

又贈丁儀王粲

從軍度函谷，驅馬過西京　注**《魏志》曰：建安二十年，公西征張魯**　何曰：《魏志》建安二十三年「七月治兵，遂西征劉備，九月至長安」，此其事也，注以《王粲傳》「建安二十一年從征吳，二十二年春道病卒」故以爲征張魯。何又曰：征魯未嘗至長安，自陳倉以出散關也，注誤；案文帝書「徐陳應劉一時俱逝」獨不言粲，則粲亡在二十二年後矣。今按何所説皆非也。本書魏文帝《與吳質書》李注引《典略》「二十二年」，書云「二月三日丕白」，粲卒在正月二十四日，相去不一旬，必未知粲亦逝，故不之及也。粲卒之年本傳有明文，與《魏武紀》二十一年十月征吳、二十二年春正月在道吻合，粲卒之日本書《王仲宣誄》亦有明文，何氏虛擬之詞未可爲據。其所云公自陳倉以出散關，乃《紀》書公征魯之路；此詩函谷、西京是丁儀、王粲實至長安，無妨爲別軍所由之路，不必書於《紀》也。倘如何氏所駁，是粲非二十一年道卒，直至二十二年秋七月猶無恙，始有此詩，則《魏志》本傳、誄文無一可通矣。

山岑高無極　六臣本「岑」作「峰」。

注**《西都賦》曰：抗仙掌與承露**　六臣本「賦」作「賓」，「抗」作「扢」。胡公《考異》曰：作「賓」者是，後《答何劭》《贈張華》詩注皆然；作「扢」者涉下而誤，説已見前；「與」當作「以」。

注**「槩」與「扢」同，古字通**　姜氏皋曰：《一切經音義》十二云：古文杚、概二形今作槩，同。《説文》：槩，杚斗斛，从木，既聲；杚，平也，从木，气聲。《玉篇》以爲「杚」即「槩」，當是「槩」字重文。《月令》「正權槩」，鄭、高皆云「槩，平斗斛者」〔一〕，槩本器名，用之平斗斛亦曰槩，凡平物曰杚，所以杚斗斛曰槩也。然則此注之「扢」亦當作「杚」矣。

校記

〔一〕鄭高皆云槩平斗斛者　「槩平斗斛者」據《説文・槩》段注補，段引《禮記・月令》「正權槩」鄭注、《淮南子・時則訓》「端權槩」高注，姜皋脱漏致誤以下文段語作鄭、高注。

贈白馬王彪

注《魏志》曰：楚王彪字朱虎，武帝子也，初封白馬王，後徙封楚。集曰於圈城作，又曰黄初四年　姜氏皋曰：《三國志・魏書・武文世王公傳》云「楚王彪字朱虎，建安二十一年封壽春侯，黄初二年進爵徙封汝陽公，三年封弋陽王，其年徙封吴王，五年改封壽春縣，七年徙封白馬」云云，然則黄初四年不當稱白馬也。而《陳思王傳》裴注引《魏氏春秋》云「植及白馬王彪還國，欲同路東歸，以叙隔濶之思，而監國使者不聽，植發憤告離而作詩」，《藝文類聚》亦題爲《贈弟白馬王彪》。《曹子建集》，陳氏《書録解題》所載之本已不得見，今所傳本則此詩前有序曰「黄初四年」至「憤而成篇」七十四字，即此注，又曰「以下之文，張溥本同」。豈彪在是年已封白馬，陳壽之書殆有不核者與？

注會節氣，到洛陽　尤本「到洛」誤作「曰不」。

謁帝承明廬　《魏志・文紀》：黄初元年冬十二月初營洛陽宫。裴注：按諸書記，是時帝居北宫，以建始殿朝群臣，門曰承明。

伊洛廣且深 又**顧瞻戀城闕** 《魏志·陳思王傳》注「廣」作「曠」，「顧瞻」作「回頭」。

注**太谷在洛陽西南** 劉氏履曰：此指東路所經行之山谷也，善注非。按《東京賦》注引《洛陽記》云「太谷，洛城南五十里，舊名通谷」，此注多「西」字耳。

霖雨泥我途 《魏志注》「泥」作「凝」。何曰：不直言有司禁其同路，託之霖潦改轍，恐傷國家親親之恩也。按詩中「本圖相與偕，中更不克俱」，又「蒼蠅間黑白，讒巧令親疏」，何嘗不直言？且注中已引「七月大雨，伊洛溢流」云云，則霖雨泥途亦實事也。

注**七月大雨** 按《魏書·文紀》四年云「六月甲戌，任城王薨於京都，是月大雨，伊洛溢流」，是不當作「七月」。且《魏書》此節下文有「秋八月」云云，「八月」上冠以「秋」字，是前未載秋令之月也。

中逵絶無軌 《魏志注》「逵」作「田」。

鬱紆將難進 六臣本「難進」作「何念」，《魏志注》同。

讒巧令親疏 《魏志注》「令」作「反」。

踟蹰亦何留 六臣本校云「何」善作「可」，非也，作「何」注有明文。

歸鳥赴喬林，翩翩厲羽翼。孤獸走索群，銜草不遑食 《魏志注》「歸鳥」二句在「孤獸」二句之下，「喬」作「高」。

撫心長太息　又太息將何爲　《魏志注》「太」並作「歎」，「將」作「亦」。

孤魂翔故城　注《魏志》「城」作「域」　五臣亦作「域」，翰注可證。

存者忽復過，亡没身自衰　《魏志注》「忽」作「勿」。劉氏履曰「存者」「亡没」四字疑互誤。

去若朝露晞　又咄唶令心悲　《魏志注》「去」作「忽」，「唶」作「吒」。

注《說文》曰：咄，叱也　今《說文》「咄，相謂也」，段曰「謂欲相語而驚之之詞，凡言咄嗟、咄唶、咄咄怪事者皆取猝乍相驚之意，《倉頡篇》曰『咄，啐也』，《說文》曰『啐，驚也』」是已。

憂思成疾疹，無乃兒女仁　《魏志注》無此二句。

變故在斯須　五臣「斯須」作「須臾」，濟注可證。

注太子執報桓榮書曰　胡公《考異》曰：「執」字不當有，各本皆衍，太子漢明帝也，在范蔚宗書《桓榮傳》。

收淚即長路　《魏志注》「淚」作「涕」，「路」作「塗」。

贈丁翼

丁翼　《三國·魏志》「翼」作「廙」。

秦箏發西氣　趙氏璘《因話録》云：黄帝破古瑟五十絃爲二十五弦。秦人鼓瑟，兄弟争之，又破爲兩，箏之名始此。或云蒙恬分瑟爲兩。《集韻》又云：秦人薄義，父子争瑟，各入其半，遂名。

君子義休偫 五臣「偫」作「待」，良注可證。

世俗多所拘 五臣「世」作「時」，翰注可證。

嵇叔夜 **贈秀才入軍**

《贈秀才入軍》 本集共十九首。「良馬既閑」其第九也，「輕車迅邁」其第十二也，「浩浩洪流」其第十三也，「息徒蘭圃」其第十四也，「閑夜肅清」其第十五也。銑注「秀才，叔夜弟」不知所本。

注 **《說文》曰：磻，以石著繳也** 尤本「繳」上有「弋」字。今《說文》：磻，以石著隿繳也。《玉篇》：磻，以石維繳也，同文「碆」。

注 **所以得魚也** 何校「得」改「在」，陳同，各本皆誤。

注 **聲而斲之** 又 **臣則當能斲之** 何校「聲」改「聽」，陳同，各本皆誤。六臣本「當」作「嘗」，是也。

注 **帟，平帷也** 何校「帷」改「帳」，是也。

佳人不在 《韻語陽秋》云：詩中或曰「好仇」，或曰「良朋」，此又曰「佳人」，皆非兄弟之稱。

司馬紹統 **贈山濤**

處身孤且危 何曰：彪本高陽睦長子，少以好色蕩行爲睦所責，不得爲嗣，由此不交人事，專精群籍，其求薦於山公蓋非得已。

注《説文》曰：鸞鷟，鳳屬　今《説文》：鸑鷟，鳳屬。

今者絶世用　六臣本校云「用」善作「人」，非也，作「用」注有明文。

冉冉三光馳　六臣本「馳」作「遲」。

注天道幽昧　「幽」當作「悠」，尤本、六臣本不誤，説詳《歸田賦》。

注赤水之山有神　今《山海經·大荒北經》云赤水之北有章尾山，此脱「北有章尾」四字，蓋赤水不可言山也。

答何劭

張茂先

注貽爾新詩又　陳校「又」改「文」，是也，各本皆誤〔一〕。

注吉父作頌　今《詩》「父」作「甫」。案《顔氏家訓·音辭》云：甫，古書多假借爲「父」字。

衰夕近辱殆　六臣本作「衰疾近殆辱」。

注已已衰老也。《老子》曰　尤本脱「也老」二字。

周任有遺規，其言明且清　注《子思子》：詩云：昔吾有先正，其言明且清　林先生曰：《禮·緇衣》引《詩》曰「昔吾有先正，其言明且清」，鄭注不言何詩，陸德明以爲逸詩，洪容齋云「據張茂先詩則是周任所作，善注以爲子思子，想有所據，而不及周任遺規之義，又不可曉」，此蓋借逸詩以贊周任之言，即以爲周任詩亦未當也。謹按：《禮·緇衣》篇今傳爲公孫尼子所作，説本於劉瓛，然王伯厚《漢藝文志考證》云「《子思子》二十三篇，沈約謂《禮記·中庸》《表記》《坊記》《緇衣》皆取《子思子》也」，然則逸詩之在《緇衣》者，李注以爲子思子所作亦有由矣。

校記

〔一〕各本皆誤「皆」據稿本補。

何敬祖　贈張華

暮春忽復來　注《論語》曰：暮春者　釋文：莫，本亦作暮。《論衡·明雩》篇、《祭義》篇、《後漢書·禮儀志》注並引作「暮」。

西瞻廣武廬　注臧榮緒《晉書》曰：吳滅，封張華廣武侯　何曰：廣武、壯武地名互異，張氏雲璈曰「今《晉書》作壯武，故庾子山《傷心賦》云張壯武之心疾」是也。按《晉書》華本傳云「吳滅，進封廣武縣侯」，又云「久之論前後忠勳，進封壯武郡公」，又太安二年詔曰「故司空壯武公華，竭其忠貞，思翼朝政，以伐吳之勳，受爵於先帝。後封既非國體，又不宜以小功踰前大賞，其復華侍中、中書監、司空公、廣武侯」，然則茂先之稱「廣武」宜也。

贈馮文羆遷斥丘令

陸士衡

注**斥丘縣在魏郡東八十里**　張氏雲璈曰：按《水經注》洹水「又北經斥丘縣故城西，縣南角有斥丘，蓋因丘以氏縣」，汪氏師韓曰今直隸廣平府成安縣是也。

哲問允迪　六臣本「問」作「門」。

注**《後漢》：班固議曰：以漢興已來**　「漢」下當有「書」字，「曰」下「以」字衍，各本皆誤，此引《班固傳》也。

借曰未洽　五臣「曰」作「日」，「洽」作「給」。翰注：「借日，假日也。給猶足也。言王事無暇，常假日而遊，尚未爲足。」

否泰苟殊　六臣本「苟」作「有」。

非子之念　六臣本校云「非」善作「悲」，非也，作「悲」不可通。

答賈長淵

賈長淵以散騎常侍東宮積年　六臣本「賈」上有「魯公」二字，「東」上重「侍」字。

答之云爾　六臣本無「云爾」二字。

注 **以綱爲喻也** 「綱」當作「網」，各本皆誤。

大辰匿暉，金虎習質 五臣「大」作「火」、「習」作「曜」，濟注可證。姜氏皋曰：《晉書·志》「心三星，天王正位也，中星曰明堂，天子位，爲大辰」是已，此詩所云「匿暉」者當如《後漢志》所載靈帝中平六年八月丙寅太白犯心前星、戊辰犯心中大星之事。

注 **丁德禮《寡婦賦》曰** 「禮」下脱「妻」字，潘安仁《寡婦賦》注可證。丁儀字正禮，疑一字德禮，本書《奏彈王源》注引丁德禮《勵志賦》蓋亦儀作。姜氏皋曰：《藝文類聚》三十四載魏丁廙妻《寡婦賦》一首，與本書《寡婦賦》注引丁儀妻《寡婦賦》句往往相同，《續古文苑》曾辨之，然究不知是儀是廙也。儀字正禮，廙字敬禮，史有明文，而此作德禮，益難定何人矣。寡婦者阮元瑜之妻，見魏文帝《寡婦賦序》。《王仲宣集》亦有是賦，疑皆當時同作也。

注 **以創天下** 段校「創」下添「制」字。

黄祚告釁 五臣「祚」作「祖」，銑注可證。

注 **舜讓避丹朱** 又 **朝覲獄訟者** 又 **舜曰：天也** 本書劉越石《勸進表》注引《孟子》與此同，《書·舜典》正義引亦作「舜避丹朱於南河之南」，《史記·五帝紀》《晉書·段灼傳》皆作「舜曰天也」，亦與此合。「訟獄」作「獄訟」，隨正文也。

注 **夫而後歸中國** 今《孟子》「而」作「然」。

魯公戾止，衮服委蛇　注《毛詩》曰：魯侯戾止。《爾雅》曰：戾，至也。《周禮》曰：三公自衮冕而下。《毛詩》曰：退食自公，委蛇委蛇　此詩二句注三十四字在「思媚皇儲」句上，尤本、元槧本同，毛本脱。

服舛義稠　五臣「舛」作「殊」，濟注可證。

注《論語》：樊遲問孝。子曰：無違　此誤孟懿子爲樊遲，與《禮記·禮運》正義引此誤爲孟武伯正同。

如玉之闌　「闌」當作「爛」，注同，李引王逸注及音可證。五臣作「如玉如蘭」，翰注「如玉之美，如蘭之芳」。

注賈戒之以木，而陸自勗以金也　胡公《考異》曰：六臣本「賈」作「潘」，是也，謂安仁所作耳。何曰：金以勗賈也，李注微違本義。

狂狷厲聖　六臣本「狂狷」作「狷狂」。

注《説文》曰：厲，石也　今《説文》：厲，旱石也。《玉篇》：厲，磨石也。

注晉克曰　何校「晉」改「里」，陳同，各本皆誤。

於承明作與士龍

揮袂萬始亭　案「亭」當即指承明亭而言，然承明、永安爲何地未詳。

俯仰悲林薄 「林」當作「外」。六臣本校云「林」善作「外」，是也，言悲自外而來迫也。五臣乃作「林薄」，向注可證。

贈尚書郎顧彦先

望舒離金虎 《西溪叢語》云：金虎二字，所用不同：張平子《東京賦》云「始於宫鄰，卒於金虎」，五臣注云「幽厲用小人〔一〕與君子爲鄰，堅若金，惡若虎，此卒以亡」；何敬祖詩云「里館離金虎」，五臣注云「望舒，月御也；西方，金也；西方七宿畢、昴之屬俱白虎也。《河圖》云：亡金虎，喻秦居也」；陸士衡詩云「大辰匿耀，金虎習質」；《甘石星經》云：「昴，西方白虎之宿；太白，金之精。太白入昴，金虎相薄，主有兵亂。」按本書何敬祖詩無此句，陸士衡此詩又不作「里館」，當是傳寫有譌也。〔二〕

注《**楚辭**》**曰：屏翳起雨。王逸曰：屏翳，雨師名也** 六臣本上「屏翳」作「荓號」，是也，此《天問》文。「王逸曰」下有「荓」字，亦是也，尤本誤删。

蕭牆隔且深 又**黄潦浸階除** 六臣本「隔」作「阻」，「黄」作「潢」。

注《**説文**》**曰：潦，雨水也。又曰：除，殿階也** 今《説文》作「潦，雨水大貌」，「階」作「陛」。按《詩·采蘋》正義引《説文》亦作「潦，雨水也」。

校記

〔一〕幽厲用小人　「用」據《西溪叢語》卷下補。

〔二〕里館離金虎云云　里館，《西溪叢語》嘉靖版、嘉慶版皆同《文選》作「望舒」，此所見本誤。

贈顧交阯公真

注交州刺史顧秘，字公真　姜氏皋曰：《漢地理志》「交阯郡，武帝元鼎六年開，屬交州」，《晉地理志》：「建安八年張津爲交州牧，蜀以李恢爲建寧太守遥領交州刺史，晉平蜀以蜀建寧太守霍弋遥領交州刺史。」其交阯郡自有太守，《晉安帝紀》「隆安三年范逵寇交阯，太守杜瑗討破之」是也。此詩題「顧交阯」，而注云交州刺史，或先爲交阯太守而後領交州耳。

注子盍亦遠績禹功　六臣本無「禹」字，是也。胡公《考異》曰：此見《左傳》釋文，善引自如此，尤添「禹」字耳。

贈從兄車騎

髣髴谷水陽　《太平寰宇記》九十五：「華亭縣二陸宅，《吴地記》：宅在長谷，谷在吴縣東北二百里，周回二十餘里，名華亭，谷水下通松江。」《大清一統志》云：「谷水有二，婁縣南之谷水乃西湖之異名，崑山西之谷水則長泖之異名。而華亭谷蓋因陸氏封邑而言，又谷水之異名也。舊以兩谷水混而爲一，又析華亭谷與谷水爲二，故多異名。」

婉孌崑山陰　《大清一統志》云：「崑山在婁縣西北。《寰宇記》：華亭谷東二十里有崑山，陸遜父祖墓在焉。《輿地紀勝》：崑山在華亭縣西北二十三里長谷之東，機、雲兄弟皆有辭學，人以爲玉出崑岡，故名。《府志》：山形圓秀而潤，旁無附麗，望之如覆盎然。梁置崑山縣在此山之北，後遷縣治于馬鞍山下，俗遂指馬鞍爲崑山，而以此爲小崑山。」

營魄　劉氏履曰：營，猶熒熒也。人之陰靈爲魄，其聚若有光景，故謂之營魄。

注**謂魂魄經護其形氣**　毛本「謂」誤作「爲」，又脱「魂」字。

注**日號泣於旻天**　此引《孟子》不當有「日」字，當因《大禹謨》而誤。《毛詩·小弁》傳亦云：舜之怨慕，日號泣于旻天。

言樹背與衿〔一〕　《詩·衛風》毛傳「背，北堂也」，疏「背者鄉北之義，故知北堂」〔二〕。《士昏禮》「婦洗在北堂」、《有司徹》「主婦北堂」，注皆云房半以北爲北堂。余曰：《謝氏詩源》：堂北曰背，堂南曰衿，樹背與衿〔三〕言前後皆樹，庶幾其忘憂也。

校記

〔一〕言樹背與衿　尤本、元槧本、毛本、胡本「衿」，六臣本作「襟」。

〔二〕背者嚮北之義故知北堂　《詩·衛風·伯兮》孔疏作「背者嚮北之義，故知在北；婦人所常處者堂也，故知北堂」。

〔三〕堂南曰衿樹背與衿　《瑯嬛記》卷上、《説郛》卷八十、余蕭客《文選音義》卷五所引「衿」皆作「襟」，此改「衿」以就正文耳。

答張士然

注 **敬祭明祀**　陳校改「敬恭明神」。按「祀」字不必改。《詩·雲漢》「敬恭明神」，釋文云「明祀，本或作明神」，《漢西嶽華山碑》云「敬恭明祀，以奉皇靈」即本《詩》語。説詳《東京賦》。

注 **《晉宫閣銘》曰**　「銘」當作「名」，各本皆誤。

爲顧彦先贈婦

注 **集云爲全彦先作，今云顧彦先，誤也。且此上篇贈婦，下篇答，而俱云贈婦，又誤也**　按陸士龍亦有此作，而二陸又别有贈顧彦先詩，則「顧」字似不誤。又按《玉臺新詠》載士龍此詩題「贈婦」下有「往反」二字，度士衡此題亦必爾，當由傳寫誤脱耳。

修身悼憂苦　《玉臺新詠》「修」作「循」，循身蓋即撫躬之謂。

翻飛浙江汜　六臣本「浙」作「游」，《玉臺新詠》亦作「游」。李注引《江有汜》而不注浙江，是江汜連文，非浙江連文也。

願保金石軀　《玉臺新詠》「軀」作「志」。

注**以解長飢渴**　「飢渴」當作「渴飢」。此《古文苑》所載李陵《録別詩》之第四首，叶上句「枝」字爲韻。

贈馮文羆

馮文羆　毛本「羆」誤作「熊」。

苟無凌風翮，徘徊守故林　注《莊子》曰：**鵲巢于高榆之巔，巢折，淩風而起**　六臣本校云善無此二句，注十六字六臣本亦無有。向注「故林，太子宫，言尚爲洗馬」十字，胡公《考異》曰：「此尤校添，或其所見有正文二句及此注也。故林謂吴，此必作于出補吴王郎中令時，故云爾。潘安仁《爲賈謐作贈》詩『旋反桑梓，帝弟作弼。或云國宦，清塗攸失』亦即此意。有者是矣，向注誤。」

注**雖則同域**　毛本「同域」作「固城」，段校已改。

注**其價兼倍于惡金也**　毛本「惡金也」作「常者」二字，誤。

贈弟士龍

注　**我心憂傷**　毛本「憂」誤作「悠」。

子爲東跱岳　六臣本「跱」作「峙」。

潘安仁　**爲賈謐作贈陸機**

注　**《易》曰：天地烟煴**　今《易》作「絪緼」，釋文：絪本又作氤，緼本又作氲。《説文》作壹壼，用《孟氏易》也。李氏《集解》引《虞氏易》同。張氏有《復古編》〔一〕云：壹从壺吉，壼从壺凶，吉凶在壺中不得渫也。

神農更王　毛本「王」誤作「黄」。

注　**得百里之國萬區**　又**得其姓者**　「里」尤本誤作「姓」。「得其」當作「其得」，各本皆倒。

漢祖膺圖　五臣「膺圖」作「應符」，良注可證。

注　**沮授謂袁紹曰**　毛本「沮」誤作「祖」。

撫翼宰庭　注　**宰或爲紫，非也**　何曰：「紫」字是。楊、賈讐敵，岳必不敢代謐爲詩頌及之，下「廊廟維清」即指誅駿事。

注 **必得天下英俊** 六臣本「得」作「於」，是也，尤本誤作「之」。

注 **謂爲吴王郎中令也** 《晉書·陸機傳》：吴王晏出鎮淮南，以機爲郎中令。

或云國宦 六臣本「宦」作「官」。

吾子洗然 「洗」依注當作「洒」，銑注乃作「洗」耳。

自成離群 六臣本、尤本「成」並作「我」。

莫匪安恒 六臣本校云「安」善作「宣」。胡公《考異》曰：作「宣」不可通，當是傳寫誤也。

校記

〔一〕張氏有復古編 「編」原作「篇」，據稿本改。

贈陸機出爲吴王郎中令

潘正叔

注 **是史也** 何校「史」上添「良」字，陳同，各本皆脱。

乃儀儲宫 五臣「乃」作「羽」，向注可證。案五臣非也。「乃漸上京」謂入洛也，「乃儀儲宫」謂爲太子洗馬也，兩句各指一事，故用兩「乃」字。五臣改去下「乃」，是誤并上下爲一事，失之遠矣。

注 **《周易》曰：鴻漸于陸，其羽可以爲儀吉** 今《易》「以」作「用」。後謝宣遠《於安城答靈運》詩注亦作「以」。

注《毛詩》曰：**漢之廣矣，泳之游之**　今《詩》：漢之廣矣，不可泳思。此因正文「泳之」字誤合《邶風》「泳之游之」爲連文。

注《説文》曰：**瑶，玉美者**　今《説文》：瑶，玉之美者。然《詩·木瓜》音義引《説文》作「美石」。本書《吴都》劉注瑶、琨皆美石。《九歌》：瑶，石之次玉者。《説文》又次在石美類，則「玉」似誤。

注**兹恭敬**　何校改「兹益恭」，各本皆誤。

注《説文》曰：**晷，景也**　本書張茂先《雜詩》注、謝惠連《擣衣》注引同。今《説文》：晷，日景也。

贈河陽詩

河陽　向注：潘岳爲河陽令，是尼從父，故不言名。

密生化單父　六臣本「密」作「虙」，是也。《顔氏家訓·書證》篇云：「張揖云：虙，今伏羲氏也。孟康《漢書古文注》亦云：虙，今伏。而皇甫謐云：伏羲或謂之宓羲。案諸經史緯候，遂無宓羲之號。虙字從虍音呼，宓字從宀音緜，下俱爲必，末世傳寫遂誤以虙爲宓，而《帝王世紀》因誤更立名耳。孔子弟子虙子賤即虙羲之後，俗字亦爲宓，或復加山。今兖州永昌郡城東門有《子賤碑》，漢世所立，乃云濟南伏生即子賤之後。是知虙之與伏，古來通字，誤以爲宓，較可知矣。」按此知虙、宓、密之通用古來已久，史籍中如宓羲、宓妃及宓賤、宓子、宓不齊、密不齊、密子之類不可勝舉，並當從處字，此密生亦其一也。

注 **人果共立爲邑起冢** 陳校：「立」字衍。按《漢書·循吏傳》「共」上有「然」字，無「立」字，各本皆衍。

既立宰三河 六臣本「宰」作「寄」。

注 **《孟子》曰：有天爵有人爵** 又 **終亦亡矣** 本書《辨命論》注、《安陸昭王碑》注引同。《藝文類聚·封爵部》引亦無「者」字。又馬總《意林》録《孟子》末句亦作「終亦亡矣」。

贈侍御史王元貺

注 **郭璞《方言注》曰：尺蠖，又呼爲步屈也** 今《方言》「尺」作「蚇」。《爾雅》亦作「蚇蠖」，郭云今蝍蝛。《方言》「蠙蝛謂之蚇蠖」，郭云又呼步屈。

濟治由賢能 此「能」字協韻，當讀奴來反。《賓之初筵》詩「各奏爾能」，釋文「能，如字，徐：奴代反，又奴來反」。

文選卷二十五

傅長虞　贈何劭王濟

雖願其繾綣　段校「其」作「共」。

注《**毛詩傳**》**曰**　何校去「傳」字，陳同，各本皆衍。

且有家艱　六臣本「家艱」下有「心存目替」四字，校云善無此句。

注《**尚書**》**曰：歷試諸難**　何校「書」下添「序」字。

二離揚清暉　注**臣瓚曰「長離，靈鳥也」，二離，日月也**　《古今鼪》云：「二離，善注兩解，然揣詩意，靈鳥爲得。」《琅嬛記》：「南方有比翼鳳，飛止飲啄，不相分離，雄曰野君，雌曰觀諱，總名曰長離。」本二鳥〔二〕，故曰二離。案「二離日月」句非李注，「二離」與上「雙鸞」一例，觀李注「鸞、離，喻王、何也」，本無兩解，《古今鼪》所引《琅嬛記》〔二〕亦非李意，與上「鸞迴」非一例。近孫氏志祖謂：既以二離爲日月，則《漢書注》便可不引，亦誤信「二離，日月也」之解而致顛倒耳。

何爲空守坻　六臣本「空守」作「守空」。

逝將與君違　濟注：咸時出爲冀州刺史。

校記

〔一〕本二鳥　此下原衍「二」字。

〔二〕古今鮭所引琅嬛記　「所引」二字衍，上文《古今鮭》《琅嬛記》乃二條引文。

答傅咸

郭泰機

《答傅咸》　何曰：詩乃贈傅，非答。按此「答」字不誤，説詳下。

注 傅咸贈詩曰　按此「贈」字當作「答」。題注引《傅咸集》云云，當是郭先投傅，傅戲答郭，而郭重報此詩也。

爲顧彦先贈婦

陸士龍

注 集亦云爲顧彦先，然此二篇並是婦答，而云贈婦，誤也　「顧」當作「全」，見前士衡此題詩注，「亦」者謂與彼同。《玉臺新詠》載士龍此詩本四首，昭明但録二、四兩首，題中亦脱「往返」二字。

永路隔萬里　又 雅步擢纖腰　又 佳麗良可美　《玉臺新詠》「路隔」作「隔路」，「擢」作「嫋」，「美」作「羡」。

總章繞清彈　何曰：《後漢書·獻帝紀》「總章始復備八佾舞」，注：「總章，樂官名，古之《安世樂》。」是女伎兼領于總章耳。

雙袂如霧散　《玉臺新詠》「霧」作「霞」。

注**徘徊相佯，瞥若電伐**　陳曰：「佯」當改「徉」，「相徉」見《楚辭》，「伐」當改「滅」，是也，各本皆誤。

注**陸雲《代彥先贈婦》詩曰：何用結中款，仰指北辰星**　此即《玉臺新詠》所載，李注引此以證，此詩正答其意也。

時暮復何言　《玉臺新詠》下三字作「勿復言」。

答兄機

銜恩戀行邁　五臣「恩」作「思」，翰注可證。

注**故云南北以報之。《楚辭》曰：江河廣而無梁**　毛本脱此十六字，而衍「酸者」至「通義」二十四字。按毛本此詩注中雜有向曰、濟曰及下篇翰曰、銑曰、向曰、濟曰六條，皆以五臣注誤入。

答張士然

注**曹植出門行**　胡公《考異》曰：「出」上當有「亟」字，各本皆脱，後《八公山》詩注引可證。

通波激枉渚 何曰：翰注「枉渚，曲渚也」，李引《楚辭》恐非。

注 **謝承《後漢書》：黄琬拜豫州刺史，威邁百城** 姜氏皋曰：姚氏之駰輯《後漢書補逸》謝書内此條未録，其范書本傳云「爲豫州牧時，寇賊陸梁，州境彫殘，琬討擊平之，威聲大震」是也，而惠氏棟作《後漢書補注》亦未採謝書。

感念桑梓城 六臣本「城」作「域」，是也，尤本亦誤作「城」。

答盧諶

劉越石

詩一首並書 注 **四言** 毛本無「詩一首」三字，「書」誤作「序」，「四」誤作「五」。《野客叢書》云：《琨集》先是盧子諒謹牋詣劉司空並贈司空詩，然後司空答子諒詩云云；今先載答而後載贈，失其序矣。

注 **王隱《晉書》** 至 **匹磾所害也** 此九十三字注毛本未載。

琨頓首 六臣本重「頓首」二字。

注 **張平子書** 至 **通義** 此三十字注毛本誤脱，而錯載于上《答兄機》詩注中。

慨然以悲，歡然以喜 六臣本「悲」作「喜」，無「歡然以喜」四字。

近嘉阮生之放曠 六臣本「嘉」作「喜」。

國破家亡　六臣本作「家國破亡」。

塊然獨坐，則哀憤兩集　六臣本校云此二句善置在「負杖行吟」下。

注**《説文》曰：以銅盆受水分時，晝夜百刻**　今《説文》「漏」字注云：以銅受水刻節，晝夜百刻。

當與天下共之　又**長鳴于良樂**　又**百里奚愚于虞**　六臣本「當」上有「固」字，無「長」字，「愚」上有「非」字。

久廢則無次　良注：「琨自言文章久廢，無次序也。」或連下「想」字爲句，非也，李本與六臣本同于「次」字分節。

注**適，祇適也**　陳校去上「適」字，是也，各本皆衍。

厄運初遘　注**毛萇《詩傳》曰：遘，成也**　「遘」當作「搆」，注同，乃引《小雅·四月》傳文也，六臣本注不誤，五臣作「遘」，銑注：遇也。

注**言劉聰之搆逆也**　林先生曰：《前趙録》：劉聰僭，即位于平陽，遣從弟曜攻晉破洛陽，遣子粲攻長安陷之。

痛心在目　六臣本「心在」作「在心」。

注**善馬香草**　何校「馬」改「鳥」，是也，各本皆誤。

注**韞櫝而藏諸**　《論語》「櫝」作「匵」，釋文云匵本又作櫝。本書《吴都賦》、顔延年《直東宫》詩、陳孔璋《答東阿王箋》、《逸民傳論》各注皆引作「櫝」，《後漢書·張衡傳》「且韞櫝以待價」、《崔駰傳》「韞櫝六經」注亦引《論語》「韞櫝而藏諸」。

注 **杜預《左氏傳》曰** 陳校「傳」下添「注」字。

嬿婉新婚 注 **未詳** 張氏鳳翼《文選纂注》曰：「諶妹嫁琨弟，故曰新婚，子諒贈詩亦曰『申以婚姻』是也。」說本向注。諶贈劉詩俟考。六臣本此下有「不慮共敗，唯義是敦」二句，校云善無此二句。按每章皆十二句，有者是也，此傳寫偶脱耳。

二族偕覆，三孽並根 注 **三孽，謂琨之兄子也** 又 **一曰謂劉聰、劉曜、劉粲也** 向注：三孽謂劉聰、劉曜、劉粲等作亂，同是一宗，故知並根也。孫氏志祖曰：三孽注當引《詩》「苞有三孽」，一説謂三劉者得之。汪氏師韓曰：此詩下云「長慙舊孤，永負寃魂」，注「舊孤謂三孽、寃魂謂二族」，又引王隱《晉書》云云，則李氏固不以三孽爲三劉矣。

注 **張晏《漢書》曰** 何校「書」下添「注」字。

注 **倚篠異幹** 何校「倚」改「奇」，是也，各本皆誤。

注 **《説文》曰：豐，滿也** 今《説文》：豐，豆之豐滿者也。

逝將去乎，庭虛情滿 六臣本「乎」作「矣」，「情」作「憤」。按李注引《白虎通》「哀痛憤滿」，良注「憤怨之情滿于虛庭」，似應作「憤」。然下句「虛滿伊何」，以文理衡之，乃當作「情」字。

虛滿伊何，蘭桂移植　六臣本校云善無此二句，非也，蓋亦傳寫偶脱，下「光光段生，出幽遷喬」二句同。

永戢東羽，翰撫西翼　翰注：東謂幽州，撫，舉也，言高舉去并州。

注**夫招大夫以旌**　陳校去上「夫」字，各本皆衍。按注作「夫招大夫以旍」不作「旌」，惟尤本作「旌」，故胡公《考異》云旍即旌字。

注**《説文》曰：鑣，馬勒傍鐵也**　今《説文》：鑣，馬銜也。

重贈盧諶

注**素無奇略**　何校「素」上添「諶」字，是也，各本皆脱。

握中有懸璧，本自荆山璆　又**昔在渭濵叟**　《晉書·劉琨傳》「握」作「幄」，「璆」作「球」，「在」作「是」。五臣「懸」作「玄」，向注可證。

注**史編爲卜**　又**非龍非彲，非熊非羆**〔一〕**，非得公侯**　《漢書·古今人表》「史編」作「史扁」，本書《非有先生論》注引亦作「扁」，惟《運命論》注引作「編」與此同。又《非有先生論》注、《運命論》注並引作「非熊非羆，非虎非狼」，與此互異。胡公《考異》曰：「非得公侯」當作「兆得公侯」，各本皆誤。

白登幸曲逆，鴻門賴留侯 《晉書》：「琨爲匹磾所拘，自知必死，神色怡如也，爲五言詩贈其別駕盧諶云云。琨詩托意非常，攄暢幽憤，遠想張、陳，感鴻門、白登之事，用以激諶。諶素無奇略，以常詞酬和，殊乖琨心。」

注 **已見謝惠連《張子房詩》** 何校「惠連」改「宣遠」，是也。

重耳任五賢，小白相射鉤 《晉書》「任」作「憑」。何曰：此志在興復晉祚，謀達其意于段匹磾，使顧念前好，同獎王室，我終不以被幽爲恨，故以射鉤爲比。

苟能隆二伯 《晉書》作「能隆二伯主」。

宣尼悲獲麟，西狩涕孔丘 《晉書》「涕」作「泣」。上句或本作「春秋紀獲麟」，蓋嫌與下句複而改之。《漢書·平帝紀》：元始元年，追謚孔子爲褒成宣尼公。

注 **孰謂來哉！孰謂來哉** 今《公羊傳》兩「謂」字均作「爲」。

功業未及建 《野客叢書》云：《文選》載劉琨、盧諶贈答止一二首，《琨集》載詩往返四首。琨贈諶曰：「功業未及建，夕陽忽西流。朱實隕勁風，繁英落素秋。何意百鍊剛，化爲繞指柔。」集有諶答曰：「誰言日向暮，桑榆猶啟晨。誰言繁英實，振藻耀芳春。百鍊或致屈，繞指所以伸。」皆答其意。

去乎若雲浮 《晉書》「乎」作「矣」，「若」作「如」。

校記

〔一〕非熊非羆　熊、羆原倒，據《文選注》改。

盧子諒　**贈劉琨**

注**五行，用事之運**　案「運」下當有「會」字，各本皆脱。

注**宋伯謂晉侯曰**　何校「宋伯」改「伯宗」，是也，各本皆誤。

靡軀不悔　注**《説文》曰：靡，爛也。靡與糜古字通**　六臣本「靡」作「糜」，按字當作「爢」。《説文·火部》：爢，爛也，从火，靡聲。其《米部》「糜」、《非部》「靡」訓俱别。

謂之可庶　五臣「庶」作「度」。良注：可謂不失法度。

收跡府朝　翰注：琨爲司空，三公有府朝也。

觸物眷戀　五臣「眷戀」作「增眷」，良注可證。

注**《左氏傳》：申之以婚姻**　今《傳》作「申之以盟誓，重之以婚姻」。

注**吉日兮良辰**　案「良辰」當作「辰良」，各本皆倒。

注**老聃謂崔瞿曰**　「瞿」當作「矅」，見《釋文》。六臣本、尤本並誤作「曜」。

注**楚子和氏**　胡公《考異》曰：「子」當作「人」，各本皆誤。

良謨莫成　尤本「謨」作「謀」，恐誤。

注 **逢此百離**　又 **離，一作罹**　今《詩》作「罹」，《釋文》本又作「離」。

使是節士　注 **故尤而使之**　六臣本「使」作「狹」，是也。

注 **《慎子》曰**　毛本「慎」誤作「鄭」。

趣舍罔要　六臣本「罔」作「同」。

注 **達志也，道德于此**　陳曰「志也」當改「作樂」，見《幽通賦》，是也，各本皆誤。何校「德」改「得」，陳同，亦是也。

每憑山海，庶覿高深　何曰：言已往依段氏，志在獲雪仇恥，如土壤細流憑山海以成高深，用以少謝存没也。

肝膽楚越　注 **謂琨被謗也**　又 **衆人謂琨詩懷帝王大志**　何曰：楚越之語，當時必有以譖之去而議之者，故下文言惟大觀如越石乃能信其不二耳。若謂越石被謗，則是時方與段匹磾同盟，未有他釁，何故以楚越爲言？至「帝王大志」之語，唐時所修《晉書》紀載甚明，亦不得截取成書以牽合「被謗」也。

萬殊一轍　六臣本「殊」作「塗」。

注 **張衡玄圖曰**　《後漢書·張衡傳》云「懸圖」，章懷注：《衡集》作玄圖。蓋「玄」與「懸」通。今張溥所編《衡集》無此文。

注**夫差以甲兵五千人**　何校「夫差」改「勾踐」，陳同，是也。

贈崔温

徒煩非子御　尤本「非」作「飛」。六臣本校云善作「飛」。按注「非、飛古字通」知李正文當作「飛」也。《路史·後紀》「非」又作「扉」。

注**公宫之長**　何校「公宫」改「六官」，陳同，是也，各本皆誤。

答魏子悌

俱涉晉昌艱　何曰：越石晉陽之敗，父母爲令狐泥所害，諶父母兄弟亦爲劉聰所害。又曰：《晉書·地理志》惠帝改新興郡爲晉昌，統九原、定襄、雲中、廣牧、晉昌五縣，在并州所統一國五郡之中，注以爲燉煌之晉昌恐誤。

共更飛狐厄　《晉書·劉琨傳》云：石勒攻樂平，太守韓據請救，琨悉發其衆，命箕澹爲前驅。勒先據險要，設伏以擊，一軍皆没，并土震駴。尋又炎旱，琨窮蹙不能復守，段匹磾數遣信要琨，欲興王室，琨繇是率衆赴之，從飛狐入薊。

注 **段匹磾爲此職** 按此注别無所據。晉雖設晉昌護匈奴中郎將，實與段匹磾無涉。注既以晉昌爲燉煌所分，則遠在隴右，而匹磾爲幽州刺史，又何從遥領此職乎？

注 **愓愓，猶切切也** 陳曰「切切」當改「忉忉」，是也，此引《詩·防有鵲巢》二章傳文，各本皆誤。

答靈運

謝宣遠

注 **高軒以臨山** 「高」上當有「開」字，各本皆脱。

懷勞奏所成 五臣「成」作「誠」。翰注：謂思劬勞，書其懇誠也。

注 **伊余懷之慢愚兮** 「懷」當作「志」，尤本不誤，惟「慢」上衍「懷」字、「愚」下脱「兮」字耳。

於安城答靈運

安城 注 **作守安城** 何校「城」改「成」，注同，各本皆誤。

雲臺與年峻 五臣「雲」作「靈」。翰注：靈臺喻德也。

嚶嚶悦同響 六臣本「嚶嚶」作「嚶鳴」，與上「華萼」爲偶句，是也。此當是傳寫偶誤耳。後《酬從弟惠連》詩「鳴嚶已悦豫」，亦當從六臣本作「嚶鳴」。

注 **萼不韡韡** 今《詩》作「鄂不韡韡」，《説文》作「萼不韡韡」也。黄氏生《義府》引《吴越春秋》證

「鄂不」即鄂跗也。

注**孔安國《論語》曰**　「孔安國」三字衍。

符守江南曲　五臣「江南」作「南江」，濟注可證。

注**陸機《贈馮文熊》詩曰**　「熊」當作「羆」，各本皆誤。

注**翻飛惟鳥**　今《詩》「翻」作「拚」。本書謝宣遠作《張子房詩》「翻飛指帝鄉」注引薛君《韓詩章句》，然則此引《韓詩》矣。

注**靈運爲祕書監**　**又京畿千里**　何曰：靈運爲祕書監在元嘉中，義熙乃祕書丞也。陳曰：「京畿」當作「邦畿」，正文「封」字即「邦」字也，各本皆誤。

即理理已對　六臣本「已」作「亦」。

注**跬以一足行爲**　六臣本無「爲」字，是也。

西陵遇風獻康樂

謝惠連

西陵　《兼明書》云：良注以西陵爲所居之西陵，非也，此浙江東之西陵，驛名也，以詩「昨發浦陽汭，今宿浙江湄」知之。余曰：《水經注》：浙江又逕固陵城北，今之西陵也。《會稽志》：西陵城在蕭山縣西十二里，吴越改曰西興。

注 **沈約《宋書》曰：靈運襲封康樂侯** 張氏雲璈曰：案《南史》本傳，初襲封康樂公，宋受命始降爲侯。

注 **阿谷之隊隱也** 陳曰：「隱」下脱「曲之汜」三字，見前謝惠連《泛湖》詩注。是也，各本皆脱。

注 **焉得萱艸** 胡公《考異》曰：「萱」當作「諠」，觀下注可見。

還舊園作見顔范二中書

謝靈運

辭滿豈多秩 注**《漢書》張良曰** 姜氏宸英《湛園札記》云：「張長公仕不過五百石，故曰『辭滿豈多秩』，豈張良乎？」按張長公名摯，張釋之子。

注 **陸機弔魏文帝《柳賦》曰** 何校「魏」下添「武帝文曰：庶聖靈之響像。魏」十一字，陳同，是也，各本皆脱。

注 **《説文》曰：躓，跌也** 今《説文》：躓，跲也。

注 **太祖登祚，徐羨之等** 何校「徐」上添「誅」字，各本皆脱。

注 **夫惟道，善貸且成** 六臣本此上有「老子曰」三字，是也。

質弱易版纏 六臣本「版」作「板」，何校改「扳」，是也，注同。

注 **司馬彪曰生** 六臣本「生」上有「衛」字，是也。

登臨海嶠初發彊中作與從弟惠連見羊何共和之

羊何　《宋書·謝靈運傳》：與族弟惠連、東海何長瑜、潁川荀雍、太山羊璿之謂四友。惠連父方明爲會稽郡，靈運嘗自始寧至會稽，時長瑜教惠連讀書，在郡内，靈運以爲絶倫，謂方明曰「何長瑜當今仲宣，而給以下客之食，尊既不能禮賢，宜以長瑜還靈運」，載之而去。長瑜文才之美亞於惠連，璿之不及也。

注**文章常會**　何校「常」改「賞」，陳同，各本皆誤。

注**《説文》曰：痏，疲也**　今《説文》無「痏」字，有「悁」字，訓忿也。

含酸越脩軫　注**軫，當爲畛**　六臣本正文「軫」作「畛」，注無四字。案此尤本改之，非也。

注**《文字集略》曰：汀，水際平也**　「也」當作「地」，《韻會舉要》有此訓。後《和謝監靈運》詩注亦引作「也」而又脱「平」字。

注**攢，聚之也**　六臣本無「之」字。陳曰「之」字衍，是也。

酬從弟惠連

注**《老子》曰**　六臣本「老」字作「孝」，無「子曰」，是也。

末路值令弟 龔氏頤正《續釋常談》云「令弟」二字始此。然注中尚引古詩也。

注 **莊子善養曰** 「養」當作「卷」，此《讓王》篇文，各本皆誤。

悟對無厭歇 《説文繫傳》「晤」字注引此詩作「晤對無厭倦」。按前謝惠連《泛湖歸出樓中翫月》詩「悟言不知罷」句，引《毛詩》鄭箋之「晤」云「悟與晤通」；此「悟對」句無注，互見也；後謝靈運永初三年《初發都》詩「永絶賞心悟」句但引箋之「晤」，亦互見也：是李本用「悟」字無疑矣。至五臣而改用「晤」字，《泛湖歸》詩作「晤」（向曰：晤，對也）、《初發都》詩作「晤」（校云五臣作晤）皆其明證，此卷因無注失改。何校云「悟」疑作「晤」，自五臣言之乃未爲非，若欲并改李本，則互見之處不可通。《繫傳》所引即五臣也。

注 **《廣雅》曰：務，遠也** 今《廣雅·釋詁》「遠也」上無「務」字。

文選旁證卷第二十三

文選卷二十六

顏延年　**贈王太常**

注**其狀如鶴**　今本《山海經·南山經》「鶴」作「鵴」。本書《東京賦》注作「其狀如鵠也」，鵠、鶴字通。

歷聽豈多工　又**敷言遠朝列**　五臣「工」作「士」、「列」作「烈」，銑注可證。

注《爾雅》曰：**列，業也**　「爾」當作「小」，「業」當作「次」，各本皆誤。

芳風被鄉耋　何曰：顏、王俱瑯琊臨沂人，故云鄉耋。

夏夜呈從兄散騎車長沙

炎天方埃鬱　何曰：「埃」當作「焥」。《廣韻》：焥，熱甚。

直東宫答鄭尚書

皇居體寰　六臣本「寰」作「環」，是也，此尤本誤。

踟蹰清防密　良注：清防謂屏風也。

注　**企佇誰與言**　段校「佇」改「仰」。

注　**求善價而沽諸**　本書《逸民傳論》注引《論語》亦作「價」，《後漢書·張衡傳》注、《崔駰傳》注及《玉篇》引並作「價」。

言樹絲與桐　《古今黈》云：桐可言樹，絲亦可言樹乎？

注　**何異絲桐之間哉**　陳校「異」改「與」，各本皆誤。

和謝監靈運

雖慙丹雘施，未謂玄素睽　《古今黈》云：丹雘，五臣注以爲榮禄，善注以爲君恩，皆非。丹雘所以爲國家之光華也。顔意謂雖非文章可以華國，亦未至始素終玄、如絲之改色也。

惜無爵雉化　六臣本「爵」作「雀」。

興玩究辭悽　六臣本校云「玩」善作「賦」，非也，李注「玩，愛也」本有明文，尤本誤作「賦」。「悽」五臣作「悽」，濟注「切也」，如作「悽」韻複。

注《說文》曰：興，悦也　胡公《考異》曰：《説文》「嬹，悦也」在《女部》，此當引作「嬹」而注「嬹與興同」。

答顔延年　王僧達

注爲始興王行府參軍　何校「府」改「軍」。尤本不誤。

注侵謂之侵　胡公《考異》曰：上「侵」字當作「故」，各本皆誤。

誦以永周旋　五臣「永」作「詠」，銑注可證。

郡内高齋閑坐答吕法曹　謝玄暉

吕法曹　向注：吕僧珍，齊王法曹也。

注魏武帝《善哉行》　陳校「善哉」改「短歌」，是也，各本皆誤。

見就玉山岑　六臣本「玉」作「此」。毛本「見就」作「就見」，誤。

在郡卧病呈沈尚書

注浮蟻在上洗洗然　「洗洗」當作「泛泛」，各本皆誤。

注**可以勝殘去殺矣**　今《論語》句首有「亦」字。《漢書·刑法志》《後漢書·郎顗傳》注、《舊唐書·盧懷慎傳》引並無「亦」字。

撫机令自嗤　五臣「机」作「枕」，良注可證。按宋本《謝宣城集》亦作「枕」。然李注引陸機《赴洛詩》「撫机」爲釋，本書《赴洛道中》詩此句「机」作「几」，蓋几、机同也，似五臣不可從。

注**《論語》曰：子游爲武城宰，聞絃歌之聲**　本書《古詩十九首》注引同此。《七經孟子考文》云古本作「子游之武城」。

暫使下都夜發新林至京邑贈西府同僚

下都　劉氏履曰：「下都」疑當作「還都」。按銑注：朓爲隨王文學，帝徵朓還都，道中爲詩寄西府同僚。

西府　張氏雲璈曰：《六朝事迹·宫殿》〔二〕云「東府，宰相之所居也；西州，諸王之所宅也」，西府疑即因西州而名，又《南史·宋諸子傳》始興王濬在西州府，則所謂西府者正指西州之府也。時子隆雖在荆州，非西州之地，蓋以爲諸王之通稱耳。

引顧見京室　六臣本「顧」作「領」。

驅車鼎門外，思見昭丘陽　銑注：「鼎門，丹陽郡門也。荆州有楚昭王冢。言我驅車至都門外，乃思見荆州。」

注《登樓賦》曰：所謂西接昭丘也　六臣本無「西接」二字。陳校去「曰」字，是也，各本皆衍。

風雲有鳥路　五臣「雲」作「煙」，濟注可證。宋本《謝集》亦作「煙」。

校記

〔一〕六朝事迹宮殿　此下原衍「門」，據《六朝事迹編類·總叙門·六朝宮殿》改。

酬王晉安

注王隱《晉書》曰：晉安郡，太康三年置，即今之泉州也　畢氏沅曰：《寰宇記》謂「東晉南渡，衣冠士族多萃其地，以求安堵，因立晉安郡」，今考沈《志》及《晉地理志》皆云晉武帝太康三年分建安立晉安郡，則樂史蓋誤。按「即今之泉州也」六字是李注，《舊唐書·地理志》「貞觀初置泉州」是也。

拂霧朝青閣　毛本「青」誤作「清」。

注《説文》曰：旰，日晚也　今《説文》無「日」字，《繫傳》有之。

奉答内兄希叔　陸韓卿

注後至行軍參軍　又選太子太傅功曹掾　何校「後」上添「遷」字，去「至」字，「行軍」二字乙轉，

「選」改「遷」。皆是也。

嘉惠承帝子，躧履奉王孫　注**王孫，謂太傅王晏也**　何曰：帝子、王孫皆指竟陵王也，下文「點銅龍」乃言遷官，「平津」「孟嘗」始指王晏，注非是。

寂蔑終始斯　五臣「始」作「如」，銑注可證，是也，此恐傳寫誤。

庶子及家臣　何校「臣」改「丞」，陳同，是也。五臣作「臣」，良注謂肸爲邵陵王常侍也。

注**《尚書》曰：畯民用康**　今《尚書》「康」作「章」。本書陸士衡《長安有狹邪行》注引作「俊民用康」，疑皆有誤。惟《雜體·陸平原詩》注引「俊民用章」與今本同。

華屋富徐陳　六臣本「富」作「當」。

平旦上林苑　六臣本校云五臣「旦」作「明」，詳注疑李亦當作「明」。

注**致足樂之**　何校「之」改「也」，陳同，各本皆誤。

相如恧温麗　注**《西京雜記》曰**　何曰：「《西京雜記》梁時書，不當引以注齊詩，豈謂『温麗』無他考耶？」按前張茂先《答何劭》詩「發篇雖温麗」注引《漢書》「司馬相如作賦甚宏麗温雅」是也。

范彦龍　贈張徐州稷

張徐州稷　六臣本「稷」作「謖」。

注**投來修岸垂**　陳校「來」改「耒」，各本皆誤。

注**疵，痛也**　陳校「痛」改「病」，各本皆誤。

懷情徒草草　五臣「草草」作「慅慅」，良注可證。

注**齊以荆州爲北徐州也**　陳校去「荆州」二字，是也，謂即鍾離之徐州而加「北」字耳，各本皆衍。

古意贈王中書

沂水富英奇　五臣「沂」作「淮」，良注可證。

注**漢紀曰秦遷於瑯琊之皋虞**　胡公《考異》曰：「曰」當作「由」，以十一字爲句。《王文憲集序》「其先自秦至宋」注引《瑯琊王氏録》云「其先出自周王子晉，秦有王翦、王離」云云，即所云「由秦遷」也。漢紀，漢世也。《集序》「離、翦之止殺，吉、駿之誠感」注引《漢書》「王吉，瑯琊人」，即所云「漢遷瑯琊」也。《瑯琊王氏録》者，何法盛《晉書》中之篇目，此注所引《晉書》未稱何家，疑亦《瑯琊王氏録》文，與《集序》注所引本相承接。各本皆誤，讀者鮮察，特訂正之。

竹花何莫莫　《齊民要術》：「《晉起居注》：惠帝二年，巴西郡竹生紫色花，結實如麥，皮青，中米白，味甜。」《酉陽雜俎》：竹花曰蕧〔一〕，一曰覆。

校記

〔一〕竹花曰蕧　「蕧」原作「獲」，據《酉陽雜俎·木篇》改。

任彦昇

贈郭桐廬出溪口見候余既未至郭仍進村維舟久之郭生方至

注 **坻，岸也。坻或爲湄**　姜氏皋曰：「坻」與「湄」古無通者。《説文》：坻，小渚也，《詩》曰「宛在水中坻」，从土，氐聲；汷，坻或从水从久；渚，坻或从水从者。《集韻》亦云「坻」或作「渚」。疑「湄」是「渚」字傳寫之譌。

潘安仁

河陽縣作

再升上宰朝　翰注：自以病不才，爲上宰府掾，再謂楊駿、賈充俱辟爲掾。

違陪廁王寮　六臣本校云「違」善作「連」，非也。良注：遠離陪侍，列天子之外寮。胡公《考異》曰：違，去也，去陪臣而廁王寮也。

令名患不劭　《學林》云：《前漢·成帝紀》「先帝劭農」蘇林注云「劭音翹，精異之意也」，五臣注云「劭，平協韻」是將讀爲韶矣，蓋未嘗知有翹音也。

注 **浩蕩或爲濟蕩，音西**　此不可解，必有訛衍。

熲如槁石火　五臣「熲」作「欻」、「槁」作「敲」，良注可證。

注**鑿石見火能幾時**　毛本「鑿石」作「昨日」，誤也。

注**《説文》曰：瞥，見也**　今《説文》：瞥，財見也。按本書《思玄賦》舊注：瞥，裁見也。裁、財古字通，即用《説文》語也。

注**人無得而稱焉**　尤本「得」作「德」。皇侃《義疏》本作「得」。本書《求立太宰碑表》及《運命論》注俱引作「得」，惟《西征賦》注引作「德」。

害盈由矜驕　尤本「由」誤作「猶」。

注**毛萇《詩》曰**　六臣本無「詩」字，是也。段校「詩」下添「傳」字。

歸雁映蘭時　六臣本「時」作「洔」，是也。陳曰「時」當作「洔」，見前謝叔源《遊西池》詩注。又此注「大渚曰沚」下疑脱「洔與沚同」四字，亦見前注。胡公《考異》曰：《集韻·六止》云沚、洔或從寺，又云洔、澌或從時。然則必潘詩異本有作澌者，或用澌改洔，遂誤爲時耳，注中二「沚」亦當作「洔」。蓋《毛詩》作「沚」訓小渚，《韓詩》作「洔」訓大渚，故善引《韓詩》及薛君《章句》以注「洔」，不知者誤改之也。

注**自今掾吏**　陳校「吏」改「史」，下同，各本皆誤。

但恐忝所荷　余曰：《國語補》音負荷之荷，亦音何。

在懷縣作

懷縣　翰注：岳自河陽令遷懷令，有思京之意。劉氏履曰：《輿地廣記》：懷州武陟本漢懷縣，即《禹貢》覃懷地。

初伏啟新節　何曰《初學記》引「初伏」作「初秋」。按以上下文及注引《四民月令》觀之，作「伏」者是也。

隆暑方赫羲　五臣「羲」作「曦」，銑注可證。

注**崔寔《四民月令》**　段校「民」改「時」，未知何據。《隋書·志》作「四人月令」者，當是避唐諱。

注**《毛詩》曰：迄，至也**　六臣本「詩」作「萇」，是也。

春秋代遷逝　六臣本此下四句提行起，連第二首爲一章。

注**植，根生之屬也**　陳校「植」下添「物」字，各本皆脱。

卷然顧鞏洛　六臣本「卷」作「眷」，是也，陳曰據注亦作「眷」爲是。

恪居處職司　張氏雲璈曰：據此則「司」字用仄不自白香山始矣。《漢書·叙傳》「困於二司」顏注：司合韻，音先寺反。

注**公組曰：敬恭朝夕**　「曰」字不當有，各本皆衍，陳校改「然之」二字亦非，李注多節引耳。

潘正叔　迎大駕

注**而帷蓋即同也**　尤本「蓋」上脱「帷」字。

道逢深識士　劉氏履曰：尼當惠帝昏庸，諸王搆隙，至於刼遷車駕，國步艱危，故託爲路人相勸之詞，以寫退休之志。

注**假爲深識之言也**　此七字毛本誤綴上聯注末。

注**蘇武曰**　陳校「武」改「秦」，各本皆誤。

陸士衡　赴洛詩

寂漠聲必沈　六臣本「漠」作「寞」。

感物戀堂室　良注：堂謂母，室謂妻。

注**銅輦，太子車飾。未詳所見**　何曰：李長吉《臺城應教》「秋衾夢銅輦」本此。案《晉書·志》云「畫輪車，駕牛，以綵漆畫輪，故名。其上形制事事如輦」，又云「皇太子非法駕則乘畫輪車，上開四望，緑油幢，朱絲繩絡，兩箱裹飾以金錦，黄金塗五采」也，由是觀之，輦即爲車，似非車飾。

慷慨遺安愈　六臣本「愈」作「念」。按「愈」當作「悆」，注引《東京賦》可證，作「念」者即「悆」字形近而訛也。

永歎廢餐食 六臣本「餐」作「寢」。

注 **張叔《與任彦堅書》曰** 陳曰：「叔」當作「升」，升字彦真，見范史《文苑傳》。是也，各本皆誤。

赴洛道中作

注 **維進退準繩** 六臣本、毛本作「進退惟準繩」，是也。

遠遊越山川 毛本誤連上首不提行。

頓轡倚嵩巖 五臣「嵩」作「高」，濟注可證。

撫几不能寐 六臣本「几」作「枕」。

注 **《新序》曰：老古** 毛本「序」誤作「賦」。段校「老古」改「古老」。

吴王郎中時從梁陳作

輕劍拂鞶厲 朱氏珔曰：注引《禮記》「男鞶革」及《都人士》詩傳箋以證，固爲有本。但「鞶厲」連文，實用《左氏·桓二年傳》「鞶厲游纓」語，而李未之及。

始作鎮軍參軍經曲阿作

陶淵明

注**宋武帝行鎮軍將軍**　趙氏曦明曰：按本集此題著「始作」二字，則在爲建武參軍之前矣；下篇《從都還》詩著「庚子歲」，則此爲隆安三年己亥矣。鎮軍雖莫考爲何人，然此年劉裕方參劉牢之軍事，至元興二年始行鎮軍將軍事，題注非也。

時來苟宜會　劉氏履曰：不求自至謂之冥會，作「宜」非。

眇眇孤舟逝　六臣本校云「逝」善作「遊」，非也，但傳寫誤。

登降千里餘　六臣本「降」作「陟」。

辛丑歲七月赴假還江陵夜行塗口

塗口　何云：「塗口」一作「塗中」，「塗」當爲「涂」即「滁」字也。

注**義熙以前則書晉氏年號，自永初以來唯云甲子而已**　何曰：當云「自永初以來不書甲子」。按吴氏師道《禮部詩話》云：「陶詩題甲子者，始庚子距丙辰，十七年間只九首耳，皆晉安帝時所作。中有《乙巳歲三月爲建威參軍使都經錢溪作》，此年乃爲彭澤令，在官八十餘日即歸。後十六年庚申晉禪宋，恭帝元熙二年也。寧容未禪宋前二十載輒題甲子以自取異哉！蓋偶記一時之事，非有意也。」又《宋濂集·跋淵明像》云：「詩中甲子，始庚子，終丙辰，凡十有七年，皆晉安帝時，初不聞題隆安、義熙之號；至其《閒居》詩有『空視時運傾』，《擬古》九章有『忽值山河改』，必宋受禪之後，乃反不書甲子。」今按陶集中《祭程氏妹文》書義熙三年，《祭從弟敬遠文》則云歲在辛亥。《自祭文》則云歲在丁卯，在宋元嘉四年。辛亥亦在安帝時，則所謂「一時偶記」者得之。王氏士禛云：傅占衡作《陶詩甲子辨》，以「入宋以後惟書甲子」之説起於沈約《宋書》，而李延壽《南史》、五臣《文選注》皆因之，有識如黄庭堅、秦觀、李燾、真德秀亦踵其謬。

遥遥至西荆 又**西荆州也** 五臣「西」作「南」，向注可證。注中「荆」字當重，各本皆脱。

叩栧新秋月 六臣本「新秋月」作「親月船」。

注《説文》曰：**通白曰皛；皛，明也** 今《説文》：皛，顯也，从三白，讀若皎。

不爲好爵縈 何校「縈」改「縈」。胡公《考異》曰：以義求之，似當是「營」。應劭注《漢書·叙傳》「不營」曰「爵禄不能營其志」，引《易》「不可營以禄」，虞翻本正如此，今本《漢書》引《易》作「榮」。又《隸釋·婁壽碑》「不可營以禄」，新刻亦改「榮」。是後人多知「榮」、少知「營」故耳。

注**吾與爾縻之** 今《易》「縻」作「靡」，釋文云「本又作縻」。

注**衡門，茅茨也** 上應添「衡茅」二字。

永初三年七月十六日之郡初發都

謝靈運

之郡　劉氏履曰：此詩雖以之郡而作，大概爲與廬陵分異而寓其感恩懷舊之情。史言徐羨之奏靈運搆扇異同，非毁執政，出之。今此詩略無怨恨非毁之意，譖者之言未必皆實。

注**零露團兮**　今《毛詩》「團」作「漙」。本書《京路夜發》注又《雜體·古離别》注引皆同，又陸士衡《樂府》詩曰「零露團兮」，然則作「團」者或三家《詩》或本有「團、漙古字通」而失其注也。

注**上若弗信**　又**希買切**　段校「上」改「王」、「希」改「布」。

注**何不能攄以爲大罇，而浮乎**　又**一瓠落，大貌**　六臣本無「能」字、「一」字，是也。毛本「而」誤作「常」。

永絶賞心悟　毛本「永」作「未」，誤也。靈運《酬惠連》詩「永絶賞心望」可證。六臣本「悟」作「晤」。

過始寧墅

始寧墅　劉氏履曰：按《會稽志》東山西一里始寧園乃靈運别墅，一曰西莊，此詩因之永嘉過此而作。

拙疾相倚薄，還得靜者便　六臣本校云五臣無此二句。

注　初與郡守爲竹使符　尤本脱「竹」字。

富春渚

始果遠遊諸　五臣作「翻始果遠諸」，濟注可證。

注　則盡諾以報之　陳校「盡」改「畫」，各本皆誤。

七里瀨

注　《甘州記》曰　胡公《考異》曰：「甘」疑當作「十」，後《新安江水》詩注所引其文似相接也。餘引此書多譌州爲洲，皆不知者改之。

既秉上皇心　六臣本「心」作「情」。

注　末世鎖才兮　陳校「鎖」改「瑣」，各本皆誤。

異世可同調　元槧本、毛本「世」均作「代」。

登江中孤嶼

孤嶼　《太平寰宇記》九十九：孤嶼在温州南四里永嘉江中渚，長三百丈，濶七十步，嶼有二峯。

懷雜道轉迴　五臣「雜」作「新」，良注「懷想新知，其道轉遠」。尋義似作「新」爲長也。

亂流趨正絶　六臣本校云「正絶」五臣作「孤嶼」。按《爾雅》「正絶流曰亂」，郭注「直横渡也」，《書》曰亂于河」，尋義作「趨孤嶼」爲長。下句重上字，古詩常有。疑注引《爾雅》但釋詩「亂」字，而後人沿注故改重文耳。

注**真，仙人變形也**　今《説文》：真，仙人變形而登天也。

初去郡

廬園當栖巖　注**嵇康《絶交書》曰：子房之巖栖**　金氏甡曰：《絶交書》云「許由之巖栖」，此作「子房」因下句「子房之佐漢」而誤；彼注「張升《反論》曰：黄、綺引身，巖棲南岳」，則此注亦不當以嵇語爲祖。案金氏後説非也，李注彼此互見甚多，不可駁也。

薄遊似邴生　與上「達生」韻複而義異。

促裝返柴荆　五臣「促」作「俶」，良注：始也。

注**不悞牽朱絲**　何校「悞」改「悟」，陳同。

注**陸機《越洛詩》曰**　「越」當作「赴」，各本皆誤。

止監流歸停　何校「止監」作「監止」。

獲我擊壤聲　五臣「聲」作「情」，翰注可證。

初發石首城

石首　《兼明書》引作「石頭」。

注　是曰京師　陳曰：「師」當作「畿」，因詩有「出宿薄京畿」句，故既引伏《記》復云爾也，各本皆誤。

雖抱中孚爻　《兼明書》云：此指九二爻，九二「處重陰之下，履不失中，立誠篤志，雖在闇昧，物亦應焉，故曰『鳴鶴在陰，其子和之』；不私權利，惟德是與，故曰『我有好爵，吾與爾靡之』」，靈運常抱此道，尚爲孟顗誣奏，故下云「猶勞貝錦詩」。而張銑以爲九五爻，何義也？

晨裝摶曾飈　六臣本校云「曾」善作「魯」，非也，作「魯」但傳寫誤。

注　又曰：《莊子》曰：摶扶摇而上。征飈，已見上文　「又曰」二字、「征」字並衍。

苕苕萬里帆　五臣「苕苕」作「迢迢」。向注：迢迢，遠也。

息必廬霍期　劉氏履曰：霍山非一處，此指廣東循州之龍川〔一〕縣者。

游湘歷九嶷　五臣「嶷」作「疑」，翰注可證。

校記

〔一〕循州之龍川　原作「循川之臨川」，據《選詩補注》卷六改。

道路憶山中

追尋棲息時　毛本「尋」作「情」。

注**縱恣而傲誕**　上當有「縱誕」二字，各本皆脱。

注**咸其自取，怒者其誰也**　毛本「取」誤「以」。段校「也」改「耶」。

懷故叵新歡　六臣本「懷故」作「故懷」。

入彭蠡湖口

入彭蠡湖口　六臣本「口」下有「作」字。

注**《廣雅》曰**　何校此三字移入下「狖，蜼也」上，據《長楊賦》注也。

攀崖照石鏡　《水經·廬江水注》云：廬山東有石鏡，照水之所出，有一圓石，懸崖明淨，照見人形，晨光初散，則延曜入石，豪細必察，故名石鏡焉。

牽葉入松門　《太平寰宇記》一百六：松門山在南昌縣北，水路二百十五里，山多松，北臨大江，山有石鏡，光明照人。

露物叒珍怪　六臣本「露」作「靈」。按作「靈」是也，「靈物」與「異人」爲偶句；作「露」但傳寫誤。

水碧綴流温　六臣本「綴」作「輟」，是也。

入華子崗是麻源第三谷

注禄里弟子　段校「里」下添「先生」二字。六臣本、尤本「禄」字皆同，惟毛本作「角」。今考作「禄」者李所引靈運《山居》原文也，作「角」者五臣翰注也。毛本既以五臣改李，又用俗字，甚誤。郭忠恕《佩觿·辨證》有一條甚詳，其云是以《魏子》及《孔父秘記》〔一〕、荀氏《漢紀》者作「禄」之證也，按《資暇録》云作「角」之證也。若「角」字則唐宋所無，後人往往以改古書。詳見江淹《雜體詩》注。

銅陵映碧潤　六臣本「潤」作「澗」，是也，作「潤」但傳寫誤。

注桓子《新論》曰　陳曰：此下應添「天下有神人五，二曰隱淪」十字，見《江賦》注。

險逕無測度　注《爾雅》曰：山絶險　「逕」當作「陘」，注「險」亦當作「陘」。此《釋山》文，郭注「連山中斷絶」也。各本皆誤。

注遊將升雲烟　陳校「遊」改「逝」，各本皆誤。

注仰羽人於丹丘　陳校「仰」改「仍」，各本皆誤。

恒充俄頃用　「恒」當作「常」，注引司馬彪《莊子注》可證。

校記

〔一〕佩觿孔父秘記　蔣鳳藻本《佩觿》「孔父」作「孔氏」，《抱朴子·至理》《史記索隱·留侯世家》作「孔安國」。

文選卷二十七上

北使洛　顔延年

注**中軍行參軍**　尤本「行」下衍「軍」字。

首路跼險難　六臣本「難」作「艱」。

注**蔡邕《陳寔命碑》曰**　陳校去「命」字，各本皆衍。

伊穀絶津濟　五臣「穀」作「瀔」，向注可證。

注**曹植《毁故殿令》曰：秦之滅也，則阿房無尺椽**　《文館詞林》載曹植《毁鄄城故殿令》曰：周之亡也，則伊洛無隻椽；秦之滅也，則阿房無尺梠。

飛雪瞀窮天　六臣本「雪」作「雲」。

注**《韓詩》曰：周道威遲**　胡公《考異》曰：《游天台山賦》《琴賦》《金谷集詩》皆引《韓詩》作「威夷」，是「遲」當作「夷」。《秋胡詩》「行路正威遲」，善兩引毛、韓而云其義同；此與《秋胡》俱顔作，正文「遲」字無疑。恐善既引《韓》，而其下别有「遲、夷同字」之注，今失去也。

注**居世亦然之**　陳曰：「亦然之」當作「何獨然」，見《魏志·曹植傳》注。

還至梁城作

注 振策陟崇丘　六臣本、毛本「策」誤作「徒」。

注《説文》曰：扃，門之關也　今《説文》：扃，外閉之關也。

始安郡還都與張湘州登巴陵城樓作

注《説文》曰：延，長也　今《説文》：延，行也。

注《尚書》曰：雲土夢作乂。孔安國曰：雲夢之澤在江南　《夢溪筆談》云：舊《尚書》「雲夢土作乂」，唐太宗時得古本作「雲土夢作乂」，詔改從古本。王氏鳴盛曰：「按《史記》《漢書》並作雲夢土〔一〕，繹《孔傳》亦作雲夢土，疑魏晉時改，唐太宗時所得殆馬、鄭本也。」又曰：「《傳》以雲夢爲一，非也。《左傳》定四年吴人入郢，楚子涉睢濟江，入于雲中，遂奔鄖，今德安府治安陸縣是，則雲在江北明矣；昭三年鄭伯如楚，王以田于江南之夢，則夢在江南明矣。」又曰：「經分紀雲夢，其時尚未爲澤，下逮殷周，時代變易，陵谷遷改，漫爲澤藪，故《周禮·職方》《爾雅·釋地》遂合稱之。」

注 囿，於有切　六臣本「有」作「目」。按《廣韻·一屋》：囿，于六切，又于救切。是本有去入兩音也。

清氛霽岳陽　注《説文》曰：雰，亦氛字也　六臣本「氛」作「雰」。按注中引《説文》各本不同，當以此上「雰」下「氛」爲是。

注**河上有楓**　何校去「河」字，陳同，各本皆衍。

校記

〔一〕史記漢書並作雲夢土　今《史記·夏本紀》各本皆作「雲土夢」，梁玉繩《志疑》曰：「當依《漢志》作雲夢土。今惟王鏊《史記》本作雲夢土，他本已爲後人所改矣，於是有江北爲雲、江南爲夢之説。」

鮑明遠　**還都道中作**

注**都，謂都揚州也**　姜氏皋曰：《宋書》：揚州魏晉治壽春，晉平吴，治建業。《太平寰宇記》：元帝渡江，揚州常治建業不移。《景定建康志》亦論六朝揚州恒治建業，後始爲廣陵一郡之名。

注**蘆洲至樊口二十里，伍子胥初所渡處也**　《水經·江水注》云「江水右得樊口，樊口之北有灣，昔孫權與群臣泛舟江津，權欲西取蘆洲，谷利不從，乃拔刀急上，令取樊口」，又云《武昌記》曰樊口南有大姥廟，是蘆洲、樊口均在武昌矣。注先引《宣城圖經》之南陵，則相去甚遠。且子胥渡江，《越絶書》作蘆碕，並非蘆洲，故注又辨之云：此蘆洲在下，非子胥所渡處也。

注 **一日不見如三秋** 今《詩》「秋」字下有「兮」字。

之宣城出新林浦向版橋　謝玄暉

既懽懷禄情 林先生曰：《南史》謝朓本傳未載守宣城一節，惟《齊書》有之。觀昭明所選《郡内高齋》《在郡卧病》及《出新林浦》《游敬亭》諸篇皆宣城作，齊梁代近，必無差訛。

注 **起於蒼州** 陳校「蒼」改「滄」，各本皆誤。

注 **謝靈運《遊南亭》詩曰：賞心惟良知** 陳曰：此十三字乃下「賞心於此遇」注誤入於此。

敬亭山詩

注 **賈誼《旱雲賦》** 「早」當作「旱」，各本皆誤。陸士衡《從軍行》注引正作「旱」。此賦見《古文苑》。

靈異俱然棲 五臣「俱」作「居」，翰注：安也。

注 **陸機歌曰** 何校「歌」改「歎」，陳同，各本皆誤。

多雨亦凄凄 六臣本「多」作「夕」。

注 **《説文》曰：組，緌也** 今《説文》：組，緌屬。本書《七啟》注亦引作「緌屬」。

注**睽，乖也**　今《易·序卦傳》：睽者，乖也。

注**王粲《從軍行詩》曰**　「行」字不當有，各本皆衍。

休沐重還道中

注**《漢書》曰：蘇林曰**　段校上「曰」字改「注」字。

注**休謂退之名也**　陳校「謂」改「謁」、去「退」字，是也，此即《高紀》注。

注**濮陽令**　陳校「濮」上添「去」字，「令」下添「歸」字。

注**嵇康《秀才》詩曰**　又**陸機曰：日出東南隅**　陳校「秀」上添「贈」字，「機」下「曰」字移在「隅」字下。

恩甚戀重闈　五臣「重」作「闉」，向注可證。

注**退將復修吾初**　何校「初」下添「服」字，陳同，各本皆脱。

晚登三山還望京邑

三山　《元和郡縣志》二十五：三山在上元縣西南五十里。《太平寰宇記》九十三：「山周回四里。《輿地志》云：其山積石，濱於大江，有三峯南北接，故曰三山，謝玄暉《晚登三山》即此。」

澄江浄如練　六臣本「浄」作「静」。謝茂秦謂「澄浄」二字意重，改之非也。嚴氏有翼《藝苑雌黄》云：張文潛《明道雜志》謂宣城去江百里，州治左右無江，予按此是謝玄暉《晚登三山還望京邑》之作，三山在江寧縣北十五里，濱江地名，則此詩非在宣城州治所作。

注何爲久淫滯　「淫滯」當作「滯淫」，各本皆倒。

誰能縝不變　五臣「縝」作「鬒」。向注：《詩》云：鬒髮如雲。

京路夜發

注戒車三百兩　六臣本「戒」作「戎」，是也。

注班固《燕山銘》曰　「燕」下當有「然」字，各本皆脱。

注心怵惕而震蕩　毛本「怵惕」誤作「休暢」。

江文通　望荆山

悲風橈重林　六臣本「橈」作「繞」。

雲霞肅川漲　姜氏皋曰：「漲」無注，于氏《集評》以爲叶平聲。按《廣韻・十陽》：漲，涉良切，大水貌；《四十一漾》：漲，知亮切，大水。是義同而平去兩收也，非叶韻。

注**淚下霑衣裳**　胡公《考異》曰：「衣裳」當作「裳衣」，後《燕歌行》注引亦然。善注之例，但取義同，無嫌語倒也。

再使豔歌傷　五臣「再」作「載」，銑注可證。尤本作「更」，誤。

旦發魚浦潭　丘希範

魚浦潭　六臣本「魚」作「漁」。

丘希範　向注：遲爲新安郡太守，經此潭宿，明日早發，至中流作詩。按《梁書》《南史》皆云遲「爲永嘉太守，在郡不稱職，爲有司所糾」，非新安也，向注誤。

注**山正曰障**　六臣本「正」上有「上」字，是也，此引《釋山》文。胡公《考異》曰：彼無「山」字，善添之，如前卷引「水正絶流曰亂」水字亦添，尤本蓋校改删「山」而誤去「上」字耳。姜氏皋曰：《爾雅·釋山》作「上正，章」，不作「障」，亦無「曰」字，其《釋丘》文亦曰「上正，章丘也」。然兩節「章」字釋文無音，邢疏「章亦平也」，邵氏晉涵以《漢志》江夏郡竟陵縣之章山、《隋志》齊郡之章丘釋之，似不作去聲讀。

注**《説文》曰：島，海中有山**　又**《説文》：傍，附也**　今《説文》：海中往往有山可依止曰島。又：傍，近也。

卧治今可尚　六臣本「今」誤作「令」，校云善作「令」，非也。

早發定山

沈休文

定山　《水經·漸江水注》云：錢唐縣有定、包諸山。

晚泣見奇山　又置嶺白雲間　按「山間」二字押入「先」韻，與後人之言「通」韻者異。

出浦水淺淺　注音牋　六臣本「淺淺」作「濺濺」。尤本「牋」誤作「俴」。

新安江水至清淺深見底貽京邑游好

新安江　《水經·漸江水注》云：「浙江又東逕遂安縣南，谿廣二百步，上立杭以相通，水甚清深，不掩鱗，故名新定，分歙縣立之，晉太康中又改從今名。」按《晉地理志》遂安縣屬新安郡。

注《十洲記》曰　胡公《考異》曰：「洲」當作「州」，各本皆誤。

清濟涸無津　何曰：《續漢書·郡國志》：温蘇子所都，濟水出，王莽時大旱，遂枯絶。

寧假濯衣巾　六臣本校云「衣巾」善作「布衣」，誤也。何曰：《文苑英華》「假」作「可」，《古今事文類聚》前十六亦作「可」。

注囂滓，謂去京師囂塵之地　何曰：「隔囂滓」蓋言此生辱在泥塗也，無斥京師爲囂滓之意，舊注非。

注**可以濯我纓**　當作「既有此内美」。此因下節而誤。

願以潺湲水　五臣「水」作「沫」，良注可證。

注**《雜子》曰**　陳校「子」改「字」，前卷《七里瀨》注引可證，即周成《雜字》也，各本皆誤。

從軍詩

王仲宣

注**建安二十年三月，公西征張魯，魯及五子降。十二月，至自南鄭。是行也，侍中王粲作五言詩以美其事**　王氏衵曰：「曹操於建安二十一年五月方以公進爵爲王，第一首稱『相公』良是，第三首不應即稱『聖君』也〔一〕。且《三國志》獻帝二十年七月操軍入南鄭、十二月自南鄭還，而第五首云『朝入譙郡界』，考《漢書》譙在沛郡，《後漢書》同。竊謂操本以征張魯至陽平，魯破，回至南鄭，去譙絶遠。惟操於二十一年十一月以征孫權至譙，二十二年正月軍居巢，三月引軍還。仲宣以兩次從征，征西一首，征吴四首。裴松之專取第一首注於獻帝二十年之下，是也。觀第一首中『西收邊地』及『歌舞入鄴』云云實已意盡語竭，而第二首『涼風厲秋節，司典告詳刑』自屬别起之勢，昭明取兩次之詩並於一題，善注因之。則裴注不誤，而善注誤耳。且後詩中又有『桓桓東南征』『討彼東南夷』之語，其爲征權而非征魯之作更無可疑。」今按第二首李注明引《魏志》云云，以別下四篇爲征吳之作，王説是也。

但問所從誰 尤本「問」誤作「聞」。

相公征關右 顧氏炎武曰「相公」二字始此。

注 **陸賈《新論》曰** 「論」當作「語」，各本皆誤。

軍中多飫饒 注**《説文》曰：饒，飽也** 尤本「中」誤作「人」。毛本注「飽」作「餘」，疑作「餘」者涉向注「饒，餘」而誤。張氏雲璈曰：《魏志》裴注引《魏書》云「軍自武都山行千里，升降險阻，軍人勞苦，公於是大饗，莫不忘其勞」，詩蓋指此。

注 **魏郡有鄴城縣** 「城」字不當有，此所引《地理志》文。

注 **所願志從之** 今《家語》「志」作「必」，無「之」字。

盡日處大朝 六臣本「盡」作「晝」。案《三國志》裴注所引無此下十二句。

注 **異於是矣** 六臣本「異」上有「人」字。

注 **使子餘相** 尤本脱「相」字。

良苗實已揮 六臣本此下多「竊慕負鼎翁，願厲朽鈍姿」二句，是也，此傳寫脱。下節注言「仲宣欲勵節而求仕」當即指此。

不能效沮溺 何曰：「建安十二年，操殺中尉崔琰，斥尚書僕射毛玠〔二〕，當時必有以高蹈免禍者，故粲云爾。」今案此説非也，建安十二年距作詩甚遠，恐不相涉。

司典告詳刑　注《尚書》：王曰：有邦有土，告爾詳刑　詳、祥古字通。鄭注《周禮》三引「度作刑」皆作「度作詳刑」。《後漢書·劉愷傳》注引《吕刑》鄭注曰：詳，審察之也。

誰能無戀情　六臣本「戀」作「此」。

注**眷眷懷歸**　胡公《考異》曰：「歸」當作「顧」，前屢引可證。

人誰獲常寧　毛本「人誰」誤作「誰人」。五臣「常」作「恒」，濟注可證。

注**毛萇《詩序》曰**　陳校去「萇」字，各本皆衍。

從軍征遐路　此另起一章，毛本誤連上首。

征夫心多懷　又**豈得念所私**　六臣本「多」作「兩」，「得」作「能」。

注**舫，併舟也**　段校「舫」改「方」。

鞠躬中堅内　良注：中堅，卒伍之名。按中堅猶《左氏·宣十二年傳》之中權也，《晉書·張重華傳》謝艾爲中堅將軍。

許歷爲完士　余曰：《史記索隱》江邃曰「漢令稱完而不髡曰耐」，是完士未免從軍也。何曰：許歷請以軍事諫，「完」當作「軍」，善以爲「全具」、張銑又改爲「凡士」皆非。

一言獨敗秦　六臣本「獨」作「猶」。

注 **有後令，邯鄲** 何校「有」改「胥」，陳同，各本皆誤。

誠媿伐檀人 與上「千萬人」韻複。

注 **搦朽摩鈍鉛刀** 陳曰：《答賓戲》「搦朽摩鈍，鉛刀皆能一斷」，鈍字絶句，鉛刀屬下讀，此恐脱四字。

注 **《孟子》曰：齊有地矣** 當作「而齊有其地矣」。

女士滿莊馗 六臣本「女士」作「士女」，五臣「馗」作「櫃」，注同，並非。姜氏皋曰：《六書故》云《爾雅》「九達謂之逵」亦借作「馗」，《廣韻》渠鳩切，音求也。吴棫《韻補》據《韓詩》「逵」作「馗」，音渠尤反，以與「仇」叶。黄公紹、吴才老、陳第皆讀作「求」，並以此詩爲證。

自非聖賢國 六臣本「聖賢」作「賢聖」。

校記

〔一〕第三首不應即稱聖君也　「三」當作「四」。

〔二〕尚書僕射毛玠　「玠」原作「价」，據《義門讀書記》卷四七、《三國志·魏書·毛玠傳》改。

文選旁證卷第二十四

文選卷二十七下

宋郊祀歌

顔延年

《宋郊祀歌》　《宋書·樂志一》「元嘉二十二年，南郊始設登歌，詔御史中丞顔延之造詩」又《樂志二》「宋南郊雅樂登歌三篇，顔延之造」是也。

注 **嚴恭寅畏**　六臣本「恭」作「龔」。胡公《考異》曰：必善引「嚴龔」注「嚴恭」，「寅畏」注「夤威」，而更有音義異同之注，今失之，以致正文與注不相應，或欲改正文以就之亦非。

炳海表岱　又 **靈鑑叡文**　《宋書》作「表海炳岱」，「叡」作「濬」。

注 **夐其邈於亘地界**　陳校「於」改「兮」，是也，各本皆誤。

注 **明王盛德**　六臣本、毛本「盛」作「慎」，是也。

開元首正　《月令》「天子乃以元日祈穀于上帝」，鄭注「謂以上辛郊祭天也。《左氏·襄七年傳》：啟蟄而郊，郊而後耕」，此郊祀之歌。而云「開元首正」下又云「有事上春」，當即祈穀之禮。

薦饗王衷 《宋書》及六臣本「薦饗」作「以薦」。

注 **天子有事於郊** 「郊」當作「文武」二字，此《左氏·僖九年傳》文。

注 **寤寐曰** 陳校去「寐」字，各本皆衍。

注 **陟配在京** 陳校「陟」改「王」、「在」改「于」，是也，此涉正文而誤。

注 **沈淪而沈静也** 段校下「沈」字改作「深」。

注 **齊桓公曾不足使扶輪。《羽獵賦》曰** 胡公《考異》曰：「公」字不當有，「輪」當作「轂」，「羽」上當脱撰人姓名，此非揚子雲作，各本皆誤。

古樂府 三首

注 **《漢書》曰：武帝定郊祀之禮而立樂府** 黄氏叔琳曰：孝惠二年夏侯寬爲樂府令，則樂府之立不始於武帝。

《樂府》三首 六臣本題作四首，而下有四詩，第二首爲《君子行》，李所無也。毛本用五臣添《君子行》於卷尾，非。

古辭 注 **五言。言古詩，不知作者姓名** 「五言」二字當移於下三首每題之下，「詩」當作「辭」。案《晉書·樂志》曰：凡樂章古辭，今之存者並漢世街陌謡謳也。

飲馬長城窟行

注**酈善長《水經》曰**　「經」下當有「注」字。

注**古詩《飲馬長城窟行》**　《玉臺新詠》題爲蔡邕作。

青青河邊草　又展轉不可見　六臣本「邊」作「畔」，「可」作「相」。《玉臺新詠》亦作「相」。

枯桑知天風，海水知天寒　紀文達公曰：枯桑似不知天風，海水似不知天寒，然葉雖不落而未嘗不爲風摇，水雖不冰而未嘗不受寒侵，以比己之甘苦自知，煢煢無告。「入門」二句則言同事之各爲身謀不相顧也。李注近是。

呼兒烹鯉魚，中有尺素書　楊氏慎《丹鉛餘録》云：古樂府「尺素如殘雪，結成雙鯉魚」，據此詩知古人尺素結爲鯉魚形也，下云烹魚得書亦譬況之言。五臣及劉履謂古人多於魚腹寄書，引陳涉罾魚倡禍事證之，何異癡人説夢？顧氏元慶《夷白齋詩話》云：古詩「呼童烹鯉魚，中有尺素書」，魚腹中安得有書？古人以喻隱密也，魚沈潛之物，故云。

書上竟何如　六臣本「上」作「中」，是也。《玉臺新詠》亦作「中」。

傷歌行

《傷歌行》　《古樂苑》云：《傷歌行》，側調曲也。古辭傷日月代謝，年命遒盡，絶離知友，傷而作歌也。

昭昭素月明 六臣本「月明」作「明月」，是也。本書前《月賦》注、後何敬祖《雜詩》注並引作「明月」可證。

注 **抑於家** 「抑」下當有「鬱」字，此所引《漢書·谷永傳》文。

長歌行

《長歌行》 《古今樂録》引王僧虔《伎録》平調七曲，一曰長歌行。梅氏鼎祚曰：長歌行，《樂府解題》云：古辭，言芳華不久，當努力爲樂，無至老大乃傷悲也。

注 **魏武帝《燕歌行》曰** 陳校「武」改「文」，各本皆誤。

朝露行日晞 六臣本「行」作「待」。

焜黄華蘂衰 六臣本「蘂」作「葉」，是也，下篇注引正作「葉」。

老大乃傷悲 六臣本「乃」作「徒」。

班婕好 怨歌行

《怨歌行》 《玉臺新詠》作「怨詩」，有序云：「昔漢成帝班婕好失寵，供養於長信宮，乃作賦自傷，並爲《怨詩》一首。」乃郭茂倩《樂府》題爲顔延年作〔一〕，《滄浪詩話》已論之。

皎潔如霜雪 又 **裁爲合歡扇** 又 **涼風奪炎熱** 六臣本「皎」作「鮮」，「爲」作「成」，「風」作

「颸」。《玉臺新詠》「皎」亦作「鮮」。

校記

〔一〕郭茂倩樂府題爲顏延年作　《樂府詩集》卷四二各本皆題班婕妤，《滄浪詩話·考證》但稱「樂府」而未著「郭茂倩」三字。

樂府二首

魏武帝

短歌行

《短歌行》　六臣本題下有「四言」二字，是也。《宋書·樂志》分爲六解：以「去日苦多」爲一解，「惟有杜康」爲二解，「沈吟至今」爲三解，「不可斷絶」爲四解，「呦呦鹿鳴」至「鼓瑟吹笙」四句在「不可斷絶」下爲五解，「山不厭高」四句爲六解。

注**遷南頓令**　陳校「南頓」改「頓丘」，是也，各本皆誤。胡公《考異》曰：《魏志·武帝紀》及裴注俱可證，蓋東郡之頓丘也。

何以解憂？惟有杜康　《宋書》「憂」作「愁」。何曰：《説文》「帚」字注云「古者少康作箕帚、秫酒。少康，杜康也」，又「酒」字注：杜康作秫酒。

但爲君故，沈吟至今　六臣本校云善無此二句，非也。

苦寒行

《苦寒行》《宋書·樂志》分爲六解：以「車輪爲之摧」爲一解，「虎豹夾路啼」爲二解，「遠行多所懷」爲三解，「中道正裴回」爲四解，「人馬同時饑」爲五解，「悠悠使我哀」爲六解。

北上太行山《樂府解題》云：「晉樂奏魏武帝《北上篇》，備言冰雪谿谷之苦。其後或謂之《北上行》，蓋因武帝辭而擬之也。」《宋書·樂志》分爲六解，每解首二句則複述之。《藝文類聚》以此爲魏文帝作。

羊腸坂詰屈《漢地理志》上黨郡壺關縣有羊腸坂。何曰：「此詩爲征高幹時所作。按《魏志》，高幹以建安十年復叛，執上黨太守，舉兵守壺關，明年公圍壺關三月拔之。是也。」

注**天地之間，上有九山**《吕氏春秋·有始》篇云「天有九野，地有九州，土有九山，山有九塞」。此衍「天地之間」句，又誤「土」爲「上」。

樹木何蕭瑟六臣本「瑟」作「索」。又**虎豹夾路啼**《宋書》「路」作「道」。

迷惑失故路，薄暮無宿栖《宋書》「故」作「徑」，「薄暮無」作「暝無所」。六臣本作「暮無所宿栖」。

擔囊行取薪六臣本「取」作「采」。

魏文帝　樂　府二首

燕歌行

《燕歌行》　六臣本此首在《善哉行》後。《樂府解題》：「晉樂奏魏文帝《燕歌行》『秋風』『别日』二篇，言時序遷换，行役不歸，婦人怨曠，無所訴也。」《宋書·樂志》分七解，前二句一解，末以三句爲一解。

群燕辭歸鴈南翔　《宋書》「鴈」作「鵠」。

念君客遊思斷腸　六臣本「思斷」作「多思」。《玉臺新詠》《宋書》亦並作「多思」。

何爲淹留寄它方　又**短歌微吟不能長**　又**爾獨何辜限河梁**　《宋書》「何爲」作「君何」。《玉臺新詠》亦作「君何」，「能」作「可」，「辜」作「幸」。

注**宋玉《風賦》曰**　「風」當作「諷」，各本皆誤。

善哉行

《善哉行》　六臣本「善」作「苦」。《宋書·樂志》載文帝《善哉行》凡三章：一曰「朝日樂相樂」，而《初學記》引第一解題云「於講堂作」也；一曰「朝遊高臺觀」，《藝文類聚》引作《銅雀園詩》也。二皆五言，其一即此章。四言四句爲一解，共六解。

猴猨相追 《宋書》作「猿猴相追」。

人生如寄 注**寄者，固也** 《宋書》「如」作「若」。陳校「固」下添「歸」字，各本皆脱。林先生曰：《困學紀聞》云：《吴語》越王告吴王曰「民生於地上，寓也」，老萊子曰「人生於天地之間，寄也，寄者固歸」，古詩「人生忽如寄」本此。周氏必大《二老堂詩話》云：蘇文忠詩少重複者，惟「人生如寄耳」十數處用，蓋有感於斯言，此句本始魏文帝樂府，厥後《高僧傳》、王羲之《與支道林書》祖其語，《猗覺寮雜記》乃引《高僧傳》及高齊劉善明語，似未記此詩。

歲月如馳 《宋書》「如」作「其」。六臣本「歲」作「日」。

湯湯川流 又**隨波迴轉** 六臣本「川」作「中」，「迴轉」作「轉薄」。《宋書》亦作「轉薄」。

曹子建 **樂 府**四首

箜 篌 引

《箜篌引》 《宋書·樂志》：「空侯初名坎侯，漢武令樂人侯暉依琴作坎侯，言其坎坎應節奏，後言『空』音訛也。」又《野田黄雀行》注「《空侯引》亦用此曲」，六句一解，共四解，「驚風飄白日」二句與「盛時不可再」二句倒。《古今注》：「《箜篌引》，朝鮮津卒霍里子高妻麗玉所作，即《公無渡河曲》也。」余曰：「郭茂倩《樂府·箜篌謡》言結交當有終始，與《箜篌引》異。此篇不合麗玉本事，當作

《箜篌謡》。」

注 **吾能尊顯也**　陳校「也」改「之」，各本皆誤。

注 **使秦筝**　六臣本、尤本「使」作「挾」，是也。

注 **一爵而色灑如，二爵而言言斯**　今《玉藻》「灑」作「洒」，「斯」字下有「禮已」二字。江氏永曰：注疏讀「斯」字爲句，又以「禮已三爵而油油」爲一句，文勢未安。或可如王肅説「言」讀如字，「二爵而言」謂可以語也，「言斯禮」謂語必以禮也。

驚風飄白日，光景馳西流。盛時不可再，百年忽我遒　《宋書》「驚風」二句在「盛時」二句之下。六臣本「可再」作「再來」，《宋書》亦作「再來」。毛本此下脱「百年忽我遒，生在華屋處」十字。

生在華屋處　六臣本「在」作「存」，《宋書》亦作「存」，按《晉書·謝安傳》羊曇引亦作「存」。

知命亦何憂　六臣本、《宋書》「亦」並作「復」。

美女篇

《美女篇》　六臣本此係第三篇。郭茂倩《樂府》：《美女篇》喻君子有美行也。

采桑岐路間　六臣本「間」作「西」，蓋音「先」，協韻。

注 **《説文》：閑，雅也**　今《説文》「閑」作「嫻」。《漢書·司馬相如傳》：雍容嫻雅。

柔條紛冉冉　《玉臺新詠》「柔」作「長」。

皓腕約金環　注**環，釧也**　毛本「環」誤作「錢」，注中「釧」誤作「環」。

注**《南方草物狀》曰**　「物」當作「木」，各本皆誤。

注**懷秀女**　「秀」當作「季」，《洛神賦》注引可證，各本皆誤。

容華耀朝日　又**衆人何嗷嗷**　又**安知彼所觀**　《玉臺新詠》「耀」作「暉」，「何」作「徒」，「觀」作「歎」。六臣本「何」亦作「徒」。

注**顏色盛也，言美**　胡公《考異》曰：「也言」二字不當有，前《神女賦》《秋胡詩》、後《日出東南隅行》引皆不誤可證。

白馬篇

《白馬篇》　六臣本此係第四篇。《樂府古題》：曹植「白馬飾金羈」，鮑照「白馬騂角弓」，沈約「白馬紫金鞍」，皆言邊塞征戰之狀。《樂府詩集》云：見乘白馬而爲此曲，言人當盡力爲國，不可念私。

右發摧月支　又**俯身散馬蹄**　余曰：《典論》「尚書令荀彧言：聞君善左右射，此實難能。余言：執事未覩夫項發口縱，俯馬蹄而仰月支也(一)」，按此當合《赭白馬賦》注相證，其義始明。

注**臣不若王子城也**　「也」當作「父」，此引《呂氏春秋·勿躬》篇文。

校記

〔一〕俯馬蹄而仰月支也　「仰」原作「作」，據《三國志·魏書·文帝紀》注引《典論·自序》改。

名都篇

《名都篇》　六臣本此係第二篇。

被服光且鮮　六臣本「光」作「麗」。

鬭鷄東郊道　余曰：《鄴都故事》：魏明帝太和中築鬭鷄臺。

馳驅未能半　六臣本、毛本「馳驅」作「馳騁」。胡公《考異》曰：馳，行也，馳驅猶行行，騁字非。

長驅上南山　六臣本作「驅上彼南山」。

我歸宴平樂　六臣本「我歸」作「歸來」。

美酒斗十千　《野客叢書》云：歷陽郭次象多聞，嘗與論酒價，十千一斗乃詩人寓言，本曹子建樂府中語，唐人多引之，李白「金樽沽酒斗十千」、王維「新豐美酒斗十千」、崔輔國「與沽一斗酒，恰用十千錢」、許渾「十千沽酒留君醉」、權德輿「十千斗酒不知貴」、陸龜蒙「若得奉君歡，十千沽一斗」皆是，不獨白樂天之「共把十千沽一斗」矣。僕又謂漢酒價每斗一千，考《典論》云「靈帝末年，百司湎酒，一斗直千文」，此可證也。

寒鼈炙熊蹯　五臣「寒」作「炮」，良注可證。案李匡乂《資暇録》指五臣改字之非，以此舉例，則

「寒」是「炮」非明矣。又詳見《七啟》。張氏雲璈曰：《七啟》「寒芳苓之巢龜」注謂今之胵寒也，《廣韻》煮魚煎肉曰胵。本詩「寒鼈」當作是解。

鳴儔嘯匹旅　五臣「旅」作「侶」，濟注可證。

王明君詞

石季倫

《王明君詞》　郭茂倩《樂府》引：「《古今樂録》云：《明君》歌舞，晉太康中季倫所作。謝希逸《琴論》：平調《明君》三十六拍，胡笳《明君》二十六拍〔一〕，清調《明君》十三拍，閒絃《明君》九拍〔二〕，蜀調《明君》十二拍，吴調《明君》十四拍，杜瓊《明君》二十一拍，凡七曲。」

以觸文帝諱改之　《玉臺新詠》「改之」作「故改」。尤本作「改焉」。

匈奴盛，請婚於漢，元帝以後宮良家子昭君配焉　六臣本「昭」作「明」。《玉臺新詠》「帝」下有「詔」字，「昭」亦作「明」。陸氏燿曰：世傳昭君都據《西京雜記》，謂元帝按圖召幸，宮人皆賂畫工，多者十萬，少亦不減五萬，昭君自恃貌美，獨無所賂，工人乃醜爲之圖，帝遂以妻匈奴。是說也余嘗疑之。漢元即富過往時，而未幸之宮人安所得此多金以賂畫師？宮廷跡閟，誰能代爲過賄輦金，莫夜亦豈漫無呵禁？其近誣不可信明矣。自梁王叔英妻劉氏詩曰「丹青失舊儀，玉匣成秋草」由是，陳後主則曰「圖形漢宮裡，遥聘單于庭〔三〕」，隋薛道衡則曰「不蒙女史進，更無畫師情」，沿至唐人如崔國輔「何時得見漢朝使，爲妾傳書斬畫師」、沈佺期「薄命由驕虜，無情是畫師」、梁獻

「圖畫失天真，容華坐誤人」、郭元振「容顔日憔悴，有甚畫圖時」、劉長卿「自矜妖艷色，不顧丹青人」、李白「生乏黄金買圖畫〔四〕，死留青塚使人嗟」、杜甫「畫圖省識春風面，環珮空歸月夜魂」、白居易「愁苦辛勤憔悴盡〔五〕，如今卻似畫圖時」、李商隱「毛延壽畫欲通神，忍爲黄金不爲人」、范靜妻沈氏「早信丹青巧，重貨洛陽師，千金買蟬鬢，百萬寫蛾眉〔六〕」之類，不可勝紀。梁以前初無此説，昭君之自言曰「離宫絶曠，身體摧藏〔七〕」而已，圖畫之事不著篇什。《漢書》亦但言：「單于願壻漢氏以自親，元帝以後宫良家子王嬙字昭君賜單于，單于驩喜，上書願保塞上谷以西〔八〕至燉煌，請罷邊備塞吏卒，以休天子人民。」而《琴操》則謂：「帝宴單于，悉召後宫，問欲以一女賜單于，昭君盛飾而至，越席請行，既至匈奴，以爲漢待之厚，報漢以騵馬、白璧、珍寶之物。」圖畫之事不登記載。證以石季倫所作《明君》新歌，而益信夫始之不以色進、有班姬辭輦之賢，繼之不以難委、有馮女當熊之勇；至其去後宫而赴絶域、偶殊類而輯邊陲，有翁主和戎、木蘭從軍之義。而説者必援無稽之稗史爲美談，使昭君千古止爲恃色逞嬌、吝財失寵之女流，抑何不善成人之美也！按王觀國《學林新編》已有此説，陸更暢言之耳。

其造新曲　六臣本「新」下有「之」字。《玉臺新詠》作「其造新之曲」，一作「新造」。按《唐書·樂志》，《明妃》漢曲也，「漢人憐其遠嫁，爲作此歌。晉石崇妓緑珠善舞，以此曲教之，而自製新歌」〔九〕。然則新曲指漢人所作，而下文「叙之於紙」乃即所製之新歌也。

注**曹子建《應詔》曰：前驅舉燧，後乘抗旌**　金氏甡曰：《應詔詩》注引《漢書》「終軍曰驃騎抗旌」矣，此不當又以曹詩爲祖。

轅馬悲且鳴　《玉臺新詠》「悲且鳴」作「爲悲鳴」。

泣淚濕朱纓　《玉臺新詠》「濕」作「沾」，依注作「沾」爲是。六臣本「朱」作「珠」，劉氏履曰珠纓謂以珠飾纓。按《士昏禮》「主人親脱婦之纓」〔十〕，《禮記》「衿纓綦屨」，鄭注：婦人有纓，示繫屬也。

遂造匈奴城　《玉臺新詠》「遂」作「乃」。

注**魏文帝《苦哉行》曰**　陳校「文」改「武」、「哉」改「寒」，各本皆誤。

加我閼氏名　注**蘇林曰：閼氏，音焉支**　姜氏皋曰：《史記索隱》云：「閼氏舊音曷氏〔十一〕，匈奴皇后號也。習鑿齒與燕王書云：『山下有紅藍，足下先知不？北方人採取其花染緋黄，挼取其上英鮮〔十二〕者作烟脂，婦人用爲顔色。匈奴名妻作閼氏，今可音烟支，想足下先亦不作此讀《漢書》也。』」是則魏晉時尚不音焉支。又《漢功臣表》「閼支節侯馮解散」，閼字《史》《漢》皆無音，惟《史記索隱》云「縣名，屬安定」，考《漢地理志》安定郡有烏氏縣、《郡國志》作烏枝，蓋閼可讀烏、氏可讀支，音相近也。又《史記·趙世家》「秦韓相攻而圍閼與」，正義引《括地志》云今名烏蘇城，可證烏爲閼音之轉。然則閼氏二字有三音矣。

注**爲復系若鞮單于**　胡公《考異》曰：「復」下當有「株」字〔十三〕，「系」當作「絫」，此所引《匈奴傳》文〔十四〕「鞮」作「鞮」，蓋别體字。

殺身良不易　《玉臺新詠》「不」作「未」。

注吁嗟默言　陳校「言」改「默」，是也，各本皆誤。

乘之以遐征　六臣本「乘」作「弃」，《玉臺新詠》及《藝文類聚》引亦並作「棄」。

注思寄身於鴻鸞　六臣本「鸞」作「鷰」，是也。

注高誘《吕氏春秋》曰　陳校「秋」下添「注」字，是也，各本皆脱。

今爲糞上英　又甘與秋草并　《玉臺新詠》「上」作「土」，「與」作「爲」。

校　記

〔一〕胡笳明君二十六拍　「六」原作「八」，據《樂府詩集》卷二九改。

〔二〕聞絃明君九拍　「九」原作「十九」，據《樂府詩集》卷二九改。

〔三〕遥聘單于庭　「庭」原作「臺」，據《文苑英華》二〇四、《樂府詩集》卷五九等改。

〔四〕生乏黄金買圖畫　買，《李太白集》卷四、《輿地紀勝》卷七四、《全唐詩》一六三等均作「枉」。

〔五〕愁苦辛勤憔悴盡　「盡」原作「甚」，據陸燿《切問齋集》卷十五、《白氏長慶集》卷十四、《文苑英華》二〇四、《樂府詩集》卷二九、《全唐詩》四三七等改。

〔六〕千金買蟬鬢百萬寫蛾眉　「寫」原作「買」，據《玉臺新詠》卷十、《樂府詩集》卷二九等改。

〔七〕離宫絶曠身體摧藏　「藏」原作「殘」，據《切問齋集》卷十五、《文選·嘯賦》注、《藝文類聚》卷三十、《樂府詩集》卷五九等改。

〔八〕塞上谷以西　「上」原作「土」，據《切問齋集》卷十五、《漢書·匈奴傳》改。

〔九〕按唐書樂志云云　此語引自紀容舒《玉臺新詠考異》卷二，「唐書樂志」指《舊唐書·音樂志》，下卷《會吟行》注同。

〔十〕主人親脱婦之纓　「親」原作「稱」，據稿本及《儀禮·士昏禮》改。

〔十一〕閼氏舊音曷氏　《史記·匈奴傳》百衲宋本、殿本「曷氏」，局本、索隱本作「於連、於曷反二音」。

〔十二〕捼取其上英鮮　「捼」原作「按」，據稿本及《史記索隱·匈奴傳》改。

〔十三〕復下當有株字　「株」原作「珠」，據稿本及《文選考異》卷五、《漢書·匈奴傳》改。

〔十四〕此所引匈奴傳文　「傳」原作「列傳」，所引乃《漢書·匈奴傳》非《史記·匈奴列傳》。

君子行

《君子行》，古詞　案此篇尤本所無，元槧本、毛本均載之，注云「李善本古詞止三首，無此一篇；五臣本有，今附於此」〔一〕者亦不知孰所注也。按今本《曹子建集》有此篇。

校記

〔一〕此篇尤本所無云云　今國圖藏尤本有此篇，校語亦同，乃胡翻尤本無。「於此」當作「於後」。

文選卷二十八上

樂　府十七首

陸士衡

猛虎行

渴不飲盜泉水　《水經·洙水注》云：洙水西南流，盜泉水注之。《論語比考讖》曰：水名盜泉，仲尼不潄，即斯泉矣。

時往歲載陰　與上「惡木陰」韻複。

君子行

注**伯奇往視袖中殺蜂**　又**使者就袖中，有死蜂**　「視」當作「就」，「殺」當作「掇」，「就」當作「視」。

注**藜羹不糝**　胡公《考異》曰：六臣本「糝」作「斟」，是也，此引《呂氏春秋·任數》篇，高誘有注可證。謹按今本《呂氏春秋·慎人》篇：「孔子窮於陳、蔡之間，七日不嘗食，藜羹不糁。」則自作「糁」。

注少傾間食熟　何校「傾」改「選」、「食」改「飯」。尤本「選」字不誤。

注食絜故饋　陳校「故」改「欲」。胡公《考異》曰：按今《呂氏春秋》作「而後」二字，或善引不同，五臣良注作「欲」，陳以之校善，未必是。

從軍行

飄飄窮四遐　六臣本下「飄」字作「飖」。

深谷邈無底　六臣本作「谿谷深無底」。

夏條集鮮藻　六臣本「集」作「焦」，是也，此但傳寫誤。

朝食不免胄　六臣本「食」作「餐」。

豫章行

汎舟清川渚　六臣本「川」誤作「山」。

遥望高山陰　劉氏履曰：「陰」韻重，當作「岑」，《猛虎行》云「長嘯高山岑」。案劉説非也，重韻古人不忌。

懿親將遠尋　毛本「尋」誤作「情」。

注《古上留田行》曰：出是上獨西門，三荆同一根生。一荆斷絶不長，兄弟有兩三人，小弟塊摧獨貧　此三十六字，六臣本并入良注。毛本以田廣兄弟分荆事注其下，不知誰所改竄也。

苦寒行

涼野多嶮難　六臣本「難」作「艱」。

注**在彼穹谷**　穹谷，深谷也。説見本書《西都賦》注。

但聞寒鳥喧　又**離思固已久**　六臣本「喧」作「嚾」，「久」作「矣」。

飲馬長城窟行

山高馬不前　六臣本「高」作「陰」。

注**旃，旌旗也**　劉氏履曰：旃謂旃帳，穹廬也。

注**晉灼曰《黄圖》在長安城門内。邸謂傳舍也**　案師古注曰：「稾街，街名，蠻夷邸在此街。邸若今鴻臚客館也。」

門有車馬客行

舊齒皆彫喪　「喪」字宜作蘇浪切，江氏永曰「受禄無喪」之類皆可讀平聲。

君子有所思行

注**鄭德《漢書注》**　是書不見於隋唐《經籍》等志。惟顔師古《漢書叙例》云：「劉德，北海人。」又云：「鄭氏，晉灼《音義序》云不知其名，而臣瓚《集解》輒云鄭德。既無所據，今依晉灼，但稱鄭氏耳。」

人生誠行邁　五臣「邁」作「過」，向注：處世如行過。

注　**難止也**　胡公《考異》曰：「止」當作「正」，《顏氏家訓》引作「整」可證。

酖毒不可恪　《古今黈》云「不可恪」當作「可不恪」。

注　**堅固老不衰**　六臣本、尤本「堅」上並重有「靈根」二字。

注　**《説文》曰**　又　**於獻公**　何校「文」改「苑」、「公」下增「公」字。

齊謳行

《齊謳行》　郭茂倩《樂府》：梁元帝《纂要》「齊歌曰謳」，陸機《齊謳行》欲人推分直進，不可妄有所營。

注　**請更諸爽塏之地**　陳校「之地」二字改「者」字。

注　**崇或爲嵩，非也**　姜氏皋曰：漢元初造《嵩嶽太室石闕銘》有「崇高神君」句，顧氏《金石文字記》作「嵩高」，翁氏《兩漢金石記》、錢氏《潛研堂金石文跋尾》並以爲非，蓋《説文》有崇無嵩也。畢氏《中州金石記》亦云：據此知漢尚無嵩字，經典作嵩或作崧皆後人所改矣。

南界聊攝城　《元和郡縣志》：故攝城在博平縣西南二十里，晏子曰「聊攝以東」即此。何曰：

「南」字當爲「西」字之誤，善注非也。

注《禹貢》：**海物惟錯**　又**恒豆之俎**　「禹貢」二字衍，「俎」當作「菹」。

注**謂百萬中之二也**　胡公《考異》曰：「中」當作「十」。

注**而逢伯凌因之**　又**而太公因之**　上「而」字當作「有」字，「凌」當作「陵」，下「而」字下當有「後」字。此《左氏·昭二十年傳》文，各本皆誤。

長安有狹邪行

《長安有狹邪行》　郭茂倩《樂府》：《相逢行》一曰《相逢狹路間行》，亦曰《長安有狹斜行》。〔一〕

注**俊民用康**　「康」當作「章」。餘屢引章、康互出，皆章是康非。

注**《春秋考異記》曰**　「記」當作「郵」。下卷陸士衡《擬古詩》注引可證。

注**明與鳴同，古字通也**　此他無所證，惟陸士衡《擬古詩》注同。

要子同歸津　尤本「子」誤作「予」。

長　歌　行

注**范曄《後漢書》曰**　六臣本無此六字。胡公《考異》曰：無者是也，善注如引太子《報桓榮書》之在榮傳、谷永《與王譚書》之在永傳，初不稱范、班二史也，此類甚多。

注**願乘閑而自察**　六臣本「乘」作「承」，是也。

悲哉行

喈喈倉庚吟 六臣本「吟」作「音」，是也。上已有「時鳥多好音」，此作「吟」但傳寫誤耳。

注**女蘿，松蘿也** 案《詩·小雅·頍弁》「蔦與女蘿」，毛傳「女蘿，菟絲、松蘿也」，陸璣疏〔二〕「今菟絲蔓連草上生，黄赤如金，今合藥菟絲子是也，非松蘿。松蘿自蔓松上生，枝正青，與菟絲殊異」。《爾雅》：唐蒙，女蘿；女蘿，菟絲。郭注云别四名，孫炎云别三名，則「唐」與「蒙」或并或别也。惟《埤雅·釋草》云「在木爲女蘿，在草爲菟絲」，語最簡明。説詳下卷《古詩十九首》。

傷哉遊客士 六臣本「遊客」作「客遊」，是也。

目感隨氣草 良注：草色隨氣序而生。

校記

〔一〕郭茂倩樂府云云　「狹路間行」原作「岐路間」，「斜」原作「邪」，據《樂府詩集》卷三四、《樂府古題要解》卷下、《通志》卷四九等改。

〔二〕陸璣疏　原誤作「陸機疏」。

吴趨行

注**而齊右善歌** 六臣本「右」作「后」，是也。案注「齊娥，齊后也」，良注亦同，其當作「后」明甚。蓋《孟子》别本有作「后」者。

請從昌門起　六臣本「昌」作「閶」，下同。

泠泠祥風過　五臣「祥」作「鮮」，是也。何曰：《樂府》「祥」作「鮮」，「兑爲閶闔風」鮮風也，本書江淹《雜擬·許徵君》篇注引此句作「鮮」。

注**《説文》曰：矯，舉手也**　今《説文》：撟，舉手也。

短歌行

注**王逸《楚辭》曰**　「辭」下當有「注」字。

華不再陽　《釋名·釋天》：陽，揚也，氣在外發揚也。

注**萍華**　「華」當作「苹」，六臣本作「蓱」，可通。

憂爲子忘　又短歌有詠　六臣本「爲」作「與」，「有」作「可」。

日出東南隅行

《日出東南隅行》　六臣本以此首爲第十，《長安有狹邪行》第十一，《前緩聲歌》第十二，《長歌行》第十三，《吴趨行》第十四，《塘上行》第十五，《悲哉行》第十六，《短歌行》第十七。

注**或曰《羅敷艷歌》**　《玉臺新詠》題作《艷歌行》。

扶桑升朝暉，照此高臺端　《玉臺新詠》「升」作「生」，「此」作「我」。

高臺多妖麗 「妖」當作「姣」，注同。胡公《考異》曰：善引《吕氏春秋》作「公姣且麗」在《達鬱》，又王逸《楚辭注》「姣，好」在《大招》，皆爲當作「姣」之證，向注云「妖，美」此五臣作「妖」之證。

濬房出清顔 胡公《考異》曰：「濬」依注當作「邃」，濟注云「濬，深」乃五臣作「濬」之證，《玉臺新詠》作「洞房」。

注 **蛾眉玉貌** 段校「貌」改「白」。

注 **曼好目曼澤** 陳校去上「曼」字，《招魂》注可證。

秀色若可餐 又 **婉媚巧笑言** 《玉臺新詠》「秀」作「采」，「媚」作「美」。

高崖被華丹 六臣本、《玉臺新詠》「崖」並作「岸」。

悲歌吐清響，雅舞播幽蘭 《玉臺新詠》「響」作「音」，「舞」作「韻」。

注 **舞則莫兮** 陳校「莫」改「纂」，是也，前《舞賦》注可證。

注 **龍興鸞集** 毛本「龍」誤作「鴻」。

沈姿無乏源 注 **「乏」或爲「定」** 五臣「乏」作「定」，向注可證。《玉臺新詠》「沈」作「澄」，「乏」亦作「定」。

注 **《説文》曰：湍，水疾也** 今《説文》：湍，疾瀨也。

前緩聲歌

高會曾城阿　《玉臺新詠》「城」作「山」。

肅肅宵駕動　五臣「宵」作「霄」。翰注：霄駕謂薄天而行也。按《玉臺新詠》亦作「霄」。此注引「肅肅宵征」乃注「肅肅」，非注「宵駕」也。翰注似可從。

總轡扶桑枝，濯足湯谷波　六臣本「枝」作「底」，「湯」作「暘」。

注**馮夷，大禹之御也**　「禹」當作「丙」，此見《淮南子·原道訓》，本書《廣絶交論》注引作「丙」不誤。

塘上行

《塘上行》　余曰：《鄴中故事》：甄后爲郭后譖，賜死，臨終作《塘上行》。

注**葉何一離離**　段校「葉」上添「其」字，去「一」字。

被蒙風雲會，移居華池邊　《玉臺新詠》「雲」作「雨」，「居」作「君」。

注**滄浪，水色也**　周氏廣業以此爲劉熙《孟子注》。盧氏文弨曰：倉浪，青色，在竹曰蒼筤，在水曰滄浪。古辭《東門行》「上用倉浪天」，天之色正青也；《艷歌何嘗行》「上慙滄浪之天」：俱見晉、宋《樂志》。又《吕氏春秋·審時》篇麥「後時者弱苗而穗蒼狼」亦言其青色。蒼、倉、滄三字俱通。

注**《毛詩》曰：既沾既渥**　今《詩》作「既優既渥，既霑既足」。

四節逝不處，華繁難久鮮　《玉臺新詠》「逝」作「遊」。六臣本「華繁」作「繁華」，《玉臺新詠》亦作「繁華」。

注　**止于丘樊**　陳校去「丘」字，各本皆衍。

會吟行

謝靈運

會吟行　會，會稽也。此詩所吟似止於越，是吴會所分之會稽矣，然詩中梅福、梁鴻則又吴地事。

注　**控揌宮引第一**　「宮」字不當有，觀下注自明。姜氏皋曰：注中「控揌引」以下云云，不見於《宋書》。

注　**然今三調，蓋清、平、側也**　姜氏皋曰：三調之調，《宋書·樂志》但云「清商三調歌詩，荀勗撰舊詞施用者」，無第一平調諸文。《樂府詩集》引《唐書·樂志》云「平調、清調、楚調，皆周房中曲之遺聲，漢世謂之三調」，又有楚調、側調，楚調者漢房中樂也，側調者生於楚調，與前三調總謂之相和調。則與此注所云異矣。

注　**佇，立也**　陳校「立」改「久」，各本皆誤。

會吟自有初，請從文命敷　余曰：《越傳》：禹到大越，上苗山，大會計，爵有德，封有功，因而更名苗山曰會稽。〔一〕

注**夏禹名曰文命**　余曰：《史記》裴駰集解：禹字密。《䰞子》逄行珪注：禹字高密。陳景元《南華經音義》〔二〕：禹字文命。

注**《前漢書·地理志》曰**　六臣本無「前」字，是也。

肆呈窈窕容　六臣本「容」誤作「客」。

注**闔閭傷馬**　陳校「馬」改「焉」，各本皆誤。

校記

〔一〕余曰越傳云云　余氏引自《史記集解·夏本紀》，而《史記索隱·太史公自序》、《文選·和謝監靈運》《安陸昭王碑》善注引《越絶書》「苗山」均作「茅山」，錢培名《越絶書札記》疑「越傳」即「越絶」之誤。

〔二〕陳景元南華經音義　「元」原作「文」，據稿本改。

樂　府八首

鮑明遠

東武吟

占募到河源　五臣「占」作「召」，銑注可證。

注**有功卒**　陳曰「卒」當作「中率」，是也，此所引《李廣傳》文，各本皆誤。何校去「卒」字，非。

注 秦築長安城　六臣本無「安」字，是也。

倚杖牧鷄豚　六臣本校云「牧」善作「收」，非也。朱子曰：「腰鎌刈葵藿，倚杖牧鷄豚」分明倔强不肯甘心之意。

徒結千載恨　六臣本「結」作「積」。

出自薊北門行

注 筋也者，所以爲深也　今《考工記》無「所」字。

馬毛縮如蝟　六臣本「毛」作「步」。

結客少年場行

《結客少年場行》　《樂府詩集》云：「漢長安少年殺吏，受財報仇，相與探丸爲彈，探得赤丸斫武吏，探得黑丸殺文吏。尹賞爲長安令，盡捕之。長安中歌曰：『何處求子死，桓東少年場，生時諒不謹〔一〕，枯骨復何葬。』按《結客少年場》言少年時結任俠之客，爲遊樂之場，終無成也。」

錦帶佩吴鈎　《夢溪筆談》云：吴鈎，刀名，刃彎，南蠻謂之葛黨刀。〔二〕

注《古日出東南行》　「南」下當有「隅」字。

注 燕丹太子　「太」字不當有。陳曰《燕丹子》書名，是也。

注 東爲城臯，南伊闕　何校「城」改「成」，陳同，各本皆誤。

東門行

注《日出東門行》　「日」字不當有，各本皆衍。

注春申君曰：可。異日　段校「異」改「加」、「日」改「曰」。按《楚策》本文是「曰：可。加曰：異日者」。

注有鴻鴈從東方來　又以虛弓發而下之　又驚心未忘，聞弦音引而高飛，故創隕　「鴻」當作「聞」，各本皆誤。尤本「隕」作「怯」。胡公《考異》曰：今《楚策》作「隕」，「怯」字當是「抎」之誤，隕、抎同字。陳校「隕」下添「也」字，亦據《楚策》。今《楚策》無「弓」字，「忘」作「去」，「聞弦音」引作「聞弦者音烈」。

將去復還訣　何曰「復還」一作「還復」。

行子夜中飯　六臣本校云「飯」善作「飲」〔三〕，誤也。

苦熱行

注苦熱但曝霜　「霜」當作「露」，各本皆誤。

注廣四五里　毛本「五」字上衍「曰」字。〔四〕

吹蠱痛行暉　注行旅之光輝也　五臣「痛」作「病」，良注可證。楊氏慎曰：南中畜蠱之家，蠱昏夜飛出飲水，光如曳彗，所謂行暉也，注非。

鄣氣晝熏體 五臣「鄣」作「瘴」，向注可證。按《淮南子·墬形訓》「障氣多喑」，《後漢書·楊終傳》「障毒」，古書皆不作「瘴」字也。

注**菵，草名，有毒** 張氏雲璈曰：《爾雅翼》：菵米可以爲飯，生水田中，《爾雅》所謂皇守田也。菵實可食，不應如是之毒，恐别是一菵草。

渡瀘寧具腓 六臣本校云「腓」善作「肥」，誤也。

伏波賞亦微 注**馬援爲伏波將軍** 金氏甡曰：「《史記》：元鼎五年討南越〔五〕，路博德爲伏波將軍。伏波南征不自馬援始也。《後漢書·馬援傳》援謂孟冀曰〔六〕『昔伏波將軍路博德』。」

財輕君尚惜 五臣「財」作「爵」，向注可證。孫氏志祖曰：據注引《韓詩外傳》語，不必從五臣作「爵」。

注**宋燕相齊還遂** 胡公《考異》曰：「遂」當作「逐」，還逐謂旋被斥逐也；今《韓詩外傳》作「見逐」，「逐」字是，「見」字恐非。

白頭吟

玷白信蒼蠅 六臣本「玷」作「點」，《玉臺新詠》亦作「點」。

漢帝益嗟稱 余曰：《飛燕外傳》：飛燕緣主家大人得入宫中，宫中素幸者從容問帝，帝曰：「豐若有餘，柔若無骨，遷延謙畏，若遠若近，禮義人也，寧與汝曹婢脅肩者比耶！」案《飛燕外傳》後出僞書，李所不見，余引之非。

放歌行

習苦不言非　五臣「非」作「排」，濟注可證。

注**崔元始《正論》永寧詔曰**　《困學紀聞》十三云：「永寧，漢安帝年號；元始，崔寔字也。《後漢紀》不載此語。」

賢君信愛才　注**郭象注曰**　六臣本「信」作「言」，「象」下有「莊子」二字。

將起黄金臺　《齊東野語》云：黄金臺之名始見於此，然《史記》止云爲隗宫而師事之，初無「臺」字。《新序》《通鑑》皆言築宫不言臺。孔文舉《論盛孝章書》曰昭築臺以延隗，又無「黄金」字。李注引王隱《晉書》「段匹磾討石勒，屯故燕太子丹黄金臺」〔七〕，又引《上谷圖經》云「黄金臺在易水東南十八里，昭王置千金臺上，以延天下之士」。《白氏六帖》亦云「燕昭王置千金於臺上，以延天下士，謂之黄金臺」，唐人相承用之。

今君有何疾，臨路獨遲迴　毛本誤脱此二句。

升天行

勝帶宦王城　「勝帶」不可解。向注「勝帶謂勝冠帶時也」，或曰疑當作「紳帶」。六臣本校云「宦」善作「官」，非也。

注 **猶運掌也** 今《孟子》「運」下有「之」字。本書《諫吴王》注引作「猶反掌也」。

晚志重長生 六臣本「志」作「至」。

冠霞登彩閣，解玉飲椒庭 向注：冠霞謂從仙，解玉謂去任。何曰解玉謂服玉屑也。案《周禮》「王齋則共食玉」，注「玉是陽精之純者，食之以禦水氣」，是古本有服玉之説，其後乃爲修養家所襲也。

暫遊越萬里，近别數千齡 金氏甡曰：《别賦》「暫遊萬里，少别千年」，江、鮑微有後先，詞語不無沿襲。

注 **先生隨神士還代** 何校「士」改「女」，是也，各本皆誤。

注 **故秦氏作鳳女詞** 胡公《考異》曰：「詞」當作「祠」，各本皆誤。

校記

〔一〕生時諒不謹 「時」原作「得」，據《樂府詩集》卷六六、《漢書·酷吏傳》等改。

〔二〕錦帶佩吴鈎云云 此條據稿本補。

〔三〕六臣本校云飯善作飲 「飲」原作「食」，據稿本及《文選注》改。

〔四〕廣四五里毛本五字上衍曰字 「四」據《文選注》補，毛本「四」訛作「曰」，章鉅誤以爲衍。

〔五〕元鼎五年討南越 「討」原作「封」，據稿本及《文選李注補正》卷二、《史記·南越傳》改。

〔六〕援謂孟冀曰　「援」據稿本及《文選李注補正》卷二、《後漢書·馬援傳》補。

〔七〕故燕太子丹黄金臺　《文選注》無「黄」字。

鼓吹曲

謝玄暉

金陵帝王州　林先生曰：張勃《吴録》：諸葛亮觀秣陵山阜，歎曰：鍾山龍蟠虎踞，帝王之都也。

注**《兩京賦序》曰**　「京」當作「都」，各本皆誤。毛本「兩」誤作「西」。

文選旁證卷第二十五

文選卷二十八下

繆熙伯

挽歌詩

注 **高帝召田橫，至尸鄉自殺，從者不敢哭，而不勝哀，故爲此歌** 何曰：「《風俗通義》言漢末時賓婚嘉會皆作魁壘，酒酣之後續以挽歌。又《後漢書·周舉傳》：大將軍梁商大會賓客，讌於洛水，酒闌唱罷，繼以《薤露》之歌。蓋漢末尤尚之，故魏武父子皆有此作。《纂文》云《薤露》今挽歌也。宋玉《對問》已有『《陽阿》《薤露》』矣。推而上之，《左傳》『公孫夏命其徒歌《虞殯》』，杜注『送葬歌曲』也。謂挽歌始於田橫賓客，恐不然矣。」按何氏此說亦本《世説注》。

注 **生之高堂之上** 陳校「生」改「坐」，各本皆誤。

注 **天地生也。存** 何校「生也」二字互乙，各本皆倒。

注 **七萃之士曰：自古有死生** 今《穆天子傳》云：七萃之士葽豫上諫於天子曰：自古有死有生。

挽歌詩

陸士衡

殯宫何嘈嘈，哀響沸中闈　何曰：按《虞殯》本謂啟殯將虞之歌，此爲得其本意也。

中闈且勿讙　六臣本「讙」作「諠」。

注**是夢坐奠於兩楹之間**　「奠」字不當有，各本皆衍。

友朋自遠來　注**子曰：友朋自遠方來**　《論語》釋文「有或作友」。按六臣本注「友」作「有」，或據今《論語》改之。

注**乘其四駱**　陳校「乘其」改「駕彼」，各本皆誤。

救子非所能　六臣本「救」作「殺」。何曰：此用芋尹申亥殺二女殉靈王事。按良注「欲以身殉子，亡没甚易，獨救子不能致焉」，則五臣亦作「救」，况前後「子」字皆指死者而言，「殺」字恐誤。

廣霄何寥廓　五臣「廣」作「墉」，翰注可證。六臣本「霄」作「宵」。

注**《海水經》曰：東海中有山焉，名度索，上有大桃樹，東北瘣枝，名曰鬼門，萬鬼所聚**　「海水經」當是「山海經」之誤。何校「水」改「東」。胡公《考異》又疑爲「外」字形近之誤。但今《山海經》無此語。惟《後漢書·禮儀志》注引《山海經》曰：「東海中有度朔山〔一〕，上有大桃樹，蟠屈三千里，其卑枝門曰東北鬼門，萬鬼出入也。」與此略同。

妍姿永夷泯　五臣「姿」作「骸」，向注可證。

壽堂延魑魅　依注「堂」當作「宮」。

流離親友思　六臣本此首在「重阜何崔嵬」首之前。按此句與第一首末句相承接，六臣是也。

注孔子爲明器者　陳校「爲」上添「謂」字，各本皆脱。

悲風徽行軌　注或作鼓　五臣「徽」作「鼓」，翰注可證。

校記

〔一〕東海中有度朔山　「朔」原作「索」，據《後漢書·禮儀志》注、《通典》卷七八等改。

挽歌詩　陶淵明

嚴霜九月中　余曰：趙泉山曰：「嚴霜九月中」與《自祭文》「律中無射」之月相符，知《挽歌》亦將逝之時所作。

歌　荆軻

荆軻　注《史記》曰：荆軻，衛人　余曰：《博物志》「荆軻字次非，渡江，鮫夾船，次非斷其頭，而風波静」，按《江賦》李注引《吕覽》「佽飛，荆人」，茂先似誤，或傳聞異辭。

祖送於易水上　《元和郡縣志》：易水一名故安河，出易縣西，燕太子丹送荆軻易水上即此。《樂府詩集》此篇作《渡易水》。

宋如意　余曰：《燕丹子》「宋意脉勇之人，怒而面青」，按《淮南子·泰族訓》云：高漸離、宋如意爲擊筑而歌。《水經·易水注》云：高漸離擊筑，宋如意和之。《新論·辨樂》云：荆軻如秦，宋意擊筑。陶靖節《詠荆軻》詩亦云：宋意唱高聲。而《史記》《戰國策》俱逸其名。

漢高祖　**歌**

留置酒沛宫　五臣無「酒」字。銑注：「沛，高祖之里，故以置宫。」按《史記》《漢書》皆有「酒」字，銑注去「酒」字乃曲爲此説，不可從。

發沛中兒得百二十人　《漢書·禮樂志》：「高祖過沛，與故人父老相樂，醉酒歡哀，作『風起』之詩，令沛中僮兒百二十人習歌之。至孝惠時，以沛宫爲原廟，皆令歌兒習吹相和，常以百二十人爲員。文、景之間，禮官肄業而已。」

劉越石　**扶風歌**

朝發廣莫門　注**洛陽城廣莫門**　許氏宗彦曰：永嘉元年冬，琨始爲并州刺史，由洛赴并，爾後不復至洛矣。此詩之作當在永嘉六年琨收兵常山中山、晉陽被襲之時，或建興三年自飛狐奔薊時。廣莫門，蓋晉陽等處有此門名，必非洛陽城門也。「狄之廣莫，於晉爲都」見《左傳》，并州之廣莫門或取此義。

莫宿丹水山 《水經·沁水注》云：《上黨記》曰：「丹水出長平北山南流，秦坑趙衆，流血丹川，由是俗名爲丹水。」又東南流，注於丹谷，即劉越石《扶風歌》所謂丹水者也。

發鞍高岳頭 何曰「發鞍」之義未詳。張氏雲璈曰：《晉書·袁瓌傳》有「廢鞍覽卷，投戈吟詠」之句，此或亦作「廢鞍」。

歸鳥爲我旋 六臣本「歸」作「飛」。

惟昔李騫期 注**騫與愆通也** 五臣「騫」作「愆」，銑注可證。

我欲競此曲 六臣本「競」作「竟」，是也。此傳寫誤，注同。

陸韓卿 中山王孺子妾歌

注**詔賜中山靖王噲及孺子妾并未央才人** 胡公《考異》曰：何校「王」下添「子」字，陳同；又「并」、「冰」誤。是也，此所引《藝文志》文。謹按師古注云：「孺子，王妾之有品號者也。妾，王之衆妾。冰，其名。才人，天子内官。」與如淳説異。又《樂府詩集》云：按謂以歌詩賜中山王及孺子妾、未央才人等爾，累言之故云「及」也，而陸厥作歌乃謂之「中山孺子妾」，失之。

注 西都賓曰：視往昔之遺館　此《西京賦》語，「視」當作「覗」。

注 泣魚是龍陽，非安陵，疑陸誤也　案宋吴聿《觀林詩話》亦辨此誤，以爲新得。蓋宋時《五臣》盛行，不知李注先有此論也。

賤妾終已矣　六臣本「終」作「恩」，「矣」作「畢」。

文選卷二十九

古詩十九首

《古詩十九首》　姜氏臯曰：唐汝諤《古詩解》以《十九首》列於蘇、李之前，蓋不知《冉冉孤生竹》爲傅毅作；而鍾嶸《詩品》又謂《去者日以疎》《客從遠方來》二首舊疑建安中陳思王所製。

注 古詩，蓋不知作者，或云枚乘　紀文達公曰：《文心雕龍》云「古詩佳麗，或稱枚叔」，按《行行重行行》《青青河畔草》《西北有高樓》《涉江采芙蓉》《庭中有奇樹》《迢迢牽牛星》《東城高且長》《明月何皎皎》八首《玉臺新詠》皆題枚乘，而先後次第又與《文選》不同；《滄浪詩話》謂《玉臺新詠》以「越鳥巢南枝」以下另爲一首，然宋本仍不分爲二，至《文章正宗》乃删存七首，則強作解事耳。

注 **驅馬上東門** 「馬」當作「車」。《困學紀聞》十八引亦誤作「馬」。

各在天一涯 六臣本校云善作「一天涯」。胡公《考異》曰：李陵詩「各在天一隅」，蘇武詩「各在天一方」，句例相似，作「一天」誤。

胡馬依北風 《玉臺新詠》「依」作「嘶」。紀文達公曰：此以一南一北，申足「各在天一涯」意，以起下相去之遠，作「依」爲是。又曰：「胡馬二句有兩出處：一出《韓詩外傳》，即善注所引不忘本之意也；一出《吴越春秋》『胡馬依北風而立，越燕望海日而熙』〔一〕，同類相親之意也。皆與此詩意别，注家引彼解此，遂致文義窒礙。」

盈盈樓上女 注《**廣雅**》**曰：嬴，容也。盈與嬴同** 朱氏珔曰：《廣雅·釋訓》「嬴嬴，容也」，嬴即《釋詁》之「嬴，好也」，重言則曰嬴嬴。郭璞注《方言》：嬴，言嬴嬴也。此與下「盈盈一水間」並同音假借字。

注《**韓詩**》**曰：孅孅女手，可以縫裳** 姜氏皋曰：《詩·葛屨》曰「摻摻女手，可以縫裳」，傳曰：摻摻猶孅孅也。《説文》作「攕」，好手貌，引《詩》曰「攕攕女手」。其作「摻」者，段氏玉裁以爲非是。《遵大路》傳「摻，擥也」，是「摻」字自有本義也。薛君云：纖纖，女手之貌〔二〕。

游戲宛與洛 《困學紀聞》十八云：「驅馬上東門」「游戲宛與洛」辭兼東都，非盡是乘作。〔三〕

注 **飄飄謂之猋** 胡公《考異》曰：「飄」當作「颻」，各本皆譌，颻飖即「扶摇」字，《釋文》可證。

轗軻長苦辛　六臣本「轗」作「坎」。

注**年既過太半，然轗軻不遇也**　胡公《考異》曰：此當作「年既已過太半兮，然轗軻而留滯」。王逸曰：轗軻，不遇也」，此引《七諫》文。

西北有高樓　《洛陽伽藍記》以高陽王雍之樓當之，未知何據。

無乃杞梁妻　何曰：《水經注》引《琴操》曰：殖死，妻援琴作歌曰：悲莫悲兮生別離，樂莫樂兮新相知。

注**宋玉《長笛賦》曰**　「長」字不當有。

願爲雙鳴鶴　六臣本「鳴鶴」作「鴻鵠」，《玉臺新詠》亦作「鴻鵠」。

玉衡指孟冬　何曰：此其太初以前之詩乎？張氏庚《古詩十九首解》云：《史記·天官書》斗杓指夕，衡指夜，魁指晨；堯時仲秋夕杓指酉，衡指仲冬。此言衡指孟冬，則是杓指申，爲孟秋七月也。然白露爲八月節，「促織鳴東壁」即《豳風》「八月在宇」義，「玄鳥逝」又即《月令》八月「玄鳥歸」，然則此詩是八月之交。舊注以爲孟冬者謬也。睢陽吴氏據歷家歲差之法，以爲漢去堯時二千餘年，此時仲秋杓當指申，衡應指孟冬。此説亦未盡然，蓋今時仲秋杓猶指酉也。

注**鄭玄曰：同門曰朋**　《論語集解》引作「包曰」。按《公羊·定四年傳》「同門曰朋，同志曰友」，疏以爲出《倉頡篇》〔四〕。又《漢書·司馬遷傳》云：李陵非汝同門之朋、同志之友乎？

冉冉孤生竹　《文心雕龍》云：《孤竹》一篇，傅毅之詞。

兔絲附女蘿　注毛萇《詩傳》曰：女蘿，松蘿也。《毛詩草木疏》曰：今松蘿蔓松而生而枝正青，兔絲草蔓連草上黄赤如金，與松蘿殊異　又然是異草，故曰附也　按今本《毛詩傳》「女蘿」下有「兔絲」二字。李氏黼平曰：女蘿施於松上即爲松蘿，所疑者兔絲耳。《楚辭·山鬼》篇「被薜荔兮帶女蘿」，王逸注「女蘿，兔絲也」，又曰「薜荔、女蘿，皆無根，緣物而生」。既云緣物則不僅蔓連草上，雖竹木亦可。古詩一物雙舉，亦猶劉越石詩以宣尼孔丘並言。下句「兔絲生有時」即專言兔絲，不復言女蘿，是古詩亦以爲一物也。古詩此句及郭景純《遊仙詩》「緑蘿結高林，女蘿辭松栢」，陸士衡《悲哉行》「女蘿亦有託」，李注四引此傳皆云「女蘿，松蘿也」，並無「兔絲」字。今正義本「女蘿」下有「兔絲」，乃後人依《爾雅》之文附益之，不知《毛傳》正不必全依《爾雅》也。

賤妾亦何爲　《丹鉛餘録》云：《文選》范雲《古意》詩注引此作「擬何爲」，「擬」字勝「亦」字。

庭中有奇樹　六臣本「中」作「前」，《玉臺新詠》亦作「前」。

此物何足貢　注貢或作貴　五臣「貢」作「貴」，翰注可證。

脉脉不得語　注《爾雅》曰：脉脉，相視也　五臣作「脈脈」，良注可證。《説文繫傳》「脈」字引作「脈脈不得語」，《廣韻》「嘆」字引作「嘆嘆不得語」。注中「視」字不當有，説詳《魯靈光殿賦》。

注**順彼長道**　「順」上當有「又曰」二字。

晨風懷苦心　陸璣疏：晨風，一名鸇，似鷂，青黄色，燕含鉤喙，嚮風摇翅，乃因風飛急，疾擊鳩鴿燕雀食之。陳氏啟源曰：《周南》之鴡鳩，鶚也，即《爾雅》之鴡；《秦風》之「晨風」，鸇也。

注《**漢書**》：**景帝曰**　陳校「景」改「武」。

燕趙多佳人　張鳳翼本以此下另起爲一首。紀文達公曰：此下乃無聊而托之遊冶，即所謂蕩滌放情志也，陸士衡所擬可以互證，張本以臆變亂，不足爲據。王氏士禛《古詩選》云：「《古詩十九首》，《文選》作二十首，分『東城高且長』『燕趙多佳人』爲二首。」今《文選》不分，不知王所見何本，或即據張本也。

絃急知柱促　與上「傷局促」韻複。

馳情整中帶　五臣「中」作「巾」，翰注可證。紀文達公曰：《儀禮》有中帶，鄭注「中帶若今褌襂」，則作「巾」爲誤。

注《**説文**》：**躑躅，住足也**　今《説文》：蹢，住足也；躅，蹢躅也。按此引「躑」亦當作「蹢」，下云「躑躅與蹢躅同」可證。

驅車上東門，遥望郭北墓　孫氏鑛曰：此亦是東都詩，上東門、郭北墓正是北邙。張氏庚引睢陽吴氏曰：上東門，長安東門名；郭北，西都之北郭，非東都之北邙也。

潛寐黃泉下　六臣本「潛寐」作「寐潛」。

注**白紈素出齊**　胡公《考異》曰：「白」字應去，前《怨歌行》注引無。

生平不滿百，常懷千歲憂。晝短苦夜長，何不秉燭遊　趙氏翼曰：此謂爲樂當及時也，然《新唐書》李石對文宗曰「人生不滿百，常懷千歲憂」畏不逢時也、「晝短苦夜長」闇時多也、「何不秉燭遊」勸之照也，則又作勸勵解。

何能待來茲　注**茲，年**　《困學紀聞》十八：《左傳》「今茲」注云「此歲」也，見《僖十六年傳》注〔五〕；李注引《呂氏春秋》見《士容論·任地》篇〔六〕。桂氏馥曰：來茲即來今，《漢書》杜業上書「深思往事，以戒來今」。閻氏若璩曰：趙注《孟子》「今茲未能」爲「今年未能盡去」，亦以「茲」爲「年」。

仙人王子喬，難可與等期　六臣本「仙」誤作「小」，「與」作「以」。

螻蛄夕鳴悲　六臣本「夕」作「多」，《玉臺新詠》亦作「多」。

眄睞以適意，引領遥相睎　胡公《考異》曰：六臣本校云善無此二句，此或尤本校添，但依文義恐不當有。

孟冬寒氣至　劉氏履曰：「玉衡指孟冬」，非夏之孟冬，漢襲秦制以十月爲歲首，漢之孟冬夏之七月也。至「孟冬寒氣至，北風何慘慄」，蓋漢武已改用夏時矣。三代改朔不改月，古人辨證博引經傳多矣，獨未引此耳。

四五詹兔缺　注**詹與占同，古字通**　五臣「詹」作「蟾」，銑注可證。胡公《考異》曰：「詹」當作「占」〔七〕，注謂《元命苞》之「詹」與此詩之「占」同也。

注**爾，詞之終耳**　六臣本「耳」作「也」。胡公《考異》曰：「之終」二字係衍文，後《和王主簿怨情》詩注引作「爾，詞也」可證。

著以長相思　注**著，謂充之以絮也**　姜氏臯曰：此見《儀禮·士喪禮》「著組繫」句注也，而趙德麟《侯鯖録》遂謂「被中著綿謂之長相思，綿綿之意；緣，被四邊，綴以絲縷，結而不解」，豈古被之制抑因此詩而傅會之耶？

淚下霑裳衣　六臣本「淚下」作「下淚」。

校記

〔一〕胡馬依北風而立越燕望海日而熙　《吴越春秋·闔閭傳》「依」作「望」、「望」作「向」、無「海」字，《鹽鐵論》注、《古詩紀》等引同。

〔二〕薛君云纖纖女手之貌　此句稿本標注爲删除。

〔三〕困學紀聞云云　王應麟此語摘自《文選》本篇題注。

〔四〕疏以爲出倉頡篇　「出」據稿本補。

〔五〕注云此歲也見僖十六年傳注　「見」據《困學紀聞》十八補，係稿本圈改「此見」作「也」致脱。

〔六〕士容論任地篇　「論」原作「篇」，據《困學紀聞》十八、《吕氏春秋·士容論·任地》改。

〔七〕詹當作占　「當」據稿本及《文選考異》卷五補。

與蘇武詩

李少卿

風波一失所　《初學記·離别部》引「所」作「路」。

嘉會難再遇　本書《送應氏詩》注引「遇」作「逢」。

念子悵悠悠　六臣本「子」作「别」。

獨有盈觴酒　《容齋隨筆》云：盈爲惠帝諱，漢法觸諱有罪，不應陵敢用，東坡云後人所擬，可信也。《野客叢書》云：《古文苑》枚乘《柳賦》「盈玉縹之清酒」，《玉臺新詠》枚乘詩「盈盈一水間」，觀此知惠帝之諱當時亦有不避者。

携手上河梁　翁先生曰：自昔相傳蘇李河梁贈别之詩，蘇武四章，李陵三章，皆載《昭明文選》。然《文選》題云蘇子卿《古詩》四首，不言與李陵别也；李詩則明題曰《李少卿與蘇武詩》三首，而其中有「携手上河梁」之語，所以後人相傳爲蘇李河梁贈别之作。今即以此三詩論之，皆與蘇李當日情事不切。史載陵與武別，陵起舞作歌「徑萬里兮」五句，此當日真詩也，何嘗有「攜手上河梁」之事？即以「河梁」一首言之：其曰「安知非日月，弦望自有時」，此謂離別之後或尚可冀其會合耳，不思武既南歸即無再北之理，而陵云「丈夫不能再辱」亦自知決無還漢之期，此則「日月弦望」爲虛詞矣；又云「嘉會難再遇，三載爲千秋」，蘇李二子之留匈奴皆在天漢初年，其相別則在始元五年，是二子同居者十八九年之久矣，安得僅云三載嘉會乎？就此三首其題明爲與蘇武者，而語意尚不合如此，況蘇四詩之全不與李相涉者乎！藝林相傳蘇李河梁之別，蓋因李詩有「攜手河梁」之句可爲言情叙別之故實，猶之《許彦周詩話》云「燕燕于飛」一篇爲千古送行詩之祖也。而蘇李遠在異域，尤動文人感激之懷，故魏晉以後遂有擬作李陵《答蘇武書》者，若準本傳歲月證之皆有所不合，而詞場口熟，亦不必一一細繩之矣。

悢悢不得辭　五臣「悢悢」作「恨恨」，向注可證。六臣本「得」作「能」。桂氏馥曰：五臣注「恨恨，相戀之情」，按恨恨即懇懇，言誠欵也，慕容翰謂逸豆歸追騎曰「吾居汝國久，恨恨不欲殺汝〔一〕」。

注**若張弓弛弦也**　「弛」當作「施」。

校記

〔一〕恨恨不欲殺汝　桂馥引自《通鑑·晉紀十八》，《晉書·慕容翰傳》作「恨不殺汝」，《太平御覽》七四四引《十六國春秋》作「誓不殺汝」。

注爲栘中監　毛本「栘」誤作「後」。

注四海之内，皆爲兄弟　皇侃《論語義疏》本「皆」下有「爲」字，《鹽鐵論·和親》章引亦有「爲」字。

〔二〕

昔爲鴛與鴦，今爲參與辰。昔者常相近，邈若胡與秦　《初學記·離别部》引此詩誤作《李陵贈蘇武》。按《古文苑》别有《蘇武答李陵》詩一首又《别李陵》一首，中有「雙鳧俱北飛」四句，《初學記》引亦誤作《李陵答蘇武》。又按蘇、李古詩後人疑之者多。《古文苑》所載李陵詩成篇者六，又佚句六，本書注皆屢引之。此外如《三良詩》注及《安陸王碑》注並引李陵詩曰「嚴父潛長夜，慈母去中堂」，《王明君辭》注引李陵詩曰「行行且自割，無令五内傷」，陸士衡《擬古詩》注引李陵詩曰「招摇西北馳，天漢東南流」，江文通《雜體詩》注引李陵詩曰「何以慰我心」，《與孫皓書》注及《檄豫州》注、《辨亡論》注並引李陵詩曰「幸託不肖軀，且當猛虎步」，皆《古文苑》所未載，不知從何處採取，姑附輯於此。案李所見自如此。今「幸託不肖軀，且當猛虎步」二句在《古文苑》孔融《雜詩》第一首中，乃宋孫巨源所集，故不與唐引同。　錢氏大昕曰：五言之興必不在景、武之世，觀《漢書》李陵置酒起舞作歌初非五言，則知「河梁」倡和爲後人依託；不待「盈觴」之語觸犯漢諱始疑其作僞也。枚叔又在蘇武之前，班史不言有五言詩，其爲臆説更無容辨矣。

邈若胡與秦　何曰：《史記·大宛列傳》「宛城中新得秦人，知穿井」，當時塞外謂中國人爲秦人，猶魏以後謂中國爲漢人也。胡與秦，中外之辨非胡越比。此以贈遠人，意本不爲少卿也。

絲竹厲清聲　六臣本「聲」作「音」。

征夫懷往路　又**行役在戰場**　《玉臺新詠》「往」作「遠」，「行」作「征」。本書《秋胡詩》注引上句作「行人懷遠路」。

死當長相思　姜氏皋曰：王氏士禛《古詩選》云「長相思」《玉臺新詠》作「留別妻」，今按宋陳玉父本仍作「長相思」也，王氏所見殆據馮舒校本，紀氏容舒《考異》云明人重刻竄亂彌多，是也。

馥馥我蘭芳　劉氏履曰：「我」當作「秋」。

芬馨良夜發　五臣「芬」作「芳」，濟注可證。

寒冬十二月，晨起踐嚴霜　六臣本「嚴」作「凝」。何曰：《漢書》本傳武以始元六年春至京師，則與少卿泣訣在五年之冬也。

俯觀江漢流，仰視浮雲翔　余曰：東坡《答劉沔書》曰「李陵蘇武贈別長安，詩有『江漢』之語，而蕭統不悟」，按四詩第三首决爲奉使別家人之作，前二首似是送別，非武自遠行，此篇詞旨渾含又總曰古詩，何以知其必爲長安贈別乎？《蔡寬夫詩話》又云：安知武未嘗至江漢耶？何曰：江漢浮雲一去不復返，一分不復合，以比別離，不必泥江漢之地爲疑。

山海隔中州　六臣本「海隔」作「隔海」。

校記

〔一〕蘇子卿詩　「詩」上原衍「古」，據目録及《文選》改。

〔二〕有爲字　《文選注》僅四庫六臣本無「爲」字，正平本《論語集解》亦有。

四愁詩

張平子

張衡不樂　《學林》云：此序非衡自作，豈有爲相而斥言國王驕奢，又自稱下車威嚴、郡中大治者？按《後漢書·張衡傳》知此乃史詞也，詞有不同，蓋撰《後漢書》者非一家、編《衡集》者增損之耳。《玉臺新詠》無序，蓋彼書例不應有。

久處機密　翰注：時爲太史令，主天文玄象，故稱機密。

注　改元嘉七年　六臣本「元嘉」作「永建」，是也。

注　魏郡豪右李竟。文類曰　「右」字不當有，此所引《宣帝紀》文，「類」當作「穎」。胡公《考異》曰：此又見《霍光傳》，亦無「右」字；善意取文穎注以解「豪右」，自在下，不知者誤並添。

屈原以美人爲君子　六臣本「屈」上有「依」字，是也，此脱。

一思曰　《玉臺新詠》本各首起處均無此三字。

注《漢書》曰：有太山郡　「曰」字不當有，或是「志」字。

美人贈我金錯刀　《藝苑雌黄》云：錯刀以黄金錯其文，一刀直五千。王氏士禛引《碧里雜存》云：在京師買得古錯刀三枚，形如今之剃刀，其上一圈如圭璧之形，中一孔即貫索之處。

路遠莫致倚逍遥　翰注：倚立而逍遥不得志也〔一〕。桂氏馥曰：下文「倚惆悵」「倚踟躕」「倚增歎」皆語詞，倚與猗通。《詩》「河水清且漣猗」，《書》「斷斷猗」疏云「猗者，足義之詞，不爲義也」，《莊子》「而我猶爲人猗」，《漢書》「猗違者連歲」，《詩·衛風》「猗重較兮」釋文「猗，依也」，《小雅》「兩驂不猗」疏「不相依」，皆猗、倚相通之證。五臣臆説不可從。

美人贈我金琅玕　五臣「金」作「琴」，良注可證。《玉臺新詠》亦作「琴」。

欲往從之隴阪長　《水經·渭水注》云汧水有二源：一水出縣西山，謂之小隴山，巖嶂高崄，不通軌轍，故張衡《四愁詩》曰：我所思兮在漢陽，欲往從之隴阪長。

注《漢書》曰：天水郡　何校「漢」上添「續」字。

直裾謂之襜褕　《釋名》：荆州謂襌衣曰布襹，亦曰襜褕，言其襜襜宏裕也。《急就篇》師古注：襜褕，直裾襌衣謂之襜褕，取其襜襜而寬裕。

注《説文》曰：佩巾也　陳校「曰」下添「巾」字。

何以報之青玉案　余曰：「案，古盌字。按宋犖豐《後耳目志》〔二〕：孟光舉案齊眉，俗直謂之几案，呂少衛《語林小隸》〔三〕云『案，古椀字』，故舉與眉齊，張衡《四愁詩》『何以報之青玉案』謂青玉椀也。」楊慎《丹鉛總録》亦主是説。今按《周禮·考工記》「案十有二寸，棗栗十有二列」，戴氏震曰：「案者，棜禁之屬。《儀禮注》曰：棜之制，上有四周，下無足。《禮器注》曰：禁，如今方案，隋長，局足，高三寸。此以案承棗栗，宜有四周，漢制小方案局足，此亦宜有足。」段氏玉裁曰：「《説文》云几屬，則有足明矣。今之上食木槃近似，惟無足耳。」戴氏精於《禮》者，而於案之有足無足未能定，蓋偶忘《明堂位》「俎用梡嶡」之注也，注云「梡形四足如案，嶡則加横木於足中央爲横距之形」。合觀《禮經》諸解，既言禁梡如案，即可知案形方，有四足，爲承器之物也。姜氏臯曰：《急就篇》「楕、杅、槃、案、桮、問、盌」，案、椀並稱，可見各爲一器也。《廣雅·釋器》「案謂之槁」，又曰「盎、甆、銚、椀，盂也」，亦未嘗混案與椀爲一。且各字書亦未載椀字。《文選注》「青玉案」，先取憑倚之意，是《周禮》「掌次氈案」之案也；又引《楚漢春秋》漢王賜臣玉案之食，是即舉案之案也。《史記》萬石君「對案不食」，《漢書·霍后傳》「親奉案上食」，《鹽鐵論》「文杯畫案」，《東觀記》「杯案食物，大小重疊」又魏霸妻「奉案前跪」，《曹操别傳》「至以頭没杯案中」，似皆同於《後漢書》孟光之案。《玉篇》以几屬、食器並釋，《廣韻》引《史記》「趙王張敖自持案進食」又引「曹公作欹案卧視書」，是亦兩解。要不若據《禮經》「禁梡」以訓案爲確耳。

校記

〔一〕逍遥不得志也　「志」據稿本及《文選注》補。

〔二〕鞏豐後耳目志　「鞏豐」原作「曾鞏」，據《説郛》明抄百卷本卷十二改，《文選音義》卷六不誤，此據《説郛》百廿卷刻本卷二四誤改；「後」據《説郛》補，余蕭客脱。

〔三〕吕少衛語林小隸　「衛」原作「衡」，據稿本及《文選音義》卷六、《説郛·後耳目志》改；「小隸」據《文選音義》及《説郛》抄本補，《説郛》刻本誤作「少潁」。

王仲宣　雜　詩

冀寫憂思情　六臣本「冀寫」作「寫我」。

劉公幹　雜　詩

職事相塡委　又**從爾浮波瀾**　六臣本「相」作「煩」，「從爾浮」作「爾從遊」。《學林》云：「從爾浮波瀾」此以去聲用「瀾」也，他如陸士衡《樂府》「舊齒多凋喪」以平聲用喪字、《爲顧彦先贈婦》「素衣化爲緇」以上聲用緇字、左太冲《雜詩》「歲暮常慨慷」以平聲用慷字、顔延年《登巴陵城樓》詩「前瞻京臺囿」以入聲用囿字、劉越石《答盧諶》詩「昔在渭濱叟」以平聲用叟字、江淹《望荆山》詩「雲霞肅川漲」以平聲用漲字，此類甚多。

雜詩

魏文帝

注《毛詩》曰：展轉不寐　朱氏珔曰：《詩》無此語，當原作《毛詩》曰「展轉反側」又曰「耿耿不寐」，而今本有脱文耳。

鬱鬱多悲思　六臣本「悲」作「愁」。

南行至吴會　六臣本「南行」作「行行」，是也。此傳寫誤。

朔風詩

曹子建

朔風　翰注：時爲東阿王，在藩感北思歸，故有此詩。

昔我初遷　良注：初遷，謂遷出藩時。

朱華未希　又素雪雲飛　六臣本「朱」誤作「未」，「雲」作「云」是也。胡公《考異》曰：各本作「雲」者皆傳寫誤，「素雪」與「朱華」偶句，「云飛」與「未希」偶句，假令作「雲」，殊乖文義。

注言君雖不垂眷，己則豈得不言其誠。《蒼頡篇》曰：豈，冀也　朱氏珔曰：《説文》「豈」字「一曰欲也」，又《見部》「覬，钦幸也」，「覬」从「豈」取意，本書《登樓賦》注「覬與冀同」，正合「豈，冀也」之訓，此注蓋以「豈」爲「覬」。「得」下「不」乃衍字，殆後人誤增，否則與下引《蒼頡》不可通。

雜詩

注**在郢城思鄉而作**　何校「郢」改「鄄」，陳同。

轉蓬離本根　林先生曰：子建有瑟瑟調歌，起云「吁嗟此轉蓬〔一〕，居世何獨然」，結云「願爲中林草，秋隨野火燔。糜滅豈不痛，願與根荄連」，詞意尤警。謹按此見《魏志·曹植傳》裴注。

天路安可窮　注**《吕氏春秋》曰：風乎其高無極也**　張氏雲璈曰今《吕氏春秋》無此文。孫氏星衍曰：今《下賢》篇有「昏乎其深而不測也」云云，上下疑脱此句。

注**食不充虚**　本書張景陽《雜詩》注引同，而今《列女傳》「虚」作「口」，《陶徵士誄》注引又作「充膚」，虚、膚字近，恐誤。此注又引《文子》「充虚接氣」以證，則「虚」字爲勝。《抱朴子·自叙》篇亦云「食不充虚」。

注**武毅發沈憂**　「憂」下當有「結」字。

妾身守空閨　又**飛鳥繞樹翔**　又**噭噭鳴索群**　《玉臺新詠》「閨」作「房」，「飛」作「孤」，「噭噭」作「嗷嗷」。

注**生南國**　此下當添「兮王逸曰南國」六字。

日夕宿湘沚　六臣本作「夕宿瀟湘沚」。毛本作「暮宿瀟湘沚」。《玉臺新詠》作「夕宿湘川沚」。

吾將遠行遊　六臣本「遠行」作「行遠」。

臨牖御櫺軒　五臣「御」作「仰」，翰注可證。

注**音響何太悲**　「何太」當作「一何」，各本皆誤。

校記

〔一〕吁嗟此轉蓬　「此」原作「出」，據《三國志·曹植傳》注、《文選·北使洛》注、《藝文類聚》卷四二、《樂府詩集》卷三三、《曹子建集》卷六等改。

情　詩

游子歎《黍離》，處者歌《式微》　朱氏超之曰：《魏志·蘇則傳》「植聞魏代漢，發服悲哭」，此詩《黍離》《式微》情見乎辭。

雜　詩

嵇叔夜

與爾剖符　何曰「剖符乃同樂之意，不謂仕也」，按此亦望文生義，別無所據。

雜　詩

傅休奕

繁星依青天　五臣「依」作「衣」。翰注「繁星布於天，如人身着衣也」，義殊迂曲，不可從。

雜詩

張茂先

固陰寒節升　六臣本「固」作「涸」。

注**日昬東壁中**　六臣本無「日」字，是也，此誤衍。

情詩

晨月照幽房　五臣「照」作「燭」，銑注可證。《玉臺新詠》亦作「燭」。

襟懷擁靈景　又**居歡惕夜促**　五臣「靈」作「虛」、「惕」作「惜」，翰注、濟注可證。《玉臺新詠》亦作「虛」作「惜」。

拊枕獨嘯歎，感慨心内傷　又**巢居知風寒**　又**不曾遠別離**　《玉臺新詠》「拊」作「撫」，「嘯」作「吟」，「感慨」作「綿綿」，「知」作「覺」，「寒」作「飄」，「不」作「未」。

園葵詩

陸士衡

種葵北園中　劉氏履曰：士衡由吴入洛，故以「種葵北園」自比，而露澤、月輝喻君之寵禄，時逝、歲暮喻晉之衰末，且以霜威比齊王、高墉比成都也。又曰：免死後尚爲平原令内史，故末有「豐條」

云云。

注《説文》曰：蕤，草木華盛貌也　今《説文》「盛」作「垂」。

思友人詩

曹顔遠

注**攄與戰，軍敗**　毛本作「遇戰，軍敗」。

霖潦淹庭除　又**心與迴飆俱**　六臣本「淹」作「浩」，「飆」作「飄」。

清陽未可俟　毛本「陽」作「揚」。王氏世懋曰：「清揚」當作「青陽」，蓋對密雲、淋潦〔一〕言之，本指日出，猶言河清難俟耳。朱氏珔曰：注引《詩》「清揚婉兮」并毛傳云「清陽，眉目之間也」，「陽」今作「揚」，惟《説苑·尊賢》篇〔二〕引作「清陽」，蓋「揚」可通「陽」。《玉藻》「顛實揚休」，疏「揚，陽也」。《左氏·文八年傳》「晉解揚」，《漢書·古今人表》作「解陽」。注例凡字異者多有「某與某同」之語，而此無有，或善本作「揚」不作「陽」乎？

校記

〔一〕密雲淋潦　「潦」原作「漓」，據稿本及《文選注》改。

〔二〕説苑尊賢篇　「尊」原作「賓」，據《説苑》改。

感舊詩

注**鳥皆集於苑**　「鳥」當作「人」。

郡士所背馳　六臣本作「群士皆背馳」，是也。「郡」字蓋傳寫誤。

雜詩

何敬祖

注**《古長歌行》曰：昭昭素明月**　「長」當作「傷」，此見本書二十七卷，惟彼「明月」作「月明」。

惆悵出游顧　六臣本「出」作「忽」。

注**《禮記》曰：德産之緻也精微**　姜氏皋曰：今《禮記·禮器》「緻」作「致」，注云：密緻而精微也。按《詩·彼都人士》箋「其情密致」、《禮記·聘義》注「縝，致也」〔一〕，釋文皆云「致本作緻」。

校記

〔一〕禮記聘義注縝致也　「記」原誤作「器」，《禮記·禮器》注無此語。

雜詩

王正長

注**《毛詩》曰：春日遲遲，倉庚喈喈**　今《詩·出車》「春日」句下尚有「卉木萋萋」四字。《楚辭·

悼亂》作「鴟鴞兮喈喈」也，與正文字合。

人情懷舊鄉，客鳥思故林　六臣本「人」下無「情」字，「思」下有「棲」字。

棗道彦

雜　詩

注《今書七志》曰　汪氏師韓曰：注引群書有王儉《今書七志》，按《隋書·經籍志》史部簿録篇「《今書七志》七十卷，王儉撰」，考《南齊書·王儉傳》依《七略》撰《七志》四十卷在宋世，隋多三十卷，又名冠「今書」則在齊世，李所見與《隋志》同。

注棗據，字道彦　余曰：《晉書》：據本姓棘，其先避仇改焉。

注於是乎知有天道可必乎　陳校重「天道」二字。

注高誘曰：聘，問之　今《吕氏春秋》高注無此三字。

羊質服虎文　尤本「服」誤作「復」。

僕夫罷遠涉　六臣本「罷」作「疲」，「涉」作「陟」。

左太冲

雜　詩

秋風何洌洌　六臣本「洌洌」作「烈烈」。

披軒臨前庭　《文苑英華》誤作唐太宗詩，「軒」作「衣」。案「軒」字李有注，五臣亦作「軒」，《英華》作「衣」亦誤字耳。

張季鷹　**雜詩**

黄華如散金　此詩首句「暮春和氣應」〔一〕，上句「青條若總翠」，則「黄華」自係春花。吴氏震方謂即菜花。張氏雲璈云：唐以此句命題，士多以黄花爲菊，合式者不滿數，但終不知黄華何物而當時所云合式者究何謂也。

校記

〔一〕暮春和氣應　「氣」原作「風」，據稿本及《文選》改。

張景陽　**雜詩**

庭草萋以緑　六臣本「以」並作「已」，《玉臺新詠》亦作「已」。

注**名赤縣中州也**　陳校「中」改「神」。

離群戀所思　六臣本「戀」作「念」。

丹氣臨湯谷　五臣「湯」作「暘」，濟注可證。

輕風摧勁草，凝霜竦高木 六臣本「摧」作「推」，「高」作「喬」。

歐駱從祝髮 六臣本「歐」作「甌」，是也。此傳寫誤。

注 **鄭玄《毛詩》曰** 六臣本「詩」下有「箋」字，是也，何、陳據添。

巴人皆下節 張氏雲璈曰：下節，蓋言節奏之最下者。

朝登魯陽關 《水經·淯水注》云：魯陽關水逕魯陽關，左右連山插漢，秀木干雲，是以張景陽詩：朝發魯陽關，峽路峭且深。

注 **及王遵爲刺史** 陳校「遵」改「尊」，下同。

入聞鞞鼓聲 六臣本校云「聞」善作「閒」，蓋傳寫誤。

捨我衡門依 五臣「依」作「衣」，向注可證。何云當從五臣。

注 **潦注吾宫也今** 胡公《考異》曰：「今」當作「利」，各本皆譌，此見《吕氏春秋·召類》篇。

有滰興南岑 注 **滰與弇同** 陳曰：據注「滰與弇同」，則詩中「滰」字當作「弇」，兼有江文通《擬張黄門詩》注可證。胡公《考異》曰：「弇」字見《釋文》，又《韓詩》作「弇」見《外傳》，此因五臣作「滰」以之亂善耳。

注 **《説文》曰：山有穴曰岫** 本書《七啟》注引下「曰」字作「爲」〔一〕。今《説文》：岫，山穴也。《爾雅》：山有穴爲岫〔二〕。

注《説文》曰：森林，叢木也　今《説文》「森，多木貌」，《玉篇》《廣韻》並云「森，長木貌」，無叢木之訓。惟《説文》「林」字注云：平土有叢木曰林。

注楚芻牧　六臣本「楚」作「禁」，是也。此傳寫誤。

注《風俗通》曰：劉向爲孝成皇帝典校書籍，皆先書竹，爲易刊定，可繕寫者以上素也。今東觀書，竹素也　按今《風俗通》無此文。前《魏都賦》「讎校篆籒」注引《風俗通》曰按劉向《别録》云云，今本《風俗通》亦無之。臧氏琳曰：西漢無紙，故先書於竹簡，有誤者刀刊削之，及讎校已定，則繕寫於縑素也。

注黑蜧，黑蛇也　元槧本、毛本「蛇」上脱「黑」字。

注王逸曰：屏號起雨　尤本「曰」下有「豐隆，雲師也。《楚辭》曰」八字，是也，各本皆脱。

尺燼重尋桂　案《説文》：梫，桂也。《爾雅》：梫，木桂。尋桂疑是梫桂。本書《蜀都賦》亦云：木蘭，梫桂也。

在約不爽貞　又比足黔婁生　六臣本「在」作「大」，「足」作「之」。

注井上有李實，螬食者過半矣，匍匐往將而食之，三咽，然後耳有聞、目有見也，仲子織屨，妻辟纑以易之　今《孟子》「實」字在上「食」字下，「將」下無「而」字，「見」下無「也」字，「仲子」作「彼身」，「易之」下有「也」字。《論衡》引「半」下無「矣」字，「匍匐」作「扶服」，「見」下有「也」

字。《説文繫傳》引「織」作「捆」。

注不宜何也　今《列女傳》作「不亦宜乎」。

校記

〔一〕七啟注引下曰字作爲　《七啟》注乃引《爾雅》而非《説文》，此誤引。

〔二〕爾雅山有穴爲岫　「爲」據《爾雅·釋山》及《文選·七啟》注、《王元長曲水詩序》注補，《吴都賦》注引作「曰」。

文選旁證卷第二十六

文選卷三十

盧子諒　時興

注《莊子》曰：萬物並作　又子曰　六臣本「莊」作「老」，是也。「子曰」當作「又曰」，各本並誤。

注莫而清乎　六臣本「莫」作「漠」，是也。此所引《知北遊》文。

注《説文》曰：泊，無也　此因上引《廣雅》而轉注之。今《説文》「怕，無爲也」，在《心部》，《子虚賦》注已引。此及引《廣雅》皆當作「怕」而增「爲」字。

陶淵明　雜詩

結廬在人境　此與下「秋菊有佳色」二首，乃本集《飲酒》詩二十首中之第五、第七也。別有《雜詩》十二首，此二詩不在其中。

悠然望南山　本集「望」作「見」。按《冷齋夜話》引東坡云：「望」字非淵明意，本自采菊，無意望山，適舉首而見之，故悠然忘情，趣閒而景逸，此未可於文字間求之。〔一〕《苕溪漁隱叢話》引蔡寬夫云俗本多以「見」字爲「望」字，惟《復齋漫録》云「予觀樂天效淵明詩有『時傾一樽酒，坐望東南山』，然則流俗之失久矣」〔二〕。

此還有真意，欲辨已忘言　施氏德操《北窗炙輠録》云正夫云「達摩未西來，淵明早悟禪」，蓋謂「此還」二句深合禪理。按此即維摩不立語言文字法門也。《韻語陽秋》云：不立文字、見性成佛之宗，達摩西來方有之，淵明時未有也。觀其《飲酒》詩「此中有真意，欲辨已忘言」及《形影神》三篇，皆寓意高遠，蓋第一達摩也。而老杜乃謂「淵明避俗翁，未必能達道」，何耶？

注**《纏子》：董無心曰：無心鄙人也，不識世情**　此與本書《文賦》注所引少異，説見前。

嘯慠東軒下　六臣本「慠」作「傲」。

校記

〔一〕冷齋夜話引東坡云云　「冷齋夜話引」五字當去，下句「苕溪漁隱叢話引」當移此，引自《苕溪漁隱叢話》前集卷三。因該段首爲「冷齋夜話云」，引者遂以整段皆冷齋語，不知第二句就是「苕溪漁隱曰」，《冷齋夜話》無此語。

〔二〕復齋漫録云云　「復齋漫録」原作「遯齋閒覽」，據《苕溪漁隱叢話》後集卷三改，語見吳曾《能改齋漫録》卷三。而《遯齋閒覽》久佚，《苕溪漁隱叢話》《説郛》等所引均無此語。

詠貧士

何時見餘輝　《初學記》十八引「餘」作「殘」。

讀山海經

繞屋樹扶疏　吴氏師道《詩話》云：湯伯紀注陶詩「扶疏本《太玄》」，實則《燕剌王傳》、劉向封事皆有此語。今按《太玄·斂·次三》「見小勿用，以我扶疏」，唐王涯注以「扶疏」與「盛大」同義；《漢書·楚元王傳》劉向上封事曰「其梓柱生枝葉，扶疏上出屋」；又《燕剌王傳》疏曰「是以枝葉扶疏，異姓不得間也」〔一〕。「扶」本當作「枎」，《説文·木部》「枎，枎疏，四布也」，本書《上林賦》「垂條扶疏」、《七發》「根扶疏以分離」、《解嘲》「枝葉扶疏」注並引《説文》，又《洞簫賦》「標敷紛以扶疏」注引宋玉《笛賦》云「扶疏，四布」，而吴並忘之。其實「扶疏」二字始於《韓非子·揚權》篇今《韓非子·揚權第八》「權」字誤，當從《蜀都賦》注引作「搉」。「木枝扶疏〔二〕，將塞公閭」，又《吕氏春秋·辨土》篇云「樹肥無使扶疏，肥而扶疏則多粃」，此皆漢以前語，則吴之所未知也。

校記

〔一〕異姓不得間也　「間」原作「同」，據《漢書·燕剌王傳》改。

〔二〕木枝扶疏　「木」原作「本」，據《韓非子·揚權》改。

七月七日夜詠牛女

謝惠連

注　桂陽城武丁　段校「城」改「成」。

注　《齊諧記》曰　至織女嫁牽牛　《荆楚歲時記》亦云七月七日爲牽牛織女聚會之夜，而《淮南子》《風俗通》《爾雅翼》、韓鄂《歲華紀麗》且言烏鵲爲橋也，其後《歲時廣記》諸書無不遞相轉述，此詩「雲漢有靈匹」「今聚夕無雙」等語知從來久矣。

升月照簾櫳　又蹀足循廣除　又遐川阻昵愛　又弄杼不成藻，聳轡騖前蹤　又留情過華寢　《玉臺新詠》「簾」作「房」，「除」作「塗」，「昵」作「暱」，「藻」作「彩」，「騖」作「驚」，「過」作「顧」。

注　零露團兮　今《詩·野有蔓草》「團」作「漙」，釋文云本亦作「團」。

注　《説文》曰：瞬，開闔目也　今《説文》：瞚，開闔目數摇也。

款顏難久悰　五臣「顏」作「情」，向注可證。

注　彌盡也　「盡」當作「益」，此所引《冠禮》注。

擣　衣

霄月皓中閨　五臣「霄」作「宵」，良注可證。

美人戒裳服，端飾相招攜　又**櫩高砧響發**　又**君子行未歸**　又**幽緘候君開**　《玉臺新詠》「裳」作「常」，「飾」作「飭」，「櫩」作「欄」，「未」作「不」，「候」作「俟」。五臣「候」亦作「俟」，濟注：待也。

南樓中望所遲客

謝靈運

佳人猶未適　六臣本「猶」作「殊」，是也。

田南樹園激流植援

援　《集韻·二十三綫》《類篇·木部》並作「楥」，于眷切，一曰籬也。銑注：「引流水種木爲援，如牆院也。援，衛也。」按本詩「插槿當列墉」即此義。姜氏皋曰：《釋名》「垣，援也，人所依阻以爲援衛也」，《晉書·桑虞傳》「園援多棘刺」〔一〕，《梁書·何胤傳》「即林成援」，皆作「援」不作「楥」。

養痾亦園中　六臣本「園」誤作「丘」。案向注亦有「養病園中」語，是五臣與李無異。故孫氏志祖曰：作「丘」大失詩意。

中園屏紛雜　六臣本「中園」作「園中」。

衆山亦對牕　五臣「對」作「當」，向注可證。

靡迤趨下田　又妙善冀能同　六臣本「田」作「岫」，「能」作「皆」。

校記

〔一〕園援多棘刺　「棘刺」原作「荆刺」，稿本作「荆棘」，據《晉書·桑虞傳》改。

齋中讀書

注惟寂惟漠，自投於閣　《漢書·揚雄傳》「惟寂寞，自投閣」，師古曰「今流俗本云：惟寂惟寞，自投於閣」，據此知李注所引《漢書》非師古所校本矣。

石門新營所住四面高山迴谿石瀨修竹茂林詩〔一〕

注滑，美貌也　何校「滑」改「湑」，各本皆誤。胡公《考異》曰：此疑作「湑」；胥，「胥」之别體字。謹案：注引《詩》「飲此湑兮」，《詩·伐木》「湑」作「湑」，釋文於「有酒湑我」句云「湑本又作湑」也，是湑、湑本通。

俯濯石下潭　五臣「潭」作「澋」，良注可證。

庶持乘日車　注若乘日之車　五臣「持」作「特」〔二〕、「車」作「用」，向注：「恬澹無爲〔三〕，不知所用於心，謂之日用，此道可以近持於身。」胡公《考異》曰：「特」字誤，「用」字不誤，尤本遽改爲

「車」則非也。「乘日」二字連文，乘日用者，乘日之用。靈運所作《擬王粲詩》云「豈顧乘日養」句例正同，善注云「乘日已見上」。又此注云「車或爲居」者乃説所引之《莊子》，非謝詩有「車」字，《莊子》釋文云「元嘉本作居」可證。向注讀「日用」連文，解義雖謬，而文轉不譌。

校記

〔一〕修竹茂林詩　尤本、元槧本、毛本、胡本同，目録及六臣本作「茂林修竹詩」。

〔二〕五臣持作特　「五臣」當作「六臣本」。此云五臣作「特」，而下引向注作「持」，自相矛盾。按集注本、陳八郎本、尤本、元槧本、胡本作「持」，秀州、明州、袁本同并校云善作「特」，贛州、建州、茶陵本作「特」校云五臣作「持」，胡克家《考異》云袁本、茶陵本所見傳寫誤「特」，俱可證是六臣本誤而非五臣誤。

〔三〕恬澹無爲　「恬」據《文選注》補。

雜詩

王景玄

注　**王微字景玄**　六臣本「微」誤作「徽」。本書江淹《雜體》有「王徵君微」，沈約《宋書》有《王微傳》，《南史》亦有傳附見，皆作「微」不作「徽」。

哀歌送苦言　《玉臺新詠》作「哀歌若送言」。

注 **劉渠曰** 何校「渠」改「熙」，各本皆誤，此劉熙《孟子注》也。

但知狐白温 六臣本「但」作「粗」。

注 **日暮不從野雀棲** 「日」字不當有，各本皆衍。

數　詩

鮑明遠

注 **行幸甘泉，賦曰** 「甘泉」二字當重，各本皆脱。

注 **即慶賀之** 今《周禮·小行人》作「則令慶賀之」。

注 **戾舊邦** 陳校：「戾」上當有「言」字，各本皆脱。

注 **張衡《舞賦》曰：歷七盤而屣躡** 此十一字誤衍〔一〕。

注 **善見理不拔** 六臣本「見」作「建」，是也。《老子》「善建者不拔」。何校轉改「建」爲「見」，似誤。

校記

〔一〕此十一字誤衍 此上當補「胡公《考異》曰」。

翫月城西門解中

解中 六臣本「解」作「廨」。《玉臺新詠》無此二字。按解、廨古今字。《玉篇》：解，署也。《商子·

翆令》篇：高其解舍。

始見西南樓　五臣「見」作「出」，向注可證。《鮑集》亦作「出」。

蛾眉蔽珠櫳，玉鈎隔瑣窗　《玉臺新詠》「櫳」作「籠」，「瑣」作「綺」。紀文達公云：「蛾眉玉鈎」四字始見此詩，遂成典故。

徘徊帷户中　五臣「帷」作「入」，翰注可證。《玉臺新詠》「户」作「幌」。

客遊厭苦辛　《玉臺新詠》「苦辛」作「辛苦」。

仕子倦飄塵　紀文達公云「飄塵」本作「風塵」。

郢曲發陽春　五臣「發」作「繞」，濟注可證。《玉臺新詠》亦作「繞」。

肴乾酒未缺，金壺啟夕淪　《玉臺新詠》「缺」作「闋」，「啟」作「起」〔一〕，「淪」作「輪」。五臣亦作「闋」，良注「酒情未終」可證。按李注云「酒未止」，則亦當作「闋」也。良注「淪猶盡也」，與李注「夕波」義異。

校記

〔一〕缺作闋啟作起　「起」原作「淪」，涉下句誤，據稿本及《玉臺新詠》卷四改。又《玉臺新詠》明活字本、《箋注》本均作「缺」，乃《考異》本據李善注改「闋」并注云「宋刻作缺」；三本均作「啟」，無作「闋」作「起」者。

謝玄暉　始出尚書省

注《公羊傳》曰：**繼**　袁本「繼」字上有「是子也」三字〔一〕。

防口猶寬政，餐荼更如薺　注言防衆口實由寬政，雖遇餐荼之苦，更同如薺之甘。時明帝輔政，故曰寬也　按此二句仍連上文，指鬱林王也。良注云「厲王防人之口，比之鬱林王猶爲寬政；人苦其政甚於餐荼之苛法，則餐荼如薺焉」云云，似較李注爲順。此下「英衮」句乃轉到明帝也。

注**誰爲荼苦**　「爲」當作「謂」，各本皆誤。

歡虞讌兄弟　注**虞與娱通**　《孟子》「驩虞如也」，丁公著音曰「驩虞義當作歡娱」。《莊子·讓王》篇「許由虞于潁陽」，釋文「虞本作娱」。本書《羽獵賦》〔二〕「弘仁惠之虞」注亦云虞與娱同。

注**曹顔遠《感時詩》曰**　陳校「時」改「舊」，各本皆誤。

乘此終蕭散　六臣本「乘」作「因」，「終」作「得」。

校記

〔一〕袁本有是子也三字　「袁本」當作「六臣本」，茶陵本同之。

〔二〕本書羽獵賦　「賦」據稿本補。

直中書省

紫殿肅陰陰　段校「陰陰」改「清陰」，未知所本。

風動萬年枝　注**華林園有萬年樹**　毛本「有」誤作「南」。方勺《泊宅編》云：徽宗興畫學，試諸生以「萬年枝上太平雀」爲題，無能釋其何木〔一〕，或密以叩中貴，中貴曰「萬年枝，冬青木也；太平雀，頻伽鳥也」。何曰：即《詩·山有樞》疏中所謂萬年樹，蓋檍也〔二〕。案此已見本書《景福殿賦》「綴以萬年」句注。

春物方駘蕩　《三輔黄圖》：駘蕩宫，言春時萬物駘蕩滿宫中也。

校記

〔一〕無能釋其何木　釋，稿本及《演繁露》卷十一引《泊宅編》作「識」。

〔二〕詩山有樞疏中所謂萬年樹蓋檍也　「樞」原作「杻」，據《唐風·山有樞》「山有栲，隰有杻」孔疏「杻，檍也……正名曰萬歲，既取名於億萬」改，《小雅·南山有臺》「南山有栲，北山有杻」疏無此語。

觀朝雨

注**勁百常而莖擢**　段校「勁」改「徑」。

注有蛾氏　何校「蛾」改「娥」，是也，各本皆誤。

注《淮南子》曰：楊子見逵路而哭之　此《説林訓》文。朱氏珔曰：《爾雅》「二達謂之歧旁，九達謂之逵」，皆言路之歧出者也。歧、逵音相近，故「歧」或爲「逵」。此處正文作「歧」，注亦當云「歧」與「逵」通。

郡内登望

平楚正蒼然　平楚猶平野也〔一〕。善注引「言刈其楚」，非也〔二〕。

惝恍魂屢遷　五臣「惝」作「惝」，銑注可證。

注著涼處，自飲食也　「飲」當作「飤」。毛本作「飼之其人大慙」六字，乃濟注如是。

校記

〔一〕平楚猶平野也　此上原衍「注」，據稿本及《文選注》改。

〔二〕善注引言刈其楚非也　「善」原作「濟」，據《文選注》改；「非也」稿本作「意象殊窘」。

和伏武昌登孫權故城

和伏武昌　和詩始見此。古人和詩不次韻，此其證矣。

注《漢儀禮志》　「儀禮」當作「禮儀」。此所引司馬彪《志》文。

鵲起登吴山　何曰：「吴山，《顔氏家訓》作吴臺，謂姑蘇。」案「謂姑蘇」三字非顔氏本文，觀李注此詩以武昌、建業解吴山、楚甸，不謂姑蘇也，何説非。吴氏騫曰：黄門所見蓋是玄暉原本。

西黿收組練　注黿與戢，音義同　六臣本「黿」作「戢」。

注戰敗相殺　何校「敗」改「攻」。

俯仰流英盼　六臣本「盼」作「眄」，是也，此作「盼」係傳寫誤，注引《好色賦》「流眄」可證。

注視定北準極　陳校「視」上添「南」字。

參差世祀忽　何曰此當引《左傳》「不祀忽諸」語。

歌梁想遺轉　六臣本「轉」作「囀」。

良書限聞見　注良書謂伏詩也　濟注：良書謂先王典籍也。何曰：下句「芳音」乃謂伏詩。

幸籍芳音多　六臣本「籍」作「藉」，是也。

注常與汝入往　陳校「入」上增「出」字，「往」下增「來」字。

和王著作八公山

王著作　翰注：「王著作融也。王融登是山有作，朓和之〔一〕，述王導、謝玄破苻堅事也。」五臣注甚誤，説見下。

注 **高才八人，蘇非、李上、左吳、陳由、伍被、雷被、毛被、晉昌**　高誘《淮南子序》「蘇非」作「蘇飛」，「李上」作「李尚」，「陳由」作「田由」。蓋古字通用。惟《水經·肥水注》〔二〕有「左吳與王春〔三〕、傅生等尋安同詣玄洲，還爲著記，號曰《八公記》」，據此則八公名目與高序又異。

西距孟諸陸　注 **然孟諸澤在八公山東。而云西距者，謂澤西距山，以避上文耳。謂山在澤東是也**　何曰：睢陽乃今歸德，八公山在今壽州，則孟諸在西。胡公《考異》曰：注末七字不可通，蓋後來校語而誤入耳，或當作「非謂澤在山東也」而誤。

日隱澗凝空　「凝」據《謝集》當作「疑」，「疑空」與下句「如複」對。

注 **高丈長曰堵**　六臣本、毛本「長」下有「丈」字，是也。

阽危賴宗衮，微管寄明牧　注 **宗衮，謝安也；明牧，謝玄也**　《容齋隨筆》云：「『阽危』二語正謂謝安、謝玄。安石於玄暉爲遠祖，以其爲相，故曰宗衮。而李周翰注宗衮謂王導與融同宗，言王導與謝玄同破苻堅。夫以宗衮爲王導固可笑，然猶以爲和王融之故；至以導爲與謝玄同破苻堅，乃全不知有史策耳。善注得之。」《野客叢書》云：語有不當文理而承襲用之者，如宋氏詔曰「謝玄勳參微管」取《論語》「微管仲」之義，前此潘安仁詩「豈無陋微管」按今詩作「微官」，此誤、謝玄暉詩「微管寄明牧」，後此〔四〕《劉義康傳》「臣以頑昧獨獻微管」、《傅亮碑》「道亞黄中，功參微管」，似此用「微管」者甚多。按本書任彦升《勸進牋》亦有「歎深微管」語。

注**時盗賊強盛**　陳校「盗」改「氏」。

注**《群謝録》**　何校「群」改「陳郡」二字，《述祖德詩》注可證。

道峻芳塵流　五臣「道」作「導」，翰注可證。説見上。

校記

〔一〕朓和之　「朓」原作「眺」，《文選注》各本同，係宋諱，今正。

〔二〕水經肥水注　此下原衍「一」，因稿本曾圈改「水經注三十二」爲「水經肥水注」，「二」字末筆未圈住被當作「一」。

〔三〕王春　原作「王秦」，據稿本及《水經注·肥水》改。

〔四〕後此　原作「此外」，稿本作「此若」，據《野客叢書》卷二九改。

和徐都曹

注**昧旦出新渚**　據《謝集》「新」下當有「亭」字。

注**言用我之利**　陳校「利」下增「耜」字。

和王主簿怨情

注《漢書·元紀》曰：賜單于待詔掖庭王嬙爲閼氏。應劭曰：名嬙，小字昭君　今本《漢書》「嬙」作「嫱」，應注無「小」字。

相逢詠蘪蕪，辭寵悲班扇　五臣「蘪」作「靡」、「班」作「團」，良注可證。《玉臺新詠》亦作「團」。

坐惜紅妝變　《玉臺新詠》「妝」作「顏」。

故心人不見　六臣本及《玉臺新詠》並作「故人心不見」，是也，此傳寫誤。胡公《考異》曰：上句「故人心尚爾」承「生平一顧重」言之，謂辭寵之未嘗易操也；此句「故心人不見」承「宿昔千金賤」言之，謂相逢之遽已貶價也。此情之所爲怨也。

沈休文　## 和謝宣城詩

避世不避喧　六臣本「不」作「非」。

揆余發皇鑒　何校「鑒」改「覽」，注同。按此不必改，本書《西征賦》「皇鑒」及注同此，説詳《離騷經》。

注《漢書典職》曰　何校「書」改「官」，各本皆誤。

晨趨朝建禮　六臣本「朝」作「游」。

注**皆魂神所交也**　六臣本無「皆魂」二字，是也。此所引《列子·周穆王》篇文。

注**《説文》曰：交，會也**　今《説文》：交，交脛也。段校「交」改「这」，是也。

浮惰及西崐　六臣本「及」作「反」，翰注可證。

應王中丞思遠詠月

注**《説文》曰：隙，壁際也**　今《説文》：隙，壁際孔也〔一〕。本書江文通《雜體詩》注又引作「隙，壁縫也」。

網軒映珠綴〔二〕　注**下云綠苔，此當爲朱綴，今並爲珠，疑傳寫之誤**　五臣「珠」作「朱」，銑注「以網及朱綴而飾之」可證。按此李注明知傳寫之誤而缺疑不改之例也。《玉臺新詠》亦作「珠」。

注**應門閉兮楚闥扃，華殿塵兮玉陛苔**　「楚」當作「禁」，「陛」當作「階」。此所引《漢書·外戚傳》文。

校記

〔一〕隙壁際孔也　「際」據《説文》補。

〔二〕網軒映珠綴　「軒」原作「户」，據《文選》改。

冬節後至丞相第詣世子車中

詣世子車中　六臣本「中」下有「作」字。

注《説文》曰　《説文》當作《釋名》，此所引《釋車》篇文。

珠履故餘聲　六臣本「餘」作「無」。

學省愁臥

學省　六臣本「學」上有「直」字。

詠湖中鴈

注鴈飛則乃成行　六臣本無「乃」字，是也。

三月三日率爾成篇

開花已匝樹，流嚶復滿枝　六臣本「已」作「日」，「嚶」作「鸎」。

注一作堨，音竭。塢，烏古切。堰，一建切。然三字義同而音則異也　段曰：「《説文》訓堨爲壁間隙，此古義也，今義堰也，讀若壅遏，後所用俗字。」然《宋書·長沙王傳》已有「堤堨久壞」之語。塢，《説文》作「隖，小障也」，《廣韻》引《埤蒼》曰「小障曰塢」，而後世則多從《通俗文》「營居曰塢」之義。故李氏特言二字義同。

擬古詩

陸士衡

歸雲難寄音　與上「思君徽與音」韻複。

還期不可尋　五臣「還」作「遠」，濟注可證。

《擬迢迢牽牛星》　《玉臺新詠》「迢迢」作「苕苕」。

昭昭清漢暉　又**華容一何冶**　《玉臺新詠》「清」作「天」，「冶」作「綺」。

注**《夏小正》曰：七月初昏，織女正東而向**　「而」字衍。

靡靡江離草　六臣本「離」作「蘺」。胡公《考異》曰：《史記》《漢書·子虛賦》「離」皆不從艹，《楚辭章句》亦然，必善「離」五臣「蘺」也。

熠燿生河側　《玉臺新詠》「熠燿」作「熠熠」，《藝文類聚》引作「熠爍」。

粲粲妖容姿　《藝文類聚》引「妖」作「嬌」。紀文達公曰：「嬌」字非是，此字後來習用，漢晉間人尚不甚用也。

灼灼美顏色　《玉臺新詠》作「灼灼華美色」。

《擬蘭若生朝陽》　《玉臺新詠》「朝」作「春」。

歲寒終不凋　又隆想彌年月，長嘯入飛飈　《玉臺新詠》作「歲寒不敢凋」，「月」作「時」，「飛」作「風」，「飈」作「飄」。

《擬東城一何高》　《玉臺新詠》「一何高」作「高且長」。

時逝忽如頹　又中心若有違　又一唱萬夫歎　《玉臺新詠》「頹」作「遺」，「若」作「悵」，「歎」作「歡」。

思爲河曲鳥，雙遊豐水湄　五臣「豐」作「灃」，良注可證。紀文達公曰：良注謂河曲鳥爲鴛鴦，非也，豐水周南之地，正謂河洲雎鳩耳。

苕苕峻而安　六臣本「苕苕」作「迢迢」，下「苕苕匿音徽」同。

飛陛躡雲端　《玉臺新詠》「陛」作「階」。

佳人撫琴瑟　《藝文類聚》引「琴」作「瑶」。

芳氣隨風結　又玉容誰得顧　《玉臺新詠》「氣」作「草」，「得」作「能」。五臣「得」亦作「能」，濟注可證。

但願歌者歡　紀文達公曰：歌者未詳所指，疑爲「聽者」之誤。

擬四愁詩〔一〕

張孟陽

注傅玄《琴賦》序曰　本書《琴賦》「廣陵止息」注引傅玄《琴賦》。

注司馬相如有緑綺，蔡邕有燋尾　《宋書·樂志》：「琴，相如曰燋尾，伯喈曰緑綺，事出傅玄《琴賦》。世云燋尾是伯喈琴，《伯喈傳》亦云爾，以傅氏言之則非。」據此則李注所引傅賦序有誤。

注皆名琴也　六臣本「琴」作「器」，是也。

校記

〔一〕張孟陽擬四愁詩　稿本此下有小字「良注：《四愁》凡四首，今一首入此」。

擬古詩

陶淵明

灼灼葉中花　吴氏兆宜《玉臺新詠箋注》〔一〕云：「灼灼」本集作「皎皎」。

校記

〔一〕吴氏兆宜玉臺新詠箋注　「注」據稿本補。

擬魏太子鄴中集詩

謝靈運

建安末 何曰：「末」當作「中」，「徐、陳、應、劉一時俱逝」在二十二年。

共盡之矣 六臣本「共」作「備」。

漢武帝 六臣本「帝」下有「時」字。

注 **却爲一集** 何校「却」改「都」，陳同，各本皆誤。

家王拯生民 五臣「王」作「皇」，銑注可證。按《三國志·方技·華佗傳》注載曹植《辨道論》云「自家王與太子及余兄弟」，則作「王」字是。

注 **《説文》曰：出溺爲拯** 今《説文》「抍」字訓「上舉也。《易》曰：用抍馬壯，吉」，今《易》作「拯」。本書《羽獵賦》注、《檄豫州》注並引《説文》「拯，上舉也」。則「抍」與「拯」古今字耳，然無「出溺爲拯」之訓。而本書《擬鄴中集》注、《七啟》注、《九錫文》注、《頭陀寺碑》注皆引有「出溺爲拯」四字，疑今本《説文》脱。又按拯、抍古今字之外，撜、承、丞、氶等字音義亦並同，《説文》「抍」或從登作「撜」，《左傳》「目於眢井而承之」釋文「承，拯救之拯」也，本書《羽獵賦》「丞民乎農桑」注「丞亦拯字」，《玉篇》氶「音蒸，上聲」，《聲類》云抍」也，而《列子·黄帝》篇「並流而承之」注「音拯」。《方言》：出溺爲承」，《淮南子·齊俗訓》「子路撜溺」高注「撜，舉也，升出溺人」是也。則「出溺」之訓確是古義，應據《選注》以補《説文》矣。

何言相遇易　六臣本「何」作「莫」。

函崤没無像　五臣「像」作「象」，向注可證，是也，此傳寫誤，注同。

紀郢皆掃盪　注**紀，見下文**　五臣「紀」作「宛」，向注可證。下文《擬劉楨》云「南登紀郢城」，「紀」五臣亦作「宛」，皆非也。《通典》：「江陵，故楚之郢地，秦分郢置江陵縣，今縣界有故郢城，又有紀南城。」《水經注》云：「楚之先僻處荆山，後遷紀郢。」皆可與李注相證。

注**王仲宣《從軍戎詩》曰**　「戎」字應去，各本皆衍。

夜聽極星爛　五臣「爛」作「闌」，向注可證。

注**揚覺寐而中驚**　「揚」當作「惕」。胡公《考異》曰：《長門賦》「惕寤覺而無是兮」句略相似，可借爲證。

注**《國語》桓公**　至**及焉**　此注十七字與本文無涉。

提携弄齊瑟　五臣「齊」作「秦」，濟注可證。

外物始難畢　「畢」當作「必」，注引《莊子》「外物不可必」可證。五臣作「畢」，向注「不畢所願」亦可證。

棲集建薄質　何曰：據翰注中「延及」之語，則「建」當作「逮」。

仍游椒蘭室　六臣本「仍」作「乃」。

永夜繫白日　何云：據注引魏文帝語，則「繫」當作「繼」。是也。五臣亦作「繼」，良注可證。

北渡黎陽津　六臣本「渡」作「度」。

注王逸《晉書》　陳校「逸」改「隱」，各本皆誤。

官度厠一卒　六臣本「度」作「渡」，非也。

注公還軍官渡　「渡」當作「度」，下同。

注盛弘之《荆州記》曰：薄沂縣　「薄沂」當作「蒲圻」。《水經·江水注》：江水又東，逕蒲磯山北，北對蒲圻洲，洲頭即蒲圻縣治，晉太康元年置。惟《晉書·志》作「蒲沂」，「沂」字當是傳寫之訛，《宋書》《南齊書》《隋書》各志均作「蒲圻」，《元和郡縣志》云「因蒲圻湖以名」是也。

注此乘大艦上　何校「此」上增「於」字，各本皆脱。

嘲謔無慙沮　六臣本「無」作「非」。

有優渥之言　六臣本「有」上有「故」字。

鳴葮泛蘭汜　五臣「葮」作「篋」，向注「笛也」。按依注當作「鳴笳」，《北堂書鈔》引亦作「笳」。胡公《考異》曰：「葮」即「笳」之假借字，向注不足憑，又按《西京賦》「校鳴葮」、王元長《曲水詩序》「揚葮振木」、《答蘇武書》注「《説文》作葮」可以彼此互證。

哀弄信睦耳　六臣本「弄」作「音」。

自從食荓來　注**食野之苹**　毛傳「苹，荓也」，鄭箋「苹，藾蕭」。《學林》云：鹿食地上所生之物，非水中物，則苹非萍矣，藾蕭是也，《爾雅》郭注「今藾蒿也」。《六家詩名物疏》云《盧氏雜説》載：唐文宗問宰臣苹是何草，李珏曰是藾蕭，上曰「朕看《毛詩疏》，苹葉圓而花白，叢生野中，似非藾蕭」。則唐文宗所見《詩疏》又與今本異。

白楊信褭褭　五臣「褭褭」作「梟梟」，翰注可證。

中山不知醉　何曰：此用《漢書》中山王勝事。

願以黃髮期　曹子建《贈白馬王》詩：王其愛玉體，俱享黃髮期。

注**菟音塗**　《公羊·隱四年傳》「吾使修塗裘」，説見前。

文選卷三十一

袁陽源　效曹子建樂府白馬篇

注**孫巖《宋書》曰**　何、陳校「孫巖」並改「沈約」。余曰：《隋書·經籍志》「《宋書》六十五卷，齊冠軍録事參軍孫嚴撰」，改「沈約」非。胡公《考異》曰：濟注引沈約，茶陵本並善入五臣，不必據彼改此，孫嚴書《唐志》亦載之，巖即嚴也。

注　**魏氏人張儀，壯士也**　今《吕氏春秋·報更》篇「壯士」作「材士」。《太平御覽》四百七十五引亦作「壯」〔一〕。

校記

〔一〕引亦作壯　「作」據稿本補。

效　古

本家自遼東　濟注：此古人假而爲言也。劉氏履曰：按《宋書》「彭城王義康專秉朝權」〔一〕，勢傾遠近，陽源歷仕其間，殆有倦遊之志，故託爲邊塞征役之士，以賦是詩。

注　**《毛詩傳》曰**　「毛」下當有「萇」字，各本皆脱。

校記

〔一〕專秉朝權　「秉」原作「乘」，據稿本及《宋書·劉湛傳》改。

擬　古

劉休玄

《擬行行重行行》　又**《擬明月何皎皎》**　《玉臺新詠》「擬」均作「代」。何曰：二詩亦懼孝武之猜忌而作。

眇眇陵長道　《玉臺新詠》「長」作「羡」，係傳寫誤。

遥遥行遠之　五臣「遥遥」作「摇摇」。向注：心不安皃。紀文達公曰：既曰長道，又曰遠之，再曰遥遥，詞義太複，作「摇摇」似可從。

揮手從此辭　又**卧覺明燈晦**　又**淚容不可飾**　《玉臺新詠》「從」作「於」，「覺」作「看」，「不可飾」作「曠不飭」。

誰爲客行久　六臣本「爲」作「謂」。

和琅邪王依古

王僧達

聊訊興亡言　注**訊與信通**　五臣「訊」作「誶」，良注可證。案注中「信」字當作「誶」，各本皆誤。朱氏珔曰：《爾雅·釋詁》「誶，告也」，釋文「誶本作訊，音信」，本書《思玄賦》及《幽通賦》注并引作「訊，告也」。二字經典多以形近致誤，如《詩·陳風》「歌以訊之」與「萃」韻，《小雅》「莫敢用訊」與「醉」韻，二「訊」字皆當作「誶」。故《離騷》注引《詩》「誶予不顧」，《廣雅》引《詩》「歌以誶止」。此處「誶」之誤「訊」亦然。

注**往往離宫**　六臣本「往往」作「遥遥」，蓋「迂迂」之誤。

鮑明遠

擬古

將以分虎竹　五臣「虎」作「符」，向注可證，是也，《鮑集》亦作「符」。

注其樂可量也　六臣本「可」上有「不」字，是也。

鞍馬塞衢路　六臣本「鞍」作「輿」。

道德亦何懼　六臣本「德」作「得」，是也，李注引「不以其道得之」甚明，此但傳寫誤。

伐木清江湄　尤本「清」誤作「青」。

設置守毚兔　五臣以爲懷德待禄，然則此詩之意蓋暗用《墨子》「文王舉閎夭，泰顛於罝網中」事。

注河水之清且漣漪兮　六臣本無「之」字、「兮」字，是也。案《爾雅·釋水》「河水清且瀾漪」作「漪」；《詩·伐檀》「漪」自作「猗」，釋文云本亦作「漪」。

兩説窮舌端　顧氏仲恭曰：「兩説」，五臣及李注皆非，愚謂當以縱横解之，《莊子》：横説則以詩書禮樂，縱説則以金板六弢〔一〕。

注《尚書》曰：平王錫晉文侯盧弓十　朱氏珔曰：今《書》「十」作「一」，案《王制》疏曰「《尚書大傳》云以兵屬于得專征伐者，賜弓矢則《尚書》『彤弓一，彤矢百；盧弓十，盧矢千』」，此注亦作盧弓十，弓十即矢千矣，是唐時《尚書》李善與孔穎達所見本並同，不知今本何以誤作一與百也。

校記

〔一〕莊子横説縱説云云　横、縱原倒，據《莊子·徐無鬼》改。

學劉公幹體

注《神農本草》　案《本草》，《漢藝文志》不著録。王伯厚《藝文志考》云：梁《七録》：《神農本草》三卷，陶弘景云疑仲景、元化等所記。

代君子有所思

蟻壤漏山河　五臣「河」作「阿」，濟注可證。孔融《臨終詩》云：河潰蟻孔端，山壞由猿穴。

注變出無聞　「聞」當作「閒」，各本皆誤。

注張叔《及論》曰　「叔及」當作「升反」。胡公《考異》曰：張升字彦真，范蔚宗書有傳在《文苑》，前《魏都賦》、後《與山巨源絶交書》注皆引《反論》不誤可證也。《左傳疏》所引「賓爵下革」云云，今本或作「皮」，皆「反」之譌。

效古　范彦龍

朝馳左賢陣　五臣「馳」作「驅」，良注可證。下「馳馬遵淮泗」同。

注**或失道** 又**乃我者自失道** 陳校「或」改「惑」，各本皆誤。「者」字不當有，今《漢書》無，各本皆衍。

江文通　雜體詩

注**《雜體詩》序曰** 至**亦無乖商榷** 此節録本詩之序也。六臣本題下有「并序」二字，遂從《江集》全録作正文，似非昭明之舊。

《古離別》 六臣本作「古別離」，校云善作「離別」。

君在天一涯 六臣本及《玉臺新詠》並作「君子在天涯」。

妾身長別離 《玉臺新詠》「長」作「久」，毛本誤作「常」。

結髮不相見 五臣「髮」作「友」。銑注：同心之友。

注**虞義《送別詩》曰** 陳校「義」改「羲」，是也，各本皆誤。

紈扇如圓月 《玉臺新詠》「紈」作「綾」，「圓」作「團」。

竊愁涼風至 《玉臺新詠》「愁」作「悲」，毛本誤作「恐」。

零落在中路 《藝文類聚》引「在」作「委」。

秋蘭被幽涯 五臣「涯」作「崖」，翰注可證。

爲我吹參差　王逸《楚辭》注云：參差，洞簫也。

淵漁猶伏浦　注**淵魚，鱗魚也**　五臣「浦」作「涌」，濟注可證。六臣本「鱗」作「鱏」，是也。汪氏師韓曰：「淵魚出聽」，改爲「伏浦」則意晦矣。

從容冰井臺　注**《鄴中記》曰：銅雀臺北則冰井臺**　按《鄴中記》言冰井臺上有冰室，室有數井，井深十五丈，藏冰及石墨。考《周禮·凌人》掌冰「三其凌」，鄭注「凌，冰室也」；經又曰「秋刷」，鄭衆曰「刷除冰室，將更納新冰也」。未聞爲游觀之所。且《左氏·昭四年傳》申豐論藏冰云「其藏之也深山窮谷，固陰沍寒」是也，亦不當在宫殿之内。阿瞞所作，後世未聞效之者。

團圓霜露色　六臣本「圓」作「團」。

橘柚在南國，因君爲羽翼　汪氏師韓曰：以羽翼説樹亦湊韻。

注**人心罔結**　「罔」當作「固」，六臣本作「同」亦誤。

王侍中《懷德》　銑注：謂懷魏武帝之德也。

嚴風吹若莖　注**賈逵《國語注》曰：若木晚矣**　五臣「若」作「枯」，向注可證。汪氏師韓曰：注以若莖爲若木，斯可笑矣；如作杜若之若，亦未遂率爾也。

去鄉三十載　六臣本「三」作「二」，是也。胡公《考異》曰：仲宣以初平西遷後之荆州，至建安十三年劉琮以荆州降，垂二十年，故云爾；注引「去鄉三十載」但取語意相同爲證，或因此改正文作

「三」，遂與仲宣去鄉年數不符。

雲羅更四陳 此句不知所指，注亦未明。

注 **海上有人好青者，朝至海上而從青遊，青至者前後數百，其父曰：聞汝從青遊，盍取來，吾欲觀之，其子明旦至海上，群青翔而不下** 今《吕氏春秋·重言》篇「青」皆作「蜻」，高誘注曰「蜻，蜻蜓，小蟲，細腰，四翅，一名白宿」，《太平御覽》九百五十引亦作「蜻」。

注 **蜩與鷽鳩笑之** 六臣本「鷽」作「鸒」，下同，是也。胡公《考異》曰：按《莊子》有兩本，一作「鸒」一作「鷽」，並見《釋文》。此引以注正文「鸒斯」，作「鸒」爲是。又按下注引《詠懷詩》「鸒斯飛桑榆」云云，是嗣宗讀《莊子》從「鸒」，又通擬之亦然，無可疑也。

飄颻可終年 今本《江醴陵集》「年」作「極」。

注 **阮籍《詠懷詩》曰：逍遥可終生。又曰：蕩漾焉可能** 「逍遥可終生」句，見阮步兵本集《詠懷》第三十六首。其「蕩漾焉可能」句，下《王徵君養疾》詩注引亦同，然集中所無，惟《詠懷》第三十七首有「蕩漾焉能排」句。

秋月照簾籠 五臣「照」作「映」，良注可證。《玉臺新詠》亦作「映」。六臣本、毛本「籠」作「櫳」，是也。

玉臺生網絲 注 **西有玉臺** 何曰：玉臺似謂鏡臺。

庭樹發紅彩　《玉臺新詠》「庭」作「夜」，誤。

延佇整綾綺　《玉臺新詠》作「羅綺爲君整」。

潘黄門《述哀》　尤本作《悼亡》，此尤誤改也。後《擬郭璞遊仙詩》注云「已見《擬潘黄門述哀詩》」可證。

注**《楚辭》曰：青春爰謝**　何校「詩」改「詞」，陳同。胡公《考異》曰：「爰」當作「受」，各本皆誤。

爾無帝女靈　注**《宋玉集》云**　按此所引與《高唐賦》字句少異。《琴賦》「紹陵陽」注引宋玉《對問》云云謂「集所載與《文選》不同，各隨所用而引之」，蓋《文選》所載《對問》無「陵陽」字，故引集爲證；此因所載《高唐賦》無「帝女」字，故亦須引集也。《襄陽耆舊傳》引亦有「帝女」字，詳見《高唐賦》注。

徘徊泣松銘　汪氏師韓曰：松是松楸，銘是誌銘，二字相連則詞不貫。

儲后降嘉命　銑注：機爲太子洗馬。

馳馬遵淮泗　六臣本「馳」作「驅」，是也。按李亦當作「驅」，注引「驅馬悠悠」可證，「馳」但傳寫誤。

徂没多拱木　五臣「没」作「役」，良注可證〔一〕。

梅生隱市門　此與下「飛蓋東都門」韻複。《學林》云：《文選》古詩「蟋蟀傷局促」，又曰「弦急知柱促」，曹子建《美女》「珊瑚間木難」又曰「求賢良獨難」，王仲宣《從軍》「帶甲千萬人」又曰「誠愧伐檀人」，陸士衡《擬古詩》「思君徽與音」又曰「歸雲難寄音」，《豫章行》「遥望高山陰」又曰「日昃無停陰」，阮嗣宗《詠懷》「磬折忘所歸」又曰「中路將安歸」，謝靈運《述祖德詩》「展季救魯人」又曰「厲志故絶人」，《南園》詩「由來事不同」又曰「妙善冀皆同」〔二〕，《初去郡》詩「豈足稱達生」又曰「薄遊似邴生」，知古人詩自有此體格，杜子美如此類甚多，韓退之、白樂天、元微之皆有，不可具舉也。

何用苦心魂 六臣本「用」作「爲」。

注 **人生惡死何謂苦也** 余校「惡」改「要」、「也」改「心」。

注 **實河海源也** 當作「實惟河源也」，各本所校改並誤。

水鸖巢層甍 注 **巢層甍，未詳** 汪氏師韓曰：此不過謂水鳥入居人室也，不必有所本。案《漢五行志》「昭帝時有鵜鶘或曰秃鶖集昌邑王殿下，劉向以爲水鳥」「《京房易傳》曰：辟退有德，厥妖水鳥集於國中」，似可爲證。

有弇興春節 六臣本「弇」作「渰」。

燮燮涼葉奪 「燮燮」蓋與「析析」同，前謝靈運《鄰里相送方山詩》云「析析就衰林」是也。《説文·奞部》：奪，手持隹失之也。段曰：凡手中遺落物當依此字，今乃用「脱」，而以「奪」爲「争敓」字，相承久矣。按《孟子》「勿奪其時」，《荀子注》作「勿失其時」，是「奪」與「失」同；又《史記·陳涉世家》索隱云「奪」即「脱」也。

青苔日夜黄　五臣「苔」作「苕」，良注「草梢」可證。

注**《説文》曰：芳蕤，草木華盛貌**　「芳」字因正文衍。今《説文》「盛」作「垂」。

注**陽九日**　胡公《考異》曰：「九」下當有「厄」字，「日」當作「曰」。

注**《易傳》所謂陽九之厄會也**　尤本「之」誤作「日」。按「會」上當有「百六之」三字，此所引孟康注，各本皆脱。

注**郭璞《山海經》曰：横，塞也**　六臣本、尤本「經」下並有「注」字，本書《海賦》注、左太冲《招隱詩》注引並同，而今《山海經注》無此文。

秦趙值薄蝕，幽并逢虎據　翰注：「秦姚宏所據，趙石勒所據，幽州段匹磾所據，并州劉琨所領。薄蝕喻亂賊侵晉，虎據喻威武之盛。」何曰：成都王穎據鄴，河間王永據關中，皆王室懿親，故謂之值薄蝕。

投袂既憤懣　五臣「懣」作「滿」，良注可證。

時哉苟有會　尤本「哉」誤作「或」。

姻媾久不虚　六臣本「虚」作「虧」。

注**馮衍《顯志序》曰**　「志」下當有「賦」字，各本皆脱。

羈旅去舊鄉 六臣本「去」作「素」，「鄉」作「京」。

感遇喻琴瑟 五臣「喻」作「踰」，銑注可證。

隱淪駐精魄 汪氏師韓曰：此用《江賦》「納隱淪之列真，挺異人之精魄」即郭璞語也，然湊成一句未免乖隔。

張廷尉 六臣本校云「張」五臣作「孫」，按作「孫」是也。胡公《考異》曰：考此三十首，善於其人之不見選中者必爲之注，如許徵君、休上人是也；其劉琨、郭璞稱贈官，亦必爲之注。善例精密乃爾，倘果別有張廷尉綽，不當反不注，可見善自作「孫」，因《游天台山賦》下注其「尋轉廷尉卿」訖，故不須注也。

注 **於身無窮** 又 **若其可折** 陳曰「於」當作「終」，各本皆誤，此所引《天下》篇文；「折」當作「析」，下同。

注 **角里先生** 六臣本「角」作「甪」，非也。胡公《考異》曰：角是甪非。《廣韻·一屋》云「角里先生，《漢書》四皓，又音覺」，可見宋時尚別無「甪」字。前《入華子崗》詩注載《山居圖》作「禄」，《史記索隱》引孔安國《秘記》亦作「禄」，禄、角古字通。今《漢書》《索隱》等書每爲人改成「甪」。《隸釋·四皓神祚机》[三]字影宋本作「角」，極其明晝，近亦改「甪」矣。

傳火乃薪草 汪氏師韓曰：此用《莊子》「爲薪火傳」之語，而「草」字湊韻。

注**見一丈夫**　何校「夫」改「人」，各本皆誤，此所引《天地》篇文。

注**又曰：海上有人好鷗鳥者**　「又曰」當作「列子曰」。

注**時人皆欽愛之**　六臣本「人」下有「士」字，是也。

注**又何怨乎**　《論語義疏》本與此同，《左傳·哀三年》正義、《史記·伯夷傳》索隱引亦並有「乎」字。

注**動於静，故萬物離並動作**　何校「動」下添「起」字、「離」改「雖」，陳同，是也，各本皆有脱誤。

注**《韓詩》曰：歲聿其暮**　案《韓詩》「暮」作「莫」，説見前。

陶徵君《田居》　此詩列於《陶集》「歸田」之末，《遯齋閒覽》辨之。

石壁映初晰　汪氏師韓曰：初晰即初陽之謂，故以對「晨霞」，然無解於趁韻。

注**莫與智者論**　「莫」當作「莫」。

注**《毛詩》曰：作爲楚室**　今《詩》「爲」作「于」。

重陽集清氣　六臣本「氣」作「氛」，是也，此傳寫誤。何校「氛」疑作「都」，蓋因注有「清都」也。

注**《説文》曰：篴，雜字如此**　《長笛賦》注引「雜」作「倅」，説詳彼。

測恩躋踰逸　陳校「踰」作「愉」，誤，六臣本校語皆有誤。

榮重饋兼金　六臣本作「承榮重兼金」，是也，此傳寫誤。

巡華過盈瑱　何曰「巡華」未詳。汪氏師韓曰：以盈尺之玉爲盈瑱，亦趁韻耳。

注《説文》曰：田父得寶玉至尺　「文」字當作「苑」字。

方慙緑水薦　注手會渌水，已見上文　何校「緑」改「渌」，注「渌水」下添「之趣高誘注曰渌水古詩也」十一字。毛本「手」作「牙」。

注《獻康樂》詩曰　「獻」上當有「謝惠連」三字，各本皆脱。

岧亭南樓期　六臣本「岧」作「苕」，是也。胡公《考異》曰：此即《西京賦》所謂「狀亭亭以苕苕」，彼注云高貌也。蓋單言之則曰苕亭，重言之則曰苕苕亭亭，字義全同，故不煩更注也。

子襟怨勿往　注《毛詩》曰：青青子襟　今《詩·子衿》「襟」作「衿」，惟《青衿序》釋文云「衿本亦作襟」，王伯厚《詩考》云「衿」《石經》作「裣」也。

注子曰子路無宿諾　「子曰」二字衍。

注孔安國《尚書》曰　六臣本「書」下當有「傳」字，各本皆脱。

注又《酬謝惠連》詩曰　六臣本無「謝」字，是也。

王徵君微　六臣本「微」作「徽」，説見前。

注《説文》曰：晦，盡也　今《説文》：晦，日盡也。

鍊藥矚虚幌　「鍊」當作「練」，注引《説文》「鍊」謂「與練通」可證。

注又《集略》曰：幌，以帛萌窗也　「又」當作「文字」二字，各本皆誤。《隋書·經籍志》：《文字集略》六卷，阮孝緒撰。《七命》注亦引此，正作「文字」。陳校「萌」改「明」，是也，亦《七命》注引可證。

注**敬恭明祀**　「祀」當作「神」，説詳《東京賦》，各本皆誤。

甿謡響玉律　案「甿」當作「萌」。蓋五臣作「甿」，翰注可證。善自作「萌」，前後屢見，説詳前《長楊賦》「遐萌」注。

注**《觀北湖田牧》詩曰**　何校「牧」作「收」，陳同，各本皆誤。

徙樂逗江陰　五臣「樂」作「藥」，是也。按下有「丹泉術」「紫芳心」云云，則作「徙藥」爲是。注中「行樂」亦當是「行藥」之誤，本書鮑明遠《行藥至城東橋》可證，此但傳寫誤耳。

注**《説文》曰：潯，水傍深也**　今《説文》無「水」字，尤本亦無。

注**郭璞曰：蒼蒼，昏冥也**　「蒼蒼」二字不當有，各本皆衍。

休上人《别怨》　六臣本「别怨」作「怨别」，是也。余曰：《摩訶般若經》：「何者名上人？佛言，若菩薩一心行阿耨菩提心不散亂，是名上人。」又《十誦律》人有四種：一麄人，二濁人，三中間人，四上人。

注**《道學傳》曰**　汪氏師韓曰：馬樞有《道學傳》。

悵望陽雲臺　陳校「陽雲」作「雲陽」，《玉臺新詠》亦作「雲陽」。紀文達公曰：《史記·司馬相如傳》「楚王乃登雲陽之臺」，孟康注「雲夢中高唐之臺，宋玉所賦者，言其高出雲之陽」，則作陽雲者誤。

注 記遠念以興波　何校「以」改「於」。按此所引不切。

校記

〔一〕良注可證　「良注」據稿本及《文選注》補。

〔二〕妙善冀皆同　「冀」原襲《學林》卷八作「異」，據《文選》及本書《田南樹園激流植援》改。

〔三〕隸釋四皓神祚机　《漢隸字源》「神祚机」，《隸釋》《寶刻叢編》引《金石録》作「神胙几」。

文選旁證卷第二十七

文選卷三十二

屈平　**離騷經**

《離騷經》　《漢書·賈誼傳》云「被讒放逐，作《離騷賦》」，《地理志》亦云「屈原被讒放流，作《離騷》諸賦以自傷悼」，是當時本無經名，《離騷經》之名實始於王叔師注「離者別也，騷者愁也，經者徑也，言己放逐離別，中心愁思，猶依道徑以諷諫君」云云，則竟似屈子自題經字矣。顏師古曰：「離，遭也。憂動曰騷。遭憂而作此辭。」《項氏家説》引《楚語》伍舉曰「德義不行，則邇者騷離，遠者距違」，韋注「騷，愁也。離，畔也」，王伯厚謂伍舉所謂「騷離」，屈平所謂「離騷」皆楚言是也。

帝高陽之苗裔兮　朱子《楚辭集注》曰：「苗者，草之莖葉，根所生也。裔者，衣裾之末，衣之餘也。故以爲遠末子孫之稱。」案《左氏·昭二十九年傳》注「玄孫之後稱苗裔」，《太玄經》「小人積非至於苗裔」〔一〕、《史記·秦本紀》云「顓頊之苗裔」當即原本此句也。李氏光地曰：不近稱熊繹而遠泝高陽，亦「大夫不敢祖諸侯」之義。

注**爲客卿，因**　王逸《楚辭注》「因」下有「以爲氏，屈原自道本與君同祖，共出顓頊」十六字，各本皆脱。

朕皇考曰伯庸　洪氏慶善《補注》云蔡邕云：朕，我也，古者上下共之，至秦獨以爲尊稱，漢遂因之。《石林燕語》云：《禮·王制》皇考者曾祖之稱，而此以皇考爲父。

攝提貞于孟陬兮　注**太歲在寅曰攝提**　朱子曰：「攝提，星名，隨斗柄以指十二辰者也。陬，隅也，正月爲陬。是月孟春，昏時斗柄指寅，在東北隅，故以爲名。」龔氏景瀚《離騷箋》云：「朱子説『攝提』本《漢書·天文志》，詳其文義，似此句專言寅月矣，不應反遺生年，當從王注。」姜氏皋曰：《史記·天官書》「大角者，天王帝廷，其兩旁各有三星，鼎足句之〔二〕，曰攝提。攝提者，直斗杓所指，以建時節，故曰攝提格」，《索隱》引《元命苞》云「攝提之爲言提攜也，言能提斗攜角以接於下也」，是攝提三星逐斗杓所指，不專在寅，不必如《爾雅》所云，竊謂孟陬者衹是孟春陬月而已。

惟庚寅吾以降　注**降下也**　按：降，《玉篇》古巷切又下江切，陳氏第《屈宋古音義》云音洪，江氏永《古韻標準》作户工反，引《詩·草蟲》《出車》《旱麓》《鳧鷖》用韻爲證。

皇覽揆余于初度兮　五臣「覽」作「鑒」，無「于」字，銑注可證。《楚辭》本亦無「于」字。按本書潘安仁《西征賦》「皇鑒揆余之忠誠」、沈休文《和謝宣城詩》「揆余發皇鑒」注並引《楚辭》，知古本應作「鑒」也。

肇錫余以嘉名　又字余曰靈均　屠氏本峻《楚詞協韻》：名，讀彌延反；均，讀居員反。顧氏炎武曰：真、諄、臻不與耕、清、青相通，然《離騷》以「名」從「均」讀，《卜居》以耕、名、生、清、楹從「身」讀，《九辨》以清、平、生、聲、鳴、征、成從「人」讀也，秦漢之書亦時有之。姜氏皋曰：「李注『均，調也』是即韻字，説見前；名，古命字，見《史記·天官書》。然則此二句作去聲讀亦可。」

注**靈，神也**　徐氏文靖《管城碩記》曰：《尚書·盤庚》「弔由靈」，孔安國傳曰「弔，至；靈，善」，孔穎達疏云「弔，至；靈，善」皆《釋詁》文，伯庸字其子當訓善，不當以神靈稱之。

又重之以脩能　注**脩，達也**　龔氏景瀚曰：脩從肉，《説文》曰脯也；修從彡，《説文》曰飾也，《玉篇》治也。古字多通用。此脩字當與《大學》「脩身」同，作脩飾、脩治訓，下文「脩名」「好脩」義並同此。王叔師訓爲遠，朱子又訓爲長，俱非。又按《屈宋古音義》云「能，音泥。佩，音皮」，《古韻標準》云「能，奴怡切。佩，蒲味切」，平與去爲韻也。

扈江離與辟芷兮　張氏雲璈曰：《史記》《漢書·子虛賦》「江離」皆不從艸，《楚辭章句》亦然，《離騷草木疏》同。《困學紀聞》十七云：「江離，《史記索隱》引『《吴録》臨海海水中生，正青似亂髮，《廣志》爲赤葉紅華，今芎窮苗曰江離，緑葉白華又不同，《藥對》以爲麋蕪』，《古今注》以爲芍藥。」朱氏珔曰：《廣雅》云「攣夷，芍藥也」，攣夷即留夷，攣、留聲之轉，即此下文所稱「畦留夷」者是也，恐不得因江蘺字或不从艸〔三〕遂以芍藥之名將離者當之。

注**辟，爲幽也**　「爲」字不當有，各本皆衍，應據《楚辭注》删。

紉秋蘭以爲佩　尤本「紉」作「紐」。六臣本校云逸作「紐」、五臣作「紉」，下「豈紉夫蕙茝」校語同。胡公《考異》曰：《楚辭》作「紉」，載舊音女陳反，洪興祖補注女鄰切，又下文「矯菌桂以紉蕙兮」各本盡作「紉」，蓋「紐」但傳寫訛耳。

朝搴阰之木蘭兮，夕攬洲之宿莽　徐氏文靖曰：「《神農本草》『立春之日，木蘭先生』，《別録》曰杜蘭，《本經》曰林蘭，《廣雅》『木蘭似桂，皮辛可食』也。宿莽，《離騷草木疏》云《山海經》之莽草、王叔師以意言之云『草冬生不死，楚人名曰宿莽』非也，考《方言》『艸、莽，草也，東越揚州之間曰芔，南楚曰莽』，《爾雅》『卷施草，拔心不死』，郭注云宿莽也，《南越志》『卷施，江淮間謂之宿莽』。」朱氏珔曰：《廣雅》「木欄，桂欄也」，欄與蘭同，無「似桂，皮辛可食」之語，惟《史記集解》引郭璞云木蘭樹皮辛香可食。李氏光地曰「木蘭去皮不死，則德行之彌貞〔四〕；宿莽經冬不枯，則才能之彌茂」也。

注**美人，謂懷王也**　張氏雲璈曰：此美人是自喻。

不撫壯而棄穢兮　六臣本無「不」字。

何不改此度也　六臣本「改」下有「其」字，無「也」字。《楚辭》本作「何不改乎此度」，洪本作「何不改此度」。

乘騏驥以馳騁兮　六臣本「乘」作「策」。

昔三后之純粹兮　注**謂禹、湯、文王也**　朱子曰：三后，若果如舊説，不應其下方言堯舜，疑謂三皇或少昊、顓頊、高辛也。

注**而有聲名之稱者**　尤本「聲名」作「聲明」，按當作「聖明」，《楚辭注》可證。

注**菌，薰也。葉曰蕙，根曰薰**　張氏雲璈曰：注意似菌桂即蕙，殊未明了，今按《離騷草木疏》云「本草有菌桂，正圓如竹，其字當從竹。陳藏器謂《本草》箘桂本作筒桂，後人誤書爲箘耳。《九歎》之菌若、《九懷》之菌閣皆以菌自爲一物，《七諫》『飲菌若之朝露兮，結桂木而爲室』且以菌與桂上下句分使。王注『薰草』良是，然不當以葉爲蕙。《王度記》云『諸侯鬯酒以薰，大夫以蘭芝』，則薰草之貴在蘭芝之上」，蕙則下之，蕙茝是也。

注**蕙、茝皆香草也**〔五〕　按《山海經》「天帝之山，下多菅、蕙」，又「升山，其草多藷薁、蕙」，郭注云「蕙，香草，蘭屬」。黄氏庭堅曰「一榦一花者蘭，一榦數花者蕙」，吴氏仁傑曰「蕙與薰葉本非一種，蘭蕙蓋略相似，但以著花多少爲别耳」。洪氏慶善曰「茝，白芷，一名芳香」〔六〕，吴氏謂「芳草固多異名，白芷一物而《離騷》異其名者四：曰芷，曰芳，曰茝，曰葯」是也。

注**以脩用天地之道**　何校「脩」改「循」，《楚辭注》正作「循」。

何桀紂之昌披兮　《楚辭》本「昌」作「猖」，按注「衣不帶」義則當作「裮」，《廣韻》《玉篇》可證。

惟黨人之偷樂兮　注**黨，朋也**　六臣本惟下有「夫」字。孫氏志祖曰：下文「惟此黨人其獨異」注

「黨，鄉黨，謂楚國也」，又「惟此黨人之不諒兮」注「楚國之人不尚忠信之行」，不應此處互異。

注 **險隘，諭傾危也** 陳云諭，喻誤。胡公《考異》曰：喻、諭通用，袁本皆作諭，茶陵本皆作喻，《楚辭注》亦喻、諭錯出。

注 **《詩》曰：予聿有奔走，予聿有先後** 朱氏珔曰：今《詩》「先後」在上，「聿」作「曰」。《詩》「見晛曰消」「曰喪厥國」，釋文引《韓詩》「曰」俱作「聿」，則此注當亦引《韓詩》也。奔走，今《詩》「走」作「奏」，釋文云「本亦作走」。

注 **荃，香草也** 按朱子《集注》「荃與蓀同」。徐氏文靖曰：《漢書·江都王建傳》「荃葛珠璣」，服虔曰荃音蓀，是也，然《說文》「荃，芥脆；蓀，香草」，是二字音同而義別。

反信讒而齊怒 注 **齊，疾也** 「齊」應依《楚辭》作「齌」。龔氏景瀚曰：《說文》「齌，炊餔疾也」〔七〕，《玉篇》「炊釜也」，王注但訓爲「疾」義似未盡，蓋其中有物而氣不可遏，怒之蓄於心者，深而見於色者也。

注 **謇謇，忠言貌。《易》曰：王臣謇謇** 《楚辭注》「言」作「貞」。今《周易》作「蹇蹇」。朱子曰：「謇謇，難於言也。直詞進諫，己所難言，而君亦難聽，故出之不易，如謇吃然也。」按《玉篇》「謇，難也，吃也」，則朱訓爲本義，其曰「忠貞」者以意起義耳。《後漢書·朱暉傳》「進無謇謇之志」注云「謇」與「蹇」同。

指九天以爲正兮　林先生曰：《淮南子》：中央鈞天，東方蒼天，東北變天，北方玄天，西北幽天，西方昊天，西南朱天，南方炎天，東南陽天。又《廣雅》九天：東方皞天，南方赤天，西方成天，餘同。然此九天只宜作九重天解，《天問》所謂「圜則九重」也。

初既與余成言兮　《楚辭注》有「初，始也。成，平也。言，猶議也」十字。洪曰「成言，誠信之言，一成而不可易也，《九章》作誠言」，又曰本此句上有「曰黄昏以爲期兮，羌中道而改路」二語。然王注至下文「羌内恕己」句始釋羌義，則此二語疑後人所增耳。

余既不難離別兮　六臣本「難」下有「夫」字。

傷靈修之數化　何曰：「化」與「訛」同；數訛，屢訛其路也。

注 **十二畝爲畹**　洪《補注》引《説文》：田三十畝爲畹。

注 **二百四十步爲畝**　洪曰：「六尺爲步，步百爲畝。秦孝公之制，二百四十步爲畝。九畹多於百畝，是種蘭多於蕙也。此古人貴蘭之意。」

畦留夷與揭車兮　五臣「揭」作「藒」，良注可證。

注 **五十畝爲畦**　姜氏皋曰：二十五畝爲小畦，五十畝爲大畦，見劉熙《孟子注》。

注 **揭車亦芳草，一名芞輿**　臧氏琳曰：《爾雅·釋草》「藒車，芞輿」，郭注「藒車，香草，見《離騷》」，釋文「車音居，本多無此字」。「輿」或作「藇」，音餘。《説文》：藒，芞輿也，从草，楬聲；芞，芞輿也，从草，芞聲。然則《説文》以藒爲芞輿，不名藒車也。陸氏已云本多無車字，知古本《爾雅》作「藒，芞輿」，與《説文》正合，郭景純因《離騷》謂之揭車故援以證之。朱氏珔曰：《上林賦》「揭車衡蘭」，則稱「揭車」亦是。

雜杜蘅與芳芷 《離騷》「蘅」作「衡」，是也。

冀枝葉之峻茂兮 五臣「峻」作「葰」，向注可證。

憑不厭乎求索 注**憑，滿也。楚人名滿爲憑** 「憑」與「馮」同。《方言》「馮，怒也，楚曰憑」郭璞注「馮，恚盛貌」，昭五年《左傳》「震雷馮怒」杜預注「馮，盛也」，本書《長門賦》「心憑噫而不舒」注「憑噫，氣滿貌」，皆可互證。洪曰：《書序》「八索」徐邈讀作蘇故切，則「索」亦有「素」音。

各興心而嫉妬 六臣本「興」誤作「與」。

夕飡秋菊之落英 洪曰：秋花無自落者，讀如「我落其實而取其材」之落也。吴氏斗南曰：落非隕落也，《爾雅·釋詁》訓落爲始，落英云者謂始華之時爾。

注**言吞陰陽之精蘂** 洪本無「言」字，「陰陽」作「正陰」，是也。

苟余情其信姱以練要兮 洪曰：信姱，實好也，與信芳、信美同意。龔氏景瀚曰：《玉篇》「姱，奢貌」，洪訓爲「好」，當兼此義始備。

擥木根以結茝兮 六臣本校云「擥」五臣作「掔」。

貫薜荔之落蘂　《屈宋古音義》云「蘂」音「里」。

注**胡繩，香草也**　姜氏皋曰：《離騷草木疏》謂胡爲葷菜、繩爲繩毒，是以胡作葫，今人謂葫爲大蒜，繩毒即《廣雅》之因塵，而方氏《通雅》又以胡繩爲《上林賦》之結縷，疑皆非。

謇吾法夫前修兮，非時俗之所服　五臣「謇」作「蹇」，「時」作「世」，向注可證。

長太息以掩涕兮，哀人生之多艱　姚氏鼐曰二句疑誤倒，蓋「涕」與下「替」爲韻，《齊東野語》已有此說。按「人」當作「民」，據注「哀念萬民」可見，蓋避諱改，下同。

衆女嫉余之蛾眉兮　尤本「蛾」作「娥」。按六臣本及《楚辭》並作「蛾」，應從之。

謡諑謂余以善淫　六臣本「以」作「之」。張氏雲璈曰：《方言》：楚南謂愬爲諑。

吾獨窮困乎此時也　元槧本、毛本無「吾」字，《楚辭》本有。

鷙鳥之不群兮　六臣本無「之」字。

忍尤而攘詬　注**攘，除也**　何曰「攘，取也」。《楚辭》本「詬」一作「詢」〔八〕。

悔相道之不察兮　六臣本校云王逸無「兮」字，非也，《楚辭》本有。

注**言及旋我之車以反故道，反迷己誤欲去之路**　《楚辭》本「及」作「乃」、「反迷己」作「及己迷」，是也，各本皆誤。

退將復脩吾初服　六臣本無「復」字。

余獨好脩以爲常 「常」當作「恒」，與「懲」爲韻，此避漢諱改。

豈余心之可懲 五臣「可」作「何」，銑注可證。

女嬃之嬋媛兮 洪曰：「《説文》：『嬃，女字也，音須。賈侍中説楚人謂女曰嬃。』《水經注》引袁山松云：『屈原有賢姊，聞原放逐，亦來歸，喻令自寬全，鄉人冀其見從，因名曰秭歸。縣北有原故宅，宅之東北有女嬃廟，擣衣石猶存。』秭與姊同。女嬃之意，欲原爲甯武子之愚，不欲爲史魚之直耳。」張氏雲璈曰：《楚辭集解》云：嬃者，賤妾之稱，比黨人也；嬋媛，妖態也。朱氏綬曰：以下文「衆不可户説」觀之，則女嬃自宜以黨人解之，若内被姊詈，不得歸之於衆也。

申申其詈予 六臣本「詈」作「罵」。

曰鮌婞直以亡身兮 六臣本「亡」作「方」，校云王逸作「之」。

終然殀乎羽之野 五臣「羽」下有「山」字，濟注可證。

汝何博謇而好脩兮 五臣「謇」作「蹇」，向注可證。

注 **薋，蒺藜也。菉，王芻也。葹，枲耳也。《詩》曰：楚楚者薋。又曰：終朝采菉。三者皆惡草也，以喻讒佞** 姜氏皋曰：薋，《詩》作茨，《爾雅》亦作茨，蒺藜也，然此茨字疑作衆多解，《詩》「如茨如梁」傳「茨，積也」、《廣雅·釋詁三》亦釋茨爲聚是也，聚積菉葹故下云盈室也。「終朝采菉」《詩》作「緑」，「緑，王芻也」，「緑竹猗猗」傳同，《離騷草木疏》引郭璞曰「菉，蓐也，今呼鴟脚莎〔九〕」，然「緑竹」美衛武公之德、《采緑》有思其君子之心，似非惡草。「葹，枲耳也」，《管城碩記》以爲即卷施、宿莽：《離騷·思美人》篇云「搴長洲之宿莽，吾誰與玩此芳草」，《山海經圖贊》曰「卷葹之草，拔心不死。屈平嘉之，諷詠以比」，則亦不得爲惡草。惟二者皆非香草，故云。

孰云察余之中情　龔氏景瀚曰：此當亦女嬃之言，余指屈原也，下「煢獨而不予聽」此予字乃女嬃自稱。

依前聖之節中兮　《楚辭》本「之」作「以」。

注 **重華，舜名也**　洪曰：先儒以重華爲舜名，按：《書》云「有鰥在下，曰虞舜」與帝之「咨禹」一也，則舜非謚也，名也；又「曰若稽古，帝舜曰重華」與堯爲「放勳」一也，則重華非名也，號也；群臣稱帝不稱堯，則堯爲名；帝稱禹不稱文命，則文命爲號；伊尹稱「尹躬暨湯」，則湯號也；湯自稱「小子履」，則履名也。《楚辭》屢言堯舜禹湯，今辨於此云。

注 **《九辨》《九歌》，禹樂也**　林先生曰：此因《尚書》「九歌」而臆度之耳。翁先生曰：按《山海經》：「西南海之外，赤水之南，流沙之西，有人珥兩青蛇，乘兩龍，名曰夏后開，開上三嬪於天，得《九辨》與《九歌》以下。」郭璞注：「皆天帝樂名，開登天而竊以下用之。」此事雖惝恍，然必有所本，《天問》云「啟棘賓商，九辨九歌」亦正用此，此篇末「奏九歌而舞韶」句亦當如此解。

夏康娛以自縱　姚氏鼐曰：啟之失道，載《逸書·武觀》篇，《墨子》所引是也，屈子與澆並斥爲「康娱」，王逸誤以「夏康」連讀爲太康，僞作古文遂有「太康尸位」之語，其失始於逸也。翁先生曰：今《墨子·非樂》篇引《武觀》作「啟子淫溢康樂」，姚說即指爲啟未知何據，然「康娱」二字下凡再見；又下句「圖後」二字似亦當就啟説爲順，姚説未爲無見矣。朱氏琦曰：今本《墨子》「啟子」之「子」有誤作「乃」者，故姚説云然，然啟之敬承禹道見於《孟子》，豈不足信？今所傳《墨子》譌脱最多，姚氏遽以其誤字爲準，非也；如果屬啟，則上句已言啟，此句又以夏字代啟，殊非文義，似仍從舊説爲妥。姜氏皋曰：《海外西經》云「大樂之野，夏后啟于此儛九代，乘兩龍，雲蓋三層，左手操翳，右手操環，佩玉璜」，郭注「九代，馬名。儛，謂盤作之令舞也」；《大荒西經》云「夏后開上三嬪于天，得《九辨》與《九歌》以下」，郭注「嬪，婦也，言獻美女于天帝。《九辨》《九歌》皆天帝樂名也，開登天而竊以下用之也」；《易歸藏》云「昔者夏后啟筮享神于晉之虚，作爲璿臺于水之陽」：是古之于啟恒有荒唐之説，淫佚康樂或非無因〔十〕。「啟」改「開」，《金石文字記》曰漢避景帝諱，今登封縣有《開母廟石闕銘》。

五子用失乎家巷　朱子注云「衖音巷」，是朱子所見本「巷」作「衖」也，今各本皆作「巷」。《玉篇》：衖，胡絳切。陸氏《爾雅音義》：衖，户絳切。是「衖」與「巷」本一字。按王注「家居閭巷失尊位」云云恐於情勢不合。自《左傳》有「羿代夏政，號帝夷羿」之語，孔安國、皇甫謐並謂羿距太康，遂廢之而立仲康。金履祥《通鑑前編》云：「太康雖爲羿所距，不能濟河，而猶立國於外，以傳仲康。」考夏都安邑在河北，爲羿所距，遂居河南之陽夏，羿因得據夏之故都，故曰「失乎家巷」，豈得謂家居閭巷乎？後浞、澆濟惡，夏乃中絶，少康繼起，史乃以中興歸之耳。王注又謂太康「更作淫聲」，洪補注以爲無據。按《墨子·非樂》篇云於《武觀》曰「啟子淫溢康樂，野于飲食，將將銘，莧磬以力，湛濁于酒，萬舞奕奕，章聞于天，天用弗式」云云，此可與王注相證。先儒以五觀爲即武觀，亦即《夏書》之五子。《國語·楚語》以五觀與朱、均、管、蔡並舉，韋昭注「五觀，啟子，太康兄弟也。觀，洛汭之地」。王符《潛夫論·五德志》云：啟子太康、仲康更立，兄弟五人皆有昏德，不堪帝事，降須洛汭，是謂五觀。《水經·淇水注》云太康弟五君之號曰五觀。《竹書紀年》云「放王季子武觀于西河，武觀以西河叛」，注：武觀，五觀也。《逸周書·嘗麥解》云：其在夏之五子，忘伯禹之命，假國無正，用胥興亂，遂凶厥國。《漢書·人表》遂列五觀于「下中」。合諸書考之，似皆謂五子封觀作亂，被伐來歸，其後又導太康以淫樂，與《夏書》不合，蓋周秦時相傳有此說，屈子「失家巷」語意似亦本此。至馮景《解春集》謂子者有親之稱，五子者太康之子，明是太康子，故《離騷》言「圖後」。此說甚新，而無左證。若淮南子序《離騷傳》以五子失家巷爲伍子胥事〔十一〕，蓋誤。

注 **羿，諸侯也**　洪曰：《說文》：「羿，帝嚳時射官也，夏少康滅之。賈逵云：羿之先祖也，爲先王射官。帝嚳時有羿，堯時亦有羿，羿是善射之號，此羿夏時有窮后也。」按《說文·羽部》：羿，亦古諸侯也，一曰射師，从羽，幵聲。又《弓部》：芎，帝嚳射官，夏少康滅之，从弓，幵聲，《論語》曰芎善射。又《邑部》「竆」下云：夏后時諸侯夷羿國也。

注 **使家臣衆逢蒙**　《楚辭注》無「衆」字，胡公《考異》曰各本皆衍。謹案《襄四年·左氏傳》云「羿猶不悛，將歸自田，家衆殺而烹之，以食其子，其子不忍食諸，死于窮門」，是家衆者佐寒浞殺羿者也，似仍宜存「衆」字。

乃遂焉而逢殃 龔氏景瀚曰：《玉篇》「遂，安也」，遂焉者，任其性而不改，亦縱欲之意。

后辛之菹醢兮 洪曰：「《禮記》云：昔殷紂亂天下，脯鬼侯以饗諸侯。《史記》曰：紂醢九侯，脯鄂侯。《淮南子》曰：醢鬼侯之女，菹梅伯之骸。」

注 **殷宗遂絶，不得久長也** 六臣本無「絶」字，《楚辭》本注有。

湯禹嚴而祇敬兮 六臣本「嚴」作「儼」，《楚辭》亦作「嚴」，洪本作「儼」，下文「湯禹儼而求合兮」《楚辭》本作「儼」，互異。

脩繩墨而不頗 六臣本「脩」作「循」，按王注「循用先聖法度」，則作「循」爲是。尤本「頗」作「陂」，按《楚辭》作「頗」，應從之，注同，王注引《易》原不必同今本也。朱氏珔曰：「陂」與「頗」音義可通而字則異，《書》作「頗」，《易》自作「陂」。《易》釋文云「陂，彼僞反，又破河反」，雖兼取頗音，而不云「一作頗」。唐玄宗詔改《洪範》「頗」字爲「陂」，改《書》未改《易》也，其原詔載《册府元龜》中，明引《周易》「无平不陂」，又引《釋文》云陂字亦有頗音，可知《易》之「陂」古無作「頗」者。本書《思玄賦》「行頗僻而獲志兮」，注「頗，傾也，蕭該音本作陂，布義切」，下亦引《易》「无平不陂」；若《易》果作「頗」，則注於「頗，傾也」之下即可引《易》，何必以蕭音爲證乎？《楚辭注》本非王逸之舊，不得轉據以改《文選》也。

注**有道德之者**　何校「之」改「人」，陳同，然《楚辭》本無「之」字。

覽余初其猶未悔　龔氏景瀚曰：初，初度也，所謂昭質未虧也。

攬茹蕙以掩涕兮　注**茹，柔耎也**　六臣本「攬」作「擥」。《玉篇》「茹，柔也」，此是古訓。濟注以茹爲香，吴仁傑亦以爲香艸，並當缺疑。

注**衣皆謂之襟**　《楚辭注》「皆」作「眥」，是也，各本皆誤。胡公《考異》曰：此出《爾雅·釋器》，考釋文「眥，才細反，又子移反」，不得作「皆」。《詩·鄭風》正義引作「眥」，其誤正與此同。

注**言己覩禹湯文王脩德以興天**　《楚辭注》「己」下有「上」字、「興」下無「天」字，是也，各本皆誤。

注**中心曉明，得此中正之道，精合真人**　毛本「曉」誤作「的」，又脱「得」字，「精」誤作「情」，「真」誤作「其」，應依六臣本改。

駟玉虬以乘鷖兮，溘埃風余上征　本書《吴都賦》注、謝玄暉《在郡卧病》詩注、江文通《擬張黄門詩》注引「溘埃風」並作「溘飍風」。《吴都賦》注作「兮上征」，謝詩注作「而上征」，惟《思玄賦》注同此〔十二〕。方氏苞曰：此下雖假託荒遠之詞，而按之各有喻義，駟虬乘鷖喻己之才美可用也，埃風上征喻己爲同姓親臣，義不可以苟止也。原既疎之後尚未與君絶，故使齊反復諫釋張儀。

注　**神山，《淮南子》曰：縣圃，在崑崙閶闔之中**　六臣本作「神山也，在崑崙之上」。《淮南》言崑崙縣圃十七字，與《楚辭注》合，是也。

注　**乃維上天**　六臣本作「雖乃通天」。按《楚辭注》作「維絶通天」。此亦尤本據今本《淮南·天文訓》校改，恐非是。

路曼曼其脩遠兮　五臣「曼曼」作「漫漫」，濟注可證。

注　**《淮南子》言日出暘谷**　《楚辭注》「暘」作「湯」，是也，此誤，説詳前。

折若木以拂日兮　洪曰：《山海經》「南海之内，墨水之間，有木名曰若木，若水出焉」，又曰「灰野之山，有樹青葉赤華，名曰若木，日所入處，生崑崙西，附西極也」，蓋若木有二，而此乃灰野之若木歟？

聊須臾以相羊　五臣「須臾」作「逍遥」，向注可證，《楚辭》本同，《玉篇》引作「儴徉」。張氏雲璈曰：《漢書·禮樂志》「神掩留，臨須摇」，晉灼曰「須摇，須臾也」，摇蓋臾之轉聲，須亦轉而爲逍。

雷師告余以未具　六臣本「余」作「我」。

時曖曖其將罷兮　六臣本「罷」作「疲」。

注　**女以喻臣**　徐氏文靖曰：《集注》「女，神女，蓋以比賢君，於此又無所遇，故下欲遊春宫、求虙妃、見佚女、留二姚，皆求賢君之意」，然「哀高丘之無女」哀所遭之寡偶也，當是《孟子》「願爲有室，願爲有家」之意。

注 **皆出于仁**　《楚辭》本「仁」下衍「義」字，尤本作「皆出仁義」亦非。

注 **豐隆雲師**　本書《思玄賦》「豐隆」舊注「雷公也」，下文「雲師」舊注「雨師也」，李注云「諸家之説豐隆皆曰雲師，此賦别言雲師，明豐隆爲雷也」。徐氏文靖引《穆天子傳》曰「天子升于昆侖之丘，以觀黄帝之宫，而豐豐隆之葬」、郭璞曰「豐隆筮御雲，得大壯，遂爲雷師」。張氏雲璈引《淮南子》「季春三月，豐隆乃出」許慎注「雷師」。然則或以爲雲，或以爲雷，説固無定也。

求宓妃之所在　注 **宓妃，神女也**　姚氏鼐曰：「宓妃者蓋后羿之妻，《天問》所謂『妻彼洛濱』者是也。言方令蹇修爲理，彼乃難於遷而歸我，而反適無道之羿，相從於驕傲無禮，何足顧耶！下言『歸次窮石』，窮石是羿國，羿自鉏歸於窮石也。」朱氏珔曰：王注「宓妃，神女也」，下「蹇脩，伏羲氏之臣也」，古「伏」與「宓」通，是宓妃爲伏羲氏女，無緣爲夏後羿之妻；注於下文「窮石」不引《左傳》而引《淮南》，蓋以窮石非羿國，正極有斟酌，姚説疑非。

吾令蹇修以爲理　朱子《集注》謂爲媒者以通詞理也，《浩然齋雅談》云：下文「理弱而媒拙」，朱元晦以爲「恐道理弱」，似與前説異，按《九章》云「令薜荔以爲理」又云「因芙蓉以爲媒」亦以媒、理對言，《左傳》「行理之命，無月不至」注「行理，行使也」〔十三〕，復何疑焉！

注 **《淮南》言弱水出于窮石**　姜氏皋曰：按弱水至于合黎，《史記索隱》引《水經》云合黎山在酒泉會水縣東北，正義引《括地志》云「蘭門山一名合黎山，一名窮石山，在甘州刪丹縣西南」，然未聞以是爲有窮國者，此處似宜引《襄四年·左氏傳》「后羿自鉏遷于窮石」爲注尤的。

朝濯髮乎消槃　五臣「槃」作「盤」，銑注可證。《楚辭》本亦作「盤」。

注 **來去相棄**　《楚辭注》「來」下有「違」字，洪本作「來復棄去」。

周流乎天余乃下　六臣本「乎天」作「天乎」，誤。

注 **偃蹇，高貌**　尤本「貌」作「意」，誤。

注 **《呂氏春秋》曰：有娀氏有美女，爲之高臺而飲食之**　今《呂氏春秋·音初》篇曰「有娀氏有二佚女，爲之九成之臺，飲食必以鼓」，與此小異。然簡狄聖母，此事似不可信，或指少女建疵歟？《淮南子·墬形訓》：有娀在不周之北，長女簡狄，少女建疵。

注 **鴆，惡鳥也，明有毒**　《楚辭》本「惡鳥」作「運日」，「明」作「羽」，是也。《廣志》云：「運日，大如鴞，紫綠色，有毒，食蛇蝮，雄名運日，雌名陰諧，以其毛歷飲卮則殺人。」〔十四〕《淮南》言「運日知晏，陰諧知雨」蓋類小人之有智者。

注 **受禮遺，將**　《楚辭》本「將」下有「行」字，是也，各本皆脫。

欲遠集而無所止兮　六臣本「集」作「進」，洪曰「集一作進」，皆誤。

注 **少康留止有虞**　又**是不欲遠去貌**　《楚辭》本「少康」上有「幸若」二字，「貌」作「意」，是也，各本皆有脱誤。

注**懷、襄二世不明**　六臣本「世」作「葉」。

閨中既邃遠兮，哲王又不寤　六臣本、洪本「既」下有「以」字，《楚辭》本無。《困學紀聞》十七云：以楚君之闇而猶曰哲王，蓋屈子以堯舜之耿介、湯禹之祇敬望其君，不敢謂之不明也。

余焉能忍與此終古　六臣本「忍」下有「而」字。

索瓊茅以筳篿兮　龐氏元英《文昌雜録》云：余昔見荆湘人家多以草竹爲卜，按《楚辭》「索瓊茅以筳篿兮，命靈氛爲余占之」，注：「瓊茅，靈草；筳，小折竹也〔十五〕。楚人名結草折竹以卜曰篿〔十六〕。」

曰勉遠逝而無疑兮　六臣本「無」下有「狐」字。《楚辭》本、洪本並有，注云一無「狐」字。案有者是也，下文「心猶豫而狐疑」即其證。

注**艾，白蒿也**　洪曰：《爾雅》「艾，冰臺」，注云今艾蒿。吴氏仁傑曰：「艾蒿與白蒿不同。白蒿，《詩》所謂蘩也。《詩》有采蘩，有采艾。《本草》有白蒿條，又出艾葉條〔十七〕。《嘉祐圖經》云：艾，初春布地生苗，莖類蒿而葉皆白。又云：白蒿，葉上有白毛，從初生至枯，白於衆蒿，頗似細艾。是艾與白蒿相似耳，便以艾爲白蒿則誤矣。」

覽察草木其獨未得兮　六臣本「獨」作「猶」，《楚辭》本亦作「猶」。

蘇糞壤以充幃兮 《猗覺寮雜記》云：張平子《思玄賦》「纗幽蘭」李注「《説文》曰繫幃曰纗，《爾雅》婦人之幃謂之縭，今之香囊在男曰幃、在女曰縭」也。

注 **巫咸，古神巫也，當殷中宗之世** 《説文》：巫，祝也，古者巫咸初作巫。《史記·封禪書》亦曰：伊陟贊巫咸，巫祝之興自此始〔十八〕。按《尚書疏》曰「咸、賢父子爲大臣，必不世作巫官」，蓋因咸氏巫後，世便以咸爲巫祝。而《困學紀聞》十載《莊子》逸篇言黄帝立巫咸，《路史·後紀三》言神農使巫咸、巫陽主筮，郭璞《巫咸山賦》序文言巫咸以鴻術爲堯醫。時代舛互，遂無可稽。至《山海經·海外西經》稱有巫咸國，《大荒西經》有十巫，《海内北經》有六巫，尤荒誕不足據。惟《莊子·應帝王》篇云鄭有神巫季咸，《列子·黄帝》篇亦云神巫季咸自齊來處鄭，能言人死生壽夭，屈子所言當即指此，王注亦沿訛而不辨耳。

注 **糈，精米** 尤本「米」誤作「美」。

注 **當去，尤吉善也** 《楚辭注》「尤」作「就」，是也，各本皆誤。

摯臯繇而能調 五臣「臯」作「咎」，良注可證。案王注亦作「咎」，是也。《困學紀聞》六引《列女傳》「臯」或作「睪」。

注 **力能調和陰陽** 《楚辭注》「力」作「乃」，是也，各本皆誤。

何必用夫行媒 六臣本「何」上有「又」字。《楚辭》本、洪本並同。

注言臣能中心常好善　六臣本「臣」作「誠」，是也。毛本「常」誤作「苟」。

説操築於傅巖兮　洪引《史記》徐廣曰「《尸子》：傅巖在北海之州」、孔安國曰「傅氏之巖在虞、虢之界」。姜氏皋曰：「《水經注》：河水又東，沙澗水注之，水北出虞山，東南逕傅巖，歷傅説隱室，俗名之聖人窟。又曰『傅説傭隱，止息於此』也。陳氏逢衡《竹書紀年集證》云：《説命》之『築』當訓居，謂築居於此巖也，據《水經》所云則説築傅巖爲棲息之義益信矣。」

呂望之鼓刀兮　洪引《戰國策》「太公望，老婦之逐夫，朝歌之廢屠」、《淮南子》「太公之鼓刀」注「太公，河内汲人，有屠釣之困」，又引《天問》：師望在肆，昌何識？鼓刀揚聲，后何喜？

時亦猶其未央　六臣本「其」作「而」，《楚辭》本作「其」。

恐鷤鴂之先鳴兮　《楚辭》本「鷤」作「鵜」。洪本亦作「鵜」，云「鵜一作鷤」。王氏引之曰：「鷤鴂，一作鵜鴂，一作鶗鴂。《楚辭·離騷》『恐鵜鴂之先鳴兮，使夫百草爲之不芳』，王注『鵜鴂一名買鵤，常以春分鳴』。《反騷》『徒恐鷤鴂之將鳴兮』，服虔曰『鷤鴂一名鵙，伯勞也，順陰氣而生〔十九〕，賊害之鳥也。王逸以爲春鳥，謬也』見《文選·思玄賦》注。案服意蓋謂春分之時衆芳始盛，不得言百草不芳，因以爲五月始鳴之鵙，五月陰氣生故百草爲之不芳也。今按《離騷》言此者以爲小人得志則君子沈淪、野鳥群鳴則芳草衰謝，此乃假設爲文，不必實有其事。亦如《九章》云『鳥獸鳴以號群兮，草苴比而不芳』，豈謂鳥獸群號之時實有不芳之草哉！」

使百草爲之不芳　六臣本「使」下有「夫」字，無「爲」字。《楚辭》本有「夫」字、「爲」字，洪本亦有。

今直爲此蕭艾也　六臣本無「蕭」字、「也」字，蓋誤。

余以蘭爲可恃兮　注**懷王少弟司馬子蘭也**　洪引《史記》「懷王稚子子蘭」。林先生曰：《史記》〔二十〕「頃襄王立，以其弟子蘭爲令尹」，然則子蘭乃懷王少子、頃襄之弟也，王注誤。

苟得引乎衆芳　《楚辭》本「引」作「列」。

注**楚大夫子椒也**　洪曰《漢書·古今人表》有令尹子椒。按子椒不爲令尹，《漢書》誤也。《新序·節士》篇作「司馬子椒」。

椒專佞以慢謟兮，榝又欲充其佩幃　朱子曰：「榝，茱萸也；幃，盛香之囊也。椒芳烈之物而今變爲邪佞，茱萸固爲臭物而欲滿於香囊也。」徐氏文靖曰：「《禮·内則》『三牲用藙』，鄭氏曰『藙，煎茱萸也，漢律會稽獻焉』，《爾雅》謂之榝，郭璞曰『榝似茱萸而小，赤色』。三牲所用，漢律所獻，以榝爲香物故也。晉孫楚賦有『茱萸之嘉木』，茱萸豈臭物乎？椒既謾謟，榝欲充幃，總比群小之競進，非在香臭之分也。」

注**榝，茱萸也**　案《説文》「榝似茱萸，出淮南」，《爾雅》郭注「榝似茱萸而小」，是皆以二者微異。《廣雅》則謂榝即茱萸，《唐風·椒聊》篇正義引李巡亦云「榝，茱萸也」，皆以爲一物矣。

注**言觀子椒、子蘭變節若此**　徐氏文靖曰：按《楚辭辨證》云「屈子於蘭芷不芳之後更嘆其化爲惡物，而揭車、江離亦以次而書罪焉，蓋其所感益以深矣，初非以爲實有是人而以椒蘭爲名字者也。而史遷作《屈原傳》乃有令尹子蘭之説，班氏《古今人表》又有令尹子椒之名，王逸因之又謂爲司馬子蘭、大夫子椒，而不復記其香草臭物之論，流誤千載，遂無一人覺其非者」，然後漢孔融曰「屈平悼楚，受譖於椒、蘭」豈亦妄爲是言哉！雖然，《騷》以香草喻君子、雜卉喻小人，非必定爲椒、蘭而發，而要其人則實也。

固時俗之從流兮　五臣「從流」作「流從」。銑注：流行相從。

又況揭車與江蘺　胡公《考異》曰：「蘺」當作「離」，上「扈江離」無艹，不當歧異，《楚辭》皆作「離」，洪謂《文選》作「蘺」指五臣耳。

注**此誠可貴兹**　六臣本「兹」作「重」，是也，此尤本誤。

芬至今猶未沬　六臣本「芬」字重，恐誤。

注**言己所行芬芳，誠難虧歇**　元槧本「難」作「歎」。毛本脱「誠難」二字，或又誤移此二字爲下句正文。

注**言我願及年德方盛壯之時，周流四方，觀君臣之賢，欲往就之**　六臣本無此二十四字，尤本據《楚辭注》添。

邅吾道夫崑崙兮　注**邅，轉也**　徐氏文靖曰：《易》「屯如邅如」，王弼曰「正道未行，困於侵害，故屯邅也」，此所云「邅吾道」者蓋亦迍邅之意。朱氏珔曰：《湘君》篇亦云「邅吾道兮洞庭」，與此文法正同，彼處不得有屯邅之意，徐説非是，仍宜從舊注説。

揚雲霓之晻藹兮　六臣本「揚」下有「志」字，誤也。

鳳凰翼其承旂兮　六臣本「翼」作「紛」，誤。元槧本「承」作「乘」。

騰衆車使徑待　方氏苞曰：「待」當作「持」，《周官·旅賁氏》「車止則持輪」。案方説非也，「待」與「期」正是韻，方不知古音耳。

指西海以爲期　方氏苞曰：崑崙、西極、流沙、赤水、西皇、不周、西海，皆以西爲言，何也？蓋日薄西山，萬物歸暝，原將從彭咸之所居，故託言出遊于此。《九章》「指嶓冢之西隈」亦此意也。其將進而有爲，則以遊春宮爲比。東方，物所始生也。或疑其有意於仇讐之秦庭，過矣。

屯余車其千乘兮　六臣本無「其」字。

載雲旗之委移　六臣本「委移」作「逶迤」，《楚辭》作「委蛇」。

奏《九歌》而舞《韶》兮　注**《九歌》九德之歌，禹樂也。《九韶》舜樂也**　按《九歌》非禹樂，説見上。朱氏珔曰：舜、禹并舉，似不應禹在舜上。繹其語意，當是一事。蓋《韶》雖舜樂，而禹實成之。《尚書大傳》言「招樂興於大鹿之野」，下云「舜爲賓客而禹爲主人」，又云「成禹之變」，後又云「歌《大化》《大訓》《六府》《九原》而夏道興」，鄭注「四章皆歌禹之功」，據此知奏《九歌》時即爲

《韶》樂。故《周禮》亦以九德之歌、九磬之舞連文，非截然分説也。

蜷局顧而不行　六臣本無「顧」字。

校　記

〔一〕左傳注太玄經云云　此誤以《太玄》注當《左傳》注，當作「《左氏·昭二十九年傳》注『玄孫之後爲裔』、《太玄經》『小人積非至於苗裔』注『玄孫之後稱苗裔』」。

〔二〕鼎足句之　「句」原作「向」，據稿本及《史記·天官書》改。

〔三〕蘺字或不从艸　「从」原作「以」，據稿本改。

〔四〕則德行之彌貞　「行」據《管城碩記》卷十四補。

〔五〕注蕙茝皆香草也　「注」據《文選》補。

〔六〕茝白芷一名芳香　「茝」當作「蘭」。見《東皇太一》「浴蘭湯兮沐芳」，王逸注「蘭，香草也」，洪補引《本草》「白芷一名芳香」。

〔七〕齋炊餔疾也　「齋」原作「齋」，據稿本及《説文》改，上同。

〔八〕楚辭本詬一作詢　「詢」原作「詢」，據《楚辭》改；「一」據《楚辭》補，《補注》作詬、《集注》作詢。

〔九〕今呼鴟脚莎　「鴟」原作「鴨」，據《離騷草木疏》卷四、《爾雅·釋草》郭注改。

〔十〕墨子啟子淫溢康樂云云　今《墨子》各本「子」作「乃」，惠棟、江聲謂當作「子」：「啟是賢王，何至淫溢？」孫詒讓《墨子閒詁》謂「乃」不誤，引《竹書紀年》《山海經》《離騷》等古書皆盛言啟淫溢康樂。按戰國簡《厚父》亦可證啟晚年失德事，姚、姜、孫説是，「乃」不誤。

〔十一〕淮南子序離騷傳云云　「傳」據《楚辭章句·離騷經》王逸後叙引班固《離騷經章句序》引劉安《離騷傳叙》補。

〔十二〕謝詩注作而上征惟思玄賦注同此　此誤，《思玄賦》注亦作「而上征」，惟江詩注同此。

〔十三〕左傳注行理行使也　《左傳·昭公十三年》杜注作「行理，使人通聘問者」。

〔十四〕廣志云云　此引自洪興祖《補注》。

〔十五〕筳小折竹也　「折」原作「破」，據《楚辭章句·離騷經》改。

〔十六〕楚人名結草折竹以卜曰篿　「名」原作「多」，據《文昌雜録》卷二、《楚辭章句·離騷經》改。

〔十七〕本草又出艾葉條　「葉」原作「緑」，據《離騷草木疏》卷四及《本草》改。按「艾葉」本《名醫别録》條目，梁陶弘景收入《本草經集注》，《證類本草》《本草綱目》等因之；孫星衍輯《神農本草經》不取，於「白蒿」下注云艾「即白蒿是也，《名醫》别出艾條，非」。

〔十八〕史記封禪書云云　「封禪書」原作「天官書」，據《史記》改。

〔十九〕順陰氣而生　《文選·思玄賦》注此下十三字六臣本無；「陰」下有「陽」，《楚辭補注》同，胡克家《文選考異》卷三謂非。

〔二十〕林先生曰史記　此六字衍，上下文均爲洪興祖《補注》語。

九　歌　四首

《九歌》　五臣注謂九者陽數之極。楊氏慎謂：「古人言數之多止於九，《逸周書》言左儒九諫，孫武子言九天九地，此豈實數乎？《楚辭·九歌》乃十一篇，《九辨》亦十篇，宋人不曉古人虚用九字之義，强合《九辨》二章爲一章，可笑也。」按余蕭客謂取「《簫韶》九成」啟《九辨》《九歌》之義，亦無所據。至顧成天又合《湘君》《湘夫人》及《大司命》《少司命》皆爲一章，以應《九歌》之名，益無謂矣。

《東皇太一》　濟注：「每篇之目，皆楚之神名，所以列於篇後者，亦猶《毛詩》題章之趣。」案據此知本卷《東皇太一》《雲中君》《湘君》《湘夫人》四題本在每篇後也。向注：「太一，星名，祠在楚東，以配東帝。」徐氏文靖曰：《春秋元命苞》云「中宫天極星，星下一明者，太一常居」，《文耀鈎》云「中宫大帝其北極星，下一明者爲太一之光，合元氣以布斗，當是天皇大帝之號也」，是時楚僭稱王，因僭祀昊天上帝，故有皇太一之祠，祠在楚東，故加一東字，非以配東帝爲東皇也。

吉日兮辰良　《夢溪筆談》云「吉日兮辰良」蓋相錯成文。孫氏志祖曰：《蜀都賦》「吉日良辰」、《東征賦》「撰良辰而將行」、謝靈運《九日從宋公》詩「良辰感聖心」、盧子諒《贈劉琨》詩「良辰遂往」，注並引《楚辭》作「吉日兮良辰」，恐《楚辭》别本亦有作「良辰」者。案孫説非也。《楚辭》作「辰良」，李注所引亦俱作「辰良」，其有作「良辰」者後人順正文改轉，未知李注自有不順正文之例也；

且《楚辭·九歌》十一首每首第一句必用韻，不得倒轉顯然矣。

注 **必擇吉辰之日** 《楚辭注》「辰」作「良」，何據改，是也，各本皆誤。

蕙肴蒸兮蘭藉 五臣「蒸」作「烝」，良注可證。洪曰：蒸，進也，烝同。

《雲中君》 《楚辭集注》云：謂雲神也，亦見《漢書·郊祀志》。徐氏文靖曰：《左傳·定四年》「楚子涉雎濟江，入于雲中」，杜注「入雲夢澤中」，是雲中一楚之巨藪也，雲中君猶湘君耳；然《史記·封禪書》「晉巫祠五帝、東君、雲中」，《索隱》即引王逸注，又云東君、雲中見《歸藏易》也。

靈連蜷兮既留 洪曰一本「靈」下有「子」字。

蹇將憺兮壽宮 許氏宗彦曰：《吕子·知接》篇「蒙衣袂而絶乎壽宮」，注：壽宮，寢室也。

注 **兼衣，言青黄五采之色** 《楚辭注》無「言」字，是也，此衍。

覽冀州兮有餘 顧氏炎武曰：古之天子常居冀州，後人因之遂以冀州爲中國之號。

極勞心兮懺懺 五臣「懺懺」作「忡忡」，良注可證。

《湘君》 洪曰：「劉向《列女傳》：舜陟方死於蒼梧，二妃死於江湘之間，俗謂之湘君。」孫氏鑛曰：湘君、湘夫人皆汎言湘水之稱，不必求其人以實之。顧氏炎武曰：《遠游》之文，上曰二女御《九韶》歌，下曰湘靈鼓瑟，是二女與湘靈判然爲二也。案韓昌黎氏《黄陵廟碑》正郭璞之誤、辯王逸之失，且以舜未死於蒼梧，二妃安得有從死沉湘之事？篇中立論甚明。

望夫君兮歸來　《楚辭》本、六臣本「歸」並作「未」，按注「未肯來」之語則作「未」是也，此恐傳寫誤。

吹參差兮誰思　洪曰：《風俗通》：舜作簫，其形參差象鳳翼。

注**屈原思神略垂**　《楚辭注》「垂」作「畢」，是也，此誤，《少司命》「悲莫悲兮」句注亦有此語可證。

邅吾道兮洞庭　注**洞庭，太湖也**　朱氏珔曰：吴之震澤别稱太湖，中雖有洞庭兩山，不得以爲湖名，致混於楚之洞庭。觀下《湘夫人》篇「洞庭波兮木葉下」注但以爲湘水波，則知此處非遠及震澤矣。太湖或是大湖之誤。

承荃橈兮蘭旌　《楚辭》無「承」字，六臣本「承」作「采」，「旌」作「旗」。洪曰：諸本或云「乘荃橈」，「乘」一作「承」，或云「采」，皆後人增。是也，因王注有「乘舟船」之語，誤添正文耳。

望涔陽兮極浦　洪曰：今澧州有涔陽浦。何曰：涔陽者，漢之陽也，《史記》「沱涔既道」。

女嬋媛兮爲余太息　注**謂女嬃也**　按此疑指湘君也。《九歌》本祭神之辭。「嬋媛」亦當作「嬋娟」解。

期不信兮告余以不閒　六臣本「余」作「我」。

《湘夫人》　洪曰：娥皇爲正妃，故曰君，女英自宜降曰夫人，《九歌》謂娥皇爲君、謂女英帝子，各以其盛者推言之。徐氏文靖曰：按《帝王世紀》女英墓在商州，蓋舜崩之後女英隨子均徙于封所，故卒葬在焉；《竹書紀年》「帝舜三十年葬后育于渭」，沈約注「后育，娥皇也」，是更先死，何從與女英俱溺湘水耶？

登白蘋兮騁望 六臣本無「登」字。五臣「蘋」作「薠」，良注可證。

鳥萃兮蘋中 《楚辭》本「萃」上有「何」字。洪曰一本有「何」字。案此「蘋」字五臣亦當作「薠」，上文「登白薠」、《招魂》「菉薠齊葉」可證。

慌忽兮遠望 「慌」當作「荒」。洪曰：荒一作慌，忽一作惚。

麋何爲兮庭中 六臣本「爲」作「食」，《楚辭》作「食」。

播芳椒兮成堂 《楚辭》「播」作「匊」。洪曰：匊，古「播」字，本作「𠤎」。

注 **擗，折也** 六臣本「折」作「析」，是也。

疏石蘭以爲芳 《楚辭》「以」作「兮」，六臣本「兮以」兩有。

芷葺兮荷屋 六臣本「葺」下有「之」字。

繚之兮杜衡 六臣本「兮」下有「以」字。

文選旁證卷第二十八

文選卷三十三

九　歌二首

《少司命》　六臣本此卷《少司命》《山鬼》及《涉江》三標題在每篇後。姜氏臯曰：大司命當是《元命苞》及《晉書》所言西近文昌二星曰上台，司命主壽者也；其少司命，《史記·天官書》「危東六星兩兩相比曰司空」，正義曰「危東兩兩相比者是司命等星也。司空唯一星，又不在危東，恐命字誤爲空也。司命二星在虚北」，《甘氏星經》同此，或是少司命耳。

緑葉兮素華　六臣本「華」作「枝」，《楚辭》本云「枝亦作華」。

夫人自有兮美子　蔣氏驥《楚辭餘論》「兮」字在「人」字下，可從。

蓀何以兮愁苦　六臣本「以」作「爲」，《楚辭》本云「以一作爲」。

與汝遊兮九河，衝飈起兮水揚波　何曰：洪興祖謂此二句《河伯》章中語，王逸無注，古本無此二句。陳同。按濟注有解「九河」「衝飈」之語，則五臣有之。

荃獨宜兮爲民正　五臣「荃」作「蓀」，向注可證。《楚辭》本作「荃」，洪本作「蓀」。按「荃」與「蓀」同。吴氏仁傑曰：《莊子》「得魚忘荃」，崔音「孫」，云「香草，可以餌魚」，疏曰「蓀，荃也」；《九歌》「蓀橈」「蓀壁」皆一作「荃」〔一〕。又云：藥有君臣佐使，而此爲君，《離騷》又以爲君諭，良有以也。

注**睇，微眄也**　又**美目盼然**　兩「盼」俱應作「眄」。洪注引《説文》「南楚謂眄曰睇」，眄，眠見切也，與《詩》「美目盼兮」字無涉。

余處幽篁兮　注**言山鬼所處**　前「子慕予」注以子爲山鬼，此又以余爲山鬼，語意不貫，當是屈子自謂也。

注**或曰：幽篁，竹林**　姜氏皋曰：「篁，《説文解字》曰竹田也。《史記·樂毅傳》『植于汶篁』，徐廣曰『竹田曰篁』，然後世詩文篁字無作竹田用者，《史記索隱》亦云『言燕之蘇丘所植齊王汶上之竹，徐説非也』。故此注云竹林。」

怨公子兮悵忘歸　注**謂公子椒也**　朱子曰：《山鬼》一篇謬説最多，不可勝辨，而以公子爲公子椒者尤可笑。

猨啾啾兮狖夜鳴　注**猨號狖呴**　洪本「狖」作「又」，《楚辭》本注「號狖」作「狖號」，六臣本「號狖」作「猴號」。胡公《考異》曰：作「狖」之本注應云「猨狖號呴」，作「又」之本注應云「猨猴號咰」，下注「猨狖善鳴」亦當然。袁本正文作「又」，茶陵本正文作「狖」，蓋善「狖」、五臣「又」也。

校記

〔一〕蓀皆一作荃　「一」據《離騷草本疏》卷一補。

九　章

世溷濁而莫余知兮　六臣本無「兮」字，《楚辭》本有。

登崑崙兮食玉英　六臣本「食」作「飡」，《楚辭》本作「食」。

旦余濟兮江湘　《楚辭》本及六臣本「兮」並作「乎」。

注 **言明旦之者**　《楚辭》本注無「之」字，是也，各本皆衍。

欸秋冬之緒風　毛本「欸」誤作「欵」。楊氏慎曰：《方言》「楚謂然曰唉」、《說文》「唉，譍也」〔一〕，一作欸，實一字也。

邸余車兮方林　《楚辭》本及六臣本「邸」並作「低」。胡公《考異》曰：洪本作「邸」，云「邸一作低」，《補注》以爲「低」無舍義，非也，《廣雅·釋詁四》「宿、次、低、弛，舍也」，洪失之未考。

注 **捨於方林**　「捨」當依《楚辭》本作「舍」，各本皆誤。

淹回水而疑滯　「疑」與「凝」同，本書《別賦》「舟凝滯於水濱」用此，洪注以爲傳寫之誤，非也。然王逸注曰「凝，惑也。滯，留也」又曰「使己疑惑，有意還之者也」，則似作遲疑解。

朝發枉渚兮，夕宿辰陽 洪曰：《水經注》：「沅水東逕辰陽縣東南合辰水，舊治在辰水之陽，故取名焉，《楚詞》所謂『夕宿辰陽』也。沅水又東歷小灣，謂之枉渚。」

苟余心其端直兮 六臣本「苟」作「等」，又無「心」字，皆誤。

入溆浦余儃佪兮 五臣「儃佪」作「邅迴」，濟注可證。

接輿髡首兮 注**自刑體** 《楚辭注》「體」上有「身」字，是也，各本皆脱。姜氏皋曰：梁氏玉繩《古今人表考》引「《高士傳》暨《列仙傳》云：陸通字接輿，佯狂不仕，時人謂之楚狂，楚王遣使往聘，夫妻去隱峩眉山，壽數百歲，俗傳爲仙。而馮氏景《解春集》又謂接其姓、輿其名，引齊有『接子』作證」也，「髡首」事終無所考。

桑扈臝行 注**隱士也** 《説苑·修文》篇子桑子「不衣冠而處」「欲同人道於牛馬」即所謂臝行也。按此注云隱士，而《通志·氏族略三》以爲魯大夫，恐非。

吾又何怨乎今之人 六臣本無「何」字，誤。

固將重昏而終身 此下尚有亂詞十一句，昭明删去。

校記

〔一〕楚謂然曰唉説文唉譍也 「唉」原作「誒」，據《丹鉛總録》卷二七及《説文》改；《方言》卷十作「欸」，洪興祖《楚辭補注》引同。

卜居

乃往見太卜　六臣本、洪本無「乃」字。

以事婦人乎　銑注：婦人，君之所寵。陳氏第曰：若鄭袖之類。

將突梯滑稽　林先生曰：《字典》無隅角者謂之突梯，柳子厚《乞巧文》「突梯卷臠，爲世所賢」本此。余曰：王叡《炙轂子》：滑稽者，轉注之器，若漏卮之類，以比人言語捷給、應對不窮也。

以絜楹乎　尤本「絜」作「潔」，誤。洪本亦誤。《通雅》云：「絜楹二字，朱子未詳。一曰楹，屋柱，亦圓物；一謂兩楹，酬酢之地。總言其圓轉逢迎、應答容悦之狀。《御覽》引作絜盈，或曰猶捧盈之意。」

將氾氾　五臣「氾氾」作「泛泛」，翰注可證。

若水中之鳧乎　洪本注云一無「乎」字。何校去「之」，是也。

吁嗟嘿嘿兮　六臣本「吁」作「于」。《楚辭》本「嘿嘿」作「默默」。

夫尺有所短，寸有所長　洪曰：「《莊子》：梁麗可以克城，而不可以窒穴，尺有所短也；騏驥驊騮一日而馳千里，捕鼠不如貍狌，寸有所長也。」案所引《秋水》篇文，今《莊子》「克」作「衝」，無「尺有所短也」「寸有所長也」二句。

龜策誠不能知此事　六臣本無「此」字。

漁　父

屈原既放，遊於江潭　《史記·屈原賈生列傳》所載與此篇字句小異。《列傳》云：屈原至于江濱，被髮行吟澤畔，顏色憔悴，形容枯槁，漁父見而問之曰：「子非三閭大夫歟？何故而至此？」屈原曰：「舉世混濁而我獨清，衆人皆醉而我獨醒，是以見放。」漁父曰：「夫聖人者不凝滯於物，而能與世推移。舉世混濁，何不隨其流而揚其波？衆人皆醉，何不餔其糟而啜其醨？何故懷瑾握瑜而自令見放爲？」屈原曰：「吾聞之，新沐者必彈冠，新浴者必振衣，人又誰能以身之察察，受物之汶汶者乎？寧赴湘流而葬乎江魚腹中，又安能以皓皓之白而蒙世之温蠖乎？」

聖人不凝滯於物　六臣本「於」下有「萬」字，何曰衍，是也。

新沐者必彈冠，新浴者必振衣，安能以身之察察，受物之汶汶者乎　《荀子·不苟》篇：「新浴者振其衣，新沐者彈其冠，人之情也。其誰能以己之僬僬，受人之掝掝者哉！」《史記索隱》：「汶汶，音門門，猶昏暗不明也。」

注**笑難斷也**　六臣本「難斷」作「離斷」，是也。此誤。

宋玉　## 九辨

注 **宋玉，屈原弟子，閔惜其師忠而放逐，故作《九辨》** 焦氏竑曰：《九辨》非宋玉作，並無哀師之言。

草木搖落 六臣本「落」下有「兮」字。

注 **視江河也** 胡公《考異》曰：「江河」當作「河江」，此與上「方」、下「鄉」爲韻。何曰：《卜居》《漁父》《九辨》《招隱士》注皆有韻可讀。

注 **還故鄉** 又 **歎息也** 又 **身困窮也** 又 **意未明也** 又 **奮翼呼** 《楚辭》本注「鄉」下有「也」字，「歎」下有「累」字，「窮」作「極」，「明」作「服」，「呼」上有「鳴」字。皆是也，各本皆有脱誤。

坎廩兮 五臣「廩」作「壈」，翰注可證。

車駕兮朅而歸 注 **迴逝言還** 《楚辭》本「車」下有「既」字，洪曰一無「既」字。六臣本「還」作「邁」，《楚辭注》同，是也，此誤。

注 **《爾雅》曰：四時和爲通正** 正文「四時」二字似不必注，六臣本、《楚辭》本並無此九字。

奄離披此梧楸 六臣本、洪本「披」作「被」。

收恢台之孟夏兮 尤本、《楚辭》本「台」作「炱」。案本書《舞賦》「恢炱」注引作「台」，云「炱與台古字通」。梁元帝《纂要》：「夏爲長嬴」即恢台也。

注 **以養民** 又 **以茂美樹** 又 **竄巖藪也** 《楚辭》本注「民」下有「也」字，「美」下有「之」字，「藪」作「穴」。皆是也，各本皆有脱誤。

葉菸邑而無色兮 五臣「邑」作「悒」，良注可證。

柯彷彿而萎黄 五臣「萎」作「痿」，銑注可證。

覽騑轡而下節兮 五臣「覽」作「擥」，銑注可證。洪曰：掔，啟妍切，其字從臤，作「擥」誤。

注 **以遊戲也** 又 **與蟲並也** 戲，當讀平聲，與上「驅」下「流」爲韻；並，當音被旺切，與上「黨」下「湯」爲韻。姜氏臯曰：《遠遊篇》「吾將從王喬而娛戲」，「戲」與「居」爲韻，故《古韻標準》云「戲，荒胡切」；又「並」本有傍音，蒲浪切，《詩》「子之湯兮」音蕩，故同韻。

心怵惕而震盪兮 五臣「盪」作「蕩」，翰注可證。

注 **及兄弟也** 又 **以興在位之賢臣也** 《楚辭注》「兄弟」作「弟兄」，「賢」作「貴」，皆是也，各本皆誤。

紛旖旎乎都房 五臣「旖旎」作「猗狔」，良注可證。

何曾華之無實兮 六臣本校云逸無「華」字，誤也，《楚辭》本有。

注 **政言德惠所由出之也** 《楚辭》本注作「言政令德惠所由出也」，是也，各本皆誤。

羌無以異於衆芳　五臣「羌」作「嗟」。向曰：歎聲。《楚辭》本作「羌」。

注 **心惻隱也**　《楚辭》本注「惻隱」作「隱惻」，是也，各本皆倒。

注 **而逐放也**　六臣本「逐放」作「放逐」，是也。

后土何時而得乾　六臣本「而」作「兮」，誤。《楚辭》本「乾」作「漧」，洪曰「漧與乾同」。《玉篇》：漧，古乾字，猶燥也。

故駒跳而遠去　《楚辭》本注「駒」作「跔」，朱子曰作「駒」者非。

鳳獨遑遑而無所集　六臣本無「獨」字，誤。

常被君之渥洽　五臣「常」作「嘗」，銑注可證。

注 **慕歸堯、舜之明德也**　《楚辭》本注「明德」作「聖明」。

慾寂寞而絶端兮　五臣「寞」作「漠」，濟注可證。

注 **終年歲也**　胡公《考異》曰：「年歲」當作「歲年」，各本皆倒。

招　魂

注 **《招魂》者，宋玉之所作也。宋玉憐哀屈原**　《淮南序》此句下有「忠而斥棄，愁懣山澤，魂魄放佚」三句。

長離殃而愁苦　五臣「離」作「罹」，銑注可證。下文「而離彼不祥些」句同。

注 **女曰巫，陽其名也**　徐氏文靖曰：「《海内西經》：開明東有巫彭、巫抵、巫陽、巫履、巫凡、巫相。《周禮·簭人》『五曰巫易』，易疑即陽〔一〕，古今字也。蓋巫陽乃主筮之一官，代守其職，非女巫字陽。」

汝筮予之　五臣「予」作「與」，翰注可證。

注 **《尚書》曰：決之蓍龜**　今《尚書》無此語。

巫陽對曰：掌夢，上帝其命難從。若必筮予之，恐後之謝，不能復用巫陽焉。乃下招曰

六臣本「之謝」作「謝之」，恐誤。項氏安世曰：「「掌夢」八字巫陽對也，「若必筮予之，恐後之」此二句又帝命也，「謝不能」句又巫陽對也，「復用巫陽焉」句又帝命也。徐氏文靖曰：「巫陽之意，以人之死猶夢也，其修短之數有掌之者，雖上帝之命難從矣。若必欲筮予之，則不宜後，恐後之而神氣凋謝不能復。」王氏念孫曰：「王注『謝，去也。巫陽言如必欲先筮問求魂魄所在然後與之，恐後世怠懈，必去卜筮之法，不能復修用』，下文『巫陽焉乃下招曰』注曰『巫陽受天帝之命，因下招屈原之魂』，據此則『不能復用』爲句、『巫陽焉乃下招曰』爲句明矣。『焉乃』者語詞，猶言巫陽於是下招耳；王注曰『因下招屈原之魂』，『因』字正釋『焉乃』二字。今本皆以『不能復用巫陽焉』爲句，非也。『不能復用』者謂不用卜巫，非謂不用巫陽；且用字古讀若庸，與從字爲韻，若以『不用巫陽』

連讀，則既失其義而又失其韻矣。」案以上三説不同，而王説近之。

注 **必卜筮之法**　六臣本「必」下有「去」字，此尤本脱。

何爲乎四方些　《夢溪筆談》云：今夔峽、湖湘及南江獠人凡禁咒句尾皆稱「些」，乃楚人舊俗。朱子曰：沈存中以「些」爲咒語，如今釋子念娑婆呵三合聲，而巫人之禱亦有此聲，此却説得好。葉氏夢得《巖下放言》〔二〕云：《楚辭》言「些」，沈存中謂梵語薩嚩訶〔三〕三合之音，此非是，不知梵語緣得通荆楚之間？此正方言各係其山川風氣所然，安可以義考？大抵古文多有卒語之辭，如「蠡斯羽，詵詵兮，宜爾子孫繩繩兮」以「兮」爲終、「母也天只，不諒人只」以「只」爲終、「狂童之狂也且」「椒聊且，遠條且」以「且」爲終、「唐棣之華，偏其反而」「俟我終著乎而，充耳以素乎而」以「而」爲終、「既曰歸止，曷又爲止」以「止」爲終是也。

注 **閈，里也。楚人名里曰閈也**　何校、段校「里」下皆添「門」字。

歸來歸來　六臣本無下「歸來」二字，誤也。

雕題黑齒，得人肉而祀　六臣本「而」作「以」。姜氏皋曰：「雕題」本《禮記·王制》，「黑齒」見《管子》《淮南子》，又《唐書·驃國傳》云〔四〕「群蠻種類多不可記，有黑齒、金齒、銀齒三種，見人以漆及鏤金銀飾齒，寢食則去之」，又《隋書·真臘國傳》「城東有神〔五〕，祭用人肉」，《女國傳》「俗事修羅神，又有樹神，歲初以人祭」，由後證前，可見南蠻風俗信而有徵也。

注**常食蠃蚌** 六臣本「蠃」作「鼅」，毛本「蠃蚌」作「鼅蛇」，皆誤。

雄虺九首 葉氏樹藩曰：《海外北經》：共工臣曰相柳，九首人面，蛇身而青，食於九土，所抵即爲澤谿，禹殺之。〔六〕

流沙千里 葉氏樹藩曰：《夢溪筆談》云：鄜延西北有范河，即流沙，人馬踐之有聲，陷則應時皆滅云。〔七〕

旋入雷淵 六臣本「淵」作「泉」，蓋避諱改。周氏孟侯曰：雷淵即西域河源所注之雷翥海。

玄蜂若壺些 《捫蝨新語》云：「陸氏《埤雅》〔八〕：細腰曰蒲盧，瓠類也，故細腰土蜂亦謂之蒲盧。《爾雅新義》〔九〕又云：蜾蠃、蒲盧，細腰壺之有盧者，《楚辭》『玄蜂若壺』取是焉。」

注**其大如象** 洪本「大」作「狀」。

五穀不生，叢菅是食些 徐氏文靖曰：《魏書·吐谷渾傳》：「北有乙佛勿敵國，不識五穀，唯食魚及蘇子。」《南史·扶桑國傳》：「東千里有女國，食鹹草似邪蒿，而氣香味鹹。」《新唐書·拂菻傳》：「自拂菻西南二千里有國曰磨隣、曰老勃薩，無草木五穀，人食鶻莽。鶻莽，波斯棗也。」皆此類與？

不可以久些 顧氏炎武曰：「久」下一本加「止」字，非也，古讀「久」爲「幾」，正與止、里韻。

虎豹九關 錢氏枚曰：《山海經》：崑崙之下都，面有九門，門有開明獸守之，虎身人面。

注**言啄天下欲上之人**　《楚辭》本注「言」作「主」，是也，各本皆誤。

往來侁侁些　注**侁侁，行聲也。《詩》曰：侁侁征夫**　朱氏珔曰：侁侁，今《詩》作「駪駪」，毛傳「衆多之貌」，《說文·馬部》「駪，馬衆多也」即毛傳之意，然下不引《詩》，而《焱部》引《詩》作「莘莘征夫」，《韓詩外傳》及《說苑·奉使》篇引同。「莘」與「駪」蓋同音通用字，故「莘莘」亦訓衆多，見《國語》韋注。此處作「侁侁」，「侁」亦與「莘」通，《天問》「有莘氏」《呂覽》作「有侁」，《說文》「侁，行貌」，與此注合。

歸來歸來，往恐危身些　一本無此二句。

君無下此幽都些　此後世地獄之說所由託也。顧氏炎武曰：長人土伯則夜叉羅刹之倫也，爛土雷淵則刀山劍樹之地也，雖文人寓言，而意已近之。

土伯九約　《說文繫傳》云：土伯九約，謂身有九節也。

敦脄血拇　洪曰：脄即脢，脊側之肉，《說文》曰背肉也。

入修門些　注**郢城門也**　洪曰：「伍端休《江陵記》：南關三門，其一名修門。」見《九章》「龍門」句下。

像設君室　六臣本「君」誤作「居」。

注**有木謂之臺，無木謂之榭**　有、無二字當從《楚辭》本注上下互換，各本皆誤。

刻方連些 注 **雕鏤綺木** 《楚辭》本注「綺」作「連」，是也，各本皆誤。洪曰：連，《集韻》作「槤」，門持關。

川谷徑復 六臣本「川」作「谿」。

注 **《詩》云：肆筵設机** 六臣本「肆」作「設」。胡公《考異》曰：「設筵設机」者，《公劉》之「俾筵俾几」也，凡叔師所引皆非今《毛詩》。洪本作「肆」，今《毛詩》仍無「肆筵設机」之文，尤本校改皆非。

注 **《左傳》曰：晉悼公** 《楚辭》本注作「故晉悼公」，是也。

九侯淑女 朱氏綬曰：《殷本紀》九侯進女於紂〔十〕，疑用此，注中「好善」云云説近牽強。

注 **垂鬢下髮** 六臣本作「垂髮下鬋」。《楚辭》本注作「垂髮鬢下鬋」。洪本又作「垂鬢鬘下髮」。

注 **發言中禮意者也** 六臣本及《楚辭》本注並無「發」字。

注 **矊，脈也** 《方言》：矑瞳之子謂之矊。

注 **時竊視，安詳諦** 《楚辭》本注作「時時竊視，安詳審諦」，是也。

注 **雕飾幬帳之高堂** 《楚辭》本注「帳」下有「張」字，是也。

畫龍蛇些 本書《七命》「陰虯負檐」注引此語作「龍虯」。案「蛇」字與下「池」字韻，引作「虯」者誤。

注 **芰，菱也。秦人謂之薢茩** 史氏繩祖《學齋佔畢》云：「馬大年著《嬾真子録》辨王逸注《楚辭》以芰爲菱、秦人曰薢茩之悮，當矣。惜其字差誤，義遂不明。大年謂《爾雅》『薢茩，英光』，注云『英明也，或云蔆也，關西謂之薢茩』；又云『蔆，蕨攈』，注『今水中芰』。此皆馬所記也。今考《爾雅》正本則云『薢茩，芵光』，注『芵明也』即今決明也，『或曰䔖也』字從阝非從氵，及至『蔆，蕨攈』然後從淩，注『水中芰』也。則『䔖』與『蔆』其爲二物不同，王逸誤引陸生之䔖曰薢茩而爲水中之蔆，其失明甚。而馬又併以從水兩蔆字交證，且誤以芵光、芵明爲英光、英明，此馬大年之誤，尤可哂也。」朱氏珔曰：「《說文》云『蔆，芰也，楚謂之芰，秦謂之薢茩』，《廣雅》亦云『䔖，芰，薢茩也』，是芰之爲薢茩，相承自古。惟《爾雅》『薢茩，芵光』，郭注『芵明也，或曰䔖也，關西謂之薢茩』。郝蘭臯謂下文有『蔆，蕨攈』而不言即芵光，故郭氏疑未能言耳；但郭氏明有後說，何得轉謂蔆非薢茩？王懷祖曰蕨攈、芵光、薢茩正一聲之轉，邵二云謂䔖也、蕨攈也、薢茩也、芵光也一物四名，皆是也，凡物或一物而數名，或同名而異實，如郭氏前說決明或蒙芵光之名，猶《廣雅》所稱羊蹢躅之亦名芵光可也。若《本草》有決明並不云名薢茩，《廣雅》於䔖、芰、薢茩下即云『決明，羊角也』，是決明之非薢茩信矣。馬氏以芵光爲英光固誤，史氏乃謂䔖與蔆爲二亦非也。《爾雅》之『蔆』陸本作『䔖』，云『本今作蔆』，豈異字乎？」

紫莖屏風　注**水葵也**　洪曰：防風，一名屏風。余曰：見《名醫別録》。

文緣波些　五臣「緣」作「緑」，向注可證。案《楚辭》作「緣」，是也。

注**羅列之陳**　《楚辭》本注「之」作「而」，是也，各本皆誤。

稻粢穱麥　注**穱，擇也**　徐氏文靖曰：張衡《南都賦》「冬稌夏穱，隨時代熟」，則是稌稻熟於冬，穱麥熟於夏，不當訓穭爲擇也。

大苦鹹酸 注 **豉也** 洪曰：陸璣《詩疏》：苓，大苦，可爲乾菜。徐氏文靖曰：《禮·月令》「春其味酸，夏其味苦，季夏中央其味甘，秋其味辛，冬其味鹹」，《内則》「凡和春多酸，夏多苦，秋多辛，冬多鹹，調以滑甘」，是此所云者亦概舉五味之和，而不必專指一物也。

肥牛之腱 注 **筋頭也** 洪曰：腱，一曰筋之大者。

臑若芳些 又 **有柘漿些** 六臣本「臑」作「胹」，「柘」作「蔗」。

注 **柘，藷蔗也** 六臣本「藷」作「諸」，《楚辭》本注作「藷」與此同。胡公《考異》曰：當作「諸」，下文可證。

鵠酸臇鳧 以上下句例之，當是「酸鵠臇鳧」。

注 **鴻鴈也** 六臣本「鴈」作「鶬」。洪本作「鴈」與此同。胡公《考異》曰：《九思·悼亂》云「鴻鶬兮振翅」，是作「鶬」未必非也。

注 **楚人名羹曰爽** 《楚辭》本注「羹」下有「敗」字，是也，各本皆脱。

瑶漿蜜勺，實羽觴些 朱子曰：「蜜勺，古本作蠠勺。蠠見《禮經》，通作冪，以疏布蓋尊者。勺，挹酒器，言舉冪用勺而實羽觴之爵也。今本作蜜。」姜氏皋曰：《儀禮》「設扃鼏」鄭注「古文鼏作密」，《士冠禮》《士喪禮》注同，冪、幎、鼏同字。此蓋本作「密勺」，譌作「蜜勺」耳。然王叔師已釋爲蜜。因思「密勿」《韓詩》作「蜜勿」、借爲「蠠没」，《説文》「蠠，蜂甘飴也，一曰螟，從虫，鼏聲，又曰蜜，蠠或从宓」，然則古本作「蠠勺」者正是「蜜」字。

發《楊荷》些　《楚辭》本「楊」作「揚」，是也。洪云：五臣注「荷當作阿」，《淮南》「歌采菱，發陽阿」注「陽阿，古名倡」。

娭光眇視　五臣「娭」作「嬉」，翰注可證。

麗而不奇些　注**不奇，奇也。猶《詩》云：不顯，顯也**　「麗而不奇」與上文「麗而不爽」句同，言雖華麗而不奇衺也，注非。

起鄭舞些　洪曰：《淮南》注：鄭袖，楚懷幸姬，善歌工舞，因名鄭舞。

發《激楚》些　洪曰：《列女傳》「聽《激楚》之遺風」。

奏大吕些　五臣「奏」作「秦」，銑注可證。案《楚辭》作「奏」是也，五臣誤。

注**大吕，律名**　徐氏文靖曰：《史記·平原君傳》「使趙重於九鼎大吕」，正義：大吕，周廟大鐘。又《樂毅傳》「大吕陳於元英」，索隱：大吕，齊鐘名。以兩説證之，蓋鑄鐘而應大吕之律者也。《左傳》襄十九年作林鐘、昭二十一年鑄無射，皆鐘名而應律者。

激楚之結　金氏甡曰：此當以《上林賦》「激楚結風」參之《七發》「發激楚之結風」、《七命》「激楚迴流風」爲注。

有六簙些　五臣「簙」作「博」，良注可證。

成梟而牟　六臣本「梟」誤作「梟」。

注**比，集者也**　《楚辭》注無「者」字，是也，各本皆衍。

費白日些　注**費，光貌也**　此言博者耗費光陰也，與下「沉日夜」句意同。

注**言蘭芳以喻賢人**　六臣本無「言」字。《楚辭》本注「言」字在「人」字下爲下句之首，是也。

酎飲既盡歡　《楚辭》本無「既」字，是也，各本皆衍。

汩吾南征些　《楚辭》本無「些」字，是也，下「白芷生些」句同。

菉蘋齊葉兮　注**《爾雅》曰**　六臣本「蘋」作「薠」。此善作「蘋」、五臣作「薠」，說見前。又六臣本、《楚辭》本注無「爾雅曰」三字，是也。

注**懷所見自傷哀也**　《楚辭》本注「懷」字作「據時」二字，是也。

路貫廬江兮，左長薄　葉氏樹藩曰：《前漢地理志》注「廬江出陵陽東南，北入江」，原自陵陽入廬江而達大江，故曰貫〔十二〕。徐氏文靖以《隋書·地理志》桂陽縣有盧水即《楚辭》所謂盧江，「廬」作「盧」不知何據；又云長薄非地名，陸機詩「按轡遵長薄」，王維詩「清川帶長薄」，乃江邊長岸草木交錯處。

注**瀛，池中也**　段校「池」改「澤」，云見《蜀都賦》注。

君王親發兮，憚青兕　林先生曰：《吕覽》：楚莊王獵於雲夢，射隨兕而獲之。《新序》：楚王載繁弱之弓、忘歸之矢，以射隨兕於夢。

注**朱明，謂日也**　六臣本及《楚辭》本注並無「謂」字，是也。

時不見淹　六臣本「見」作「可」，《楚辭》本作「可以」。洪曰：一作「時不淹」，一云「時不可淹」，一云「時不見淹」。

魂兮歸來，哀江南　林先生曰：蔣氏驥《楚辭新注》〔十二〕以爲：哀江南者，原沉於汨羅，蓋哀江地，郢在江北，哀江在南，玉在郢招之，故曰「魂兮歸來哀江南」也。其説甚當，不知者以爲庾信之《哀江南》本此，失其義矣。

校記

〔一〕巫昜昜疑即陽　《周禮·春官·簭人》「昜」作「易」，鄭注、賈疏釋爲「改易」，孫詒讓正義曰「易當爲昜，即《楚辭·招魂》之巫陽」。

〔二〕葉氏夢得巖下放言　「巖」原誤作「崖」。

〔三〕沈存中謂梵語薩嚩訶　「嚩訶」原作「縛阿」，據《夢溪筆談》卷三改，《巖下放言》引作「縛訶」。

〔四〕唐書驃國傳云云　此下摘自徐文靖《管城碩記》卷十七。

〔五〕城東有神　「東」原作「中」，據《隋書·南蠻傳》《西域傳》改，徐文靖不誤。

〔六〕葉氏樹藩曰云云　葉氏引自蔣驥《山帶閣注楚辭》卷三，乃雜糅《海外北經》《大荒北經》之文。

〔七〕葉氏樹藩曰云云　葉氏引自蔣驥《山帶閣注楚辭》卷六，《夢溪筆談》卷三文不同。

〔八〕陸氏埤雅　「埤」原作「爾」，據陳善《捫蝨新話》卷二改。

〔九〕爾雅新義　「新義」據陸佃《爾雅新義》卷十五補，《捫蝨新話》卷二脱「新」字。

〔十〕殷本紀九侯進女於紂　「紂」原作「受」，據《史記·殷本紀》「九侯有好女入之紂」改。

〔十一〕葉氏樹藩曰地理志注云云　葉氏引自蔣驥《山帶閣注楚辭》卷六，「注」字據《漢書·地理志》「廬江郡」顔注補。

〔十二〕蔣氏驥楚辭新注　「氏」原誤作「天」，引文見《楚辭餘論》卷下。

招隱士

劉安

注**楨幹也**　《楚辭注》「楨」上有「爲」字，是也，各本皆脱。胡公《考異》曰：「楨幹」疑當作「幹楨」，以與盛、成爲韻，各本皆誤。

王孫遊兮不歸　余曰：樂府有《王孫遊》出此。

洞荒忽　毛本「洞」誤作「恫」。何曰宋本「恫」作「洞」。

虎豹岤　五臣「岤」作「穴」，銑注可證。

注**嵺穿岤也**　段校云當是「穿嵺岤也」。

硱磈磳硊　六臣本作「硱磳磈硊」。洪本「硱」作「碅」。

注**崔巍嵯嵯**　陳曰上「嵯」字疑當作「蹇」。胡公《考異》曰：此與上句「山阜㟯嵎」不協，恐仍未是。案作「蹇」亦當從《玉篇》作「巙嵯」。

樹輪相糾兮林木茷骫。青莎雜樹兮　六臣本無「林木」二字，「茷」作「茷」，「雜」作「新」。

注**走住殊異**　《楚辭》本注「殊異」作「異趨」，是也，各本皆誤。

注**草木茂盛**　胡公《考異》曰：茂盛疑當作「盛茂」，與「聚」爲韻也。

山中兮不可以久留　盧氏子由曰：「此篇舊注以爲傷屈原而作，不知何所取義。張伯起謂直泛言招隱士，欲其不終隱而已，良是。今按結語謂『山中不可久留』，其意甚明。古人招隱乃招之使出，非若後世招隱招之使歸也。」

文選卷三十四上

七　發上

枚叔

注**七發者，說七事以啟發太子也**　六臣本善注：乘事梁孝王，恐孝王反，故作《七發》以諫。朱氏綏曰：《七發》之作疑在吴王濞時，揚州本楚境，故曰楚太子也。若梁孝王，豈能觀濤曲江哉？何曰劉彦和云：七竅所發，發乎嗜欲，始邪末正，所以戒膏粱之子也。

注 **子疾，病間** 此節引。皇疏云：少差，則病勢斷絶有間隙〔二〕也。

而吴客往問之 六臣本無「而」字。

玉體不安 《國策》左師公曰：恐太后玉體之有所郄也。

四宇和平 六臣本「宇」作「方」。

紛屯澹淡 五臣「屯」作「沌」，翰注可證。

注 **《説文》曰：牆，車籍交革也** 今《説文》「革」作「錯」。

虚中重聽 姜氏皋曰：「《靈樞·口問》篇『黄帝曰：人之耳中鳴者，何氣使然？岐伯曰：耳者宗脈之所聚也，胃中空則宗脈虚，虚則下，溜脈有所竭者，故耳鳴』，亦以胃空脈虚爲言。蓋胃中宗脈即中氣之所在，中氣虚則五藏皆虚，『狥蒙招尤，目冥耳聾』是已。《華氏中藏經》亦云『其氣虚弱，翕翕少氣，兩耳若聾』也。」

然未至於是也 六臣本無「於」字。

注 **而損精** 胡公《考異》曰：「而」上當有「悦情」二字，此引《韓子·揚搉》篇文，各本皆脱。

衣裳則雜遝曼煖 六臣本無「裳」字。

命曰蹷痿之機　注《吕氏春秋》曰「出則以車，入則以輦，務以自佚，命曰佁蹷之機」，高誘曰「佁，至也」。枚乘引「佁蹷」而爲「蹷痿」，未詳，乘之謬爲好奇而改之。《聲類》曰：佁，嗣理切　五臣「機」作「幾」，向注可證。今《吕氏春秋·本生》篇作「招蹷」，據李注引《聲類》則作「佁」，《集韻·六止》引亦作「佁」。司馬相如《大人賦》「仡以佁儗」，張揖注「佁儗，不前也」，義可互證，此注足訂今本《吕覽》之訛。惟「蹷痿」二字亦出《吕覽》，下句「寒熱之媒」注節引之。枚叔以「伐性」與「腐腸」爲對，「蹷痿」與「寒熱」爲對，文人遣用故實原有此體，李注譏之，過也。畢氏沅曰：「招，至也；蹷者痿蹷。過佚則血脈不周通，骨幹不堅利，故爲致蹷之機括。高注誤以蹷爲門橛，《黄氏日抄》曾言其誤。《七發》注作『佁，嗣理切』，孤文無證，亦不可從。」

洞房清宫　六臣本校云「宫」善作「風」，非也，蓋所見誤。

皓齒娥眉　六臣本「娥」作「蛾」，是也。

注**鄭國淫僻**　胡公《考異》曰：「國」當作「衛」。

縱恣於曲房隱閒之中　姜氏皋曰：《説文》：閒，隙也，從門從月，徐鍇曰「夫門夜閉，閉而見月光，是有閒隙也」。《儀禮釋宫》「户東曰房户之閒」又「堂東西之中曰兩楹閒」又「兩塾之閒謂之宁」者〔二〕，閒皆居中之辭，非房室之定名，此曰「隱閒之中」未免費解。因思《爾雅》「西南隅謂之奥，東南隅謂之窔」，郭注「奥，室中隱奥之處」又「《禮》曰掃室聚窔，窔亦隱闇」，此「隱閒」閒字當是「闇」

字之譌。「闇」通「庵」，見《書》「諒闇」説〔三〕，故可與「曲房」對舉。

所從來者至深遠　六臣本「遠」下有「矣」字。

扁鵲治内　林先生曰《廣博物志》扁鵲有二，一黄帝時人，一戰國時人。謹按《史記·扁鵲倉公列傳》「扁鵲者，勃海郡鄭人也，姓秦名越人」，正義曰「《黄帝八十一難》序云：秦越人與軒轅時扁鵲相類，仍號之爲扁鵲也」，是扁鵲固有二，然傳中載其視趙簡子之病、知齊桓侯之疾，簡子即春秋時之趙鞅，「桓侯」裴駰以爲田和之子桓公，蓋與趙簡子頗亦相當云，則不得如《廣博物志》所云戰國時人矣。即以《史記·六國表》證之，簡子與桓侯相去九十二年，爲時雖遠，然三家尚未分晉，亦非戰國。

巫咸治外　林先生曰：「《南華》逸篇：黔首多疾，黄帝立巫咸以通九竅。《論衡》曰：巫咸能以祝延人之疾。」

注**《史記》曰：扁鵲，渤海鄭人也**　徐廣曰「鄭」當爲「鄚」。按《魏書·邢巒傳》、《北齊》《周書·黎景熙傳》亦並誤「鄚」爲「鄭」。張氏雲璈曰：鄚屬涿郡，豈屬渤海歟？

浩唐之心　五臣「唐」作「盪」，翰注可證。

湍流遡波　六臣本「遡」誤作「素」。

使琴摯斫斬以爲琴　注**師摯……以其工琴謂之琴摯**　五臣「琴摯」作「班爾」，良注可證。案

「班爾」與琴無涉，五臣誤也。師摯工琴，他書未見，趙岐《孟子注》云「子張善琴，號琴張」與此相似。然《廣韻》以琴爲姓，又不知何據也。

以爲約　五臣「約」作「彴」，銑注可證。

使師堂操暢　注**《韓詩外傳》云：孔子學鼓琴於師堂子京**　五臣「暢」作「張」，向注可證。按師堂子京即師襄子，襄音近堂，子京蓋其字也。《初學記》十六亦云：師襄子，《韓詩》爲師堂子。

伯牙子爲之歌　六臣本無「子」字。

麥秀蔪兮　六臣本「蔪」作「⿱艹漸」，是也。胡公《考異》曰：《廣韻》「蔪」與「⿱艹漸」别爲兩字。《射雉賦》「麥漸漸以擢芒」，漸與⿱艹漸古字通。

注**《説文》曰：槀與槁，古字通**　毛本「槀」作「稾」，誤也。今《説文》：稾，稈也，从禾，高聲；槀，木枯也，从木，高聲。兩字迥别，無「槀與槁通」之語。此當作「槀」，但當云即「槁」字，不當云古字通也。

柱喙而不能前　六臣本「柱」作「拄」。

冒以山膚　注**冒與芼，古字通。山膚，未詳**　銑注：「山膚，熊白。」《通雅》云：「和菜謂之冒，山膚或石耳之類。」案銑注恐無所據，且非李注「冒」字之意。張氏雲璈曰：《隋書·志》「山膚水豢」、《雜俎》「山膚大苦」〔四〕「或曰石耳」之説近之。

注**宋玉《諷賦》曰**　毛本「諷」誤作「風」。

注**薄耆，未詳**　《鍾山札記》云：耆疑即鰭之省文，《公食大夫禮》有「牛鮨」，鄭注「《内則》謂鮨爲鱠，今文鮨即鰭」。

山梁之餐　注**鄭玄曰：孔子山行，見一雌雉，食其粱粟**　按依注則「梁」字當作「粱」。陳氏鱣曰：必如鄭説，方與「時哉」一嘆有關，下文「三嗅而作」鄭亦當指雉食粱粟而言。

注**如淳曰：鍾所在未聞**　鍾説已見前。「如淳」今《漢志》作「師古」。

前似飛鳥　林先生曰：《齊民要術》：馬胸欲直而出，鳧間欲開，望之如雙鳧；飛鳥，想即是飛鳧也。

穱麥服處　注**王逸《楚辭注》云：稻粢穱麥挐黄粱**　六臣本「服處」作「處服」。陳曰：稻粢七字《楚辭》正文，非注也，當作「穱麥，麥中先熟者」。胡公《考異》曰：此或衍「王逸注」三字。

於是伯樂相其前後，王良造父爲之御　林先生曰：六臣本校云善無「後」「之」二字，按《吕覽》古之善相馬者「秦牙相前，贊君相後」〔五〕，則「相其前後」語實有本也。伯樂即孫陽，説見《子虚賦》；王良即《左·哀二年傳》之郵無恤，字子良，緣其善御同於秦之伯樂，故亦稱伯樂，如有窮后之名羿、秦越人之名扁鵲也。王良亦星名，《史記·天官書》「王良策馬」。緣其字子良亦稱王良，與孫陽之稱伯樂同意。故《漢書·人表》以郵無恤、王良、伯樂爲一人，王良、伯樂係雙字小注，今本《漢書》誤作大字。《漢書·王褒傳》注張晏但云「王良，郵無恤，字伯樂」語尚未審，師古之辨亦不分明也。

秦缺樓季爲之右　六臣本「季」誤作「秀」。

注**《文子》曰：伯樂相之，王良御之**　此出《文子·自然》篇，《淮南子·主術訓》亦有此語。《易林·遯之豫》《升之離》並言王良善御、伯樂知馬，本書《答賓戲》注引項岱曰王良善御馬、伯樂善相馬，皆兩人對舉也。

注**秦缺，未詳**　俟考。

此兩人者　注**秦缺、樓季也**　良注以此兩人屬王良、造父，近之。《左傳》「馬逸不能止」〔六〕又「郵良曰：兩靷將絶，吾能止之，我御之上也」皆可與此相證，下文「射重」「争逐」方是車右事。

注**爲趙簡子取道**　六臣本「子」誤作「王」。胡公《考異》曰：「子」當作「主」，《韓非子》《戰國策》皆有簡主，所謂大夫稱主也。

北望汝海　注**郭璞《山海經注》曰：汝水出魯陽山東北，入淮海**　今《海内東經》云「汝水出天息山，在梁勉鄉西南，入淮極西北」，郭注：「今汝水出南陽魯陽縣大盂山，東北至河南梁縣，東南經襄城、潁川、汝南，至汝陰褒信縣入淮。淮極，地名。」與此注所引互異，而無「海」字。按此注下文云「汝稱海，大言之」，則上「海」字疑衍。

於虞懷之宫　五臣「虞」作「娱」，濟注可證。

黄池紆曲　注黄當爲湟　五臣「黄」作「隍」，良注可證。

孔鳥鶤鵠　六臣本「鳥」作「雀」。

注溷章，鳥名，未詳　俟考。

注螭龍、德牧並鳥，形未詳　向注：「螭，雌龍也。鳳背上文曰牧，腹下文曰德。」案此説恐無據。孫氏志祖曰：《廣雅》「鳳首文曰德，翼文曰順，背文曰義，腹文曰信，膺文曰仁」，向説似誤。

注苓，古蓮字也　姜氏皋曰：《説文》：苦，大苦苓也；又苓，卷耳草；又蘦，大苦也。似大苦之「苓」當作「蘦」。《爾雅·釋草》「苓」作「蘦」，孫炎注云今甘草也，段氏玉裁以爲非，並與卷耳有别。《詩》「采采卷耳」，《爾雅》「卷耳，苓耳」，陸疏「卷耳一名枲耳」，郭注引《廣雅》同，《爾雅翼》云幽、冀謂之襢菜也〔七〕，朱子《集傳》云據《本草》即今蒼耳子也。《荀子·彊國》篇「剡然有苓，而據松柏之塞」，楊倞注云「或曰苓當爲卷」。然則苓可作卷，故《説文》但曰「苓，卷耳」，不重曰苓耳。《史記·龜策傳》「龜千歲乃游于蓮葉之上」，徐廣《音義》曰「蓮一作苓，苓與蓮聲相近，或假借字」，不謂「苓古蓮字」也。《説文》：蓮，芙蕖之實也。《陳風》「有蒲與蕳」，鄭注「蕳當作蓮，蓮，芙蕖實」〔八〕，古無通苓之釋。惟曹植《七啟》「寒芳苓之巢龜」、《神龜賦》「赴芳蓮以巢居」遂謂芳苓即芳蓮耳。然張華《博物志》「龜三千歲游于蓮葉、卷耳之上」，《宋書·符瑞志》「龜三百歲游于蓮葉之上，三千歲游于卷耳之上」，蓮葉、卷耳並言，益可證蓮非苓字矣。

苗松豫章　注**苗松，未詳**　六臣本「苗松」作「松柏」，誤。

梧桐並閭　五臣「閭」作「櫚」，向注可證。

注**杜連，未詳也**　良注：杜連即田連，善鼓琴者。姜氏皋曰：《韓非子》：田連、成竅，天下善鼓琴者也。

使先施　注**先施，即西施也**　六臣本「先」作「西」。《黄嬭餘話》四云：「東坡詩『應記儂家舊姓西』，趙次公注云：『按《寰宇記》載西施家施其姓也，所居在西，故有東施家、西施家。今云舊姓西，偶不契勘耳。』《野客叢書》謂坡公不應如是疎鹵，恐言『舊住西』傳寫之誤。近時陳申甫辨之曰：『西施焉知非其名，而必曰施姓西居耶？果爾則《孟子》當云施子，不當云西子矣，何以居爲號也？長公定有説非誤。』按《通志·氏族略》『《姓苑》云西門豹之後改爲西』，則是吴王夫差時尚未有西姓。又西施一作先施，枚乘《七發》注云先施即西施也。觀此則《寰宇記》東施家、西施家之説亦未足盡信，西子之稱終不可得而詳。」

注**徵舒、段干、傅予，皆未詳**　姜氏皋曰：《詩》「舒窈糾兮」「舒懮受兮」「舒夭紹兮」，何楷《世本古義》以舒即夏徵舒，陳氏啟源以「窈糾」「懮受」「夭紹」皆言狡人之姿，然則徵舒亦以色著歟？

目窕心與　注**窕當爲挑**　五臣「窕」作「窈」，良注可證。

太子能強起遊乎　六臣本「遊」上有「而」字，下有「之」字。

注《説文》曰：騏，馬驪文如綦也　今《説文》：騏，馬青驪文如博棊〔九〕也。

注又《古考史》曰　陳曰：「考史」當作「史考」，譙周所著是也。按此引《古史考》「烏號」與《吳都賦》劉淵林注同，與《子虛賦》引張揖注異，説見《子虛賦》。

游清風　五臣「游」作「遡」，銑注可證。案上文「游涉乎雲林」，此句不當又用「游」字，疑李作「游清風」，故五臣改爲「遡」也。

困野獸之足　六臣本校云善無「獸」，非也，蓋所見脱。

魚跨麋角　注魚跨，跨度魚也。麋角，執麋之角也　「跨度魚」語殊費解。林先生曰：此似謂陣勢遠布也，《左傳》鄭伯「爲魚麗之陣，先偏後伍」又曰「譬如捕鹿，晉人角之，諸戎掎之」〔十〕是也；或以魚爲馬，如《詩》「有驔有魚」、《爾雅》「白瞷」「白魚」，固有所本，然校獵獲獸，未聞獲馬也。

幾滿大宅　注大宅未詳　余曰：「梁丘子《黄庭經注》：『面爲靈宅，一名大宅，以眉目口之所居，故爲宅。』徐氏鯤曰：梁注《黄庭》本作『一名尺宅』，非大宅也。此當引《後漢書》馮衍《顯志賦》『遊精神於大宅兮』，章懷注云大宅謂天地。」今按上文有「眉宇浸淫」云云，則余説近之。

校記

〔一〕病勢斷絶有間隙　「絶」原作「續」，據《論語義疏》卷五改，梁章鉅《論語旁證》卷九引此不誤。

〔二〕儀禮釋宫云云　「儀禮釋宫」稿本原作「即釋宫云」，後誤圈改爲「爾雅」；「户東」原作「房東」、「堂」原作「室」、「宁」原作「序」，均據《儀禮釋宫》改。《爾雅·釋宫》僅「牖户之閒謂之扆」「兩階閒謂之鄉」「門屏之閒謂之宁」有「閒」字。

〔三〕闇通庵見書諒闇説　《禮記·喪服四制》引《書》「諒闇」，鄭注「闇謂廬也」，《尚書大傳》卷四亦釋「梁闇」作「倚廬」，無「通庵」之訓。

〔四〕雜俎山膚大苦　「俎」原作「組」，據《選學膠言》卷十五、《酉陽雜俎·酒食》改。

〔五〕贊君相後　「贊君」原倒，據《吕氏春秋·恃君覽》改。

〔六〕左傳馬逸不能止　「逸」原作「佚」，據《左傳·成公二年》改。

〔七〕幽冀謂之襢菜也　《爾雅翼·釋草·卷耳》「襢菜」，《淮南子·覽冥訓》「位賤尚菓」高誘注及《爾雅正義》《爾雅義疏》「蓩耳」條均作「檀菜」。

〔八〕説文芙蕖鄭注芙蕖云云　二「芙蕖」原引段注作「扶渠」「夫渠」，據《説文》二徐本及《詩·陳風·澤陂》鄭箋改。

〔九〕今説文博棊　「棊」原作「綦」，據《説文》二徐本改，乃段注本據《文選注》改「綦」。

〔十〕晉人角之諸戎掎之　角、掎原倒，據《左傳·襄公十四年》改。

文選旁證卷第二十九

文選卷三十四下

七發下

客見太子有悦色也至**然而有起色矣** 此一段一百九十字並注毛本誤脱，應據六臣本、尤本補。

觀望之有圻 注**《説文》曰：圻，地圻堮也** 六臣本無「觀」字。今《説文》：垠，地垠也，一曰岸也。重文「圻」注云垠或从斤。朱氏珔曰：「《一切經音義》引《説文》云『圻，地圻咢也』，圻即垠，咢即堮，與此注合，當是今本《説文》有脱字。垠堮字屢見經典，垠或作圻或作沂，堮或作鄂或作鍔，皆同音通用字耳。」

注**《尚書》：父師曰：乃攘竊神祇之犧全牲** 案「父師」二字可去，今《書·微子》「全」作「牷」。

注**孔安國曰：《尚書傳》曰** 胡公《考異》云：上「曰」字各本皆衍。

客曰：未既 六臣本「既」下有「也」字。

煙雲闇莫 五臣「莫」作「漠」，向注可證。

注**莫，日冥也**　今《説文》：莫，日且冥也。六臣本引有「且」字。

白刃磑磑　五臣「磑磑」作「皚皚」，濟注可證。

湧觸並起　五臣「觸」作「觴」，翰注可證。

此真太子之所喜也　六臣本「喜」作「嘉」。

並往觀濤乎廣陵之曲江　注**《漢書》：廣陵國，屬吴也**　汪氏中曰：廣陵，漢縣，今爲甘泉及天長之南境；江，北江也。本篇李善注引山謙之《南徐州記》「京江，《禹貢》北江，春秋分朔，輒有大濤至江乘，北激赤岸，尤更迅猛」，《南齊書·州郡志》南兖州廣陵郡「土甚平曠，刺史每以秋月多出海陵觀濤，與京口對岸，江之壯闊處也」，二文並明覈可據。秀水朱檢討以此所云廣陵在錢塘，其言甚謬。檢討所據者本篇「弭節伍子之山，通厲骨母之場」，依注以骨母爲胥母之訛，而不言二地所在；又引酈氏《水經·漸江》篇注以爲證，不知越之北境至今之石門，浙江非吴地，故《越語》「句踐之地，北至禦兒」，韋昭注「今嘉興語兒鄉也」。吴越交兵凡三十二年，内外《傳》所謂江並吴江也，故《春秋傳》哀十七年「越子伐吴，吴禦之笠澤，夾水而陣」，《吴語》「越王句踐乃率中軍泝江以襲吴，入其郛」韋昭注「江，吴江也」，又「吴王起師於江北，越王軍於江南」韋昭注「江，松江，去吴五十里」是也。吴殺子胥，投其尸於江，亦吴江也。《史記·伍子胥列傳》「吴王取子胥尸，盛以鴟夷革，浮之江中，吴人憐之，爲之立祠於江上」，張晏曰「胥山在太湖邊，去江不遠百里，故云江上」，正義引《吴地記》云「越軍於蘇州東南三十里又向下三里臨江北岸立壇，殺白馬祭子胥，杯動酒盡〔二〕，後立廟於此江上」，《吴泰伯世家》正義引《吴俗傳》「子胥亡後，越從松江北開渠至横山東北，築城伐吴。子胥乃與越軍夢，令從東南入破吴。越王即移向三江口岸立壇，殺白馬祭子胥，杯動酒盡，越乃開渠，子胥作濤，蕩羅城東，開入滅吴，至今號曰示浦，門曰鱔鮃」是也。吴投子胥之屍，豈有舍其本國南境五十里之吴江，乃入隣國三百餘里投之浙江哉？然則伍子之山、胥母之場固與浙江無涉，不得引以爲證。《吴越春秋》：「句踐殺大夫種，葬於國之西山一年，伍子胥從海上穿山脅而持種去，與之俱浮於海。故前潮水揚波者子胥，後重水者大夫種也。」其言固誕，然但言海潮而不言浙江也。《論衡·書虚》篇：「吴王殺子胥，投之江，子胥恚恨，驅水爲濤，以溺殺人。今時會稽丹徒大江、錢塘浙江皆立子胥之廟，蓋欲慰其恨心，止其怒濤也。」二江並祭子胥，乃在東漢之世。《水經·淮水》篇注引應劭《風俗記》：「江都縣有江水祠，俗謂之伍相廟也。子胥但配食爾，歲三祭，與五岳同。」子胥之配食大江是惟命祀，乃《漸江》篇注據《吴越春秋》以《七發》所云專屬之浙江則誤矣。檢討又云：「曾鞏序《鑑湖圖》有所謂廣陵斗門者，在今山陰縣西六十里，去浙江不遠。」今以其地準之，實在浙江之東。自吴至浙不經其地，且係堰牐小名，何取於是而以冠曲江之上哉？是時吴王濞都廣陵，北江在國門之外，故強太子往觀之，若踰越江湖千二百里以至浙江，則病未能也。檢討又云：「江都之更名廣陵在元狩三年，時乘已卒，不應先見之於文。」則尤謬。《史記·五宗世家》「江都王建自殺，國除，地入於漢，爲廣陵郡」，據《漢書·諸侯王表》《地理志》並在元狩二年，其時所更名者廣陵郡也；而廣陵郡自有廣陵縣爲郡治，爲吴、江都、廣陵三國都，其名則在楚在秦在荆在吴在江都皆有之。故《史記·六國表》「楚懷王十年城廣陵」、《項羽本紀》「廣陵人召平，于是爲陳王徇廣陵」、《樊酈滕灌列傳》「灌嬰度淮，盡降其城邑，至廣陵」、《吴王濞列傳》「孝景前三年正月甲子，初起兵於廣陵」，不得謂元狩三年之前無廣陵之名也。至廣陵城本在蜀岡上，邗溝環其東南，江即在其外，故《水經·淮水》篇注云「昔吴將伐齊，自廣陵城東南築邗城，城下掘深溝謂之韓江，亦曰邗溟溝」，今自廣陵驛而北爲舊城之市河，北至堡城折而東，至黄金壩會於運河是其故址。自此入淮，一名中瀆水，故云「中瀆水首受江於廣陵郡之江都縣，縣城臨江」是也。晉以後江益徙而南，故《沔水》篇注云「毘陵縣，丹徒北二百步有故城，舊去江三里，岸稍毁，遂至城下。北有揚州刺史劉繇墓，淪於江」是也。今揚州城外運河，唐王播所開，事見播傳，其時江猶至於揚子橋，而東關以外在漢則江滸也。然則城東小水之稱廣陵濤，固非無據也。凡檢討所云，惟《水經注》承酈氏之誤，其餘無一是者，故爲正之。　俞氏思謙曰：王充《論衡》云：「丹徒大江無濤，廣陵曲江有濤，文人賦之。大江浩洋，曲江有濤，竟以隘狹也。」徐堅《初學記》云：「《七發》『觀濤於廣陵之曲江』，今揚州也。又始興郡有曲江，今韶州也。司馬相如賦『臨曲江之隑州』，此長安也，以其水曲折甚類廣陵之江。」李頎詩云「揚州郭裏見潮生」，李紳《入揚州郭詩序》云「潮水舊通揚州郭內，大歷以後潮信不通矣」，蔡寬夫《詩話》云「潤州大江本與今揚子橋爲對，瓜州乃江中一洲耳，故潮水悉通揚州城中；今瓜州與揚子橋相連，距江三十里，不但潮水不至揚州，亦不至揚子橋矣」。據此諸説，則唐以前廣陵自有曲江，當在今瓜州之北，而曲江自有其濤，唐以後漸爲沙所漲没，江之不存，濤於何有？《元和志》云「江都縣大江，南對丹徒之京口，舊濶四十餘里，今濶十八里」是也。但曲江漲没雖在唐時，而江潮之漸小則自南北朝已然，故酈道元注《水經》以枚乘所言繫諸《漸江》篇内，而「岷江」條下語不及濤，蓋據當時所聞，偶未深考耳。後人泥於酈注，遂以廣陵之濤移於錢塘，國初毛氏奇齡、朱氏彝尊、閻氏若璩皆然，蓋亦未思及川流改易，今古殊觀也。至伍子之山、胥母之場，皆在今蘇州境内，文人興到推廣言之，不必泥也。

則卹然足以駭矣　六臣本無「以」字。

注 **縷，辭縷也**　陳曰「辭」當作「覶」，是也，各本皆誤。

俶兮儻兮　又 **慌曠曠兮**　五臣「俶」作「倜」，「慌」作「超」。胡公《考異》曰：此必欲改上文「怳兮忽兮」之「怳」爲「慌」，誤以當此處，善亦作「超」，其上文之「怳」乃當作「慌」。

忽繆往而不來　六臣「往」下有「乎」字。

莫離散　注 **謂精神不離散也**　「莫」字當讀作「暮」。

於是澡概胸中　注 **概與漑同**　五臣「概」作「漑」，銑注可證。

澹澉手足　據注當作「澉澹」。蓋五臣作「澹澉」，銑注可證。

注 **《説文》曰：頮，洗面也**　今《説文》沬，洒面也，重文湏注云古文沬从頁。案湏即頮字，本書《報任少卿書》注引同此。

揄棄恬怠　六臣本「揄」作「投」。

注**《方言》曰：輸，脱也**　六臣本「輸」作「揄」，是也。此《方言》卷十二文，亦見《廣雅·釋詁》。

洪淋淋焉　六臣本無「洪」字。

其波涌而雲亂　注**《高唐賦》曰：奔揚踴而相擊，雲興聲之霈霈。雲亂也**　《高唐賦》此二句注云《上林賦》「穹隆雲橈」義出於此，又引《纂文》云「雲若大波」，皆以雲狀水，可與此相證。下文又有「波涌雲亂」句，古人亦不嫌複也。

椐椐彊彊　五臣「椐椐」作「据据」，翰注可證。

沓雜似軍行　五臣「沓雜」作「雜沓」，濟注可證。

訇隱匈磕　五臣「磕」作「溘」，良注可證。

上擊下律，有似勇壯之卒　注**律當爲硉**　六臣本「律」作「硉」，「勇壯」作「壯勇」。

踰岸出追　五臣「追」作「磓」，向注可證。

初發乎或圍之津涯，荄軫谷分　注**一本無荄字**　翰注：「荄，隴也。軫，隱也。如山隴之相隱、川谷之區分也。」按此注以涯字屬上句讀，文法較順，惟以荄爲隴亦屬臆斷，必如李注，則荄字不當有也。朱氏珔曰：無荄字固不礙文義。若翰注之訓隴，蓋以荄爲陔之假借字，本書《補亡詩》注引

《聲類》曰「陔，隴也」是也。翰不言「荄與陔同音通用」，而李注直以荄爲草根，殊迂。

注 **因名胥母山** 胡公《考異》曰：《史記》作「因命曰胥山」。命，即名也。此當本作「因名曰胥山」，涉下文「胥母」而誤改耳。

注 **疑「骨母」字之誤也** 古「胥」字作「骨」，故因而誤。

凌赤岸，篲扶桑 注 **此文勢在遠方，非廣陵也** 汪氏中曰：李善因扶桑之文，並赤岸疑在遠方，然郭璞《江賦》「鼓洪濤於赤岸，淪餘波於柴桑」正承用《七發》文，則「扶桑」當爲「柴桑」之誤，今潮猶至湖口之小孤山可驗，《江賦》注「赤岸在廣陵輿縣」、《寰宇記》「赤岸山在六合東三十里，高十二丈，周四里，土色皆赤，因名」、顧祖禹《方輿紀要》引《南兗州記》「潮水自海門入，衝激六七里，其勢始衰，郭璞《江賦》所謂『鼓洪濤於赤岸』也」，今按此山方志所載、土俗所稱均無異議，則洪曲江之爲北江，非孤證矣。

注 **《說文》曰：篲，掃手也** 今《說文》：彗，掃竹也；篲，重文。

注 **混混沌沌** 「沌沌」當作「庉庉」，各本皆誤。

披揚流灑 六臣本「披揚」作「揚披」。

注 **郭璞《爾雅》曰：踣，前覆也** 「雅」下當有「注」字。尤本脱「前」字。

便蜎 注 **蜎子，名淵** 林先生曰：即《史記》之環淵，學黃老道德之術，著上下篇者。汪氏師韓曰：

應璩《與從弟君苗君胄書》云「便娟稱妙」，注：便蜎即蜎嬛也。

注 **謂詹何** 又 **其一人也** 六臣本「何」作「子」，何校「其」改「共」，皆是也。

使之論天下之釋微 六臣本校云「釋」五臣作「精」。案李注引「好論精微」爲解，亦當作「精」，各本所見皆誤。

孟子持籌而算之 六臣本無「持」「而算」三字。

校記

〔一〕杯動酒盡 「盡」上原衍「乾」，據《史記·伍子胥傳》正義改，下同。

七啟

曹子建

並命王粲作焉 余曰：王粲所作名《七釋》，今見本集。

注 **是謂大荒之野中也** 「中」字衍，今《大荒西經》無「中」字，《七命》注仍引此亦無「中」字。

背洞溪 六臣本「溪」作「壑」。余曰：傅毅《七激》：背洞壑，臨絶谿。

被文裘 注 **文狐之裘也** 翰注「鹿裘」，余曰：《五經要義》：諸侯黼裘以誓田，雜羔狐爲黼文也。

倚峻崖而嬉游 六臣本「崖」作「巖」。

若將飛而未逝 六臣本「逝」誤作「遊」。

注**分三爲一**　六臣本「分」作「函」，是也。

仰老莊之遺風　又**論變化之至妙**　六臣本「老莊」作「莊老」，「化」作「巧」。

注**《説文》曰：稗，禾别也。稗與粺古字通**　段曰：此當引《説文》：粺，毇也；毇者米一斛舂八斗也。姜氏皋曰：《詩·大雅》「彼疏斯粺」，經典自有「粺」字，段校是也。惟鄭箋云「米之率糲十，粺九，鑿八，侍御七」，證之《九章術》「糲米三十，粺米二十七，鑿米二十四，御米二十一」亦同，是舂八斗當作九斗耳。

寒芳苓之巢龜　注**寒，脠肉也**　向注「寒」作「搴」、「苓」作「蓮」，誤也，已見上引《資暇録》。林先生曰：《崔駰傳》「亦有寒雞」、曹植文「寒鵠蒸麑」、《名都篇》「寒鼈炙熊膰」皆可證，《廣韻》脠與鯖同。

注**而酒汎溢**　六臣本「汎」作「沉」，是也，下同。今《淮南子·覽冥訓》作「湛」，湛、沉同字，高注「米物下湛」，其不作「汎」明甚。

彈徵則苦發，叩宮則甘生　《西京雜記》：鄒陽《酒賦》云：縱酒作倡，傾盌覆觴，右以宮中，旁以徵揚。

注**季夏之月**　六臣本「季」作「孟」，是也。

注**句踐乃身被賜夷之甲**　胡公《考異》曰：「賜」當作「睗」，《吴都賦》「睗夷」注音以良切，劉注引正作「暘」可證，各本皆誤。

金華之舃　林先生曰：古制襌下曰屨，複下曰舃。《周禮》舃有三等：赤舃、白舃、黑舃。《詩》「赤芾金舃」孔疏云即赤舃加金爲飾。《晏子》亦云：齊景公爲履，黄金之綦。

注**《説文》曰：緄，織成帶也**　又**《説文》曰：薰，火烟上出也**　今《説文》無「成」字；又熏，火煙上出也，在《中部》；薰，香艸也，在《艸部》。

垂宛虹之長緌　五臣「緌」作「綏」，銑注可證。

注**畫招摇星於其上**　陳校「其」改「旗」，是也，各本皆誤。

捷忘歸之矢　注**搢，插也**　「插」當作「捷」。胡公《考異》曰：宋潭州本《儀禮·鄉射》釋文「捷，初洽反」，又《士冠禮》「捷柶，初洽反，本又作插」，此正文作「捷」、善所引《儀禮注》亦作「捷」，不知者誤依今本作「插」改之，何、陳皆據注之誤字改正文「捷」爲「插」，非也。謹按：或又校改正文爲「搢」以就注，益非。姜氏皋曰：《鄉射禮》「三耦皆執弓，搢三而挾一个」，鄭衆曰「搢謂插於紳帶之間，若帶劍也」，鄭康成曰「搢，插也，插於帶右」，《注疏》暨《義疏》本同，陸《釋文》亦作「插」，似不得依誤本作「捷」也。

忽躡景而輕騖　注**景，日景也。躡之言疾也**　林先生曰：《古今注》：秦始皇有名馬名躡景。

下無滿跡　六臣本「滿」作「漏」，是也。《七命》「外無漏跡」李注引此。

戈殳皓旰　段校云《説文》「皞」字下曰「皓旰也」。

注**舒疾無力**　胡公《考異》曰「力」當作「方」，各本皆誤。

注**焱，去疾貌。《説文》曰：焱，火華也**　段校「焱」字改「猋」。

羆潦回邁　六臣本「羆」作「罷」，是也。

府倚金較　注**《説文》曰：較，車上曲鉤**　今《説文》作「較，車輢上曲銅也」〔一〕。林先生曰：「《後漢書·輿服志》：金薄繆龍，爲輿倚較。《古今注》：較在車藩上，重起如牛角。」

予樂恬静　六臣本「予」下有「性」字，誤。

注**李充《高安館銘》曰**　陳曰：「充當作尤，尤字伯仁，見范史《大宛傳》。」按下引李尤《函谷關賦》自作「尤」，或别有李充亦不可知。

綺井含葩　林先生曰：「《通典》：漢宫殿率號屋仰爲井。《通鑑注》：殿堂象東井，刻爲荷菱水物，所以厭火。」〔二〕

金墀玉箱　五臣「箱」作「廂」，銑注可證。

冬服絺絃　《五經文字》云：「紿」作「絃」，譌。

頫眺流星　五臣「頫眺」作「俯視」，翰注可證。

變名異形　六臣本「名」作「容」。

班輸無所措其斧斤　注**鄭玄《禮記注》云：公輸若，匠師也，般、若之族，多伎巧者也**　公輸子名般，亦作班。趙岐《孟子注》或以爲魯昭公子，故稱公輸子。《列子·湯問》《漢書·叙傳》稱班輸，《易林·乾之既濟》稱輸班，皆一人也。此引《檀弓》注似分班輸爲二人。《漢書·叙傳》注云：「一説班魯班也，與公輸氏爲二人，皆有巧藝。古樂府：誰能爲此器，公輸與魯班。」亦作二人解。朱氏珔曰：鄭意蓋謂公輸者氏也，「若」與「般」其二名，若雖匠師而年尚幼，故《記》云「方小」，其多伎巧者則般也，並未以班輸爲二。

離婁爲之失睛　五臣「睛」作「精」，濟注可證。

注**觀者澹予忘歸也**　陳校「予」改「兮」，是也，各本皆誤。

注**已而魚大食之**　六臣本「魚大」作「大魚」，是也。

注**蘋，大萍**　案此毛傳文也，鄭箋不詳，陸璣疏云「今水上浮萍也，其粗大者謂之蘋」，孔穎達疏引《爾雅·釋草》「苹，蓱。其大者蘋」，舍人曰苹一名蓱，郭璞曰「今水上浮蓱，江東謂之薸」，朱子《集傳》亦因之。陳氏啟源遂謂蘋、萍二草朱傳誤合爲一，非也。

被輕縠之纖羅　六臣本「被」作「徙」。

宴婉絶兮　陳曰「宴」當作「燕」。胡公《考異》曰：「陳據注引《毛詩》作『燕』也，《西征賦》『宴喜』注亦引《毛詩》作『燕』，或注有删削未全耳。」五臣「宴」作「嬿」，良注可證。

注 紉秋蘭兮爲佩　尤本無「兮」字，按「兮」當作「以」。

子能從我而居之乎　六臣本無「我」字。

注 鄭人聽之不若《延靈》以和　陳校「鄭」改「鄙」、「靈」改「露」，是也。

御文軒，臨洞庭　注 軒，殿檻也　又《尸子》曰：文軒無四寸之鍵則車不行　又《新語》曰：高臺百仞，文軒雕窗也　五臣「洞」作「彤」，濟注可證。陳曰：文軒猶雕軒，「殿檻」之釋與《新語》一條皆屬誤贅。

琴瑟交揮　六臣本「揮」作「彈」，誤。

戴金摇之熠燿　六臣本「戴」作「載」。五臣「燿」作「爍」，良注可證。

長裾隨風　又 翔爾鴻翥　五臣「裾」作「袖」、「翔」作「翻」，銑、翰注可證。

散樂變飾　又 形婧服兮揚幽若　又 紅顏宜笑　六臣本「散樂」作「樂散」，「宜」作「既」。五臣「婧」作「褙」，向注可證。

注 張衡《應問》曰　陳校「問」改「間」，是也，各本皆誤。

公叔畢命於西秦　注 公叔，未詳　良注「或云荆軻字公叔」不知所據。案《人物志·七繆》亦稱荆軻爲荆叔也。

注 惟時有苗不率　元槧本「不」誤作「威」。

注**秦后來仕**　胡公《考異》曰：「后」下當有「子」字，各本皆脱。

注**《左氏傳》曰：舊章不可忘也**　胡公《考異》曰：此十字不當有，上云「舊章已見東都主人」，複出非也，各本皆衍。

國富民康　六臣本「富」作「静」。

故甘靈紛而晨降　六臣本「靈」作「露」，是也，作「靈」但傳寫誤。

注**鳳凰鳴矣**　陳校「矣」下增「於彼高岡」四字，是也。

然主上猶以沈恩之未廣　六臣本「猶」下有「尚」字。

注**湛恩汪濊**　元槧本「恩」下衍「惠」字。

注**舉英奇於仄陋**　尤本「仄」作「側」，下同，與正文「仄」互異。考《東京賦》注引《尚書》作「側」，《思玄賦》及《宋書·恩倖傳論》注引作「仄」。疑此本皆作「側」，正文用六臣改而注未改耳。

韡哉言乎　又**覽盈虛之正義**　又**今予廓爾**　六臣本「韡」作「偉」，「盈虛」作「虛盈」，「今」作「令」。

校記

〔一〕車輢上曲銅也　「銅」原作「鉤」，據稿本及《説文》二徐本改，乃段注本據《文選注》改「鉤」，稿本已塗改作「銅」。

〔二〕林先生曰通典通鑑注云云　《通典》句乃下句《通鑑注·後漢紀四》引杜佑語，《通典》無，不應抽離；《通鑑注》句乃引《風俗通》，載《藝文類聚》卷六二，非胡三省語。

文選卷三十五

張景陽　**七命**

張景陽　《晉書·張協傳》：「協轉河間内史，在郡清簡寡欲。于時天下已亂，所在寇盜。協遂棄絶人事，屏居草澤，守道不競，以屬詠自娱，擬諸文士作《七命》。」

嘉遯龍盤，翫世高蹈　五臣「翫」作「越」，良注可證。《晉書》「盤」作「蟠」，「翫」作「超」。

注**盤龍賁信越其藏**　六臣本「盤」作「蟠」，「越」作「於」。按作「蟠」與《晉書》合，作「於」亦是，《太平御覽·樂部九》引此作「於」，下句云「蛟龍躍踴於其淵」更爲可證。

徇華大夫　濟注「徇，求也」與李注訓營同義。《晉書》作「殉」，尤本因之校改恐非。

乃敕雲輅　六臣本、《晉書》「敕」並作「整」，《晉書》亦作「整」。

遂適沖漠之所居　六臣本無此一句。《晉書》「沖漠」下有「公子」二字。

溟海渾濩湧其後　《晉書》「濩」作「游」，注云一作「濩」。

注**《説文》曰：渾，流聲也。又曰：濩，雷下貌也**　今《説文》：渾，混流聲；濩，雨流霤下貌。

百籟群鳴聾其山　《晉書》「聾」作「籠」。

飛礫起而麗天　六臣本、尤本「麗」作「灑」，《晉書》亦作「灑」。

遡長風　《晉書》「遡」作「愬」，下「遡秋風」「遡惠風」同。

注**遡，向也**　尤本「向」下衍「風」字。

生必耀華名於玉牒　六臣本「耀」作「輝」。

注**賢者避世，其次避地**　《論語義疏》本、《三國志·許靖傳》注、《宋書·隱逸傳序》引皆同。今《集注》本自作「辟」。

苦隘千歲　《晉書》「歲」作「載」。

注**願效之先生**　毛本「願」誤作「而」。

注**《山海經》曰：二負**　「二」當作「貳」。

注**《説文》曰：話，會合善言也**　今《説文》「會合」作「合會」。

瓊巘嶒崚　尤本「嶒崚」作「崚嶒」。據注引《魯靈光賦》語，彼賦作「繒綾」，六臣本正如此，説見《鍾山詩》下。《晉書》作「層陵」。

左當風谷，右臨雲谿　六臣本及《晉書》左、右二字互易。

摇刖峻挺　張氏雲璈曰：《通雅》「摇刖即摇扤也，兀與刖同，馬融賦『槷刖』即臬兀，可證」，按刖之爲兀，見《莊子·德充符》。

茗邈苕嶢　《晉書》「苕」作「嶕」。

遡九秋之鳴飇　注**愬與遡同**　按正文「遡」當作「愬」，若作「遡」則與注不應。殆李與《晉書》同，而五臣改作「遡」也。

零雪寫其根　六臣本校云「零」善作「雲」，非也。向注「零，落也」，李當與之同。《晉書》作「雾」。

營匠斲其樸　注**營匠，未詳**　汪氏師韓曰：《西京賦》「西匠營宮」，景陽當是用此。趙氏曦明曰：《考工記》匠人營國邑〔一〕。

注**揚雄《解難》曰**　尤本「難」作「嘲」。胡公《考異》曰：「難」字是也，《解難》亦載本傳，與《解嘲》迥不相涉，不知者誤改耳。

音朗號鍾，韻清繞梁　《西京雜記》〔二〕：齊桓有琴曰號鍾，楚莊有琴曰繞梁。《古琴疏》：宋華元獻楚王以繞梁之琴。

追逸響於八風　注**音所以八者，繫八風也**　王氏引之曰：樂之有八音，以應八方之風也。《隱五年傳》「夫舞所以節八音而行八風」，《周語》「鑄之金、磨之石、繫之絲木、越之匏竹、節之鼓而行之，以遂八風」，賈、服注並曰「八風，八卦之風」是也，因而八音即謂之八風。《襄二十九年傳》「五聲和，八風平」謂八音克諧也，五聲八風相對爲文。杜注「八方之氣謂之八風」非也。《昭二十五年傳》「爲九歌八風七音六律以奉五聲」，八風與七音九歌相次，則是八音矣。八音皆人所爲，故曰爲九歌八風；若八方之風，具是天籟，不得言爲矣，杜注《二十年傳》云「八方之風」亦非也。《成九年傳》「樂操土風」，土風謂南音，此風訓爲音之證。

注《韓詩外傳》云：鳳舉曰上翔，集鳴曰歸昌　張氏雲璈曰：今《韓詩外傳》無此文。

啟中黃之少宮，發蓐收之變商　《續漢書·律曆志》〔三〕引京房曰「黃鍾爲宮，太簇爲商，姑洗爲角，林鍾爲徵，南呂爲羽，應鍾爲變宮，蕤賓爲變徵」，《國語》韋昭注同。《玉海》六：「《周七律記》：曰黃鍾，曰太簇，曰姑洗，曰林鍾，曰南呂，五正聲也，而宮商角徵羽繇是以諧；曰應鍾，曰蕤賓，二和聲也，而變宮、變徵繇是以出。」如陳氏《樂書》、蔡氏《律呂新書》皆同，無言變商者。倪復《鍾律通考》云「宮屬君，周加變宮因誅紂也；徵屬事，周加變徵示革商之舊政也」，言雖附會，亦可證古僅有變宮變徵。惟《淮南子》有變宮生徵、變徵生商、變商生羽、變羽生角、變角生宮之說，而胡氏彥昇《樂律表微》已駁之，謂「變宮變徵二音本在五音之外，故以變目之，今因仲呂以下之十律而皆如《墬形訓》之說目以變宮變商，恐黃鍾變律縱與正律有分，亦必不能獨成一聲」也〔四〕。案桓譚《新論》「琴五弦，文王武王各加一弦，以爲少宮少商」，杜氏《通典》同，王氏坦《琴旨》亦以五聲二變定弦音之度，與管音律呂不同也，然則少宮專指琴說可也。至極清變商之論，見於劉績《六樂說》，亦無當於鍾律之旨者。

揮危絃則涕流　六臣本校云「涕流」善作「流涕」，蓋傳寫誤。

注《蒼頡》曰　何校「頡」下添「篇」字，陳同，是也，各本皆脱。

奏緑水　《晉書》「緑」作「渌」，是也，各本皆誤。注錯出，亦「渌」是「緑」非。

注宋玉《風賦》曰　「風」當作「諷」，各本皆誤。

悼望舒之夕缺　林先生曰：《拾遺記》「漢靈帝西園渠中植蓮，大如蓋，長一丈，南國所獻，其葉夜舒朝卷，一莖有四蓮叢生，月出則舒，故曰望舒荷」，此與「蓂莢」對舉，則據此爲艸類亦得。

煢鰲爲之擗摽　六臣本、《晉書》「鰲」並作「嫠」。按《詩·巷伯》傳釋文「鰲，力之反，寡婦也」，《爾雅·釋器》「嫠婦之笱」釋文「嫠本作鰲」，《後漢書·列女傳》注「寡婦曰鰲」，是嫠、鰲古本通。

雲屏爛汗　《晉書》「汗」作「旰」。

注《汲古文》曰　「汲」下當有「郡」字，各本皆脱。

圜以萬雉之墉　《晉書》「圜」作「闤」。

彫閣霞連　《晉書》「彫」作「彤」。胡公《考異》曰：作「彤」爲是，彤赤也，故曰霞連，與上句「翠觀岑青」正爲一例，此亦如《侍游曲阿後湖作》之誤彤雲爲彫雲，皆失其文義，所當訂正。

賴素炳焕　《晉書》「炳焕」作「焕爛」。

注仰觀刻桷畫龍虯　胡公《考異》曰：「虯」當作「蛇」，誤用正文中「虯」字改也。上注云「虯龍也」，故復引此以申明之。

交綺對幌　六臣本及《晉書》「幌」作「榥」。

焦螟飛而風生　六臣本「風生」作「生風」。

承意恣歡　五臣「歡」作「觀」，翰注可證。《晉書》亦作「觀」。

注**《本草經》曰：白芷一名虈**　《説文》「虈，楚謂之蘺，晉謂之薦虈，齊謂之茝」，又曰「茝，虈也」。按茝、芷同字〔五〕，然《楚辭》中有茝有芷又有葯，王注「葯，白芷也」，《廣雅》「白芷，其葉謂之葯」。段氏玉裁以爲囂聲、約聲同在二部，疑虈、葯同字〔六〕。

遡蕙風於衡薄　六臣本、《晉書》並「蕙」作「惠」，「衡」作「蘅」。

浮三翼　林先生曰：《越絶書》：「闔閭見子胥，問船軍之備〔七〕，船名大翼、小翼、突冒、樓船、橋船，大翼者當陵軍之重車，小翼者當陵軍之輕車〔八〕。」按《容齋隨筆》云〔九〕三翼「大抵皆巨戰船，而昔之詩人乃以爲輕舟。梁元帝云：日華三翼舸〔十〕。張正見云：三翼木蘭船」，今按余蕭客〔十一〕引《水戰兵法内經》「大翼一艘，廣一丈五尺三寸，長十丈；中翼一艘，廣一丈三尺五寸，長九丈；小翼一艘，廣一丈二尺，長五丈六尺」，與李注互異，無以考之。

出華鱗於紫淵之裏　《晉書》「淵」作「潭」，説見下。

注**杜預《左氏傳》曰**　何校「傳」下添「注」字，各本皆脱。

淵客唱淮南之曲　《晉書》「淵」作「川」，下兩「靈淵」又「有龍游淵」並同，皆避唐諱耳。

乘皃舟兮　五臣「皃」作「鵃」，銑注可證。《晉書》亦作「鵃」。

拔靈芝　六臣本校云「靈」善作「雲」，非也，注中明引《西京賦》以注「靈芝」，則作「雲」者誤。

白商素節　余曰：梁元帝《纂要》：秋曰素商，節曰素節。

注**輕武，卒名**　至**嘈囐**　六臣本無此二十五字。胡公《考異》曰：「無者最是，此或記於旁，以駮善『輕武戎剛，四車名』之解，尤本不察，誤取以增多耳。」元槧本亦有此二十五字。

駕紅陽之飛燕　注**未詳**　《尸子》云：我得民而治，則馬有紫燕蘭池。按李白詩「驂驔紅陽燕」即本此。姜氏皋曰：「《文選類林》引銑注云『紅陽，唐公人也，並有良馬。飛燕、驌驦，馬名』，此望文生義，五臣伎倆殊不足據。《漢書·地理志》南陽郡有紅陽侯國，然則紅陽是地名。而庾信《華林園馬射賦》云『紅陽飛鵲，紫燕晨風』，又似類舉匹馬名也。《西京雜記》云『文帝自代還，有良馬九匹，一曰飛燕』，亦見本書謝靈運《會吟行》注。」

爾乃布飛羉，張脩罠　注**羉，或爲羅**　五臣「羉」作「羅」，翰注可證。《晉書》作「張脩罠，布飛羅」。按「羅」與「巒」「關」韻不叶，似《晉書》誤。又按此節注各本皆有訛衍，無以考之。

畫長谿以爲限　六臣本、《晉書》「谿」並作「壑」。按《玉篇》「谿，通谷也」，與「壑」義同。

叩鉦數校，舉麾旌獲　《晉書》「數」作「散」，「旌」作「贊」。五臣「旌」作「讚」，向注：「舉麾號令，論其所獲賞罰之制，以示衆人，然後馳騁自讚美也。」義頗迂曲，不可從。

注**待獲射者**　何校「射」上添「待」字，「者」下添「中」字。

注**《説文》：彀，張弓弩**　今《説文》：彀，張弩也。

車騎競騖　六臣本、《晉書》「車」並作「連」。

雲迴風烈，聲動響飛，形移景發　六臣本、毛本「烈」並作「列」，誤。尤本無「聲動」以下八字，亦誤。皆當據《晉書》補入。

怒目電瞛　何曰：「瞛」字據《廣韻》〔十二〕，《玉篇》从日者電光、从目者目光。

齀林蹶石　胡公《考異》曰：「齀」當作「鼿」，各本皆誤，詳善音五忽切，此字從兀明甚，《集韻·十一没》云「鼿，獸以鼻搖動」最可證；《晉書》亦作「鼿」，音義云音瓦，即兀之誤也。

賁石逞技　六臣本、《晉書》「賁石」並作「賁育」。

僨馮豕　注**僨，或爲撌，非也**　《晉書》「僨」作「撌」。

注**伍子胥曰**　胡公《考異》曰：各本皆誤，當作「申包胥曰」。

挫獬廌　《晉書》「獬廌」作「解豸」。五臣作「解豸」，銑注可證。

鋸牙捭　《晉書》「捭」作「擺」。

注**《説文》曰：艸編，狼藉也**〔十三〕　今《説文》：藉，祭藉也〔十四〕。一曰艸不編，狼藉。

殞齒掛山　《晉書》「殞」作「隕」。

注**鄭玄《禮儀注》曰** 六臣本「禮儀」作「儀禮」，是也，此誤倒。

歡極樂殫，迴節而旋 六臣本校云五臣無此二句。

注**鋋，銅鐵璞也** 「璞」當作「鏷」，説見下。

鏷越鍜成 注**鏷，或謂爲鏶** 六臣本、《晉書》「鏷」並作「鏶」。注中「謂」字不當有，各本皆衍〔十五〕。按據此則鏶、鋋、鏷三字一義，知上注之「璞」亦當从金不从玉也。惟《説文》作「樸」字，義亦同。

陽文陰縵 《文選類林》注「陽有文章，陰則平縵」，案《刀劍録》「帝啟鑄一劍，面文爲星辰，背記山川日月」，則似陰陽皆有文也。

流綺星連 六臣本校云五臣作「既而流綺星連」，《晉書》同〔十六〕。

注**如雷之震，電之霍** 六臣本「如」作「而」。尤本作「如雷霆之震也」，此用今《莊子·説劍》校改，然與正文「光如散電」語不相應矣。

豈徒水截蛟鴻 《晉書》「鴻」作「龍」。

則舒辟無方 段校云：《荀子注》引作「舒辟不常」，李善曰「辟，卷也」言神劍柔則可卷而懷之〔十七〕，用則可舒，今注「舒，申也」下有脱文。

形震薛蜀 《晉書》「蜀」作「燭」。五臣作「燭」，濟注可證。

光駭風胡　五臣「胡」作「湖」，濟注可證。

揮之者無前　《莊子·説劍》云：此劍直之無前，舉之無上。

眸矙黑照　六臣本「照」誤作「昭」。

注**《説文》：紺，深青而赤色**　今《説文》：紺，深青揚赤色。

赴春衢　五臣「赴」作「越」，良注可證。

星飛電駭　六臣本「電」作「雷」。

塵不暇起　六臣本「起」誤作「越」。案「起」字韻，不當改。

爾乃踰天垠，越地隔，過汗漫之所不遊，躡章亥之所未迹　《晉書》「垠」作「根」，「過」作「適」。六臣本無兩「所」字。

子豈從我而御之乎　六臣本校云「豈」下五臣有「能」字，按此誤脱耳，《晉書》亦有「能」字。

大梁之黍　注**未詳**　俟考。

四膳異肴　林先生曰：此當引《周禮·庖人》「春行羔豚，膳膏薌」〔十八〕四句，注引《禮記·月令》云云似不的。

庖子揮刀　《晉書》「子」作「丁」。

注**煎鯖臛雀**　胡公《考異》曰：「鯖」當作「鯖」，此所引《大招》文。

圜案星亂　五臣「圜」作「員」，濟注可證。

注**《説文》曰：髀，股外也**　今《説文》無「外」字。

注**取其遠方物約美也**　六臣本無「取其遠方物」五字，是也。尤本「約」作「之」，誤。今《吕氏春秋·本味》篇可證。

注**寒方苓之巢龜**　「方」當作「芳」，各本皆誤。

注**不可勝也**　又《説文》曰：**鮐，海魚也**　上「也」字當作「食」，下「也」字今《説文》作「名」。

丹穴之鷚　注《説文》曰：**鷚，鳥大鶵也**　五臣「鷚」作「鶵」，向注可證。尤本注「大」下有「鴝」字，無「也」字，誤。今《説文》「鷚，天鴝也」在《鳥部》，「雡，鳥大鶵也」在《隹部》（十九）。

亦有寒羞　《晉書》「寒」作「嘉」。

漢皋之榛　注**或曰榛**　《晉書》「榛」作「榛」，然於韻不叶，恐誤。胡公《考異》曰：「或曰榛」下當有脱文，各本皆然，無以補之。

注**《韓詩外傳》曰：鄭交甫遵彼漢皋臺下**　胡公《考異》曰：此十四字不當有，上云「漢皋已見《南都賦》」，不必複出矣。

剖椰子之殻　《晉書》「殻」作「㲉」，注云一作「殻」。

荆南烏程　《漁隱叢話後集》云：以《湖州圖經》考之，烏程縣，古有烏氏、程氏居此醖酒，因名；其荊溪則在長興縣西南六十里，此溪出荊山，《七命》云「荊南」則荊溪之南。

注**《吴地理志》曰**　何校「吴」下添「録」字，陳同，各本皆脱。

可以流湎千日　《搜神記》云：狄希，中山人也，能造千日酒，飲之千日醉。

單醪投川　此即越王投醪事，見《列女傳》及《水經・漸水注》又《吕氏春秋・順民》《察微》二篇注。案「單」當作「簞」。李注有「饋一簞之醪」又「夫一簞之醪」，翰注「或人進王一單酒」〔二十〕。是李「簞」五臣「單」，有明文也。《晉書》作「單」。

斯人神之所歆羨，觀聽之所煒曄也　《晉書》「歆」作「欣」，「羨」作「羌」，連下句讀，恐誤。

耽口爽之饌　六臣本校云五臣作「爽口」，按此誤倒，《晉書》正作「爽口」。胡公《考異》曰：善注引「口爽」以注「爽口」，即但取義同，不拘語倒之例，不知者乃改正文以順注；又下文「誘我以聾耳之樂」，善引「五音令人耳聾」，其例正同。

故亦吾人之所畏　《晉書》「故」作「顧」。

金華啟徵　六臣本校云五臣「徵」作「運」，非也。良注「徵，應也」是五臣亦作「徵」之證。

注**《國語》曰**　至**仕者世禄**　六臣本無此二十八字，有「文」字屬下「王處岐」爲句，是也。

注**《尚書》曰：湯既黜夏命**　陳校：「書」下脱「序」字，各本皆脱。

皇道煥炳　《晉書》「煥炳」作「昭煥」。

治穆乎鳥紀之時　《晉書》「治」作「政」，亦避唐諱。六臣本校云五臣「時」作「官」，誤也。《晉書》亦作「時」，與上韻。

注 **鳥名，何故也**　「名」下當有「官」字。

函夏謐寧　五臣「寧」作「静」，銑注可證。《晉書》亦作「静」。

丹冥投烽　《晉書》「烽」作「鋒」。

却馬於糞車之轅，銘德於昆吴之鼎　六臣本校云五臣「却」下有「走」字，誤也，《晉書》無。五臣「吴」作「吾」，翰注可證，《晉書》亦作「吾」。

注 **却走馬以糞車**　何氏孟春《餘冬序録》云：《朱子語録》以「『天下有道，却走馬以糞車』是一句，謂以走馬載糞車也，頃在江西見有所謂糞車者，方曉此」，案此文亦曰「糞車之轅」，則是實有其器，不可作「糞田」解矣。

群萌反素　五臣「萌」作「氓」，向注可證。

時文載郁　《晉書》「文」作「人」，蓋傳寫誤。

黄髮擊壤　張氏淏《雲谷雜記》云：王充《論衡》云堯時五十民擊壤于塗，不知壤爲何物，後見李注《文選》引《風土記》云壤「以木爲之，前廣後鋭，長四尺三寸，其形如履，將戲，先側一壤于地，遥于三四十步以手中壤擊之，中者爲上」，《太平御覽》亦載此事，但云「長尺三四寸」，注小異，恐是傳寫者誤以「四」字置「尺」字上，蓋其形如履，使長四尺三寸則不復有履形矣。

錯陶唐之象　《兼明書》云：「錯」音蒼故反，置也，言晉德之盛，並陶唐之象刑亦錯而不用也，五臣云「錯，雜也」恐非。

注 **唐虞之象刑，赭衣不純**　「赭衣」上脱「上刑」二字，《荀子·正論》注所引可證。盧氏文弨曰：《白虎通》：畫象者，其衣服象五刑也：犯墨者蒙巾，犯劓者以赭着其衣，犯髕者以墨蒙其髕，犯宫者履雜扉〔二一〕，犯大辟者布衣無領。

無思不擾　《晉書》「擾」作「服」，恐誤。

囿棲三足之烏　五臣「烏」作「鳥」。向注：三足鳥，烏也。《晉書》亦作「鳥」，與上下韻。六臣本校云善作「烏」，蓋傳寫誤。

注 **《禮瑞命記》**　「禮」或作「古」。

注 **蔡，謂國君之守龜也**〔二二〕　今《論語》鄭注無「也」字，「龜」字下有「出蔡地，因以爲名」七字，當並引。

守此狂狷　《晉書》「此」作「玆」。

故靡得而應子　尤本脱「而」字。

時聖道淳　《晉書》「淳」作「醇」。

下有可封之民 六臣本及《晉書》「民」並作「人」，皆避唐諱。

請尋後塵 五臣「尋」作「從」，向注可證。《晉書》亦作「從」。

校記

〔一〕考工記匠人營國邑 《周禮·考工記·匠人》無「邑」字。

〔二〕西京雜記 當作「傅玄《琴賦》序」，《宋書·樂志一》、《後漢書·蔡邕傳》注、《文選·擬四愁詩》注并引之，《西京雜記》無此語。

〔三〕續漢書律曆志 「曆」據《後漢書》補。

〔四〕樂律表微已駁之謂云云 此語引自《四庫全書提要·樂律表微》，《樂律表微》無之。

〔五〕按茝芷同字云云 此下摘自《説文·繭》段注。

〔六〕疑繭葯同字 「繭葯」原作「囂約」，據《説文·繭》段注改。

〔七〕問船軍之備 「軍」原作「運」，乃《太平御覽·舟部三》誤，洪邁《容齋四筆》卷十一、陳禹謨本《北堂書鈔·舟部上》襲之，《舟部下》不誤；兹據孔廣陶本《書鈔》、《唐六典》卷十六、梁章鉅《稱謂録》卷二六「船軍」條等改。

〔八〕重車小翼者當陵軍之輕車 「重」「陵」據《北堂書鈔·舟部上》補，《太平御覽·舟部三》、《容齋四筆》卷十一皆脱「重」字。

〔九〕按容齋隨筆云　此六字當移段首「林先生曰」下，本段全引自《容齋四筆》卷十一。

〔十〕日華三翼舸　「日」「舸」原作「白」「船」，據《容齋四筆》卷十一、《藝文類聚》卷五十改。

〔十一〕今按余蕭客　此五字衍，本段全引自《容齋四筆》卷十一，余蕭客《文選音義》《文選紀聞》無之。

〔十二〕瞛字據廣韻　此當作「『瞛』字《廣韻》引作『瞛』」。《廣韻》無「瞛」字，「瞛」字下引此句。

〔十三〕説文曰艸編狼藉也　「藉」原作「籍」，據稿本及《文選注》改。

〔十四〕今説文藉祭藉也　「藉」原作「籍」，據《説文》改。

〔十五〕注中謂字不當有各本皆衍　此上當補「胡公《考異》曰」。

〔十六〕既而流綺星連晉書同　《晉書》「而」作「乃」。

〔十七〕神劍柔則可卷而懷之　「劍」據《文選注》補。

〔十八〕周禮庖人春行羔豚膳膏薌　《周禮·天官·庖人》「春行羔豚，膳膏香」，《禮記·内則》「春宜羔豚，膳膏薌」。

〔十九〕雗鳥大鷄也在隹部　「雗」原作「鶾」，據《説文》改。

〔二十〕翰注或人進王一單酒　陳八郎、秀州、明州、贛州、袁本「單」，建州本作「簞」。

〔二一〕盧文弨曰白虎通犯宫者履雜扉　「履雜扉」原作「扉」，據盧文弨本《白虎通》卷四上改補，《漢書注·武帝紀》引作「扉」，《初學記》卷二十引作「履扉」，《後漢書·酷吏傳》注引作

「雜扉」。

〔二二〕蔡謂國君之守龜也　「謂」據《文選注》補。

漢武帝　詔一首

詔曰　案《漢書》此詔在元封五年，後《賢良詔》在元光元年五月，昭明不以年月次序，銑注以前詔及此爲一時下，誤甚。

夫泛駕之馬　又**亦在御之而已**　六臣本校云五臣無「夫」字、「在」字。今《漢書》有。《漢書注》師古曰：「泛，覆也，音方勇反，字本作覂，後通用耳。」《廣韻》引之正作「覂駕之馬」。

賢良詔

罔不率俾　六臣本、《漢書》「罔」並作「莫」。

北發渠搜　注**晉灼曰：北發似國名也**　又**善曰：北發，國名也**　余曰：《孔子三朝記》「北發渠搜，南撫交趾」，顔注亦謂北發非國名。錢氏大昕曰：盧辯注《大戴》以北發爲北狄地名，李善注《文選》以爲國名，與晉灼説同。

注**在金河關之西**　何校「金」下添「城」字，陳同。

注 **鳳凰麒麟，皆在郊藪** 今《禮記》「藪」作「棷」，説見前。

若涉淵水 又**朕之不敏** 六臣本校云善無「涉」字、「不敏」字，非也。

册魏公九錫文

潘元茂

册魏公九錫 案《後漢書·荀彧傳》：「建安十七年，董昭等欲共進操爵公，九錫備物，密以訪彧，彧曰『君子愛人以德，不宜如此』，事遂寢，操心不能平。」《後漢·獻帝紀》云十八年「夏五月丙申，曹操自立爲魏公，加九錫」。蓋操之覬覦者久矣。蕭常《續後漢書》亦書操自爲之。

注 **象其禮** 胡公《考異》曰：「禮」當作「札」，各本皆誤。

潘元茂 此文或亦稱王粲作。案《世説》〔一〕：「潘元茂作《魏公册命》，人謂訓誥同風，元茂亡後，王仲宣擅名當時，便疑此册是仲宣所爲。及晉王爲太傅，臘日大會賓客〔二〕，語元茂子滿曰『尊公作《魏公册》高妙，仲宣亦以爲不如』，人始信爲元茂作。」

注 **建康元年** 余校「康」改「安」，下「建康九年」同。

注 **幸長安** 余校「長安」改「安邑」，元槧本亦作「安邑」。

分裂諸夏 六臣本作「連帶城邑」。此據《三國·魏志·武帝紀》改。

一人尺土 《魏志》作「率土之民」。

即我高祖之命，將墜於地　六臣本校云五臣無「我」字。

其孰恤朕躬　《魏志》「孰」下有「能」字。

注　**弘濟于難**　「難」上脱「艱」字。

注　**爲公卿大夫也**　陳校「爲」改「謂」，《魏志注》可證。

群後失位　六臣本「失」作「釋」，《魏志》亦作「釋」。案李注引《左傳注》「釋位」，亦當作「釋」，但傳寫偶誤。

延于平民　五臣「民」作「人」，翰注可證。《魏志》「于」作「及」。

君又討之，翦除其跡　《魏志》作「君又翦之」四字。

又賴君勳　《魏志》作「君則致討」。

注　**遯走**　陳校「遯」上添「遲」字，是也，各本皆脱。

遂建許都，造我京畿，設官兆祀　《魏志》「建」作「遷」。六臣本「我」作「其」。五臣「兆」作「祧」，向注可證。

注　**《左氏傳》：五員曰**　案此《哀元年傳》文，五、伍古通用，《呂氏春秋·異寶》《抱朴子·嘉遁》皆作「五員」。又《左·宣十二年傳》伍參，《古今人表》亦作五參；《昭十九年傳》伍奢、《二十年傳》伍尚，《廣韻》作「五奢」又引《風俗通》作「五尚」是也。

稜威南厲　《魏志》「厲」作「邁」。

迴戈東指　又**乘軒將返**　《魏志》「指」作「征」，「軒」作「轅」。五臣亦作「轅」，向注可證。案李注引《左傳》，亦當作「轅」，此傳寫偶誤。

張繡稽服　六臣本「服」作「伏」。

袁紹逆常　《魏志》作「袁紹逆亂天常」。

致屆官度　五臣「度」作「渡」，良注「官渡，地名」。《魏志》亦作「渡」。

注 **致天之罰，屆于牧之野**　陳校去「罰」字，是也，各本皆衍。毛本「牧」下脱「之」字。

注 **君北征三郡烏丸**　又**奔遼東**　陳校「君」改「公」，各本皆誤。尤本「奔」上有「尚」字。陳校添「尚熙」二字，是。

百城八郡　林先生曰：《漢官儀》：荆州管長沙、零陵、桂陽、南陽、江陵、武陵、南郡、章陵等八郡。謹按：此見《後漢書·劉表傳》章懷注所引，今本《漢官儀》亦同，然有誤也。《續漢書·郡國志》荆州下祇七郡，無章陵，章陵乃南陽郡之一縣耳，「江陵」亦當作「江夏」。

注 **爾貢苞茅不入**　姜氏皋曰：案《左氏·僖四年傳》，「苞」當作「包」，惟賈氏注「包茅，菁茅苞匭〔三〕之也」，釋文云「苞或作包」，注或因是而譌。然《禮記·樂記》「包之以虎皮」《漢書·律曆志》引作「苞」，《易·泰》釋文「包荒，本作苞」、《姤》釋文「包瓜，《子夏傳》作苞」，蓋古亦通用。

求逞所欲 又**遂定邊城** 六臣本校云「逞所」善作「所逞」，非也，蓋傳寫偶誤。《魏志》「城」作「境」。

注**《思玄賦》曰：飄飄神舉，求逞所欲** 尤本「玄」誤作「賢」。六臣本無「求」字，是也。

單于白屋 尤本「單」作「箄」。胡公《考異》曰：注云「本並以箄于爲單于，疑字誤也」，可見正文作「單」，故善依《博物志》定爲「箄」；若先作「箄」，與注不相應矣。《魏志》作「單」，即善所謂本「並以爲單」者。

注**劉淵林《魏都賦注》曰：北羈單于白屋** 案「劉淵林」當作「張孟陽」。今《魏都賦》注在「祲威八紘」句下。

重以明德 六臣本及《魏志》「重」下並有「之」字。

民不回慝 《魏志》「不回」作「無懷」。

注**孔子過山側** 「山」上當有「太」字，各本皆脱。

注**邪服蒐慝。杜預曰：回** 六臣本「邪服」作「服讒」。「回」下當有「邪」字。

援繼絶世 《魏志》「援」作「表」。

胙之以土 五臣「胙」作「祚」，向注可證。《魏志》作「胙」，與下文不合，疑有誤。

錫齊太公履 《魏志》「錫」作「賜」。

世胙太師　六臣本及《魏志》「胙」作「祚」。

注 **晉文侯朝王**　「文」字衍。

緊二國是賴　六臣本「是」上有「之」字，校云善有。《魏志》無。

罔不率俾　注 **《尚書注》曰**　《魏志》「罔」作「莫」。「注」字衍。

功高乎伊周，而賞卑乎齊晉　《魏志》兩「乎」字皆作「於」。

注 **《尚書》曰：肆予沖人，永思厥艱**　案今《書》無「厥」字，此或順正文而衍。但《漢書》王莽擬大誥云「故予爲沖人，長思厥艱難」，則似本有「厥」字。

鉅鹿常山　六臣本無「常山」二字。《魏志》「常山」在「鉅鹿」上。

使使持節御史大夫慮　至 **至第十**　《魏志》無此三十一字，因其前已云「五月丙申，天子使御史郄慮持節策命公爲魏公」而刪也。六臣本「使」字不重。《魏志注》引《續漢書》「郄慮，山陽高平人，少受業於鄭玄」、《江表傳》「慮從光禄勳遷御史大夫」。

錫君玄土　又 **爰契爾龜**　六臣本「錫」上有「右」字，「爾」作「余」。

注 **《毛詩》曰：乃立冢社**　今《詩》「社」作「土」，此亦順正文而誤。

今更下傳璽　至 **印綬今**　《魏志》無此三十二字。張氏雲璈以爲制詔之式應爾，《魏志》偶脱也。

今又加君九錫　案《古微書》引《禮緯含文嘉》云「禮有九錫：一曰車馬，二曰衣服，三曰樂則，四曰朱户，五曰納陛，六曰虎賁，七曰弓矢，八曰鈇鉞，九曰秬鬯」，宋均注云「諸侯有德，當益其地，不過百里，後有功加以九錫也」。《公羊·莊元年》「王使榮叔來錫桓公命」傳何休注同。蓋纂臣先以此爲竊國之資，自王莽始然。《周禮》有九儀、九命之説，《書·文侯之命》有秬鬯、彤弓之賚，莫非後世藉口者。若如《韓嬰外傳》所云，則在文景之世已著九錫之説矣。

其敬聽後命 《魏志》「後」作「朕」。

注 **爾民軌儀也** 「爾」當作「示」，各本皆誤。

是用錫君大輅戎輅各一 六臣本無「戎輅」二字。

嗇民昬作 《魏志》「嗇民」作「穡人」。六臣本亦作「人」。

注 **弗昬作勞** 《尚書》「弗」作「不」。《魏志注》引鄭玄曰：昬，勉也。

注 **杜預《左氏傳》曰** 何校「傳」下添「注」字，陳同，各本皆脱。

遠人回面 《魏志》「回」作「革」。胡廣《邊都尉箴》云「巍巍上聖，光被八垠，矧惟内面，罔不來賓」，回面即内面之意。

注 **子之謂也** 陳校「子」上添「晏」字，是也，各本皆脱。

感乎朕思 六臣本「感」作「咸」。《魏志》「乎」作「於」。

君往欽哉 《魏志》無「君」字。

簡恤爾衆　六臣本校云五臣「爾」作「佘」。

校記

〔一〕世説　當作「語林」或「小説」，引自何良俊《語林》卷七，語本《太平御覽》五九三引《殷芸小説》，《世説新語》無之，或因王世貞采《語林》補《世説》致淆。

〔二〕臘日大會賓客　「日」原作「月」，據《太平御覽》五九三、《語林》卷七改。

〔三〕惟賈氏注菁茅苞匭　《史記集解·齊世家》引賈注「菁茅包匭」、杜注「包匭菁茅」，《左傳·僖公四年》杜注同，皆作「包」不誤，乃《釋文》引杜注作「苞」。

文選旁證卷第三十

文選卷三十六

任彦昇

宣德皇后令

《宣德皇后令》　王氏鳴盛曰：「蕭鸞廢鬱林王而弑之，假立海陵王昭文，又廢弑之而自立，皆託宣德太后令以行篡逆，是爲明帝。崩，子東昏侯立，無道被弑。蕭衍迎后入宫稱制，又假宣德皇后令以行篡事。一婦人也而兩朝篡奪皆託其名以欺人，真如兒戲。《文選·宣德皇后令》一篇即是進衍爲相國，封十郡，爲梁公，僞讓不受，假后令勸受者也。」

注　**立南康王爲帝**　尤本「南康王」作「蕭穎胄」，非。

夫功在不賞　六臣本校云五臣作「不在賞」，然銑注「有功存時而不賞」則無以見其異於李也。

則謝德之途已寡也　六臣本無「也」字。《梁文紀》「途」作「徒」。

要不得不彊爲之名　注　**要不彊爲酬謝之名**　五臣作「要不得彊爲之名」，向注可證。注中「不」當作「必」，各本皆誤。

注**《尚書》曰：乃祖成湯，齊聖廣淵**　今《微子之命》「齊」上有「克」字。

九星仰止　張氏雲璈以爲當指北斗九星。蓋以如注所引《周書》九星，則「星辰日月四時歲」與下「不易日月而二儀貞觀」句亦犯複也。然各史《天文志》北斗皆七星，惟劉向《九嘆》「訊九魁與六神」王逸注云「九魁，北斗九星也」，《史記索隱》引徐整《長曆》曰「北斗七星相去九千里，其二陰星不見者相去八千里」〔一〕，陶弘景《冥通記》曰「北斗有九星，今七見二隱」，洪氏興祖曰「北斗第八星曰招搖，第九星曰玄戈」〔二〕。其實北斗九星謂七星與輔弼二星耳：輔一星在北斗第六星左，去極三十度，入角宿三度，常見不隱；弼一星在北斗第七星右，常隱不見耳。〔三〕

而成輒削藁　五臣「削」下有「其」字，良注可證。

注**赫言鄒衍之術**　胡公《考異》曰：「赫言鄒」當作「言赫脩」，《史記集解》所引《別録》如此可證也，各本皆誤。

建武維新，締構斯在　林先生曰：《南史》本紀「鬱林失德，齊明帝將爲廢立計，每與帝謀，帝欲助齊明傾齊武之嗣，以雪心恥」，所謂「建武維新，締構斯在」者是。

及擁旄司部　林先生曰：《南史》：建武二年，魏將王肅、劉昶攻司州刺史蕭誕甚急，齊明帝遣左衛將軍王廣之赴救，帝爲偏帥隸焉。肅傾壁十萬，陣於水北。帝揚麾鼓譟，魏軍因大崩。以功封建陽縣男，尋爲司州刺史。

推轂樊鄧 林先生曰：《南史》：建武四年，齊明帝命帝及崔慧景、陳顯達相續援襄陽。魏孝文帥十餘萬騎奄至，慧景引退，因大敗。帝帥衆拒戰，獨得全軍，及魏軍退，以帝監雍州事。

窮凶極虐 六臣本作「窮極凶虐」，校云善作「凶極」。

注**《尚書》曰：王明誓衆士** 今《書·泰誓》「王」下有「乃大巡六師」五字。

注**庶王有不遠而復之義也** 六臣本「王有」二字作「乎」字，恐誤。

校記

〔一〕史記索隱引徐整長曆云云 「索隱」原作「集解」，據《史記·天官書》改。

〔二〕洪氏興祖曰第九星曰玄戈 此語引自《管城碩記》卷二七，《楚辭補注》無，《通雅》卷十一有，語本《文選·西京賦》薛綜注。「戈」原作「武」，據《管城碩記》卷二七、《通雅》卷十一、《史記集解·天官書》、《晉書》《隋書·天文志》等改，《文選·西京賦》《後漢書·馬融傳》作「弋」。

〔三〕其實北斗九星謂七星云云 此乃《管城碩記》卷二七徐文靖按語，非徐引洪語。

傅季友 爲宋公修張良廟教

注**高祖北伐，大軍次留城** 王氏洙《談録》云：「今陳留立祠祀張子房，非也，子房所封留在沛，今彭城有留城，昔宋武北征過陳留修廟，其失蓋已久矣。」案《史記·留侯世家》正義曰《括地志》「故留城在徐州沛縣東南五十五里，今城内有張良廟」，今本文曰「塗次舊沛，佇駕留城」是亦指沛之留城，王説失之。

綱紀　注**謂主簿也**　張氏雲璈曰：《後漢·張升傳》「仕郡爲綱紀」即此，五臣作「紀綱」蓋因《左傳》「紀綱之僕」而誤。

夷項定漢，大拯横流　《宋書·武帝紀》二句上下互换。

若乃交神圯上　六臣本「交神」作「神交」。

注**漢良受書於邳圯**　胡公《考異》曰：「圯」當作「垠」，《漢書》作「沂」。

注**良本召此四人之力也**　陳校「召」改「招」，各本皆誤。

顯晦之際，窅然難究，淵流浩瀁　《宋書》「晦」作「默」，「窅」作「窈」，「淵」作「源」，「浩瀁」作「淵浩」。元槧本「晦」作「默」。案注「俯仰顯默之際」，作「默」是。

靈廟荒頓　又**永歎實深**　《宋書》「頓」作「殘」，「永歎實深」作「慨然永歎」。

注**瘖寐永歎**　陳校「瘖」改「假」，各本皆誤。

或佇想於夷門　姜氏皋曰：《通鑑注》以夷門爲大梁北門，陳氏景雲據《史記·信陵君傳》爲駁，即此注所謂城之東門也。

游九京者 注**京當爲原** 五臣「京」作「原」，銑注可證。姜氏皋曰：《晉語》「游於九京」，《禮·檀弓》作「觀於九原」，故曰「京」當爲「原」；又《檀弓》「是全要領於九京」鄭注「晉卿大夫之墓地，在九原」，《漢志》「太原郡京陵」師古曰即九京，似「京」與「原」通。方氏以智曰：絳州九原山如洛北邙〔一〕，晉都絳，故文子觀而嘆之。

注**《史記》曰：夷門，城之東門** 《太平御覽》一百五十八引《史記》云「大梁城有十二門，東門曰夷門」，與今《史記》文異。

擬之若人，亦足以云 《宋書》無此八字。

可改構棟宇 《宋書》「棟宇」作「榱桷」。

抒懷古之情，存不刊之烈 《宋書》「抒」上、「存」上並有「以」字。

校記

〔一〕絳州九原山如洛北邙 「邙」原作「即」，據稿本及《通雅》卷十七改。

爲宋公修楚元王墓教

注**太上基德十五王而始平也** 六臣本無「太上」二字。尤本「也」作「之」。毛本「上」誤作「王」。

注**郤正《釋譏》曰** 尤本「郤」作「郗」，「譏」作「識」，非也。六臣本不誤。

注**貪夫廉**　今《孟子》「貪」作「頑」，而本書《三國名臣序贊》《郭有道碑文》注引《孟子》均與此同。按《漢書·王吉傳》、《後漢書·丁鴻傳》《王暢傳》、《列女傳》注、袁氏《後漢紀》、《韓詩外傳》三、《論衡·率性》篇皆引作「貪夫廉」，《晉書》羊祜曰「貪夫反廉，懦夫立志」，《南史·任昉傳》論曰「能使貪夫不取，懦夫有立志」，蕭統撰《陶淵明集序》曰「貪夫可以廉，懦夫可以立志」，趙氏《章指》曰「伯夷柳下變貪厲薄」，皆以貪與廉相反對也。

注**《禮記》：周酆曰**　今《禮記·檀弓》「酆」作「豐」。

開元自本者乎　六臣本「元」作「源」。〔一〕

校記

〔一〕六臣本元作源　元、源原倒，據《文選》改。

永明九年策秀才文

王元長

秀才　楊氏慎曰：趙武靈王云「俗僻民易，則是吴越無秀才也」，秀才之名始此〔一〕，後再見於《賈誼傳》。

注**《禮記》曰：鄉論秀士，司徒論選士之秀者，升之於學**　此係節引《禮記·王制》文。

良以食爲民天　六臣本「爲」作「惟」。

注《吕氏春秋》：後稷曰 又甽欲小以清 此出《吕氏春秋·辨土》篇，前《上農》《任地》二篇亦引後稷之言，蓋上世農書也。張氏雲璈曰：今《吕覽》「清」作「深」，似李氏特欲釋「清甽」二字〔二〕而改之，不知其義之難通也。按《亢倉子》作「畎欲深以端」可證「深」字爲是。

注 央必中央，師爲泠風。高誘曰：泠風，和風，所以成穀也。央，決也，必於苗中央師師然肅泠風以摇長也 今《吕氏春秋·辨土》篇「必」作「心」，「師」作「帥」，注作「央，決也，心於苗中央。帥，率也，嘯泠風以摇長之也」。

注《周禮》曰：畮百爲夫，夫三爲屋，屋三爲井 「禮」下當有「注」字。此《小司徒》「九夫爲井」注文引《司馬法》也，並見《考工記·匠人》注。

舄鹵可腴 五臣「舄」作「潟」，濟注可證。

自萌俗澆弛 五臣「萌」作「氓」，銑注可證。元槧本亦作「氓」。

注《尚書·吕刑》曰：穆王訓夏贖刑，墨辟疑赦，其罰百鍰 案「穆王訓夏贖刑」六字是《吕刑》序文。「鍰」今《書》作「鍰」。

注 刵罪五百 段校「刵」改「刖」，是也。

注 冀夫人及君早起 六臣本無「及君」二字。

二途如爽，即用兼通 濟注：二途，謂一用峻法一用寬法，如有所乖爽不能必行，則寬猛兼而用之。

貿遷通其有亡　注《**尚書**》：**帝曰：貿遷有無化居**　毛本正文「貿」作「懋」，注引《書》作「貿」。王氏鳴盛曰：懋，《大傳》作「貿」。

命邛斜之谷　六臣本無「命」字，是也。或以屬上句，亦誤。

紹圜府之職　姜氏皐曰：《漢食貨志》周武王時「太公爲立九府圜法，錢圜函方，輕重以銖」，是圜不當作圓也。

但赤仄深巧學之患　尤本「仄」作「側」，注同。

注《**毛詩**》**曰：去殷之惡**　陳校：「曰」下脱「帝遷明德。鄭玄箋曰天意」十字。是也，引此以注上文「遷」字耳。

注**史官田太初、鄧公平術**　胡公《考異》曰：「田」當作「用」，「公」字不當有，各本皆誤，《續漢志》可證。

注**益以遠矣**　尤本作「蓋亦遠矣」，蓋依《續漢志》改。

文條炳於鄒説　注**鄒説未詳**　良注：鄒説謂鄒衍説天、五勝歷數之事。

紛諍空軫　六臣本「諍」作「争」。

注《**方言**》**曰：軫**　六臣本「軫」下有「戾」字，是也。此所引今《方言》卷三正文作「軫，戾也」，注「相乖戾也」，張氏雲璈曰今《方言》注作「了戾」。盧氏文弨曰：軫與抮、紾並同，《考工記》「老牛之角紾而昔」，了有樛曲之義，作「了戾」與「紾」義尤切。

其驪翰改色 《南齊書·輿服志》云：「永明初，太子步兵校尉伏曼容議，以爲齊尚青，五路五牛及五色幡旗並宜以青爲次，又云三代服色以姓音爲尚。劉朗之等十五人並議駁之。」按此則齊之所尚似猶未定，故策文以爲問。

寅丑殊建 按《隋書·志》云「宋氏元嘉，何承天造歷，迄于齊末，相仍用之」，是齊因宋舊，未嘗改建也。

校記

〔一〕楊氏慎曰秀才之名始此 楊説本《黄氏日抄》卷五二。然《史記·趙世家》作「秀士」，《戰國策·趙策二》作「俊民」，均無「秀才」名。

〔二〕清畋二字 「畋」原作「畛」，據《文選》改。

永明十一年策秀才文

九序未歌 何校「序」改「叙」，蓋據注改。

注**又曰：德惟善政，政在養民** 至**九叙惟歌** 案此一則在今本《大禹謨》，非咎繇之言。

注**《廣雅》曰：年稔，秋穀熟也** 今《廣雅·釋天》無此語。

將罷民難業　五臣「罷」作「疲」，銑注可證。

沿才授職　五臣「職」作「位」，翰注可證。

游惰實繁　六臣本「惰」誤作「情」。

若閑冗卑弃　五臣「卑」作「畢」。翰注「盡爲弃廢」〔一〕正注「畢弃」也。胡公《考異》曰：作「卑」者傳寫誤。

文而無害　《學林》云：《史記》蕭何「以文無害，爲沛主吏掾」，注引《漢書音義》曰「文無害，有文無所枉害也。律有無害都吏，如今言公平吏。一曰無害如言無比，陳留間語也」。《前漢書·何傳》服虔注「爲人解通無嫉害也」，應劭注「雖爲文吏，而不刻害」〔二〕，蘇林注「無害若言無比也」。一曰：害，勝也，無能勝害之者」，晉灼注曰「《酷吏傳》趙禹爲丞相亞夫吏，亞夫曰『極知禹無害，然文深不可居大府』，蘇説是也」，顔師古注「害，傷也，無人能傷害之者」。觀國考諸家説皆未當也，文無害者謂不侮文則不害法也，不侮文不害法則公私平允而稱爲能吏矣，《史記》酷吏減宣〔三〕「以佐史無害，給事河東守府。衛將軍青使買馬河東，見宣無害，言上，召爲大廄丞」、又張湯「給事内史，爲寧成掾，以湯爲無害，言大府，調爲茂陵尉」、又杜周「爲廷尉史，張湯數言其無害」，凡此皆以不侮文不害法而見稱于時也。

躋俗於仁壽之地　五臣「躋」作「濟」，良注可證。

是以賈誼有言，天下之有惡　六臣本校云五臣無「天」字。胡公《考異》曰傳寫誤衍也。六臣本、毛本「誼」下脱「有」字。

注**《説文》曰：汏，簡也**　案「汏」當作「汏」。《説文》：汏，淅瀾也；瀾，淅也；淅，汏米也。《士喪禮》「祝淅米于堂」，注「淅，汏也」。段曰：凡沙汏、淘汏，用淅米之義引伸之，或作「汰」，多點者誤。

豈非療飢　注**可以樂飢**　《詩·衡門》「可以樂飢」，《唐石經》初刻作樂，後加疒作藥，釋文「樂，本又作藥，毛音洛，鄭力召反」，即「療」字。

注**規行矩步**　毛本「步」誤作「出」。

五霸殊風而並烈　尤本「烈」誤作「列」。

注**貪則爲盜，富則爲賤**　胡公《考異》曰：「貪」當作「貧」；何校「賤」改「賊」，陳同，是也，此所引《樂論》篇文。

注**辯麗可嘉**　何校「嘉」改「喜」，是也，各本皆誤。

注**子曰：可與學**　今《論語》「與」下有「共」字。

淮汴崩離　余曰：《宋書·明帝紀》：泰始二年十月，以郢州刺史沈攸之爲中領軍，與張永俱北討；十二月大敗，於是遂失淮北四州及豫州淮西地。

朕思念舊民　六臣本「念」作「命」，蓋傳寫誤。

注**魏謂春申君曰**　陳校「魏」下添「加」字，是也，各本皆脱。

注**不可爲秦之將**　胡公《考異》曰：「爲」下當有「拒」字，各本皆脱，前《東門行》注引有。

注**《爾雅》曰：偕，因也**　今《爾雅》無。案是《小爾雅·廣詁》文也。本書《博弈論》又引作《廣雅》。

校記

〔一〕翰注盡爲弃廢　「弃廢」原倒，據《文選注》改。

〔二〕文吏而不刻害　「刻」原作「劾」，據《學林》卷三、《漢書注·蕭何傳》改。

〔三〕史記酷吏減宣　「減」原作「臧」，據《學林》卷三、《史記·酷吏列傳》改。

天監三年策秀才文　任彦昇

斵雕刓方　五臣「斵雕」作「彫斵」，銑注可證。

注**刓角之刓，與刓剸同**　尤本「角」上有「音」字。胡公《考異》曰：此當作「刓」，音刓角之刓，與「剸」同，《韓信傳》注可證。

注**《孟子》曰：無惻隱之心，非仁也**　何校「仁」改「人」。按《抱朴子·仁明》篇亦引作「仁」，似非字誤。朱氏珔曰：古「仁」「人」通用，故《易·繫辭》「何以守位曰人」釋文云「王肅本作仁」；而《禮記·禮運》鄭注引《易》此語作「仁」，釋文又云「仁本作人」。

注**若渴無日**　若當作「苦」，各本皆誤，《魏志·王朗傳》注可證。

注**夜與陰者日之餘，雨者月之餘**　六臣本無「與陰」二字，「雨」上有「陰」字，「月」作「時」。《魏志·王朗傳》注可證，此尤本誤。

朕傾心駿骨　六臣本校云五臣「傾」作「仰」。

注**况賢者也。《莊子》曰**　尤本改作「况賢於隗者乎又」七字。胡公《考異》曰：按以下文今《新序》有、《莊子》無，故尤校改，但《藝文類聚·鱗介部》亦引爲《莊子》，《困學紀聞·莊子逸篇》採之，似不必改。

注**蕟，如也**　陳校「如」改「無」，是也，各本皆誤。

設謗木　《古今注》：「華表以横木交柱頭，狀若花，或謂之表木，以表王者納諫也。堯時設誹謗之木即此。」《通雅》引崔豹《古今注》答程雅問「堯榜木」曰：「『華表木，形似桔槔，大路交衢悉施焉，秦除之，漢復修，今西京謂交午木』，注服虔曰『堯作，橋梁交午柱頭』〔二〕。交午，作工以子午爲直，或曰交衢之柱，下有撑木者也。」

日伏青蒲　六臣本校云五臣「蒲」作「規」。何曰：伏蒲事謬用始此。林先生曰：應劭《漢書注》謂青蒲自非皇后不得至此，非人臣宴見之所也，但此特借言直諫，不必泥耳。

注**原涉好**　尤本「好」下有「殺」字。

忠讜路絶　六臣本校云五臣作「絶路」。

悉意以陳　六臣本校云五臣「意」作「心」。

校記

〔一〕注服虔曰云云　此乃《漢書·文帝紀》「誹謗之木」注，《通雅·宫室》脱。

文選卷三十七上

孔文舉　薦禰衡表

昔世宗繼統　《後漢書·禰衡傳》「世宗」作「孝武」。

異人並出　五臣「並」作「間」，銑注可證。

平原禰衡，年二十四，字正平　《野客叢書》云：古之薦人，皆言幾歲，及稱其字。如應詹《薦韋泓表》曰「伏見議郎韋泓，年三十八，字元量」，《揚州薦士表》曰「秘書丞琅琊臣王暕，年三十一，字思晦」，此體至唐尚在，如令狐楚《薦齊孝若》亦曰「竊見前進士高陽齊孝若，字考叔，年二十四」是也。

姜氏皋曰：薦齊孝若者是崔顥，見《唐摭言》六「顥《薦齊秀才書》」，此作令狐楚，未詳所本；又《宋文紀》「陸徽《薦朱萬嗣表》」，《梁文紀》《文苑英華》「梁元帝《薦鮑幾表》」，皆稱幾歲、字某也。

耳所暫聞 《後漢書》「暫」作「瞥」。

注 **具作其事** 陳校「作」改「工」。胡公《考異》曰：汪文盛刻班書是「作」字，章懷注范書亦是「作」字，陳校恐非也。

疾惡若讎 《後漢書》「若」作「如」。

注 **《呂氏春秋》曰：魏文侯飲，問諸大夫，寡人何如主也？任座曰** 又 **次及翟璜，曰** 今《呂氏春秋·自知》篇作「魏文侯燕飲，皆令諸大夫論己，或言君之智也，至於任座，任座曰」云云，「翟璜」作「翟黄」。

弱冠慷慨，前代美之 注 **賈誼、終軍年皆十八** 六臣本及《後漢書》「代」並作「世」。金氏甡曰：賈誼年十八受知吴公，至文帝召用時年二十餘矣，求試屬國是此時事，雖出二十仍可稱弱冠，而十八之説微有不合也。

掌伎者之所貪 六臣本「伎」作「技」。《後漢書》「掌伎」作「臺牧」，章懷注云：諸本並作「臺牧」，未詳其義。《融集》作「堂牧」。按「堂牧」當即「掌伎」之誤，當據此爲正。伎與技，音義並同。

良樂之所急也 《後漢書》無「也」字。

注**古者善相馬者**　尤本無上「者」字。胡公《考異》曰：「『者』當作『之』，所引《觀表》篇文，《七發》《與吴季重書》注作『之』是，《七命》注亦誤。」

臣等區區，敢不以聞　《後漢書》所載止此。

必無可觀　六臣本校云善無「必」字。

出師表

諸葛孔明

而中道崩徂　又**益州罷弊**　《三國·蜀志·諸葛亮傳》「徂」作「殂」，六臣本同，「罷」作「疲」。五臣「罷弊」作「疲敝」，向注可證。

亡身於外者　何校「亡」改「忘」。按《蜀志》作「忘」。濟注云謂以身許國於邊疆，則五臣作「亡」耳。

蓋追先帝之遇　《蜀志》「遇」上有「殊」字。

恢志士之氣　《蜀志》「恢」下有「宏」字。

宫中府中，俱爲一體　王氏鳴盛曰：「府者即三公之府，見《前漢書》；宫中者，黄門常侍也。弘恭、石顯排擊蕭望之、周堪，曹節、王甫輩反噬陳蕃、竇武，此宫府不一體之禍也。時雖以攸之、褘、允分治宫中政令，猶恐後主柔暗，或有所暱，故首以爲言。其後董允既卒，黄皓專政而國亡矣。當以允傳同觀。」

以昭陛下平明之治　六臣本校云「治」善作「理」。《蜀志》亦作「理」。

有所廣益也　六臣本無「也」字。《蜀志》亦無。

是以衆議舉寵爲督，愚以爲營中之事　六臣本「寵」下有「以」字，「愚」下無「以」字。《蜀志》與此同。

遠賢士　又**此悉貞亮死節之臣**　《蜀志》「士」作「臣」，「亮」作「良」。

躬耕於南陽　林先生曰：「《殷芸小説》：南陽是襄陽墟名，非今之南陽郡。全氏祖望曰：《漢晉春秋》云『亮家於南陽之鄧縣，在襄陽城西二十里，號曰隆中』，則非墟明矣。」

苟全性命於亂世，不求聞達於諸侯　按此節有引裴松之注「曹操欲用孔明，孔明自陳不樂出身，操曰義不使高世之士辱於污君之朝也」云云，誤也，裴松之《蜀志·出師表》此二句無注。至曹操欲用之孔明非諸葛亮也，潁川胡昭字孔明，附《魏志·管寧傳》，迥非一人明甚。《抱朴子·逸民》篇引此事云「乃心欲用胡孔明」，今本「胡」作「乎」，其誤正同。明楊時偉亦辨之。

猥自枉屈　《蜀志注》：《魏略》曰「亮北行見備，備與亮非舊，又以其年少，以諸生意待之。衆賓皆去，而亮獨留，備亦不問其所欲言。備性好結毦，時適有人以髦牛尾與備者，備因手自結之。亮乃進曰：『明將軍當復有遠志，但結毦而已耶？』備知亮非常人也，乃投毦而言」云云，松之以爲亮《表》云「先帝不以臣卑鄙，猥自枉屈，三顧臣於草廬之中，諮臣以當世之事」，則非亮先詣備明矣。

雖聞見異辭，各生彼此，然乖背至是，亦良可怪。

三顧臣於草廬之中　《蜀志》：徐庶謂先主曰「此人可就見，不可屈致也。將軍宜枉駕顧之」，由是先主遂詣亮，凡三往乃見。

注**諸葛亮家於南陽之鄧縣**　按此《蜀志注》所引《漢晉春秋》下尚有「在襄陽城西二十里，號曰隆中」十二字。

五月渡瀘　朱氏國禎《湧幢小品》云：「今以渡瀘爲瀘州，非也。瀘州古之江陽，而瀘水乃今之金沙江，即黑水也。」齊氏召南《水道提綱》曰：「鴉籠江即古若水，又名打冲河，即古瀘水，其北即西番界。金沙江自西南來會，其會處在會川衛西百十里，南岸雲南大姚縣。此江源遠不及金沙，而流盛相似也。」按沈黎古志云「孔明南征，由今黎州路四百餘里至兩林，蠻自兩林南琵琶部三程至嶲州，十程至瀘水，又四程至弄棟，即姚州也」，然則會川者乃瀘與金沙相會處，非即金沙也。張氏雲璈曰〔一〕：《水經·若水注》：《益州記》云：瀘水源出曲羅嶲，下三百里曰瀘水，兩峯有殺氣〔二〕，暑月舊不行，故武侯以夏渡爲難。

兵甲已足，當獎帥三軍　六臣本「兵甲」作「甲兵」，「獎帥」作「帥將」。

注**《爾雅》曰：獎，勸也**　六臣本「爾」作「小」，是也。

至於斟酌損益　六臣本校云「損」善作「規」。按《蜀志·董允傳》作「規」。

責攸之、禕、允等咎，以章其慢 注《蜀志》載亮表云「若無興德之言，則戮允等以章其慢」，今此無上六字，於義有闕 五臣「等」下有「之」字、「章」作「彰」，向注可證。何曰：《董允傳》所載與本傳微不同，本傳無「若無興德之言」六字，下作「責攸之、禕、允等之慢，以彰其咎」，六臣本正如此，乃六臣之別本全依《董允傳》以添改正文，與李注大不相應，而毛本又沿其誤也。

陛下亦宜自謀 六臣本校云「謀」善作「課」，按李注「課，試也」可證，《蜀志》作「謀」恐亦誤字，元槧本作「課」字。

深追先帝遺詔 六臣本無「遺詔」二字。

臣不勝受恩感激！今當遠離，臨表涕泣，不知所云 六臣本無「激今」二字。《蜀志》「泣」作「零」，「云」作「言」。

校記

〔一〕張氏雲璈曰 此五字當移段首，本段全摘自《選學膠言》卷十六，唯交換《水道提綱》與「沈黎古志」之文。然古志本是朱國禎所引，朱氏此節全録自楊慎《丹鉛總録》卷二《渡瀘辨》，此顛倒割裂之。

〔二〕兩峯有殺氣 「峯」原襲張雲璈作「岸」，據《水經注·若水》改。

曹子建

求自試表

故君無虚授，臣無虚受　元槧本、毛本此下脱「王符《潛夫論》曰：故明王不敢以私授，忠臣不敢以虚受也」一節注二十二字。

注《韓詩》曰　此當是《韓詩内傳》，或是薛君《韓詩章句》。

注三世，謂文、武、明也　陳曰文武當乙，是也，各本皆倒。

正值陛下升平之際　《漢書·梅福傳》曰：民有三年之蓄曰升平。

注《史記》：太史公　陳校「公」下添「曰」字，是也，各本皆脱。

而位竊東藩　《三國·魏志·陳思王傳》「位竊」作「竊位」。

退念古之受爵禄者　《魏志》「受」作「授」。

顧西尚有違命之蜀　《魏志》「顧」上有「而」字，「西」下無「尚」字。

使邊境未得税甲　五臣「税」作「脱」，翰注可證。《魏志》亦作「脱」。

注《春秋歷序》曰　「歷」上當有「命」字，各本皆脱。

簡良授能　六臣本校云五臣「良」作「賢」。《魏志》亦作「賢」。

鎮衛四境　《魏志》「衛」作「御」。

言不以賊遺於君父也　六臣本無「也」字，《魏志》亦無。

注左轂鳴此者，工師之罪也　《魏志注》「此者」作「者此」，是也。

若此二子　《魏志》「子」作「士」。

欲以除患興利　又必殺身靜亂　尤本「患」作「害」，「必」下有「以」字，《魏志》亦有。

欲得長纓占其王　五臣「占」作「纓」。濟注：纓，繞也。《魏志》亦作「纓」。

而耀世俗哉！志或鬱結，欲逞才力　《魏志》無「俗」字。六臣本「逞」下有「其」字，《魏志》亦有。

固夫憂國忘家　六臣本無「固」字。

伏以二方未尅爲念　何曰《魏志》「伏」作「但」。按今本《魏志》亦作「伏」，不知何校所據何本。六臣本校云五臣無「伏」字。

伏見先武皇帝武臣宿兵　六臣本無「武皇」二字。《魏志》「兵」作「將」。

猶習戰也　六臣本、元槧本「猶」並作「由」。《魏志》「也」作「陣」。

統偏師之任　五臣「師」作「舟」。良注：「偏舟亦偏師也，吴水戰故云偏舟。」《魏志》亦作「舟」。

必乘危躡險　六臣本校云五臣「躡」作「蹈」。《魏志》亦作「蹈」。

事列朝榮　《魏志》「榮」作「策」。按此作「榮」但傳寫誤。

如微才不試　六臣本「不」作「弗」。《魏志》亦作「弗」。

臣昔從先武皇帝　林先生曰：「植所述從征，本傳俱不載。按《魏武紀》，建安二年東征吕布，植方六歲，度未必能從。十二年北征烏丸，十四年南征劉表，十六年西征馬超。十九年南征孫權，時植年二十二，太祖命守鄴。所云東臨滄海疑破袁譚，在建安十年也。」

注**濤至乘北**　陳校「乘」上添「江」字，是也，《七發》注引有，各本皆脱。

伏見所以行軍用兵之勢，可謂神妙矣　六臣本校云：五臣「軍」作「師」，「矣」作「也」。

功銘著於景鐘，名稱垂於竹帛　《魏志》「景」作「鼎」。六臣本校云五臣「稱」作「績」。

注**昔克路之役，秦來圖敗晉攻**　何校「路」改「潞」、「攻」改「功」，陳同，是也，各本皆誤。胡公《考異》曰：《答臨淄侯牋》《褚淵碑文》《頭陀寺碑文》注亦引作「路」，誤與此同。

絶纓盜馬之臣赦，楚趙以濟其難　六臣本「楚」上有「而」字。《魏志注》云：秦穆公有赦盜馬事，趙則未聞，蓋以秦亦趙姓，故互文以避上「秦」字也。何曰：《秦本紀》：蜚廉子季勝之後造父幸於周穆王，以趙城封造父，造父族由此爲趙氏；蜚廉子惡來之後非子，以造父之寵，皆蒙趙城爲趙氏。

注**繆公自往求之**　又**繆公歎曰**　又**晉梁靡**　又**及獲惠公以歸**　又**然則以其同祖**　今《吕氏春秋·愛士》篇無「繆公自往求之」六字，「歎」作「笑」，「梁」下有「由」字，「及」作「反」。胡公《考異》曰「則」字不當有。

注**李宏《武功歌》曰**　陳校「宏」改「尤」，是也，各本皆誤。

伯樂昭其能 又**韓國知其才** 《魏志》「伯」上、「韓」上並有「則」字。

是以效之齊楚之路 六臣本校云五臣「楚」作「秦」。

注 **《説文》曰：博，局戲也。六箸十二棊** 又**《説文》：抃，拊也** 今《説文》博字無此訓。《竹部》：簙，局戲也，六箸十二棊也。《手部》：抃，拊手也。

冀以塵露之微 五臣「露」作「霧」，向注可證。《魏志》亦作「霧」。

注 **一體而分形，同氣血而異息** 今《吕氏春秋·精通》篇作「一體而兩分，同氣而異息」。

螢燭末光 《魏志》「螢」作「熒」。

是以敢冒其醜而獻其忠 《魏志》所載止此。

必知爲朝士所笑 六臣本「必知」作「知必」。

求通親親表

注 **自致其意也** 《魏志》「自」作「因」，是也。尤本「自因」兩有，非。

夫天德之於萬物 六臣本無「之」字。下「及周之文王」句同。

克明俊德 六臣本校云「俊」善作「駿」，《魏志》作「峻」。

注 **馬融曰：二叔，管、蔡也** 姜氏皋曰：《左氏·僖二十四年傳》「周公弔二叔之不咸」，杜氏注二叔爲「夏、殷之叔世」，本馬融之説，見《左氏正義》及《詩·常棣》正義；其以二叔爲管、蔡者，鄭衆、賈逵也，鄭康成《詩箋》亦然。李注偶誤引耳。

咨帝唐欽明之德　何校「咨」改「資」，是也。《魏志》亦作「資」。

注**《詩》：椒聊之實，蔓延盈升**　今《詩》「蔓延」作「蕃衍」。案《説文》「蕃，艸茂也」。《漢書·禮樂志》云「蔓蔓日茂」，是蔓亦有茂義。《周禮》「男巫望衍」注「衍讀爲延，聲之誤也」。然則「蕃衍」與「蔓延」同音可通用。但《釋文》未載異字，豈李氏所見有別本歟？

恩昭九親，群臣百寮〔一〕　《魏志》「親」作「族」，「臣」作「后」。

禁固明時　又**不敢乃望交氣類**　又**兄弟永絶**　《魏志》「固」作「錮」，「乃」作「過」，「永」作「乖」。

吉凶之問塞　余曰：本傳：詔報曰：本無禁錮諸國通問之詔也，矯枉過正，下吏懼譴，以至於此耳。

退省諸王　五臣「省」作「惟」。銑注：惟，思也。《魏志》亦作「惟」。

注**《論語》：子曰：兄弟怡怡如也**　《初學記》《藝文類聚》《太平御覽》引並有「如也」二字，今《義疏》本亦有。

臣伏自惟省，無錐刀之用　尤本「惟省」作「思惟豈」三字。

若以臣爲異姓　尤本無「以」字。

駙馬奉車 張氏雲璈曰：駙馬猶言車駕之副，自魏何晏尚金鄉公主〔二〕、拜駙馬都尉，後世遂惟尚主者拜此官。

趣得一號 濟注：趣，疾也，言將立功績，疾取一勳號也。

乃臣丹情之至願 《魏志》「情」作「誠」，此恐誤。

終懷《蓼莪》罔極之哀 何曰：此謂太皇太后四年崩也。

崩城隕霜 《後漢書·袁紹傳》：昔有哀嘆而霜隕、悲哭而崩城者。

注《**淮南子**》**曰：鄒衍**至**降霜** 今《淮南子》無此文。然本書《詣建平王上書》注及《後漢書·劉瑜傳》《袁紹傳》注、《初學記》二引並同。

雖不爲之迴光，然終向之者，誠也 五臣無上「之」字，良注可證。六臣本及《魏志》並無「終」字。

臣竊自比葵藿 《魏志》無「臣」字，「比」下有「於」字。

而臣獨唱言者，何也 六臣本校云五臣無「何也」字。《魏志》亦無。

使有不蒙施之物 六臣本校云五臣再有「有不蒙施之物」六字。按《魏志》再有則李亦當再有，但傳寫偶脱耳。

伊尹恥其君又**是臣慺慺之誠** 《魏志》「伊」上有「故」字，「臣」作「爲」。

注《**尚書傳**》**曰：慺慺，謹慎也** 案《後漢書·楊賜傳》云「而不盡其慺慺之心哉」，章懷注「慺慺猶勤勤〔三〕，力侯反」。《玉篇》：慺慺，謹敬也，不輕也，下情也，洛侯反，又力朱反。《廣韻·十虞》慺，悦也；《十九侯》慺慺，謹敬之貌。《一切經音義》七同此。注云《尚書傳》，未詳。

注**樊冒勃蘇**　胡公《考異》曰：「樊」當作「棼」，各本皆誤。

校記

〔一〕群臣百寮　六臣本、毛本同，尤本、元槧本、胡本作「群后百僚」。

〔二〕何晏尚金鄉公主　「鄉」原作「城」，據《選學膠言》卷十六、《三國志·曹爽傳》注、《文選·景福殿賦》注改。

〔三〕慺慺猶勤勤　下「勤」據《後漢書·楊賜傳》注補。